ro
ro
ro

Inken Bartels, geboren 1974 in Eckernförde, hat viele Jahre freiberuflich für diverse Frauenzeitschriften gearbeitet und ist nun Ressortleiterin bei der *Für Sie* und *Petra*. Mit ihrem Mann und den beiden Söhnen lebt sie in Hamburg. Zum Schreiben zieht sie sich gerne in ihr Wochenendhäuschen an der Schlei zurück. Dort kennt sie jede Badestelle und jeden Landgasthof. Inken Bartels kocht leidenschaftlich gerne, und sie hat den Roman mit etlichen Rezepten und Zitaten zu den Themen Essen und Genuss angereichert.

INKEN BARTELS

DER KLEINE GASTHOF AN DER SCHLEI

Roman

Rowohlt Taschenbuch Verlag

3. Auflage März 2021
Originalausgabe
Veröffentlicht im Rowohlt Taschenbuch Verlag,
Hamburg, März 2021
Copyright © 2021 by Rowohlt Verlag GmbH, Hamburg
Covergestaltung ZERO Werbeagentur, München
Coverabbildung Shutterstock
Satz aus der Swift
Gesamtherstellung CPI books GmbH, Leck, Germany
ISBN 978-3-499-00180-2

Für meine Eltern.
Und für Oma Käthe, von der ich gelernt habe,
dass nichts so heiß gegessen wird,
wie es gekocht wird.

PROLOG

Wer einen guten Braten macht,
hat auch ein gutes Herz.

WILHELM BUSCH

Stur konnte sie sein. Sehr stur. Selbst jetzt, in dieser ausweglosen Situation, ließ sich Luise Petersen nichts vorschreiben. Obwohl das Licht um sie herum schon ein paarmal bedenklich hell geworden war, dachte sie gar nicht daran, sich hetzen zu lassen. So weit kam das noch!

Seit einer geschlagenen Stunde lag sie nun schon im Seestern auf den kalten Küchenfliesen und atmete flach. Ein ordentlicher Schwindel hatte sie in die Knie gezwungen, als sie gerade dabei gewesen war, das Geschirr zurück in den Schrank zu räumen. Erst hatte sie keinen Schimmer gehabt, was los war. Doch allmählich dämmerte es ihr.

Luise kicherte. Für mehr reichte die Kraft nicht. Dabei hätte sie gern laut losgelacht. Die Vorstellung, ausgerechnet in der Küche den Löffel abzugeben, amüsierte sie.

Sie hob leicht den Kopf. Ihr Blick fiel auf den Herd, der genauso in die Jahre gekommen war wie sie. In letzter Zeit funktionierten beide nicht mehr richtig. Wären Momme und Tim nicht gewesen, hätte sie ihren alten Dorfkrug längst dichtmachen müssen. Aber auf die beiden war Verlass. Momme zapfte anständiges Bier, und Tim übernahm die Einkäufe und befolgte in der Küche ihre Anweisungen, die sie ihm an schlechten Tagen röchelnd und mit bläulichen Lippen von der Eckbank aus gab.

Heute aber war ein guter Tag gewesen. Das hatte Luise schon beim Aufwachen gespürt. Heute hatte sie es noch mal wissen wollen. Und auch ihr Herd riss sich am Riemen.

Eine frische Brise hatte am Morgen den Duft von Leben durchs offene Fenster in ihr Zimmer geweht: süß und herb, die typisch norddeutsche Mischung, die Luise seit 80 Jahren verlässlich den Frühling ankündigte. Sie hatte den Kopf aus dem Fenster gestreckt und mit geschlossenen Augen die kühle Luft eingeatmet. Dann war sie runter in die Küche getrabt, hatte die Klapptafel vor den Seestern an die Straße gehievt und in geschwungenen Buchstaben *Luises Ostermenü* daraufgeschrieben. Die Nachricht hatte sich in Nordernby flott herumgesprochen: Fischsuppe und Lammkeule im Seestern, was für ein Fest! Die Einheimischen und die Touristen, die schon in der Gegend waren, um ihre Segelboote und Wochenendhäuser für die Saison auf Vordermann zu bringen, konnten ihr Glück kaum fassen. Und Luise war selig gewesen, ihre Gäste bis weit nach Mitternacht endlich mal wieder so richtig betüdeln und begöschern zu können.

Sie schnappte rasselnd nach Luft und senkte den Kopf. Von wegen Totgesagte leben länger! Nun sollte der Doktor also recht behalten. Seit Monaten hatte er sie ermahnt, endlich zu einem Spezialisten zu gehen. «Sonst erlebst du den Sommer nicht mehr!» Doch dazu hatte Luise keine Lust gehabt. Für sie gab es nichts Schlimmeres als alte Leute, die den ganzen Tag nur noch mit ihren Krankheiten zugange waren. «Ohne mich, Freunde!» Außerdem musste sie sich, seit ihr Herz immer öfter ins Stolpern gekommen war, um etwas ganz anderes, etwas viel Wichtigeres kümmern als um ihre Gebrechen – denn das Schicksal einfach laufenlassen und endlich ihren Frieden mit den Dingen machen, das konnte Luise nicht.

An einem klaren eiskalten Januar-Nachmittag hatte sie ihre beste Freundin Meta in ihr Vorhaben eingeweiht. Die hatte aufmerksam zugehört und dafür gesorgt, dass Luises Likörglas immer voll war. Als Luise fertig war, holte Meta ihre Tarotkarten, breitete sie wie einen Fächer vor Luise aus und forderte sie feierlich auf, eine Karte zu ziehen. Luise hielt Meta die *Hohepriesterin* unter die Nase. Meta nickte wissend und gab für Luises Vorhaben grünes Licht. «Das Schicksal ist auf deiner Seite!» In den letzten Wochen hatte Luise für die Aufgabe, die vor ihr lag, und die Schuld, die noch zu begleichen war, alles vorbereitet.

Jetzt wurde das Licht um sie herum wieder gleißend hell und Luise spürte, dass sie sich allmählich geschlagen geben musste. Sie kniff die Augen zusammen. Sie dachte an ihre beiden Deerns, an all die Vorwürfe, Geheimnisse und an die nie enden wollende Sehnsucht, die sie bis heute bei der Stange gehalten hatte und die sie stets hoffen ließ, dass am Ende doch noch alles gut werden würde. Wenn schon nicht zu Lebzeiten, dann wenigstens danach, das war ihr Plan. Auch wenn sie zugeben musste, dass das, was sie von den beiden verlangte, eine ganz schöne Zumutung war.

Luise wurde warm. Ob es im Himmel hungrige Seelen gab, die sie bekochen und betüdeln konnte? Und frischen Fisch? Und Kirschlikör? Plötzlich hörte sie Musik, ganz leise, aber wunderschön. Sie öffnete noch einmal die Augen, zwinkerte ihrem Herd zu und lächelte. Dann ließ sie sich von der Melodie davontragen.

1.

FRIEDHOFSERDE

Die Glocken hatten aufgehört zu läuten. Isa blickte zum Himmel und suchte jede einzelne der dicken, grauen Wolken nach Oma ab. Auf irgendeiner würde sie sitzen und ihr aufmunternd zuzwinkern, da war sie sich sicher. Doch außer ein paar Krähen, die in der dicken Eiche vor dem Eingang der Kirche hockten und krächzend aufschreckten, als Orgelklänge nach draußen drangen, war nichts zu sehen.

Isa berührte die kalte Klinke. Sie zögerte. Noch konnte sie abhauen. Noch hatte niemand mitbekommen, dass sie da war. Sie konnte es ja selbst kaum fassen.

Als sie die Kirche schließlich betrat, hatte das Orgelspiel gerade aufgehört. Die Kirche war voll besetzt. Das gab es in Nordernby sonst nur an Weihnachten. Hinter ihr fiel die schwere Tür krachend ins Schloss.

Unzählige Köpfe drehten sich um und starrten Isa an. Nun war es zu spät für die Flucht. Ihre Wangen be-

11

gannen zu glühen. In der ersten Reihe war Momme aufgestanden und winkte sie zu sich. Auf Zehenspitzen, mit angehaltenem Atem und gesenktem Blick eilte sie den Gang entlang. Zwischen Momme und seiner Mutter Meta ließ sie sich auf die Bank sinken und atmete aus.

Meta legte ihre Hand auf Isas. Die Wärme tat gut. Langsam hob Isa den Kopf. Der Sarg stand nur wenige Schritte von ihr entfernt im Altarraum. Seitlich davor hatte man ein großes Porträt von Oma aufgestellt, auf dem Luise sie anlächelte. *Hallo, Oma.* Isa wollte zurücklächeln, aber sie hatte ihren Mund nicht mehr unter Kontrolle. Das Zittern ging in ein Beben über. Hinter ihren Augen breitete sich ein enormer Druck aus. Ihr Rachen fühlte sich an, als würde er brennen. Tränen liefen ihr die Wangen hinunter und tropften auf ihren Mantel. Sie konnte sich nicht bewegen. Sie schaffte es weder, sich die Nase zu putzen, noch ihren Blick von Omas Bild abzuwenden.

Seit Momme sie vor vier Tagen, am Ostersonntag, in London angerufen hatte, um ihr zu sagen, dass ihre Oma Luise gestorben war, hatte Isa keine einzige Träne vergossen. Sie hatte seine Worte zwar vernommen, aber deren Bedeutung hatte es nicht bis in ihr Herz geschafft. Doch jetzt, hier, in der alten Dorfkirche von Nordernby lagen die Dinge anders. Hier traf sie der Schmerz mit ungeahnter Wucht.

Pastor Hartmann stand mit wässrigen Augen auf der Kanzel und begann seine Ansprache. «Luise Petersen war viele Jahre lang der Mittelpunkt unserer Gemeinde gewesen. Bei ihr im Seestern versammelten wir uns, wenn es etwas zu feiern gab, und auch, wenn wir von jemandem Abschied nehmen mussten. Heute nun müssen wir uns von Luise Petersen selbst verabschieden …»

Isa schluchzte laut auf. Meta reichte ihr sofort eines ihrer bestickten Stofftaschentücher. Isa schnäuzte hinein und konzentrierte sich auf ihre Atmung, wie sie es in der Therapie gelernt hatte. *Einatmen. Innehalten. Doppelt so lange ausatmen.*

Meta stieß ihr sachte mit dem Ellbogen in die Rippen und zwinkerte ihr verschwörerisch zu. Dann zog Omas beste Freundin aus ihrer Handtasche einen alten silbernen Flachmann heraus und hielt ihn Isa hin.

«Nimm einen Schluck, auf Luise!», flüsterte sie.

Isa blinzelte die Tränen weg und schüttelte energisch den Kopf. Meta hatte da weniger Hemmungen. Sie schraubte den Flachmann auf, prostete in Richtung Sarg und trank.

Isa richtete ihren Blick wieder gen Kanzel. *Einatmen. Ausatmen.*

«Bratkartoffeln …» Der Pastor guckte sehnsüchtig. «Schon während der Sonntagspredigt hatte ich mich stets auf Luises Bratkartoffeln gefreut. Zeit ihres Lebens hat sie uns alle mit ihrem Essen und mit ihrer Herzlichkeit verwöhnt …»

Isa schluckte. Um sie herum wurde geschnieft und geschnäuzt. Aus dem Augenwinkel sah sie, wie selbst Momme sich über die Augen wischte.

«… Aber Luise Petersen musste auch einige Schicksalsschläge verwinden», fuhr der Pastor fort. «Ihr Mann starb, als sie noch eine junge Frau war. Ihre Tochter hat Nordernby früh verlassen, und auch ihre Enkelin, die

Luise großgezogen hatte, kehrte der Heimat vor einigen Jahren den Rücken …»

Jetzt sah Pastor Hartmann Isa über den Rand seiner Lesebrille hinweg direkt an. Und Isa meinte in seinem Blick nicht bloß Mitgefühl zu sehen. Wieder füllten sich ihre Augen mit Tränen. Diesmal griff Isa zu, als Meta ihr den Flachmann reichte. Sie schloss die Augen und nahm einen kräftigen Schluck. Und dann noch einen. Der süße Kirschlikör breitete sich in ihrem Magen aus und verströmte eine angenehme Wärme. Der Pastor hatte ja recht mit seinem strafenden Blick. Es war eine Ewigkeit her, dass Isa Oma besucht hatte. Die ersten Jahre nach ihrem Umzug war sie noch regelmäßig nach Hause gekommen. Drei-, viermal im Jahr bestimmt, wenigstens für ein verlängertes Wochenende. Irgendwann wurden ihre Besuche seltener. Und schließlich schaffte sie es gar nicht mehr. Dabei hatte sie sich so fest vorgenommen, Oma bald zu besuchen. Seit der Sache mit ihrem Restaurant hatte Isa ja reichlich Zeit. Dass sie es nun nicht mehr rechtzeitig geschafft hatte, lastete schwer auf ihren Schultern. *Einatmen. Ausatmen.*

Das kurz darauf einsetzende Orgelspiel fuhr Isa durch Mark und Bein. Die Gemeinde sang *Wir sind nur Gast auf Erden*, und Isa hatte sich noch nie so einsam gefühlt wie in dieser proppenvollen Kirche. Nun gab es hier niemanden mehr, zu dem sie gehörte. Niemanden, der für sie kochte und sie anschließend fragte, ob sie auch wirklich satt war, so wie Oma es früher immer getan hatte. Isa starrte das Foto an: Omas silbernes Haar war ein wenig nachlässig zum *Vogelnest* hochgesteckt, so hatte sie ihre Frisur selbst genannt. In ihrem Blick suchte Isa nach Spuren, nach Anzeichen von Gebrechlichkeit oder Müdigkeit. Doch da war nichts. Ihre bernsteinfarbenen Augen strahlten dieselbe unverwüstliche Heiterkeit aus wie immer.

Der Pastor hatte die Kanzel inzwischen verlassen. Er stellte sich vor den Sarg, hob seine Hände in die Höhe und sagte mit theatralischem Ton: «Der Herr behütet deinen Ausgang und Eingang von nun an bis in Ewigkeit, Amen.»

Die Sargträger kamen und postierten sich.

«Lasst uns nun zum Acker Gottes gehen und den Leib der Verstorbenen zu seiner letzten Ruhestätte bringen.» Mit einem Nicken zeigte der Pastor der Gemeinde an, sich zu erheben. Die Orgel ertönte. Momme und Meta hakten Isa unter und nahmen sie in ihre Mitte. Die drei folgten dem Pastor, der hinter dem Sarg die Trauergesellschaft anführte, und gingen hinaus.

Die Glocke läutete. Es roch modrig. Die sandigen Wege waren aufgeweicht und voller Pfützen, denen Isa versuchte auszuweichen. Das lenkte sie für einen kurzen Moment ab, von der Trauer, dem schlechten Gewissen und dem Gefühl, sich in Nordernby wie eine Fremde zu fühlen.

Omas Grab lag direkt unter einer Linde. Die Träger stellten den mit Tulpen und Gerbera geschmückten Sarg auf die Holzbretter über der Grube. Dann trat die Kapelle der Freiwilligen Feuerwehr ans Grab.

Isa senkte den Blick und starrte auf ihre mit Matsch gesprenkelten Stiefeletten. Sie schielte nach links. Selbst heute steckten Mommes Füße in schwarzen Holzklotzen, und Isa fragte sich, ob das dieselben waren, die er vor 15 Jahren getragen hatte, als sie von hier weggezogen war. Seltsam, nun wieder hier zu sein und alles unverändert vorzufinden. Fast alles.

Der erste Akkord der Feuerwehrkapelle fuhr Isa durch die Glieder. Sie blickte auf. Was war das für Musik? Das war kein Trauermarsch. Isa kam die Melodie bekannt vor. Sie guckte Meta an, die schon angefangen hatte, sich rhythmisch zum Takt zu bewegen.

«Hat Luise sich gewünscht», erklärte sie und begann mitzusingen: *«Vielen Dank für die Blumen, vielen Dank, wie lieb von dir. Manchmal spielt das Leben mit dir gern Katz und Maus …»*

Isa huschte ein Lächeln übers Gesicht. Sie ließ ihren Blick über die Trauergesellschaft schweifen. Oma und ihr Udo sorgten wie immer für Stimmung. Alle guckten vergnügt und wippten zur Musik. Plötzlich entdeckte sie Tim. Da stand er und nickte ihr zu. Wie lange hatte sie ihn nicht gesehen, ja nicht einmal an ihn gedacht? Isa nickte zurück.

Als die Musik verstummte und die Gemeinde begann, das Vaterunser zu murmeln, wurde Isa übel. Sie klammerte sich an Mommes Arm. Dann wurde der Sarg in die Erde gelassen. Der Pastor trat vor und schippte dreimal Sand in die Grube. «Erde zu Erde, Asche zu Asche, Staub zu Staub. Wir geben Luise Petersen in Gottes Hand.»

Isa fröstelte. Jetzt war sie an der Reihe. Sie ließ Mommes Arm los und stakste durch den aufgeweichten Boden. Zögerlich lugte sie über den Rand der Grube. *Gute Reise, Oma …* Die Welt um Isa herum begann sich plötzlich zu drehen. Schnell griff sie nach der Schaufel.

Die feuchte, schwere Erde klatschte auf den Sargdeckel, und vor Isas innerem Auge stiegen Bilder auf, die sich partout nicht verscheuchen ließen: Oma stieß den Sargdeckel auf und beschwerte sich über den Lärm, so wie früher, wenn Momme in der Mittagsstunde Rasen mähte. *«Kann man hier nicht mal in Ruhe ein Nickerchen machen?!»*

In Isas Oberkörper breitete sich ein Kitzeln aus. Ein hysterischer Lachanfall versuchte sich seinen Weg zu bahnen. *Jetzt nicht! Einatmen. Ausatmen.* Eilig legte sie die Schaufel zurück, steckte ihre Hände in die Manteltaschen und drehte sich um. Sie strauchelte. Denn der Absatz ihrer linken Stiefelette steckte in der Erde fest. Es ging ganz schnell: Isa konnte die Drehung nicht auffangen und fiel der Länge nach mit dem Gesicht voran in den feuchten Boden. Stille. Was hätte sie in diesem Moment dafür gegeben, wenn sich die Friedhofserde aufgetan und sie verschlungen hätte! Zack. Weg. Vorbei. Als sie den Kopf ein wenig anhob, blickte sie auf schwarze Klotzen und schwarze Budapester. Mit einem Ruck hatten Momme und Tim sie aufgerichtet.

«Alles okay?», fragte Tim und sah sie mit gerunzelter Stirn an.

Mit einer flinken Drehung befreite sich Isa aus dem Griff der Männer. «Ja, ja, danke. Alles bestens!» So würdevoll sie konnte, schritt sie zurück zu Meta und stellte sich neben sie. In ihrer Manteltasche fühlte sie das Spitzentaschentuch, das Meta ihr in der Kirche gegeben hatte, und wischte sich damit verstohlen über Gesicht und Hände.

Nach und nach gingen die Nordernbyer ans Grab und kamen anschließend zu Isa. All diese Hände, die sie schütteln musste! Sie konnte den Druck nicht erwidern, fühlte sich vollkommen kraftlos. Die Gesichter verschwammen vor ihren Augen, und das Beileidsgemurmel dröhnte dumpf in ihren Ohren.

«Lass dich erst mal ordentlich drücken!» Bevor Isa begriff, was los war, hatte ihre alte Freundin Wiebke sie schon fest an sich gezogen. «Luise fehlt uns allen so sehr», flüsterte sie und streichelte Isa über den Rücken. Isa nickte benommen.

Irgendwann stand Tim vor Isa. Er reichte ihr schweigend die Hand. Dann zog er sie an sich und hielt sie für einen kurzen Moment ganz fest.

Isa war froh, als endlich alle weg waren. Nur Meta und ihr Sohn Momme waren nicht von ihrer Seite gewichen.

«Wir haben deine Mutter nicht erreicht», unterbrach Meta die Stille.

Ein merkwürdiges Gefühl machte sich in Isas Magengegend breit. Sie spürte, wie sich ihre Gesichtszüge verhärteten. Ihr Herz fühlte sich kalt und starr an wie die Grabsteine um sie herum. «Ich hab auch nicht damit gerechnet, sie hier zu treffen.» Sie hockte sich vors Grab und zog die Schleife an dem riesigen Kranz vom Bürgermeister glatt.

Eine kräftige Böe fegte über den Gottesacker. Isa richtete sich wieder auf, stellte den Kragen ihres Mantels hoch und betrachtete die verschiedenen Gestecke.

«Wir müssen jetzt rüber», sagte Momme. «Die warten bestimmt schon alle.»

Isa sah ihn fragend an.

«Na, in den Seestern. Leichenschmaus.»

Sie schüttelte den Kopf. «Das ist nichts für mich. Ich

bleibe noch hier und lege mich später in Omas Wohnung hin. Bin total fertig.»

«Vergiss es, Isa! Du musst mir helfen.» Momme legte ihr den Arm um die Schulter und schob sie Richtung Friedhofspforte. «Einige Bleche Butterkuchen hat Bäcker Hansen heute Morgen schon geliefert. Aber ich brauch dich zum Brötchenschmieren.»

«Stopp, stopp, stopp!» Isa mobilisierte ihre letzte Kraft und schüttelte energisch Mommes Arm ab. «Meine Oma ist gestorben! Da steht mir ganz bestimmt nicht der Sinn danach, mit dem ganzen Dorf zu feiern. Ich wäre jetzt wirklich gern allein.»

«Ach ja? So schlecht geht es dir also?» Momme verschränkte die Arme. «Wo warst du denn, als deine Oma gestorben ist? Wo warst du überhaupt die ganzen letzten Jahre?» Er schaute Isa fest in die Augen. Sie starrte zurück in seine hellblauen Husky-Augen. Jetzt bloß nicht blinzeln. Dann verzog sich sein Mund zu einem Schmunzeln, und er kratzte sich über die angegrauten Bartstoppeln. «Oder ist dir deine akrobatische Einlage als Plattfisch von eben so peinlich, dass du lieber niemanden sehen willst?»

«Hier hat sich überhaupt nichts verändert.» Isas Stimme zitterte. «Du bist immer noch genauso feinfühlig wie ein alter Trecker … Verdammt, Momme, weißt du, wann ich heute aufgestanden bin, um hierherzukommen? Ich bin müde und traurig und will meine Ruhe.»

«Isalein, das bist du deiner Oma wirklich schuldig», mischte sich jetzt auch Meta ein. «Nu hilf Momme und sorg dafür, dass es für Luise noch mal ein anständiges Fest gibt. Du weißt genau, das hätte sie so gewollt.»

Isa schnaufte und klemmte sich eine Haarsträhne hinters Ohr. Sie spürte, sie hatte keine Wahl. Nur gut, dass sie das alles hier morgen endgültig hinter sich lassen würde.

2.

*Es ist ein Brauch von alters her,
wer Kummer hat, hat auch Likör!*

WILHELM BUSCH

KÜSTENNEBEL

Vom Friedhof zum Seestern brauchte man zu Fuß nicht mal zehn Minuten. Isa fröstelte. Der Wind jagte dunkle Wolken vor sich her. Jetzt konnte man den Regen schon riechen. Trotz des Schietwetters hatte Isa es nicht eilig. Schweigend trottete sie hinter Meta und Momme her. Meta hatte sich bei ihrem Sohn untergehakt. Sie war kleiner, als Isa sie in Erinnerung hatte, wirkte aber immer noch ziemlich robust. Isa musste an das Foto von Oma in der Kirche denken. Diese zarte, zähe Frau. Und nun sollte sie nicht mehr da sein? Natürlich hatte sie gewusst, dass dieser Tag irgendwann kommen würde. Aber jetzt doch noch nicht. Isa presste die Lippen zusammen und kämpfte mit den Tränen.

Die Allee führte zur Dorfkreuzung. An der Ecke hatte Bäcker Hansen seinen Laden. Und direkt gegenüber lag der Seestern. Gelber Sandstein, Sprossenfenster. Im ersten Stock waren die Wohnräume. Hintenraus der kleine Biergarten. Auf dem Schild über der Tür des Dorf-krugs stand *Seestern Restaurant & Saalbetrieb* und darunter in schwarzen Zahlen *1887*. All das kam Isa beklemmend vertraut vor.

Nordernby mit seinen gut vierhundert Einwohnern lag idyllisch zwischen Schlei und Ostsee. Mit seinen windschiefen Reetdachkaten war das Dorf für viele Städter und Wassersportler ein Sehnsuchtsort. Für Isa war es irgendwann nur noch der Arsch der Welt gewesen. Trotz der guten Luft hatte sie hier einfach nicht mehr atmen können.

«Ist das Dach neu?», fragte sie. «Das Reet sieht so frisch aus.»

«Jo», sagte Momme. «Die Löcher waren einfach nicht mehr zu stopfen.»

«Komisch, davon hatte Oma gar nichts erzählt.»

Momme hielt die Tür auf. Isa zögerte und betrachtete die Stiefmütterchen und Osterglocken in den Kübeln links und rechts vom Eingang.

«Was is, Isa, noch nie Frühlingsblüher gesehen?» Momme machte eine Kopfbewegung nach drinnen. «Mach hinne! Die Brötchen!»

Isa nahm die drei Stufen mit einem Satz, so wie sie es früher immer getan hatte … *Einatmen. Ausatmen.* Und genau wie früher hatte sie irgendwie das Gefühl, nicht hierherzugehören. Sie sah sich im Eingangsbereich um, von dem aus Saal und Gaststube abgingen. Alles da: der Bauernschrank, die gerahmten Fotos an den Wänden von den Feuerwehr- und Schützenfesten. Sogar der Geruch war wie immer, diese Mischung aus kaltem Rauch und Muff. Nur Oma fehlte.

Aus dem Saal drang Stimmgewirr. Eine junge Frau mit erhitztem Gesicht eilte mit zwei Thermoskannen hinein. Eine andere folgte ihr und wäre dabei fast mit Meta zusammengestoßen, die sich ebenfalls in den Raum drängte.

Momme schob Isa durch die leere Gaststube am Tresen und den Sparfächern vorbei in die Küche. Die Welt begann sich zu drehen.

«Da liegen die Brötchen, da steht Butter», erklärte er. «Mett, Käse und Salami sind im Kühlschrank. Zwiebeln müssen noch geschnitten werden, weißt ja, wo die sind.» Momme zog sein schwarzes Jackett aus, lockerte die Krawatte und krempelte sich die Ärmel hoch. «Ich geh rüber und guck, ob im Saal alles klar ist, danach helf ich dir.»

Isa blieb allein zurück. Sie ließ sich auf einen Stuhl sinken, schloss die Augen und wartete, dass der Schwindel vorüberging.

Nach einer Weile öffnete sie erst ein Auge, dann das zweite. Isa horchte in sich hinein und spürte, dass sie wieder festen Boden unter den Füßen hatte. Sie sah sich um. Auch hier hatte sich nichts verändert. Sogar der alte Gasherd, der schon bei ihrem letzten Besuch, vor knapp vier Jahren, ordentlich Mucken gemacht hatte, stand noch an Ort und Stelle. Diese Küche hatte so gar keine Ähnlichkeit mit den cleanen, modernen, top ausgestatteten Kochtempeln in London, in denen Isa die letzten Jahre gearbeitet hatte. Ihr Blick blieb an dem alten Schrank mit den Keramikschütten hängen, auf denen ZUCKER, GRIESS und GRAUPEN stand. Ob die noch gefüllt waren? Sie war zu müde, um nachzusehen. Vor dem Schrank lehnte die Klapptafel, die Isa nur zu gut kannte. Wie oft hatte sie sich an dem ollen Ding beim Raustragen die Finger geklemmt.

Luises Ostermenü: Fischsuppe & Lammkeule 17,50 Euro stand darauf. Wieder fühlte sich ihre Kehle an, als würde sie brennen.

Wenn Oma morgens in die Küche gekommen war, hatte sie sich immer gut gelaunt die Hände gerieben. «*Na, min Deern, was wollen wir heute Schönes für unsere Gäste kochen?*» Im Frühling gab es Spargel und Matjes und Lamm. Im Sommer Lachsforelle, Erbsen und Wurzeln mit geräuchertem Schinken, und wenn es besonders heiß war, rote Grütze mit Milch und Zwieback. Im Herbst dampften Eintöpfe auf dem Herd. Birnen, Bohnen und Speck verströmten dann einen herzhaften Duft mit leicht süßlicher Note. Und im Winter gab es Grünkohl und Gänsebraten. So war Isa aufgewachsen: zwischen klappernden Topfdeckeln, brodelnden Suppentöpfen, dem Geruch von Bratfett, der sich in ihren Haaren verfing. Mit Gelächter, Klönschnack, glücklichen Gästen, die sich nach Omas Essen die Finger leckten, und hin und wieder einer Schnapsleiche, die am Morgen, wenn Isa zur Schule musste, zusammengesunken auf einem Hocker saß und mit dem Kopf auf dem Tresen selig schlief. Noch bevor Isa lesen und schreiben gelernt hatte, wusste sie, wie man einen Fisch ausnimmt, ihn sauber filetiert, und erst recht, dass man ihn auf der Fleischseite an- und auf der Hautseite gar brät. «*In der Haut steckt der Geschmack*», hatte Oma immer gesagt, wenn die Filets in der Pfanne zischten und sich der würzige Geruch von Meer und Heimat in der Küche ausbreitete. Isa hatte sich früher nie vorstellen können, etwas anderes zu werden als Köchin. Inzwischen hingegen …

Das plötzliche, unkontrollierte Zittern ihrer Hände riss Isa aus ihren Erinnerungen. Sie begann sich auf ihre Atmung zu konzentrieren und hoffte, dass niemand reinkommen möge. Wenn doch, würde sie alles auf den Schock und die Trauer schieben.

Nach einigen Minuten ließ die Attacke zum Glück nach. Auf der Arbeitsfläche entdeckte Isa eine Speisekarte. Langsam stand sie auf und trat näher. Sie fuhr mit den Fingern über das braune Kunstleder und den goldgeprägten Seestern auf dem Einband. Die Seiten steckten in Schutzfolien, die beim Umblättern ein schmatzendes Geräusch machten. Auch hier hatte sich nichts verändert. Die gleichen gewöhnlichen Gerichte wie immer.

Schon früh waren Isa und Oma sich beim Thema Kochen nicht mehr einig gewesen. Als Isa einmal am Anfang ihrer Ausbildung zu Besuch in Nordernby gewesen war und ihrer Oma voller Stolz die sieben Kilo schwere Messertasche präsentierte, in der neben jeder Menge Messer in allen Größen auch Pinzetten, Pipetten und Thermometer steckten, hatte diese sich kaputtgelacht. «Wozu brauchst du das ganze Zeug?» Mit Räucherpfeifen oder Dampfgarer musste man Oma erst gar nicht kommen. Alles nur neumodisches Gedöns. Geräuchert wurde bei Fischer Jakobsen in der Räucherkammer, und der Rest wurde gekocht oder gebraten. Fertig. Bloß keine Experimente.

Isa drehte sich um. Fette Regentropfen trommelten jetzt gegen die verglaste Gartentür. An dieser Stelle hatte Momme Oma gefunden. Sie habe gelächelt und ganz friedlich ausgesehen.

Isa ging zum Waschbecken, drehte warmes Wasser auf und schrubbte sich mit der Nagelbürste die Friedhofserde von den Händen.

Nach einer Weile zog sie ein Haargummi aus ihrer Manteltasche und band ihre blonden Locken hoch. Sie zog den Mantel aus, kramte das kleine uralte Messer mit dem wackeligen Holzgriff aus der Schublade und füllte eine Glasschale mit warmem Wasser. Den Trick hatte Oma ihr gezeigt. Wenn man Zwiebeln kurz in warmes Wasser legte, tränten die Augen beim Schneiden viel weniger. Dabei waren tränende Augen heute ihre kleinste Sorge.

Isa starrte auf ihre Hände. Würde das Zittern wieder schlimmer werden? Sie atmete laut aus und begann vorsichtig, die erste Zwiebel zu häuten.

Sie hatte gerade das letzte Brötchen mit Mett bestrichen und Zwiebeln darauf gelöffelt, als Meta in die Küche kam und ihr einen Küstennebel vor die Nase stellte.

«So viel Zeit muss sein.» Metas Gesicht verknitterte zu einem fröhlichen Lächeln. In ihr vertrautes Gesicht zu blicken fühlte sich wie eine wärmende Decke an. Und zum ersten Mal seit Tagen entspannte sich Isa halbwegs. Auch ihr Zittern hatte sich verzogen.

«Auf Luise!», sagte Meta.

«Auf Oma!» Isa prostete Richtung Küchendecke und kippte den Anisschnaps hinunter.

Prompt betrat auch Momme die Küche. «So, Isa, ich glaub, wir haben erst mal genug.» Er griff sich zwei Brötchenplatten. «Nimm du die anderen beiden. Und Muddi, kannst du auch eine nehmen?»

Meta schnappte sich ein Salamibrötchen und biss hinein. «Gleich, erst mal muss ich was essen.»

Momme verdrehte die Augen und marschierte los. Isa folgte ihm. Im Gehen wandte er sich noch einmal zu ihr um. «Sind gut geworden deine Brötchen.» Er grinste. «Kannst hier anfangen.»

«Versuchst du gerade besonders witzig zu sein?» Isa erschrak selbst über ihren schrillen Ton.

Momme blieb abrupt stehen und funkelte sie an. «Ach, das Fräulein ist sich mit ihrer Haute Cuisine wohl zu fein für Nordernby? In deinem Restaurant gibt's bestimmt nur Hummer und Wachteln und sun Zeugs und Portionen, von denen keiner satt wird.»

Isa wurde heiß vor Wut, und das nicht nur, weil Momme von ihrer Art zu kochen selbstverständlich nicht die geringste Ahnung hatte, sondern auch, weil sie es schon als Kind nicht abkonnte, wenn er sie *Fräulein* nannte. Oder noch schlimmer: *mein liebes Fräulein*.

Mit dem Ellbogen öffnete Momme die Saaltür. Isa stoppte und lugte hinein. Einige Nordernbyer standen in Grüppchen zusammen. Andere saßen an den Tischen. Es wurde geredet und gelacht. Die Frauen, die vorhin die Thermoskannen gebracht hatten, hielten jetzt jeweils in der einen Hand ein Tablett mit Schnapsgläsern, in der anderen eine Flasche Korn. Isa verspürte nicht die geringste Lust, da jetzt reinzugehen. *Wat mutt, dat mutt*, hätte Oma in so einer Situation gesagt. Isa atmete tief durch. Dann steuerte sie auf die Tische zu, die Momme seitlich vom Tresen zusammengeschoben hatte, und stellte die Brötchen ab.

Sie war gerade dabei, sich ihr Kleid glatt zu streichen

und sich ein wenig umzuschauen, als sie plötzlich von hinten eine kräftige Hand auf ihrer Schulter spürte. Isa drehte sich um und guckte in das verschwitzte, großporige Gesicht von Bürgermeister Diedrichsen. Sein schweres, goldenes Brillengestell war ihm auf die Nasenspitze gerutscht.

«Na, min Deern, ist ja echt 'n Zacken her, dass du hier warst.» Er packte Isas rechte Hand und schüttelte sie, als wollte er ihr den Arm auskugeln. «Noch mal mein tiefes Mitgefühl zum Tod deiner Großmutter.»

«Danke, Herr Diedrichsen.»

«Herr Diedrichsen?!» Jetzt legte er den Arm um sie und zog sie dicht an sich heran. Eine Mischung aus Schweiß, Aftershave und Korn stieg ihr in die Nase. Isa hatte vergessen oder verdrängt, wie die Nordernbyer alle beäugten und jedem auf die Pelle rückten.

«Wie lange kennen wir uns?», fragte der Bürgermeister und zwinkerte Isa zu. «Der einzige Mensch, der mich hier siezt, ist die Trulla in meinem Navi!» Er grölte, und seine roten Wangen leuchteten nun noch mehr. Mit einer schnellen Bewegung befreite sich Isa aus der halben Umarmung. Aus dem Augenwinkel sah sie Tim, der mit einigen Männern ein paar Schritte entfernt stand und sich gerade das braune Haar aus der Stirn strich.

«Sag mal, Isabel, was hast du jetzt eigentlich mit dem Seestern vor?»

Isa wendete sich wieder dem Bürgermeister zu.

«Wie bitte?»

«Na, du willst hier ja wohl nicht wieder einziehen, oder?» Sein Lachen ging über in einen Hustenanfall. «Komm, lass uns anstoßen, auf deine Großmutter.» Diedrichsen winkte die Frau mit dem Schnaps ran, die eilig zwei Korn eingoss.

«Auf Luise!»

Isa kippte das Zeug runter und schüttelte sich.

«Du musst wissen», sagte der Bürgermeister verschwörerisch, «die Grundstückspreise sind hier in den letzten Jahren ordentlich in die Höhe geschossen.»

Jetzt gesellte sich ein junger Mann zu ihnen. Er schnippte mit den Fingern und zeigte lachend auf Isa. «Lange nicht gesehen und trotzdem wiedererkannt!»

Isa versteifte sich innerlich. *Wie witzig!* Am liebsten hätte sie fluchtartig den Saal verlassen. «Moin, Gunnar, schön, dich zu sehen.» Die Lüge ging ihr leicht über die Lippen. Im Gegensatz zu seinem Vater glich Gunnar Diedrichsen eher einem dünnen, blassen Hering.

«Ich erzähl Isabel gerade, wie sich hier die Preise verändert haben», sagte der Bürgermeister und zog ein zerknittertes Tuch aus seiner Hosentasche, mit dem er sich umständlich die Stirn abtupfte. «Kenner nennen unsere schöne Gegend hier am Ostseefjord die Côte d'Azur des Nordens.»

«Genau, Côte d'Azur des Nordens», pflichtete Gunnar seinem Vater nickend bei.

«Was bist du, 'n Echo oder was?», ranzte der Bürgermeister seinen Sohn an. «Also, wie auch immer, wir müssen uns unbedingt über den Seestern unterhalten!», sagte er und sah sich nach einem weiteren Korn um.

Isa hatte genug. Für ein längeres Gespräch mit den beiden Diedrichsen-Männern fehlten ihr Lust und Kraft. Andererseits hatte der Bürgermeister ja recht, irgendetwas musste mit dem Seestern passieren.

«Komm schnell, er ist gerade abgelenkt», flüsterte Tim, der plötzlich neben Isa aufgetaucht war, und zog sie mit sich. «Oder störe ich? Möchtest du dich gern weiter mit Gunnar und seinem Alten unterhalten?» Er lächelte Isa an und bugsierte sie in eine ruhigere Ecke des Saals.

Er sah gut aus, fand sie, reifer. Die Fältchen um seine Augen waren inzwischen auch zu sehen, wenn er nicht lachte.

«Danke für die Rettung», sagte Isa. «Was für ein schräges Gespann die beiden.»

Tim nickte. Dann breitete sich Schweigen aus, und Isa starrte auf ihre Schuhe, die immer noch voller Matschsprenkel waren.

«Kommst du klar?», fragte Tim. «Ich meine, so ohne Luise?»

Isa hob den Blick und zuckte mit den Schultern. «Fühlt sich alles irgendwie unwirklich an.» Sie winkte die Frau mit dem Schnaps heran, nahm zwei volle Gläser vom Tablett und reichte Tim eins. «Auf Oma!»

Tim prostete Isa zu und trank.

«Ich will auch mit dir anstoßen, Isa!» Plötzlich stand Inge vom Edeka-Laden mit rot geweinten Augen und zwei gefüllten Schnapsgläsern vor ihr. «Muss schwer für dich sein, ohne Oma.»

Isa schluckte.

«Luise war so stolz auf dich, sie hat immer erzählt, wie fleißig du in London bist.» Inge reichte ihr einen Schnaps. «Deine Oma war wirklich eine Zauberin.» Jetzt schwang in Inges Stimme etwas Feierliches mit. «Allein mit ihrem Lächeln konnte sie Menschen glücklich machen. Und mit ihrem Dorsch in Senfsoße erst … Auf Luise!»

«Danke, Inge, das hast du schön gesagt.»

Isa spürte, wie Inge sie eindringlich ansah. «Du wirst deiner Mutter immer ähnlicher. Die gleichen Gesichtszüge. Weiß sie eigentlich Bescheid?»

Mit Schwung kippte Isa den letzten Tropfen Korn runter. «Keine Ahnung, glaub nicht.» Ihr Blick suchte den von Tim, doch dieser wurde jetzt etwas ruppig zur Seite gedrängt.

«Komm, lass dich noch mal ordentlich drücken!» Wiebke und Frank traten zu ihnen. Isa fiel auf, dass Frank immer noch das gleiche jungenhafte Gesicht wie zu Schulzeiten hatte. Etwas unbeholfen klopfte er ihr auf die Schulter. Wiebke dagegen nahm Isa noch fester in den Arm als auf dem Friedhof. Sie wollte immer alle noch mal ordentlich drücken. Als Teenager fing Isa diese Angewohnheit irgendwann an zu nerven. Aber jetzt, musste sie zugeben, fühlte sich die Nähe ihrer alten Freundin richtig gut an. Auch sie hatte sich kaum verändert, nur dass sie ihr dunkles Haar kürzer trug und es von hellen Strähnchen durchzogen war. Ihre Sommersprossen waren an Ort und Stelle, und sie selbst wirkte trotz des traurigen Anlasses wie eh und je voller Energie.

«Die Zwillinge sind krank», plapperte Wiebke munter los. «Meine Mutter ist zwar bei ihnen, aber nach der Kirche wollten wir schnell noch mal nach den beiden Lütten sehen.»

«Wie alt sind die jetzt?», fragte Isa.

«Drei. Weißt du nicht mehr? Als du das letzte Mal hier warst, war ich hochschwanger.»

Isa lächelte verlegen. Sie musste zugeben, dass sie oft auf Durchzug gestellt hatte, wenn Oma Neuigkeiten aus dem Dorf erzählte. Vielleicht war es allmählich aber auch der viele Korn, der ihr Erinnerungsvermögen vernebelte?

Wiebke und Frank waren seit der Oberstufe ein Paar. Ihre Hochzeit gut fünf Jahre nach dem Abi war so vorhersehbar gewesen wie das Amen in der Kirche. Gefeiert wurde natürlich im Seestern. Alles genauso, wie Wiebke es sich immer erträumt hatte: Kirche, weißes Kleid, dreistöckige Hochzeitstorte, ausgiebige Reden, eine Stimmungskanone am DJ-Pult und ohne Ende Schnapsleichen. Gebaut hatten die beiden dann direkt neben Wiebkes Eltern. Und seit es endlich mit dem heißersehnten Nachwuchs geklappt hatte, und das auch noch im Doppelpack, war Wiebkes Leben perfekt.

Tim hatte vom Tresen inzwischen eine Runde frischgezapfte Flensburger besorgt, was Isa für eine ausgezeichnete Idee hielt. Sie konnte keinen Korn mehr sehen. Andererseits sollte sie besser erst mal etwas essen, denn sie hatte seit dem pappigen Sandwich heute Morgen im Flieger nichts mehr in den Magen bekommen.

«Auf meine geliebte Oma!» Isa fühlte sich merkwürdig aufgekratzt und stieß mit ihren alten Freunden an.

Plötzlich ertönte Musik. Momme stand an der Anlage neben der kleinen Bühne. *Ich war noch niemals in New York* ... dröhnte es aus den Boxen. Oma und ihr Udo Jürgens. Bei der Vorstellung, dass die beiden jetzt im Himmel zusammen sangen und Kirschlikör tranken, musste Isa lächeln. Und der Gedanke, dass Oma da oben nicht allein war, hatte etwas Tröstliches.

«Wie lange bleibst du eigentlich?» Tim beugte sich dicht zu Isa rüber und versuchte, gegen Udos Gesang anzukommen.

«Nur bis morgen.»

«Musst du hier nicht noch alles Mögliche erledigen?», wollte er wissen. «Was wird aus dem Seestern?»

«Ich werde ihn verkaufen, aber das kann ich auch von London aus regeln.» Isa hielt sich am Tisch fest und merkte, dass sie die letzten Worte schon ein wenig gelallt hatte. Sie beschloss, auf der Stelle etwas zu essen, ließ Tim stehen und ging zu den Brötchen.

Der Käse sah aus, als ob er schwitzte. Die Salami wölbte sich nach oben, und Mett mochte Isa noch nie. Sie zog die Käsescheibe von einer Brötchenhälfte, biss hinein und sah sich um. Die Nordernbyer waren jetzt ganz schön in Fahrt. Einige tanzten. Alle tranken. Die Frau mit dem Korn kam kaum hinterher.

Beerdigungen gehörten im Seestern von jeher zu den rauschendsten Festen. Lieber eine Polonaise und eine anständige Schlägerei als nur Rumgeheule, fand Oma immer.

Am Tresen entdeckte Isa den Pastor. Neben ihm redete der Bürgermeister auf einen Mann ein, den Isa nicht kannte. Diedrichsens Gesicht hatte sich inzwischen violett verfärbt und sah aus, als würde es jeden Moment platzen. Isa nahm sich noch ein weiteres Brötchen und kehrte zu ihrem Stehtisch zurück.

«So, Isa.» Wiebke lächelte sie an. «Jetzt kommen wir mal zu den wesentlichen Dingen. Luise hatte schon vor einiger Zeit erzählt, dass du heiraten willst?»

Weil sie gegen die Musik nicht anschreien wollte, hielt Isa einfach nur ihre rechte Hand in die Höhe und wackelte mit dem Ringfinger, an dem ein großzügiger Brillant strahlte.

«Wow! So ein Hammerteil hat Frank mir noch nie geschenkt ...» Wiebke sah ihren Mann herausfordernd an, doch der winkte nur ab.

Gedankenverloren drehte Isa an ihrem Ring.

«Ach komm, Isa.» Wiebke stieß Isa mit dem Ellbogen in die Seite. «Den hast du dir doch selbst gekauft, um hier Eindruck zu schinden. Oder wie war das noch: *Heiraten ist doch nur was für Spießer.*»

«So ein Quatsch!» Isa pustete sich eine Haarsträhne aus dem Gesicht. «Ich hatte nie was gegen's Heiraten. Ich hatte nur was dagegen, hier zu versauern.»

Dass Henry mit ihr schon zigmal übers Heiraten gesprochen hatte, sie das Thema aber jedes Mal vertagte, behielt Isa für sich. Als er das Thema kurz nach dem Desaster im Restaurant wieder auf den Tisch gepackt hatte, gab Isa ihren inneren Widerstand schließlich auf und sagte ja. Und nun stand der Termin im September fest.

«Wo ist er denn, dein Verlobter?» Tim trank sein Bier aus. «Hätte dich zu so einem traurigen Anlass ja ruhig begleiten können.»

Isa entging der bissige Unterton nicht. «Er konnte nicht weg, hat jede Menge Stress. Er ist immerhin Chefsommelier in einem Spitzenrestaurant.»

«Und dein Restaurant?», wollte Wiebke wissen. «Erzähl, wie läuft's?»

«Äh ... Gut!», log Isa und war beinahe dankbar, dass Frank eine neue Runde Bier und für alle auch noch einen Küstennebel brachte.

Isa lenkte das Gespräch schnell auf den Nachwuchs und ließ sich auf Wiebkes Handy unzählige Fotos von den Zwillingen zeigen.

Im Saal war es jetzt ganz schön stickig. Zwei Küstennebel später saß Isa eingekeilt zwischen Wiebke und Frank und hatte einen ordentlichen Schluckauf. Sie kniff die Augen zusammen, hatte aber Mühe, die Zwillinge am Strand, in der Badewanne und total verdreckt im Garten scharf zu sehen.

Merci, merci, merci für die Stunden, Chérie, Chérie, Chérie ...

Als Omas Lieblingslied erklang, gab es für Isa mit einem Mal kein Halten mehr. In einem Nebel aus Bier, Schnaps und Schuldgefühlen löste sie sich aus der Runde und erklärte: «Ich glaube ... *Hicks* ... ich sollte Oma zu Ehren ein paar Worte sagen ... *Hicks.*» Sie griff nach ihrem Bier, kletterte etwas schwerfällig zu Momme auf die Bühne und drehte Udo leiser.

«Liebe Nordernbyer!», rief sie und wunderte sich, wie stark ihre Stimme lallte.

Aber es hörte ohnehin keiner zu. Alle redeten und lachten weiter. Isa versuchte auf Daumen und Zeigefinger zu pfeifen, so wie Momme es ihr als Kind beigebracht hatte. Aber da kam bloß heiße Luft und Spucke. Mit ihrem Verlobungsring klopfte sie schließlich gegen das Bierglas und räusperte sich laut. Langsam wurde es stiller. Gelächter und Gläserklirren ließen nach. Alle starrten sie an.

«Liebe Nordernbyer!», wiederholte Isa. Den Schluckauf schien sie los zu sein.

«Lauter!», brüllten einige.

Eilig schloss Momme ein Mikro an die Anlage an und reichte es ihr.

«Eins, zwei ... Hört ihr mich jetzt?»

«Jo!»

Isa blickte in die Menge und fragte sich, wieso der Saal so schwankte. Fast wie auf einem Hochseekutter. In einer Ecke der Bühne stand ein Barhocker. Sie zog ihn zu sich heran und setzte sich mit einer Arschbacke darauf.

«Meine geliebte Oma war eine ganz besondere Frau», nuschelte sie ins Mikro, das sie dicht vor ihren Mund hielt.

«Bravo!», brüllte der Bürgermeister und riss sein Bierglas in die Höhe, sodass der halbe Inhalt mit einem lauten Platsch auf dem Boden landete.

«Erst einmal möchte ich mich ganz besonders bei Momme und Meta bedanken. Dafür, dass ihr euch immer um Oma gekümmert habt, und auch dafür, dass ihr die Trauerfeier so schön organisiert habt.»

«Dafür nich!», rief Momme und prostete Isa zu.

Meta lächelte nur und nippte an einem frischen Kirschlikör.

«Die Nordernbyer haben die gute Seele vom Seestern, vielleicht sogar vom ganzen Dorf verloren. Und ich … ich hab meine geliebte Oma verloren.» Isa schnaufte ins Mikro und nahm einen großen Schluck Bier. Dann stellte sie das Glas auf den Boden, rappelte sich wieder hoch und wischte sich mit dem Handrücken Tränen aus den Augen. Es war hart, das alles in Worte zu fassen.

«Für mich war Oma der beste Mensch auf der Welt. Sie hat mir Wurzeln und sie hat mir Flügel gegeben.» Natürlich war Oma nicht begeistert gewesen, als Isa beschlossen hatte, nach der Schule nach London zu gehen. Isa wusste, dass Luise lange gehofft hatte, sie würde in Nordernby bleiben und nicht wie Jette das Weite suchen. In großer Runde hatte Oma oft erzählt, wie ähnlich sie und Isa sich seien: *Wir bekommen beide schon hinterm Ortsschild Heimweh.* Oma hatte dann jedes Mal herzlich gelacht und sie fest an sich gedrückt. Und Isa hatte geglaubt, was Oma sagte. Als Isa aber in die Pubertät kam, sich oft in ihr Zimmer zurückzog und die Kochbücher berühmter Köche studierte, statt Oma in der Küche zur Hand zu gehen, hatte diese sich den Satz abgewöhnt und sie bei all ihren Plänen unterstützt. Da war es für Isa Ehrensache, ihr Restaurant nach ihrer Oma zu benennen.

«Wärste mit deinen Flügeln mal besser öfter nach Hause geflogen», krakeelte plötzlich eine Frauenstimme.

Isa kniff die Augen zusammen und suchte die Menge ab. Wer hatte das gesagt?

Eine junge Frau beäugte sie lauernd. Isa brauchte einen Moment, dann wusste sie, um wen es sich handelte: Swantje Heide, Apothekerstochter und schon zu Schulzeiten eine ganz schöne Wichtigtuerin. In den letzten Jahren hatte sie offensichtlich ordentlich abgespeckt.

«Was ist, Frau von Welt?», rief Swantje. «Fällt dir keine Antwort zu ein, was?»

Isa rieb sich die Schläfe, das Mikro raschelte, und sie versuchte, sich daran zu erinnern, was noch mal die Frage war … Ach ja, die dicke Swantje, die jetzt nicht mehr dick war, wollte wissen, wieso Isa so selten nach Hause gekommen war.

«Wenn du es genau wissen willst, Swantje, ich wollte nicht mein Leben lang Heringe braten und Bohneneintopf kochen.» Isa bückte sich und griff nach ihrem Bier. Sie trank einen Schluck. «Ich hab mich zur Schuh, äh … Sous-Chefin in einem Sterne-Restaurant hochgearbeitet.

Und dann habe ich mein eigenes Restaurant in Notting Hill eröffnet.» Sie drehte den Kopf zur Seite und rülpste.

«Ach, Notting Hill?» Swantjes Stimme überschlug sich jetzt fast. «Dann kommen wohl Hugh Grant und Julia Roberts auch mal vorbei, was?»

Lautes Gelächter.

Isa schüttelte stumm den Kopf. Wieso waren bloß alle gegen sie ...? Mann, ja, sie hatte sich die letzten Jahre kaum um Oma gekümmert. Aber glaubten hier alle echt, sie machte sich deshalb nicht schon selbst genug Vorwürfe?! Isa schnaufte. Na wartet, ihr Landpomeranzen ...

«Weißt du, Swantje, das kannst du dir hier in der Provinz wahrscheinlich gar nicht vorstellen, aber tatsächlich kenne ich viele berühmte Leute.» Isa nahm noch einen kräftigen Schluck. Dann stellte sie das Glas zurück auf den Boden und schwankte beim Aufrichten. «In mein Restaurant kamen äh ... kommen viele Promis. Sogar Prinz Harry und Meghan waren schon da und die Beckhams. Ich hab in London viel erreicht. Und darauf bin ich echt stolz.»

«Und all das ist natürlich wichtiger als die alte Oma im kleinen Nordernby?», mischte sich jetzt auch Swantjes Mutter Gesa mit schriller Stimme ein.

«Oma wollte immer, dass ich meinen eigenen Weg gehe.» Isa fing an zu schwitzen, und ihre Worte klangen jetzt irgendwie matschig. Wie konnte ihr die Situation nur so entgleiten?

«Aber sie war doch krank und hätte hier dringend Hilfe gebraucht», sagte Gesa.

«Das habe ich nicht gewusst!» Isas Stimme zitterte. «Hätte ich es gewusst, wäre ich öfter gekommen!»

«Hätte, hätte, Fahrradkette», bölkte jemand aus der Menge. Und Gesa fügte mit zickigem Unterton hinzu: «Der Apfel fällt eben nicht weit vom Stamm. Wie die Mutter, so die Tochter.»

Jetzt hatte Isa die Faxen dicke und spielte ernsthaft mit dem Gedanken, den beiden Weibern ihr Bier ins Gesicht zu kippen. Wieder stiegen ihr Tränen in die Augen. Aber diesmal nicht aus Trauer, sondern aus Wut. Sie hasste es, mit Jette in einen Topf geworfen zu werden. Ihre Mutter hatte nicht nur Luise verlassen, das war normal: Kinder verlassen nun mal das Nest, wenn sie flügge sind. Jette hatte auch Isa, ihr Baby, verlassen. Sie schluckte die Tränen trotzig herunter. Jetzt bloß nicht heulen vor diesen selbstgefälligen Wichtigtuerinnen.

«Schon als Kind hab ich davon geträumt, Spitzenköchin zu werden», krächzte Isa ins Mikro und versuchte, sich zu verteidigen. «Und diesen Traum hab ich mir in London erfüllt. Was ist falsch daran?»

«Nu, ist gut, Isa», rief Momme. «Komm runter, wir wollen Udo hören.»

«Augenblick noch.» Isa schwang das Mikro und zeigte in Swantjes Richtung. «Jetzt erzähl du doch mal, was du aus deinem Leben gemacht hast? Auch Apothekerin geworden und schön ins gemachte Nest gesetzt?»

«Komm, Zeit, ins Bett zu gehen.» Tim stand plötzlich vor ihr.

«Das hättest du wohl gern?!», feixte Isa. «Nein, danke. Kein Interesse. Außerdem bin ich hier noch nicht fertig!» Sie schob ihn zur Seite und ließ ihren Blick schweifen. Jetzt war sie richtig in Fahrt und in genau der richtigen Stimmung, um hier mal Tacheles zu reden. «Was ist mit dir, Meta? Hauptsache, immer ordentlich Likörchen, ne?» Dann nahm Isa den Tisch ins Visier, an dem sie eben noch gestanden hatte. «Und du, Wiebke? Schön 'n paar Kinder kriegen, und dann alles ganz gemütlich?» Sie nahm sich den Nächsten vor. «Gemütlich magst du ja auch gern, ne, Momme? Schön jeden Tag Räucherfisch und Rinderbraten, bloß keine Veränderungen.» Isa schnaubte verächtlich. «Kein Wunder, dass du keine Frau abkriegst.»

Plötzlich spürte sie, wie Tim sie packte und über seine Schulter warf. Er schwankte und drehte sich um die eigene Achse. Isa ließ das Mikro fallen, trommelte mit den Fäusten auf seinen Rücken und zappelte wie ein Fisch an Land: «Lass mich runter, du Mistkerl!»

Dann wurde alles schwarz.

3.

Kochen ist wie Malen oder Komponieren:
Es gibt nur eine bestimmte Anzahl
an Farben und Noten. Entscheidend ist,
wie du sie miteinander verbindest.

WOLFGANG PUCK

MUTTER

Nun war sie also tot, hatte sich ohne ein Wort aus dem Staub gemacht. Typisch, dachte Jette. Im Schweigen war ihre Mutter ja schon immer groß gewesen.

Jette stand an einem der Gepäckbänder vom John F. Kennedy Airport, als sie die Nachricht erreicht hatte. Wie immer hatte sie gleich nach der Landung den Flugmodus deaktiviert, um die aufgelaufenen Nachrichten zu lesen.

Die erste war von ihrer Assistentin gewesen. In der Betreffzeile stand *Süß und gnadenlos.* Das war die Überschrift eines Artikels über Jettes Kochkunst, der gerade in der *New York Times* erschienen war und den ihre Assistentin ihr nun weitergeleitet hatte. Kürzlich hatte sie für Kritiker und internationale Spitzengastronomen in ihrer

Showküche in Brooklyn neue Kreationen vorgestellt, an denen sie monatelang, inspiriert von zahlreichen Reisen, gefeilt hatte. Immer noch beschleunigte sich ihr Herzschlag, wenn es darum ging, von anderen bewertet zu werden. Doch schnell spürte sie beim Überfliegen des Artikels Erleichterung. «... *ihre Küche ist hochkomplex, jedes Element darin ein Meisterwerk*», schrieb der Autor. Und weiter: «*Der Drink aus Ananas und Kombucha – Superfood par excellence – ist süß und gnadenlos. Eine Gleichzeitigkeit von Kälteschauer und Genuss.*»

Zufrieden schloss Jette die Mail und scrollte weiter. Sie überflog Absender und Betreffzeilen. Alles Unwichtige wollte sie später lesen oder gar nicht. Die siebte oder achte Mail war wieder von ihrer Assistentin und hatte als Betreff: *deine Mutter*.

Jettes Hand zitterte leicht, als sie die Mail öffnete:

Liebe Jette, eines der wenigen deutschen Wörter, das ich kenne, ist Mutter. Ich wusste ja gar nicht, dass du noch eine hast. Also, hier ist irgendein Schrieb, in dem es offensichtlich um sie geht. Wie war's in Ecuador? Spannende Entdeckungen gemacht? Bis später, Emma.

Die Mail, die Jettes Assistentin an sie weitergeleitet hatte, kam von einem gewissen Dr. Wilhelm Hummel. Jette überflog die Zeilen.

... muss ich Ihnen leider mitteilen, dass Ihre Mutter, Luise Petersen, am 10. April in Nordernby verstorben ist. Bitte setzen Sie sich umgehend mit mir in Verbindung ...

Jette las die Mail immer und immer wieder. Doch auch die x-te Wiederholung änderte nichts an deren Inhalt. Als sie schließlich vom Handy aufblickte, drehte ihr Trekking-Rucksack einsam seine Runden. Sie schulterte ihn und eilte zum Ausgang. Kurz vorm Taxistand blieb sie stehen und blickte auf die Anzeige ihres Displays. Ein Uhr mittags. Dann war es in Nordernby jetzt sieben Uhr früh. Sie überlegte, was sie dabeihatte: zwei lange Hosen, T-Shirts und die Jeans-Jacke, die sie anhatte. Die Unterhosen könnte sie waschen. Außerdem noch ihre Messertasche. Keine Gefahr. Jetzt konnte sie Muttchen mit einer der scharfen Klingen nicht mehr an die Gurgel gehen.

Jette lief zurück ins Flughafengebäude. Es war an der Zeit, nach Hause zu fahren. *Nach Hause* … Wie ungewohnt sich dieser Ausdruck anfühlte. Ob er noch stand, der Seestern? Das Haus, in dem sie aufgewachsen war, in dem ihr Kind aufgewachsen war. Ohne sie.

4.

VERZÖGERUNGEN

Was war das für ein Trommeln? Isa blinzelte. Ihre Lider waren verklebt. Sie versuchte zu schlucken, aber ihr Mund fühlte sich an wie ausgetrocknet. Sie hustete und fing an, sich die Augen zu reiben. Allmählich konnte sie sie öffnen – und erblickte Johnny Depp. Sie robbte ein Stück zurück, um besser sehen zu können. *Autsch, mein Kopf.*

Von der mit Kiefernholz verkleideten Dachschräge lächelte sie ein noch junger Johnny Depp von einem Bravo-Poster an. Isa schloss die Augen. In ihrem Kopf herrschte dichter Nebel, durch den einfach kein Durchkommen war. Was war passiert? Isa versuchte sich zu konzentrieren. Sie kniff die Augen zusammen. Erinnerungsblitze zuckten durch ihren schmerzenden Kopf und lichteten für Sekundenbruchteile den Nebel: Oma. Flughafen. Nordernby. Beerdigung. Matsch. Seestern. Bier. Bühne. Bühne …? Dann verschwammen die Bilder. Isa öffnete

44

erneut die Augen, griff neben sich und drückte sich das Kissen aufs Gesicht.

Das Trommeln wurde lauter. Langsam zog sie das Kissen weg und drehte sich Richtung Fenster. Dicke Regentropfen hämmerten gegen die Scheibe. Isas altes Zimmer war in graues, fahles Licht getaucht. Wie war sie bloß hier hochgekommen?

Auf dem bunten Flickenteppich vorm Schreibtisch lagen ihre Schuhe, die Strumpfhose und das schwarze Etuikleid. Sie hob die Decke leicht an und lugte darunter. Streublümchen. Jemand hatte ihr eines von Omas Nachthemden angezogen. Sie richtete sich auf. Ihre Haare fühlten sich schwer an, als würden kleine Gewichte an den Spitzen baumeln. Isa fühlte sich wie verprügelt. Vorsichtig setzte sie sich auf die Bettkante. Bloß keine hektischen Bewegungen. Sie zog sich den Kragen vom Nachthemd vor die Nase und schloss die Augen. Der vertraute Geruch von Lavendel stieg ihr in die Nase. In Omas Schrank hatte immer ein Beutel mit getrocknetem Lavendel gegen die Motten gehangen, und zwischen der Wäsche hatte ein Stück Seife gelegen ... Der Schmerz brach über sie herein wie ein Tsunami und zog sich durch ihren Körper. Sie konnte nicht aufhören zu weinen.

Irgendwann ließ der Regen nach, und auch Isa beruhigte sich. Sie dachte an Henry und wünschte sich, dass er jetzt hier wäre und sie fest in den Arm nähme. Sie wollte ihn anrufen, aber wo war bloß ihr Handy? Und ihre Handtasche ...? Sie versuchte sich zu erinnern, aber da kam nicht viel. Sicher hatte sie alles bei der Kirche im Auto gelassen ... Sie war ja bei der Beerdigung ganz schön spät dran gewesen.

Isa stand auf und wankte zum Fenster. Der Garten sah trostlos aus. Auf dem Rasen hatte ein Maulwurf Hügel geworfen. Die Johannisbeersträucher, die im Sommer immer unter den reifen Früchten fast zusammenzubrechen drohten, schaukelten müde im Wind. Isas Blick blieb an dem knorrigen Apfelbaum in der Mitte des Gartens hängen, den ihr Uropa zu Omas Geburt gepflanzt hatte. In wenigen Wochen würde er blühen und später im Herbst wunderbare Holsteiner Cox tragen. Die besten Äpfel zum Backen. Wenigstens in dem Punkt waren Oma und Isa sich immer einig gewesen. Hinterm Garten lag die Gemeindekoppel. Dahinter gab der kahle Knick den Blick auf die Schlei frei. Das Wasser schimmerte dunkel. Isa fröstelte.

Als Kind hatte der Blick aus dem Fenster jeden Morgen anders ausgesehen. Die Wolken, das Licht, die Farbe der Schlei. Alles veränderte sich, war ständig in Bewegung. Aber irgendwann hatte Isa gemerkt, dass das nicht stimmte. In Wirklichkeit stand in Nordernby alles still.

Sie zog das Nachthemd aus und warf es aufs Bett. Die Strumpfhose ließ sie liegen und stieg stattdessen so in ihr Kleid, sie nahm die Stiefeletten in die Hand und ging zur Tür. Vorm Bücherregal blieb sie noch einmal stehen. Neben *Es* von Stephen King stand Alfred Bioleks *Die Rezepte meiner Gäste*. Isa lächelte. Das Buch hatte Oma ihr geschenkt. Wann immer die beiden Zeit hatten, guckten sie freitags im Ersten *Alfredissimo*. Sobald sich Alfred Biolek eine Gabel in den Mund schob und sein berühmtes *Mmh, Mmh* ausstieß, lachten sie sich kaputt. Daneben lehnte Isas in Leder gebundene Kladde. Sie zog sie aus dem Regal und pustete die Staubschicht weg. Auf der ersten Seite stand in krakeliger Kinderschrift *Omas Lieblingsrezepte*. Kaum hatte Isa schreiben gelernt, hatte sie darin alles notiert: gekochten Dorsch mit Senfsoße, Schleiheringe in Sauer, Rübenmus, Fliederbeersuppe mit Quitten und Grießklümp. Plötzlich fiel ein kleiner Zettel heraus und segelte zu Boden. Isa ging in die Hocke und las.

Omas Apfelbrötchen
Für meine Isa & für süße Sonntage in London

Sie drehte den Zettel um. Auf der Rückseite hatte Oma das Rezept notiert. Natürlich kannte Isa es auswendig. Aber Oma hatte es trotzdem für notwendig gehalten, die Zutaten aufzuschreiben, und darauf bestanden, dass sie die Kladde mit nach London nahm. Sie erinnerte sich genau, wie Oma sie ihr zigmal in den Koffer gelegt und Isa sie jedes Mal wieder herausgekramt hatte. Was bitte sollte sie bei ihren neuen kulinarischen Entdeckungen mit Omas Hausmannskost wie den Apfelbrötchen anfangen? Von nun an war sie zu Höherem berufen.

Isa hielt sich den Zettel unter die Nase, und ein bisschen hoffte sie, der süßliche, zimtige Duft der Brötchen hätte sich zwischen den geschwungenen Buchstaben verfangen.

Sie blinzelte die Tränen weg, nahm die Kladde und drückte sie fest gegen ihre Brust. Dann warf sie sie samt Zettel in den Papierkorb unterm Schreibtisch. Jetzt brauchte sie das alles sowieso nicht mehr.

Rasch zog Isa ihre Schuhe an, ging auf den Flur und horchte. Nichts. Seltsam, denn dieses Haus war nie still gewesen. Irgendwo knarzte es immer, wurde geklappert, gelacht oder gesungen. Nicht nur Oma war gestorben. Plötzlich schien auch der Seestern vollkommen leblos.

47

Die Tür zu Omas Zimmer war angelehnt. Zögerlich tippte Isa sie mit dem Zeigefinger einen Spalt auf. Abgestandene Luft kroch ihr entgegen. Das Bett war gemacht. Davor standen Omas weinrote Samt-Pantoffeln. Auf dem Nachttisch lag ein angefangener Küstenkrimi. Isa musste daran denken, wie sie früher, wenn sie nachts nicht schlafen konnte, zu Oma geschlichen kam. Ohne ein Wort zu sagen, hatte Oma jedes Mal die Bettdecke zurückgeschlagen, damit Isa sich wie ein Kätzchen zu ihr kuscheln konnte in diese warme, sichere Höhle. Wie lange hatte sie an diesen Teil ihrer Kindheit nicht mehr gedacht? Schnell zog Isa die Tür wieder zu.

Ein Raum weiter lag das alte Zimmer von Jette. Oma und Isa nannten es immer das Notfallzimmer. Wenn im Seestern einer unterm Tisch lag, hatte Momme ihn oft hochgetragen und hier ins Bett gelegt. Oma hat demjenigen dann die Schuhe ausgezogen, eine Flasche Wasser ans Bett gestellt, und am nächsten Morgen gab's Spiegeleier satt.

Isa ging nebenan ins Bad. Obwohl niemand da war, schloss sie ab. Sie ließ kaltes Wasser über ihre Handgelenke laufen. Dabei wanderte ihr Blick über Omas Sachen. Zahnbürste, Zahnpasta, Creme. In der Bürste schimmerten ein paar silberne Haare. Sie wusch sich das Gesicht, trocknete es gründlich ab und ging hinaus. Die Wohnzimmertür stand offen. Im Türrahmen blieb Isa stehen und lugte hinein. Auf der Kommode standen gerahmte Familienfotos: Oma als junge Frau mit Opa. Er war bei einem Autounfall ums Leben gekommen, das war kurz nach Jettes Geburt. Oma mit Jette als Baby. Oma mit Isa als Baby. Mit Isa bei der Einschulung. Isa als

Teenager mit Tim, Wiebke und Frank. Daneben stand ein Bild von Henry und Isa. Isa hatte es Oma erst vor einigen Monaten geschickt.

Sie stieß sich vom Türrahmen ab, ging zur Kommode und zog die oberste Schublade auf, ohne etwas Bestimmtes zu suchen. Sie fand Kugelschreiber, vergilbte Kassenzettel, Postkarten von Jette aus San Francisco, Kapstadt, Rom. Jette war auch Köchin. Eine ziemlich berühmte sogar. Sie besaß als Köchin mehrere Restaurants und hatte sich inzwischen einen Namen als Food-Scout gemacht. Für immer neue Entdeckungen und Geschmackskombinationen reiste sie in die entlegensten Winkel der Erde. «Bloß nicht ankommen», hatte sie mal bei einem ihrer seltenen Besuche in Nordernby zu Isa gesagt und laut gelacht. «Ankommen ist wie kochen nach Rezept: einfach langweilig.»

Seit Jahren hatten die beiden keinen Kontakt mehr. Ohnehin gab es so etwas wie ein Mutter-Tochter-Verhältnis überhaupt nicht. Denn eigentlich kannten sie sich gar nicht. Als Jette schwanger wurde, arbeitete sie gerade als junge Köchin in Frankreich. Dorthin war sie nach der Geburt von Isa auch rasch wieder zurückgekehrt – ohne ihre Tochter. Darüber, wer Isas Vater war, hatte Jette nie ein Wort verloren. Auch Oma hatte es nicht gewusst.

Früher, wenn Isa an der Schlei lag, in den Himmel guckte und Luftschlösser baute, stellte sie sich oft vor, wie eines Tages ein berühmter französischer Koch vorm Seestern stehen würde: «Bonjour ma fille. Endlisch abe isch disch gefünden. Komm avec moi, isch zeige dir die große Welt der Kochkünst.»

Isa kickte die Schublade mit der Hüfte zu. Sie nahm

das Foto von Henry und ihr in die Hand und streichelte über sein Gesicht. Bei ihm war sie angekommen. Noch nie in ihrem Leben hatte sie sich so sicher gefühlt. Sie stellte das Bild zurück und ging Richtung Treppe. Der Boden knarrte vertraut. Ein Fünkchen Leben steckte also doch noch in dem alten Gemäuer. Sie eilte noch einmal zurück ins Wohnzimmer, nahm das Bild von Oma und ihr und zog Omas grüne Strickjacke an, die über dem Fernsehsessel hing. Sie wärmte sofort.

Auf der Treppe wehte Isa plötzlich der Duft von frischem Kaffee entgegen. Dann hörte sie Geräusche aus der Küche. *Bitte nicht!* Sie hatte überhaupt keine Lust, jemandem zu begegnen. Sie wollte ihre Ruhe haben und so schnell wie möglich zurück in ihr eigenes Leben, auch wenn davon nicht mehr viel übrig war.

In der Küche saß Meta mit Kaffee und Brötchen und sah Isa aufmerksam an. «Kaffee?»

«Moin, Meta. Was machst du denn hier?»

«Ich wollte mal nach dir sehen. Du warst ja gestern ganz schön angetütert gewesen.» Meta holte eine Tasse aus dem Schrank. «Hast nicht mal gemerkt, dass ich dir noch schnell ein Nachthemd angezogen habe. Stimmt doch, oder?»

Isa nahm ihren Mantel, der von gestern noch auf einem der Küchenstühle lag, und zog es vor, Metas Frage nicht zu beantworten.

«Na ja, du hattest schließlich auch allen Grund zum Bechern. Wenn die eigene Oma stirbt, kann man sich schon mal vergessen.» Meta stellte die Tasse auf den Tisch und goss Kaffee ein. «Alle anderen waren ja auch ordentlich duhn. Zum Schluss haben wir noch 'ne schö-

ne Polonaise gemacht und sind durch den ganzen Seestern getrabt so wie früher. Der Pastor vorneweg.»

«Sorry, Meta aber ich hab echt keine Zeit. Ich woll-
te nur schnell meinen Mantel holen und dann los zum
Flughafen.» Isa war sich sicher, dass sie dieses leere, stille
Haus keine weitere halbe Stunde mehr ertragen würde.

«Nu setz dich hin! Ohne Frühstück aus dem Haus? So
weit kommt das noch!»

Seufzend ließ Isa sich auf einen Stuhl sinken, legte
den Kopf in den Nacken und rieb sich mit den Händen
übers Gesicht. «Viel weiß ich von gestern nicht mehr.»

«Ich helf dir mal auf die Sprünge», sagte Meta und fing
an *Merci, merci, merci* zu pfeifen. «Na, fällt der Groschen?»
Sie schob Isa die dampfende Kaffeetasse vor die Nase
und setzte sich wieder.

«Ich weiß», sagte Isa genervt. «Ich wollte ein paar Worte Oma zu Ehren sagen, na und?»

«Das ist dann allerdings sun büschen entgleist.» Meta
biss in ihr Brötchen.

«Oh Gott.» Isa setzte sich gerade hin und war plötzlich
hellwach. «Ich erinnere mich an die dicke Swantje, die
jetzt gar nicht mehr dick ist und –»

«Ach, vergiss Swantje. Aber vielleicht solltest du dich
bei Momme und Wiebke entschuldigen.»

Auch bei Meta selbst? Isa verfluchte den dämlichen
Korn. Nur allmählich kamen die Erinnerungen zurück.
Isa wollte niemanden beleidigen oder verletzen, aber
das war gestern eben alles zu viel gewesen. Allerdings
hatte sie weder Zeit noch Lust, bei jedem Einzelnen zu
Kreuze zu kriechen. Außerdem hatte ihre Therapeutin
sie immer wieder dazu ermutigt, Grenzen zu ziehen.

Und jetzt hatte sie eine gezogen und beschlossen, keine Sekunde länger hierzubleiben.

«Ich muss los, Meta.»

«Nu trink wenigstens deinen Kaffee!»

Isa guckte auf die Küchenuhr. Ihr Flieger von Hamburg ging erst in vier Stunden, aber das behielt sie für sich. «Fünf Minuten, dann muss ich wirklich los.»

«Wieso reist du eigentlich schon wieder ab? Morgen ist doch die Testamentseröffnung. Hast du denn keinen Brief von Luises Notar bekommen?» Meta beäugte sie neugierig.

Isa umklammerte die Tasse mit beiden Händen. «Ich weiß nichts von einem Brief.»

«Findest du nicht, dass du es Luise schuldig bist, hier alles in ihrem Sinne abzuwickeln?» Meta leckte ihren Zeigefinger an und las die Krümel vom Teller auf.

«Was soll das denn heißen, in Omas Sinne?»

«Na, dass du dich um alles persönlich kümmern solltest und –»

«Meta, das Einzige, worum es sich zu kümmern gilt, ist der Verkauf dieses alten Kastens. Einen Interessenten gibt es auch schon, und all das kann ich auch wunderbar von London aus regeln.»

«Ach ja, wer interessiert sich denn für den Seestern?» Meta guckte sie gespannt an.

«Diedrichsen.» Isa trank einen Schluck, verzog dann angewidert das Gesicht.

«Der Bürgermeister? Das kann ja wohl nicht dein Ernst sein. Mit dem konnte Luise doch noch nie! Außerdem ist seine Aura ganz grau. Mit so einem solltest du wirklich keine Geschäfte machen!»

Langsam wurde Isa das Gespräch zu blöd. «Meta, du und deine Spökenkiekerei!» Isa wunderte sich über sich selbst. Wie lange hatte sie diesen plattdeutschen Ausdruck für jemanden mit Hang zum Übersinnlichen nicht mehr benutzt? Meta befragte gern die Karten, wenn sie nicht weiterwusste. Auch sonst machte sie die Dinge auf ihre eigene Weise. Ihre Haare zum Beispiel färbte sie in diesem unverwechselbaren Kupferrot ausschließlich bei zunehmendem Mond im Zeichen des Wassermanns. «Dann hält die Farbe angeblich viel länger», hatte sie Oma immer erklärt.

Mit ihrer Bemerkung hatte Meta natürlich nicht ganz unrecht: Wenn Oma auf ihrer Wolke mitbekäme, dass der Seestern an Diedrichsen ging, würde sie wohl ordentlich fluchen und wettern. Aber was sollte Isa sonst tun?

«Ich muss jetzt wirklich los.» Sie griff nach ihrem Mantel und dem Foto und gab Meta einen Kuss. Isa musste das jetzt hier irgendwie abkürzen. Auch wenn sie wusste, dass es naiv und kopflos war, alles einfach so liegenzulassen und von zu Hause aus regeln zu wollen. Was soll's …

«Ich hoffe, wir sehen uns im September in London bei meiner Hochzeit.»

«Bleib doch, Isalein, wenigstens bis zur Testamentseröffnung.»

Isa schüttelte den Kopf. «Ich kann nicht. Mach's gut, Meta. Und danke für alles, was du getan hast.» Mit diesen Worten verließ sie die Küche und nestelte schon im Gehen die Schlüssel von ihrem Mietwagen aus der Manteltasche.

Meta stand auf und rief ihr hinterher: «Isabel Petersen, du bist genauso stur wie deine Oma!»

Isa lächelte. Ein Gefühl von Stolz breitete sich in ihrer Brust aus. «Dann bleibt's ja wenigstens in der Familie!» Sie drückte ihr Kreuz durch, hob das Kinn und marschierte hinaus.

Vorm Seestern blieb Isa kurz auf dem Kopfsteinpflaster stehen. Es hatte aufgehört zu regnen. Irgendwo knatterte ein Moped. Ansonsten wirkte das Dorf wie ausgestorben. Wahrscheinlich lagen alle noch in Sauer, dachte Isa. Sie drehte sich noch einmal um. «Tschüs, Seestern, pass auf dich auf», flüsterte sie. Dann ging sie über die Straße Richtung Kirche, wo sie gestern auf dem kleinen Parkplatz ihren Mietwagen abgestellt hatte.

Sie zögerte und überlegte, zum Abschied noch einmal an Omas Grab zu gehen, entschied sich aber dagegen. Sie brauchte nicht auf den Friedhof zu gehen, um an Oma auf ihrer Wolke zu denken. Oma würde sie auch so immer bei sich haben.

Ihr Auto stand einsam und verlassen vor der Kirche, ein bisschen so, wie Isa sich gerade fühlte. Beim Näherkommen sah sie ihre Handtasche, die auf dem Beifahrersitz lag. Isa stieg ein und kramte ihr Handy aus der Tasche. Henry hatte schon dreimal angerufen. Sie beschloss, sich von unterwegs bei ihm zu melden, und startete den Wagen. Isa wendete, gab Gas – und legte im selben Moment eine Vollbremsung hin. Ein älterer Herr mit Fliege, Aktentasche und Regenschirm stand plötzlich direkt vor ihrem Auto. Isa ließ das Fenster runter.

«Alles in Ordnung? Ich habe Sie nicht gesehen. Entschuldigung.»

«Sie sind doch Isabel Petersen?», fragte er atemlos.

«Ja, wieso?»

«Gott sei Dank, dass ich Sie noch erwische. Meta meinte, ich müsste mich beeilen.» Mit einem Stofftaschentuch wischte er sich den Schweiß von der Stirn. «Ich habe Sie gestern bereits im Seestern sprechen wollen. Aber da kam ich wohl etwas … ungelegen.»

Isa sah ihn fragend an.

«Na ja, Sie standen auf der Bühne, und dann ging es Ihnen plötzlich nicht mehr so gut. Ein junger Mann hat Sie aus dem Saal getragen.» Er lächelte verschmitzt.

Oh Gott, jetzt fiel es Isa wieder ein. Tim … Schnell wischte sie die peinliche Erinnerung beiseite. «Was kann ich für Sie tun?»

«Hummel mein Name. Dr. Wilhelm Hummel. Ich bin … also ich *war* der Notar Ihrer Großmutter. Mein herzliches Beileid.» Umständlich klemmte er sich die Aktentasche unter den Arm und streckte Isa die Hand durchs geöffnete Fenster entgegen.

«Danke. Geht's um ihr Testament?»

«Genau. Ich muss Sie bitten, morgen in meine Kanzlei zu kommen. Und sagen Sie, könnten Sie mir vielleicht verraten, wie ich Ihre Mutter erreiche? Auf unsere Mail hat sie bisher nicht reagiert.»

Isa kniff die Augen zusammen. «Ich habe keine Ahnung, wie oder wo Sie meine …, wie Sie Jette Petersen erreichen können. Und in Ihre Kanzlei kann ich leider auch nicht kommen, weil ich gerade auf dem Weg zurück nach London bin.»

Er schüttelte den Kopf. «Wissen Sie, Ihre Großmutter hat darauf bestanden, dass ich Ihnen ihren Letzten Willen vorlese und anschließend persönlich aushändige. Hier ist meine Karte. Morgen elf Uhr.»

Langsam fing dieser Hummel an, Isa zu nerven. «Hören Sie», sie setzte ihr charmantestes Lächeln auf, «schicken Sie mir alles nach London, per Post oder per Mail, wie Sie wollen. Aber jetzt muss ich wirklich los!»

«Entschuldigen Sie, Frau Petersen, aber ich habe es Ihrer Großmutter versprochen.» Nun klang auch Herr Hummel ganz schön genervt.

«Dann lesen Sie mir Omas Letzten Willen doch einfach jetzt vor?»

Er blickte auf die Uhr. «Erstens habe ich das Testament nicht bei mir. Zweitens ist ein Parkplatz wohl kaum der geeignete Ort dafür. Drittens muss ich jetzt nach Schleswig ins Gericht.» Er beugte sich durchs offene Fenster und sah Isa fest in die Augen. «Dem Wunsch Ihrer Großmutter nicht nachzukommen wäre wirklich respektlos!» Dann trat er einen Schritt zurück. «Aber machen Sie, was Sie für richtig halten. Auf Wiedersehen, Frau Petersen.» Er machte kehrt und ging zurück Richtung Dorfkern.

Isa sank in sich zusammen. War sie so eine schlechte Enkelin? Was sollte sie jetzt tun? Sie wollte doch einfach nur nach Hause!

Nach einer Weile griff sie nach ihrem Handy. Leider landete ihr Anruf auf der Mailbox. «Henry, ich bin's. Hör zu, ich muss noch einen Tag hierbleiben. Aber morgen Abend bin ich wieder in London … Und dann reden wir, versprochen.»

5.

*Man darf nie vergessen, dass Kochen
eine Kunst ist, und in allen Künsten
ist es die Einfachheit, die der
Perfektion am nächsten kommt.*

JEAN VALBY

TESTAMENT

Schwungvoll parkte Isa am nächsten Morgen den Mietwagen am Eckernförder Hafen. Gleich um die Ecke in der Altstadt lag Hummels Kanzlei. Ein frischer Ostwind hatte über Nacht die grauen Wolken weggepustet, und bei schönstem Frühlingswetter hatte Isa beschlossen, noch einen Spaziergang zu machen. Sie schlenderte vorbei an Motorbooten und Segelyachten. Da waren schöne Schiffe dabei, gerade die aus Holz hatten es Isa schon immer angetan. Sie musste daran denken, wie gern sie früher gesegelt war. Das Zusammenspiel von Wind, Segel, Ruder, zu wissen, was man in jedem Moment zu tun hatte, und im Flow mit der Natur zu sein war einfach etwas ganz Besonderes.

Meta war bereits verschwunden, als sie gestern in den Seestern zurückgekehrt war. Im Fenster hing ein Schild:

Wegen Trauerfall geschlossen. Der Schlüssel für die Hintertür lag wie immer im Blumenkasten auf der Fensterbank. Nachdem Isa ihren Flug umgebucht und ein Brötchen gegessen hatte, war sie ins Bett gekrochen, hatte sich die Decke über den Kopf gezogen und bis heute Morgen durchgeschlafen. Keine Träume. Keine Tränen. Einfach Ruhe.

Über Isa kreischten Möwen. Einige hockten auch auf den Bootspollern und guckten gelangweilt. Sie sah sich um. Noch war wenig los. Vor einem Café standen Strandkörbe, in denen einige Gäste windgeschützt saßen und frühstückten. Rechts von ihr sah sie das alte Rundsilo, in dem früher Getreide lagerte und in dem sich nun ein Restaurant befand. Sie blickte nach oben. Auf dem Dach glänzte der goldene Engel in der Sonne, der dort seit vielen Jahren über der Hafenstadt wachte. Isa atmete die salzige Luft ein. Dieser Ort hatte schon immer eine beruhigende Wirkung auf sie ausgeübt. In den Schulferien hatte sie Oma oft begleitet, wenn diese in aller Herrgottsfrühe mit ihrem roten Bulli hierhergedüst war, um frischen Dorsch und Butt direkt am Kutter zu kaufen. *Der Geruch von Salz und Fisch weckt die Lebensgeister*, hatte Oma immer gesagt. Wenn noch Nebel über dem Wasser hing, war es besonders schön.

Isa stand auf der Holzbrücke und beobachtete ihr Spiegelbild in der ruhigen Ostsee. Und für einen kurzen Moment hatte sie das Gefühl, Omas Gesicht direkt neben ihrem zu sehen. Sie sah aus wie immer, und plötzlich schien es Isa, als würde sie ihr aufmunternd zuzwinkern. *Dat löppt sick allens torecht!* Omas warme Stimme hallte durch Isas Kopf. Oma hatte immer Hochdeutsch mit ihr gesprochen. Aber ihr wichtigstes Lebensmotto gab es nur auf Platt. Hoffentlich würde wirklich alles gut werden, dachte Isa. In den letzten Monaten hatte es nicht gerade danach ausgesehen. *Ach, Oma …*

Isa musste an das letzte Telefonat mit ihr denken, vor allem daran, worüber sie nicht gesprochen hatten, weil Isa mal wieder zu feige gewesen war. Sie wollte Oma längst erzählen, dass sich ihr Traum von einem eigenen Restaurant zum Albtraum entwickelt hatte. Dass sie auf einem Berg Schulden saß und dringend einen neuen Job brauchte – der auf keinen Fall etwas mit kochen zu tun haben durfte. Bestimmt hätte Oma, patent wie immer, eine Lösung gewusst. Stattdessen hatte Isa gelogen und Oma erzählt, dass es ihr ja so was von gut ging. Und jetzt hatte Oma sich einfach aus dem Staub gemacht, und Isa konnte sie nicht mehr um Rat fragen. Nie mehr.

Nach einer Weile machte sie sich auf den Weg in die Kanzlei. Eine Mitarbeiterin führte sie in Hummels Büro im zweiten Stock. Isa staunte nicht schlecht, als da vor dem antiken Eichenschreibtisch, hinter dem der Notar in einem schwarzen Bürostuhl saß, schon Meta und Momme Platz genommen hatten.

«Was macht ihr denn hier?» Sie blickte von einem zum anderen.

«Weiß ich auch nich», sagte Momme und verschränkte die Arme vor der Brust.

Meta lächelte still.

Dr. Hummel stand auf und schüttelte Isa die Hand. «Frau Petersen, wie schön, dass Sie es doch noch einrichten konnten.» Mit einer einladenden Geste wies er sie an, sich ebenfalls zu setzen. Plötzlich ging die Bürotür auf. «Bin ich zu spät? Entschuldigung!» Tim stürmte herein.

Isa sah ihn entgeistert an. Was war denn hier los? Ihr alter Schulfreund setzte sich neben sie und grinste. Sein verwuscheltes dunkles Haar glänzte im Sonnenlicht. Er beugte sich zu Isa rüber. «Na, wieder nüchtern?»

Isa verdrehte die Augen, schlug die Beine übereinander und wendete sich Herrn Hummel zu. Ihr war etwas unbehaglich zumute. Meta, Momme und jetzt auch noch Tim, alle hier versammelt, und alle hatte sie beim Leichenschmaus ganz schön ausgezählt … Sollte sie vielleicht irgendetwas Versöhnliches sagen? Ach was. «Können wir anfangen?», fragte Isa betont cool. «Ich habe nicht den ganzen Tag Zeit.»

«Wie ich sehe, sind wir so weit vollzählig.» Hummel griff nach dem Brieföffner und schlitzte den Umschlag auf, der vor ihm lag. Er rückte seine Brille zurecht und begann zu lesen:

> *Meine liebe Isa,*
> *da ich spüre, dass mir nicht mehr viel Zeit bleibt, habe ich mir Gedanken über meinen Nachlass gemacht.*
> *Machen wir es kurz. Alles, was ich habe, ist der* Seestern. *Und ich möchte, dass Du ihn bekommst.*

Isa wischte sich eine Träne von der Wange und schüttelte innerlich den Kopf. Was würde sie dafür geben, Oma noch ein letztes Mal in den Arm zu nehmen!

Bevor der Seestern *aber Dir gehört ...*, las Hummel weiter, *... habe ich noch einen letzten Wunsch: Ich möchte, dass mein alter Dorfkrug noch einmal zum Leben erweckt wird. Denn in den letzten Jahren ging es mit ihm ganz schön bergab, weil ich einfach nicht mehr stundenlang am Herd stehen konnte. Jetzt wünsche ich mir, dass der Laden noch einmal so richtig brummt und die Gäste uns die Bude einrennen so wie früher. Liebe Isa, wenn jemand meinem* Seestern *zu neuem Glanz verhelfen kann, dann Du!*

Isa glaubte, sich verhört zu haben. Sie richtete sich kerzengerade auf und ließ Hummel nicht mehr aus den Augen.

Der Notar sah kurz auf, dann fuhr er fort:

Ich möchte, dass Du vier Wochen in Nordernby bleibst. In den vier Wochen sollst Du im Seestern *kochen. Hausmannskost. Bodenständige, norddeutsche Gerichte, so wie sie die Nordernbyer und alle Gäste immer geliebt haben.*

Wie bitte? Isa rutschte unruhig auf ihrem Stuhl hin und her. «Entschuldigung, könnten Sie die letzten Sätze bitte noch einmal lesen?» Da hatte dieser Hummel sich bestimmt vertan oder irgendetwas durcheinandergebracht, er war ja auch nicht mehr der Jüngste.

Aber auch die Wiederholung machte die Sache nicht besser.

Erst stutzte Isa - dann kam die Wut. «Was ist das denn für 'n komisches Testament?!» Sie war aufgesprungen.

«Ich kann nicht hierbleiben. Wie soll das gehen? Und warum überhaupt?» Ihre Stimme zitterte. Sie blickte hilfesuchend zu Meta. «Was soll der Quatsch?!»

«Würden Sie sich bitte wieder setzen, Frau Petersen.» Hummel hatte seine Brille abgenommen und sah Isa mahnend an. «Wir sind noch nicht am Ende.» Isa sank zurück auf den Stuhl.

Hummel räusperte sich und wandte sich wieder dem Testament zu und las weiter:

> Keine Sorge, liebe Isa. Du musst im Seestern nicht alleine kochen. Ich will, dass Deine Mutter Dich in den vier Wochen unterstützt. Ich weiß doch, was für tolle Köchinnen Ihr beide seid! Und der Höhepunkt Eurer gemeinsamen Zeit soll ein großes Dorffest sein.

«Jette!?», fragte Isa mit schriller Stimme, und in diesem Moment bekam sie eine Ahnung davon, wie es sich anfühlt, wenn einem das Blut in den Adern gefriert.

«Nun, niemand weiß, wo sich Ihre Mutter gerade aufhält», beeilte sich Hummel zu sagen. «Ich lasse sie allerdings noch suchen, um sie über alles zu informieren. Es ist noch aus einem anderen Grund wirklich von höchster Wichtigkeit, dass sie hier auftaucht.»

Isa starrte Hummel fragend an.

«Ihre Großmutter», sagte er, «ging davon aus, dass Sie den Seestern verkaufen wollen. Das allerdings können Sie nur gemeinsam mit Ihrer Mutter tun. Sie erben den Seestern gemeinsam, fifty-fifty.»

«Moment …» Isa beugte sich vor. «Nur um sicherzugehen, dass ich alles richtig verstanden habe: Ich muss vier

Wochen hierbleiben und kochen, um den Seestern zu erben? Und dann erbe ich ihn noch nicht einmal ganz, sondern nur zur Hälfte?» Sie schloss ihre müden Lider und atmete tief durch. Nach einigen Sekunden Stille öffnete sie die Augen wieder. «Und ich soll all das auch noch mit meiner Mutter zusammen machen, die ich seit Ewigkeiten nicht gesehen habe?» Ihre Stimme klang bitter. «Das kann doch nur ein Witz sein! Was kommt denn bitte als Nächstes?»

«Wenn Sie gestatten, lese ich weiter.» Hummel räusperte sich.

Lieber Tim, Du wunderst Dich vielleicht, dass man auch Dich hierherbestellt hat. Du bist mir in den letzten Jahren oft zur Hand gegangen, hast Besorgungen für mich erledigt, bei den Lieferanten die besten Preise ausgehandelt und bist mir in der Küche oft zur Hand gegangen. Ich möchte, dass Du meinen Bulli bekommst. Ich weiß doch, wie scharf Du auf meinen alten Freund bist.

Tim lächelte. Er rieb sich die Hände und guckte nach oben. «Danke, Luise!»

«Erbschleicher!», zischte Isa, vermied es aber, in Tims Richtung zu sehen.

Natürlich bekommst Du den Bulli nicht ohne Grund. Ich würde mich freuen, wenn Du meine Deerns im Seestern ordentlich unterstützt. Die beiden kennen sich hier in der Gegend doch gar nicht mehr aus. Zeig ihnen, wo sie das beste Fleisch und den frischesten Fisch bekommen. Ich hoffe, dass Ihr gut zusammenarbeiten werdet.

«Klar, Luise, machen wir, versprochen!» Tim lachte und boxte Isa mit seinem Ellenbogen sachte in die Rippen.

Isa umklammerte die Armlehnen, um ja nicht vom Stuhl zu kippen, und drehte ihm langsam den Kopf zu. «Wie willst du mir wohl helfen?»

«Budder bei die Fische», sagte Momme tonlos.

«Was?», rief Isa, die allmählich die Nerven verlor.

«Er hat jetzt eine eigene Zeitschrift.» In Metas Stimme schwang ordentlich Bewunderung mit. «Tim schreibt über die norddeutsche Küche, über Landgasthöfe, Fischer, Räucherkaten, Kartoffelbauern ... *Butter bei die Fische* heißt seine Zeitung. Luise und ihr Seestern waren auch schon drin.»

«Na toll», sagte Isa bemüht gleichgültig. «Aber auf deine Hilfe kann ich wunderbar verzichten, weil ich nämlich gar nicht hierbleibe.»

«Ruhe bitte», sagte Hummel mit ruhiger Stimme. «Jetzt folgen die Modalitäten für einen eventuellen Verkauf, wie ich es schon angedeutet habe.»

Meta holte ihren Flachmann aus der Tasche und reichte ihn Isa, die hob allerdings ablehnend die Hand und fixierte Hummel mit zusammengekniffenen Augen.

Nach Ablauf der vier Wochen kannst Du, liebe Isa, zusammen mit Deiner Mutter den Seestern verkaufen. Wenn Ihr jemanden findet, der meinen alten Gasthof in meinem Sinne weiterführt, wäre mir das natürlich am liebsten. Solltest Du oder Deine Mutter das Erbe nicht annehmen, kümmert sich Dr. Hummel um den Verkauf. Ihr erhaltet dann Euren Pflichtteil. Der Rest geht an die Deutsche Gesellschaft zur Rettung Schiffbrüchiger.

Isa schüttelte stumm den Kopf und verschränkte die Arme vor der Brust. War das Omas Ernst? War sie selbst jetzt noch so unglaublich stur?

Meine gesamten Udo-Jürgens-Platten gehen an Meta. Und Momme, Du mein langjähriger, treuer Freund und Mitarbeiter, bekommst mein Sparbuch. Viel ist nicht mehr drauf, aber es kommt von Herzen.
Isa, mein Süßen, die letzten Jahre hattest Du kaum Zeit. Ich hoffe, dass Du sie Dir wenigstens jetzt nimmst und mir meinen letzten Wunsch erfüllst.
Ich schicke Dir einen dicken Kuss! Weißt Du noch? Knall-küsse hast Du unsere Schmatzer immer genannt.
Deine Dich liebende Oma!

Stille. Lediglich das Rascheln der Seiten war zu hören, als Hummel das Testament zurück in den Umschlag steckte. Meta legte den Kopf in den Nacken und kippte einen Schluck Likör. Momme klopfte auf die Brusttasche seiner Lederweste und zog eine Packung Zigaretten heraus. «Das war's, oder?», unterbrach er die Stille.

«Das war's», sagte Hummel. Er nahm den Umschlag, ging um den Schreibtisch herum und reichte ihn Isa. «Hier, bitte, das Testament.»

Isa nahm das Schreiben und stand langsam auf.

«Los, bring den Mietwagen weg», rief Tim fröhlich. «Die nächsten vier Wochen fahren wir mit dem Bulli so wie früher. Du darfst auch mal ans Steuer.»

Isa ging ans Fenster. Der Himmel war immer noch blitzblank. Von hier aus konnte man die Ostsee sehen, auf der Sonnenstrahlen tanzten. Isa kam es vor, als wollte ihr das Wetter vorgaukeln, dass alles okay wäre. Dabei war in ihrem Leben gar nichts okay! Und jetzt auch noch dieses verrückte Testament. Was hatte Oma bloß geritten?! Vier Wochen mit ihrer M… Isa konnte das Wort nicht mal denken. Jette war nie eine Mutter gewesen, und jetzt sollte Isa mit ihr auch noch zusammen kochen und ums Erbe schachern – ging's noch?! Was für eine Schnapsidee! Sie beide an einem Herd? Abgesehen davon hatte Isa die Kocherei schon vor Monaten an den Nägel gehängt, und da gab es auch kein Zurück. Zwei Therapeuten hatte sie verschlissen, die es mit ihrem Gesabbel und ihren hohlen Fragen nach Kindheit und Jugend auch nicht geschafft hatten, ihren Tatter und ihre Panikattacken verschwinden zu lassen und ihr die Kocherei wieder schmackhaft zu machen. Von wegen *Dat löppt sick allens torecht*!

Isa drehte sich um. «Ich brauche den Bulli nicht.» Ihre Stimme klang müde. «Ich fahre jetzt nach Hamburg. Mein Flug geht in drei Stunden.» Sie nahm ihre Handtasche, stopfte das Testament hinein und eilte hinaus, ohne sich noch einmal umzudrehen.

Im Auto ließ Isa ihren Kopf aufs Lenkrad sinken und hämmerte mehrmals mit der Stirn dagegen. Was sollte das alles? Ihr Schädel dröhnte. Sie lehnte sich zurück. Nur wenige Meter von ihr entfernt standen Meta, Momme und Tim an Mommes altem beigefarbenem Mercedes Strich 8. Sie sahen zu ihr herüber.

Isa hielt die Blicke nicht länger aus. Der unausgesprochene Vorwurf, der darin lag. Sie schnallte sich an und startete den Wagen. Zumindest versuchte sie es, doch nichts passierte. Sie versuchte es wieder und wieder, aber der Motor blieb stumm. Nur das Kreischen der Eckernförder Möwen war zu hören. Isa wurde warm. Sie sprang aus dem Auto und trat mit voller Wucht gegen den linken Vorderreifen. Vor Schmerz und Wut schossen ihr Tränen in die Augen. Am liebsten hätte sie sich in ihr altes Leben nach London gebeamt.

Wie durch einen Schleier sah sie Tim, Momme und Meta auf sich zukommen.

«Öffne mal die Motorhaube», forderte Tim sie auf. Mit ernsten Mienen begutachteten die beiden Männer Schläuche und Kabel.

«Tja, so auf 'n ersten Blick kann ich nichts feststellen», sagte Momme.

«Ich tippe auf die Lichtmaschine», meinte Tim.

Momme kratzte sich am Hinterkopf. «Hmmm …, kann sein …, muss aber nich …»

Dann wandte sich Tim zu Isa. «Mit dem Auto kannst du jedenfalls nicht zum Flughafen fahren.»

«Ach nee!», erwiderte Isa schnippischer als beabsichtigt. Sie kramte ihr Handy aus der Tasche. «Ist die Taxi-Nummer immer noch dreitausend?»

«Jo», sagte Momme.

Meta sah sie stirnrunzelnd an. «Du willst ja wohl nicht mit einem Taxi zum Flughafen fahren. Weißt du, was das kostet?»

«Hast du vielleicht 'ne bessere Idee? Mit dem Zug dauert es doch ewig.»

Meta, die einen guten Kopf kleiner war als Isa, nahm sie fest in den Arm. «Du kommst jetzt erst mal mit nach Hause. Da schnacken wir in Ruhe über alles. Und wenn du dann immer noch nach London willst, fliegst du eben 'n büschen später. Momme kann dich zum Flughafen fahren.» Meta kniff ihr in die Wange und schüttelte den Kopf. «Du siehst so blass und dünn aus. Hast du überhaupt schon was gegessen? Ohne Essen kann man doch gar nicht denken. Nu komm!» Meta zog sie mit sich, und Isa war zu erschöpft, um Widerstand zu leisten.

6.

Ein Stück Schwarzbrot und ein
Krug Wasser stillen den Hunger eines
jeden Menschen; aber unsere Kultur hat
die Gastronomie erschaffen.

HONORÉ DE BALZAC

GEHEIMNISSE

In Mommes Auto roch es nach Erkältungsbad. Am Rückspiegel baumelte ein Duftbaum, der diesen eigenwilligen Geruch verströmte. Isa hockte auf der Rückbank. Sie hatte ihren Kopf gegen die Scheibe gelehnt und grübelte über Omas Letzten Willen. Meta saß auf dem Beifahrersitz und pfiff vergnügt *Aber bitte mit Sahne* vor sich hin.

Tim hatte sich am Hafen von ihnen verabschiedet, während die anderen auf den Abschleppwagen warteten, den die Autovermietung inzwischen beauftragt hatte. «Wir sehen uns im Seestern, Isa. Koch mir was Schönes!», rief er ihr bei der Verabschiedung hinterher. Es war ein Versuch gewesen, sie aufzumuntern. Genauso gut hätte er sich allerdings auch vornehmen können, einem Fisch das Fliegen beizubringen. Isa hatte schweigend ihre kleine Reisetasche aus dem Leihwagen geholt und sich in Mommes Auto gesetzt, ohne Tim noch eines Blickes zu würdigen. Wie kam es nur, dass sie sich so schnell von ihm provoziert fühlte?

Sie drückte ihren Kopf von der Scheibe weg und klemmte den Oberkörper zwischen die Vordersitze. «Sagt mal, war Oma in letzter Zeit eigentlich geistig noch voll auf der Höhe?»

Meta hörte auf zu pfeifen und drehte sich abrupt um. «Was ist das denn für eine Frage? Glaubst du etwa, sie war tüdelig?»

«Na ja, dann gäbe es vielleicht eine Chance, dieses bescheuerte Testament anzufechten.»

«Also wirklich, Isa!» Metas Augen verengten sich zu Schlitzen. «Luise konnte nicht mehr so gut gucken, und die ollen Knie taten ihr oft den ganzen Tag lang weh, und ihr Herz schlug auch nur noch selten im Takt. Aber ihr Verstand war so klar wie Oldesloer Doppelkorn.»

«Hättest du sie ab und zu besucht, wüsstest du das auch!», mischte Momme sich ein und funkelte Isa im Rückspiegel wütend an.

«Ist ja gut.» Sie lehnte sich zurück, verschränkte die Arme vor der Brust und schnaufte. Nach einer Weile wagte sie einen erneuten Vorstoß: «Ich mein ja nur, weil Oma immer mein Bestes wollte – und nun dieses verrückte Testament. Das passt gar nicht zu ihr.» Isa war einfach schleierhaft, was Oma mit der Kocherei, aber vor allem mit dieser Familienzusammenführung bezweckte.

Momme beobachtete sie weiterhin lauernd im Rückspiegel. Beim Einparken vorm Seestern trat er dermaßen hart auf die Bremse, dass alle mit Schwung einmal nach vorne kippten. Isa, die nicht angeschnallt war, konnte sich mit den Händen gerade noch am Fahrersitz abstützen, um nicht mit dem Gesicht dagegenzuknallen.

«Jetzt hör mir mal zu, mein Fräulein.» Momme drehte sich zu Isa um. «Die Welt dreht sich nicht nur um dich. Das Testament ist Luises allerletzter Wille, und den sollten wir ihr erfüllen! Mann, Mädchen! Vier Wochen Nordernby … Es gibt wirklich Schlimmeres! Weißt du, wie viele Touris jedes Jahr 'ne Menge Geld dafür ausgeben, um hier an unserem schönen Ostseefjord ein paar Tage Seeluft zu schnuppern?!» Er stieg aus, knallte die Tür zu und zündete sich eine Zigarette an.

Isa verdrehte die Augen, drückte die Autotür auf und schälte sich aus dem Wagen.

«Du kannst dir ja sowieso nicht vorstellen, dass man hier glücklich sein kann», bölkte Momme jetzt richtig los. «Hältst uns doch alle für minderbemittelte Provinzler. Nee, Isa, echt, war 'ne tolle Rede beim Leichenschmaus. Hätte Luise bestimmt gefallen!» Er zog so kräftig an seiner Zigarette, dass seine Wangen ganz hohl wurden. «Sag mir bis morgen Bescheid, wie du dich entschieden hast! Wenn du bleiben willst, helf ich dir im Seestern. Ansonsten kümmer ich mich um meinen eigenen Kram!» Er nickte Isa zu, ging um den Wagen herum und hielt Meta die Tür auf. Dann setzte er sich hinters Steuer und donnerte nach Hause.

Isa setzte sich auf die Stufen zum Eingang. Sie fühlte sich wie mit 13, als sie mit Wiebke, Tim und Frank, ohne Bescheid zu sagen, an der Schlei gezeltet hatte. Alle hatten sich Sorgen gemacht und die Kinder die ganze Nacht gesucht. Momme hatte Isa und ihren Freunden am nächsten Morgen eine ordentliche Standpauke gehalten, und Oma hatte das erste und letzte Mal zwei Tage lang kein einziges Wort mit Isa gesprochen.

Trotzdem, Letzter Wille hin oder her, dachte Isa, mit Urlaub und frischer Meeresbrise hatte all das hier für sie nicht das Geringste zu tun.

Inzwischen hatte Meta die Tür zum Seestern aufgeschlossen. «Komm, ich brate uns ein paar schöne Spiegeleier, mehr gibt der Kühlschrank wohl nicht her.»

«Ja, gleich.» Isa kramte ihr Handy aus der Tasche. «Ich ruf nur schnell bei der Fluggesellschaft an und frage, wann die nächste Maschine nach London geht.»

Meta schüttelte schweigend den Kopf und ging rein.

Nach zwei Minuten folgte Isa ihr.

In der Küche hatte Meta inzwischen eine Pfanne auf den Herd gestellt. Aus dem Kühlschrank holte sie Butter und Eier.

Isa sank auf einen Stuhl. «Meinst du, Momme fährt mich nachher nach Hamburg?» Sie legte den Kopf in den Nacken und massierte ihre Schläfen. «Ich weiß ja, dass er ganz schön sauer auf mich ist, und jetzt muss ich ihn erneut enttäuschen.» Isa setzte sich gerade hin und beobachtete Meta, die mit dem Rücken zu ihr am Herd stand. «Ich habe für heute Abend noch einen Flug bekommen. Und das mit dem Mietwagen habe ich geklärt. Die Firma schickt einen Abschleppwagen zum Hafen. Papiere und Schlüssel kann ich am Flughafen abgeben.»

Meta schlug ein Ei in die Pfanne. Es zischte und brutzelte. «Warum bleibst du nich?» Ihre Stimme klang warm und mitfühlend. «Ich kann verstehen, dass das alles 'n büschen viel ist.» Sie haute noch ein Ei in die

Pfanne, dann drehte sie sich um. Eine Hand hatte sie in die Hüfte gestemmt, in der anderen hielt sie den alten Pfannenschaber. «Aber es geht hier schließlich um das Lebenswerk deiner Oma und um ihren allerletzten Wunsch. Früher wolltest du den Seestern doch immer übernehmen. Jetzt hast du die Chance.»

«Wann wollte ich das denn bitte?»

«Na, früher.»

Isa runzelte die Stirn. «Meta, da war ich acht!»

«Ich sach ja, früher.»

Plötzlich stieg Isa ein beißender Geruch in die Nase. «Hier hat sich wirklich gar nichts verändert!» Sie sprang auf und drängelte Meta vom Herd. Dunkler Qualm hing über der Pfanne. «Lass mich mal lieber daran!» Vom Kochen hatte Meta noch nie etwas verstanden. Also biss Isa die Zähne zusammen und stellte sich an den Herd, damit der Seestern nicht noch in Flammen aufging. Aus lauter Gewohnheit vergaß sie für einen Moment ihre Angst.

Meta setzte sich an den Küchentisch und ließ Isa machen.

«Wieso ist von Omas Kochkünsten in all den Jahren eigentlich nie etwas auf dich abgefärbt?» Isa öffnete die Gartentür.

Meta zuckte mit den Schultern, zog sich einen zweiten Stuhl heran und legte die Füße hoch.

«Ja, ja, ich weiß schon», sagte Isa, nahm eine saubere Pfanne aus dem Regal und entsorgte Metas verbrannte Eier. «Du hast es mehr mit Blumen.»

«Stimmt.» Meta schmunzelte. «Letzten Sommer waren Luises Stockrosen hinterm Haus voller Blattläuse gewesen. Ich hab den Viechern so lange gut zugeredet, bis die freiwillig das Feld geräumt haben, ganz ohne Spritzmittel! Soweit ich weiß, sind die rüber zum Bürgermeister. Der hat jedenfalls den ganzen Sommer über das *scheiß Ungeziefer* gemeckert.»

«Du wusstest von dem Testament, oder?», wechselte Isa jetzt das Thema.

«Klar, dafür sind Freunde doch da.» Meta grinste Isa breit an.

Isa wollte gerade nachfragen, was Oma sich denn dabei gedacht habe, als Schritte im Garten zu hören waren.

«Hallo?» Wiebke lugte um die Ecke. «Moin, Mädels! Ich habe Tim in Eckernförde getroffen. Er hat gesagt, Isa bleibt hier!?»

«Quatsch! Da hat er wohl was falsch verstanden.» Isa winkte sie herein. «Ich fliege heute Abend zurück. Tim soll mal nicht irgendwelche Gerüchte verbreiten. Aber sag mal, seit wann ist er überhaupt wieder hier in Nordernby, der war doch in Hamburg bei irgendeinem großen Verlag?»

«Seit gut zwei Jahren.» Wiebke zog sich einen freien Stuhl heran und setzte sich an den Küchentisch. «Als seine Mutter starb, war er länger hier und hatte die Idee für seine Zeitschrift.» Wiebke sah Isa herausfordernd an. «Ist gar nicht so schlecht hier bei uns, weißt du?»

Isa machte zögerlich ein paar Schritte auf Wiebke zu. «Ich … ich glaube, ich sollte mich bei dir entschuldigen. Beim Leichenschmaus gestern … also, was ich da gesagt habe …»

«Vergiss es, Isa. Alles okay!» Wiebke stand auf. «Komm, lass dich mal drücken.» Als sie die Umarmung wieder löste, setzte Wiebke sich zurück an den Küchentisch und tätschelte Metas Hand. «Du lässt dir von unserer Spitzenköchin was Feines kochen?»

Meta schüttelte amüsiert den Kopf. Und Isa widmete sich wieder den Spiegeleiern. Sie strich ein wenig Butter auf ein Stück Küchenkrepp und fettete damit die Pfanne ein. Dann kam ihr Omas Geheimnis guter Spiegeleier in den Sinn. Unzählige Male hatte sie sich den Vortrag anhören müssen: *Isalein, du musst das Ei in eine kalte Pfanne schlagen, in eine kalte, hörst du? Das machen die meisten falsch. Und dann langsam erhitzen.*

Isa schlug mit einer Hand ein Ei in die Pfanne, dann noch drei hinterher. Ihre Hände begannen ein wenig zu zittern, und sie befürchtete das Schlimmste: Atemnot, Schwindel, eine Panikattacke, die ihr von hinten langsam den Rücken hochkroch. Doch bis auf das Zittern, das sie krampfhaft zu verbergen versuchte, war alles einigermaßen auszuhalten. Na ja, es ging hier aber auch nur um Spiegeleier für Meta und sie, nichts Großes.

Sie drehte den Regler hoch, doch nichts passierte. Keine Flamme. Sie pustete sich eine Haarsträhne aus dem Gesicht und schob die Pfanne ein Feld weiter. Doch auch da zündete das Gas nicht.

«Bei dir hat er doch eben noch funktioniert?» Isa guckte Meta fragend an und wandte sich dann wieder dem Herd zu. «Was ist das bloß für ein uralter Schrott?!» Sie ging in die Hocke und inspizierte alles ganz genau.

Meta nahm schwerfällig ihre Beine vom Stuhl und stand auf. «Lass mal das Rumgehühner da und mach Platz.»

Kaum hatte Isa einen Schritt zur Seite gemacht, holte

Meta ordentlich aus und versetzte dem Herd einen kräftigen Tritt.

«Nicht schlecht, Meta!», sagte Wiebke bewundernd. «Mit so viel Schwung machst du glatt noch den Nordernbyer Altherren Konkurrenz.»

«Tja, gewusst wie.» Meta lächelte Isa zufrieden an und setzte sich zurück an den Küchentisch.

Isa schüttelte amüsiert den Kopf und murmelte: «Hier könnte ich echt nicht arbeiten …» Sie drehte die Temperatur hoch. Schnell breitete sich in der Küche ein köstlicher Duft aus, und erst jetzt merkte Isa, wie hungrig sie war. Zum Schluss bedeckte sie die Pfanne noch kurz mit einem Deckel, damit sich die Hitze staute und so das Eigelb leicht eindickte. *Sonst pütschert es den ganzen Teller voll, das ist doch Schweinkram*, hatte Oma immer gesagt.

«Wiebke, möchtest du auch was essen?»

«Nee, lass mal. Ich hol gleich meine Jungs vom Kindergarten ab, und dann gibt's Mittag.»

Isa nickte und stellte nur zwei Teller auf den Tisch. Sie würzte die Eier mit Salz und Pfeffer und füllte Meta und sich auf.

«Wie war's eigentlich beim Notar?», wollte Wiebke wissen.

«Und wieso erzählt Tim, dass du hierbleibst?»

Isa aß schnell ihre Eier auf, dann fasste sie für Wiebke Omas verrücktes Testament zusammen. Mit den Worten «Kochen im Seestern mit Jette und dann auch noch Hausmannskost. Ohne mich!» beendete Isa ihre Ausführung und verdrehte die Augen.

«Wie das klingt, wenn du *Hausmannskost* sagst.» Meta

funkelte sie kopfschüttelnd an. «Was war denn falsch an Luises Essen?»

«Das kann ich dir genau sagen.» Isa schob den Teller zur Seite. «Zu schwer, zu fad, zu wenig überraschend!» Dass ihre Abneigung gegen Omas deftige Küche auch etwas mit ihrer Mutter zu tun hatte, behielt sie für sich.

Isa war vielleicht 14, als Jette völlig überraschend zu Besuch gekommen war. Sie war in die Küche gerauscht, und noch bevor sie Oma und Isa begrüßt hatte, inspizierte sie den Butt mit Bratkartoffeln, der zum Servieren bereitstand. «Na, Muttchen, mal wieder Fisch gebrutzelt mit zu viel Salz und zu wenig Gefühl?!» Isa hatte nichts gesagt, aber danach hatte Omas Fisch und überhaupt fast alles, was sie kochte, nicht mehr wie vorher geschmeckt.

«Luises Gäste mochten ihr Essen», sagte Wiebke und riss Isa aus ihren Erinnerungen. «Und das ist ja wohl die Hauptsache! Mag sein, dass du in London anders kochst, aber deswegen musst du doch Luises Andenken nicht in den Dreck ziehen!»

«Genau», stimmte Meta kauend zu. «Denk nur an Luises Fischsuppe.» Ihr Blick schweifte in die Ferne. «Nichts half besser gegen trübe Gedanken als ein Teller dieser heißen Suppe, die so wunderbar nach Heimat schmeckte.» Dann sah sie Isa fest in die Augen. «Luises Gerichte waren vielleicht einfach, aber sie waren ehrlich. Und alle liebten ihre Art zu kochen: das Dorf, die Touris. Oft kamen die Leute sogar extra aus Kiel oder Lübeck, nur um im Seestern zu essen. Luise und ihre Hausmannskost taten jedem gut: Futter für die Seele.» Meta schob ihren leeren Teller zur Seite und blickte Isa eindringlich an. «Vor zwei Jahren stand hier an einem Sonntag im

November plötzlich ein ziemlich trauriger Däne in der Gaststube. Johan aus Apenrade. Hatte Oma dir von ihm erzählt?»

Isa schüttelte den Kopf.

«Er war auch bei Luises Beerdigung.»

Isa überlegte kurz, aber der ganze Tag lag im Nebel. Der Gottesdienst, der Sarg, ihr Sturz … Alles erschien ihr inzwischen ziemlich unwirklich. «Da waren so viele Menschen», sagte sie. «Was ist mit diesem Johan?»

«Als er zum ersten Mal hier auftauchte, hatte er gerade seine Frau verloren. Er vermisste sie und das Essen, das sie ihm immer liebevoll zubereitet hatte. Luise servierte ihm einen Rinderbraten, zart wie Butter, Kartoffeln, Rotkohl und jede Menge Soße. In aller Ruhe und mit meist geschlossenen Augen genoss Johan damals jeden Bissen. Danach hatte er nicht nur wieder Farbe im Gesicht, er hatte richtig rote Backen und strahlte Luise an wie ein Kind, das an Weihnachten gerade sein schönstes Geschenk ausgepackt hat. Und ich glaub, in dem Moment hat er sich in sie verliebt.»

Isa guckte Meta mit großen Augen an. «Oma hatte einen Freund?»

«Nee, aber einen Bewunderer, der von da an jeden Sonntag nach Nordernby kam und für den das Leben dank Luise wieder einen Sinn hatte.» Etwas schwerfällig stand Meta auf. «Wir alle hier haben Luise geliebt.» Sie ging zur offenen Gartentür und guckte hinaus. Für eine Weile herrschte Schweigen in der Küche, und jeder hing seinen Erinnerungen an Luise nach.

Isa dachte daran, was Inge ihr beim Leichenschmaus gesagt hatte: *«Deine Oma war eine Zauberin.»* Sie schluckte.

Meta schloss die Gartentür und setzte sich zurück an den Tisch. «Letzten Sonntag kam Johan wie gewohnt um 12 Uhr hier angetrabt. Ich saß blass und zitternd genau hier am Küchentisch, morgens hatte Momme Luise gefunden. Johan sah mich und wusste sofort, was passiert war. Er setzte sich zu mir und zog schweigend ein Foto von Luise aus der Innentasche seines Jacketts. Darauf lachte sie mit glänzenden Backen in die Kamera. Ihr Vogelnest saß schief auf dem Kopf, und vor ihr auf dem Herd stand ein großer Pott mit Suppe, aus dem es ordentlich dampfte. Gleich nach ihrem Kennenlernen hatte Johan das Foto geknipst, erzählte er. Und seitdem trug er es immer bei sich. Wenn er traurig oder schwermütig war, guckte er es sich an. Dann konnte er Luises Lachen hören, roch das leckere Essen, und schon ging es ihm besser.» Meta seufzte. «Weißt du, Isa, Luise taten oft die morschen Knochen weh. Alles ging zur Neige, aber bis zum Schluss hatte sie weder ihre Herzlichkeit noch ihre Lust am Kochen verloren.» Sie zog ihren Flachmann aus der Tasche ihrer Strickjacke. «Ich brauchte kein Foto. Ich konnte einfach jeden Tag rüberkommen.»

In ihren Augen schimmerten Tränen, und Isa bemerkte, dass sie Meta vorher noch nie hatte weinen sehen. Nicht mal bei der Beerdigung.

«Keiner hat sich von Luise verabschieden können», fügte Meta mit zitternder Stimme hinzu. «Isalein, lass sie und ihr Essen noch einmal aufleben. Damit würdest du nicht nur ihren letzten Wunsch erfüllen, damit würdest du uns alle sehr glücklich machen.»

Wiebke schnäuzte sich. Isa biss sich auf die Lippen. In ihren Ohren dröhnte die Stille, die sich jetzt über die

Küche legte. Schließlich räusperte sie sich, stand auf und räumte geräuschvoll die Teller ab. «Wieso hat Oma mich nicht einfach schon früher darum gebeten, zu kommen und ein paar Tage mit ihr zusammen zu kochen?»

«Wärst du denn gekommen?», fragte Meta und nahm einen Schluck Likör.

Isa schwieg, ließ Wasser ins Becken laufen und begann abzuwaschen. Wäre sie gekommen? Es gab so viele Fragen, die sich ihr stellten. Warum verlangte Oma so etwas von ihr? Warum sollte sie ausgerechnet zusammen mit Jette den Seestern schmeißen? Schließlich spielte ihre Mutter in Omas und ihrem Leben doch seit Ewigkeiten keine Rolle mehr. Wie konnte es also sein, dass Jette in Omas Testament überhaupt erwähnt wurde?

Isa drehte sich zu Meta und Wiebke um und sprach aus, worüber sie grübelte. «Warum bloß kann ich das Erbe nur mit Jette antreten?»

«Tja, Blut ist dicker als Wasser», sagte Wiebke trocken, die mittlerweile aufgestanden war und zu Isa ging. «Du hast doch jetzt nur noch sie. Komm her, lass dich noch mal ordentlich drücken. Ich muss gleich los.» Wiebke nahm sie fest in den Arm. Isa versteifte sich und hielt ihre nassen Hände in die Luft. Sie fühlte sich eingeklemmt wie in einem Schraubstock. «Aber Jette gehört nicht zu meiner Familie», zischte sie und befreite sich aus Wiebkes Umarmung.

«Das sah Luise wohl anders.» Meta brachte wieder einen zweiten Stuhl in Stellung, um ihre Füße hochzulegen. «Offensichtlich wollte sie, dass ihr euch endlich näherkommt.»

«Dafür ist es zu spät!», sagte Isa mit schriller Stimme.

«Ich hatte 30 Jahre keine Mutter, weil die sich aus dem Staub gemacht hat, als ich noch ein Baby war. Jetzt brauche ich weiß Gott auch keine mehr.»

Es hatte immer wieder Zeiten gegeben, da war die Sehnsucht nach der Mutter kaum auszuhalten gewesen. Aber irgendwann war sie der Enttäuschung und der Wut auf diese abwesende Frau gewichen, und Isa hatte nur noch eines gewollt: eine plausible Erklärung, warum Jette sie alleingelassen hatte. Doch da kam nichts, außer Schweigen. Welche Erklärung sollte es dafür auch geben?

«Manchmal sind die Dinge anders, als sie scheinen», sagte Meta geheimnisvoll. Sie prostete mit ihrem Flachmann Richtung Küchendecke und nahm einen Schluck.

Isa und Wiebke sahen sich überrascht an und setzten sich zurück an den Küchentisch.

«Was meinst du?», fragte Isa.

Meta legte ihre warme Hand auf Isas und sah ihr fest in die Augen. «Ach, du weißt doch, wie Luise war … Sie konnte die Dinge schlecht auf sich beruhen lassen. Und in letzter Zeit … Ihr lag da noch etwas auf der Seele.» Sie fuchtelte mit der Hand durch die Luft. «So, aber nu is gut! Jetzt hörst du auf mit dem Grübeln und siehst zu, dass du deine Mutter rankriegst!»

Isa betrachtete Metas von Altersflecken übersäte Hand. So waren sie, die Frauen in Nordernby: pragmatisch und praktisch, ohne langes Lamentieren. Und in diesem Moment wünschte sich Isa, ein bisschen so wie sie zu sein.

«Meta, ich kann einfach nicht hierbleiben. Ich … Ich muss mein Leben in London …», begann Isa zögerlich und suchte nach den richtigen Worten. «Wisst ihr, mein Restaurant, also ... Ich habe das Kochen –»

Weiter kam sie nicht. Meta hatte plötzlich mit der flachen Hand auf den Tisch gehauen. Die Wucht ließ ihren Flachmann gefährlich nah an die Kante hüpfen, und Isa blieb vor Schreck ihr Gestammel im Halse stecken.

«Mensch, Isa, nu ist wirklich Schluss mit dem Gesabbel. Wenn dir das so schwerfällt, Omas letzten Wunsch zu erfüllen, nur weil du deinen Laden in London nicht alleinelassen kannst, dann geh doch, wo du wohnst! Aber dann ...» Meta machte eine Pause und funkelte Isa an. «Dann erfährst du nie und nimmer, wer dein Vater ist.»

Isa stutzte. «Wie bitte?»

Auch Wiebke sah Meta mit großen Augen an.

«Wenn du hierbleibst, dann verrate ich dir nach dem großen Dorffest, wer er ist. Aber erzähl deiner Mutter nichts davon!» Meta trank schnell noch einen Schluck Likör.

Isa wurde heiß und kalt, und sie spürte, wie ihr Herz anfing zu rasen. «Soll das heißen, du und Oma, ihr habt es die ganze Zeit gewusst?»

Meta zuckte mit den Schultern.

«Wie krass ist das denn!?» Wiebke blieb der Mund offen stehen.

«Meta, wenn du denkst, dass du mich damit erpressen kannst», zischte Isa, «dann hast du dich getäuscht!»

7.

*Widme dich der Liebe und dem Kochen
mit wagemutiger Sorglosigkeit.*

DALAI LAMA

BEICHTE

Isa ging in den Garten. Jetzt brauchte sie erst einmal frische Luft. Sie atmete tief ein. Es roch nach feuchter Erde und nach Hyazinthen. Unterm Apfelbaum blieb sie stehen. Sie legte den Kopf in den Nacken und beobachtete eine Amsel, wie sie von Ast zu Ast hüpfte.

Natürlich hatte Metas Erpressung ihre Wirkung nicht verfehlt. Ja, sie würde bleiben. Wenigstens erst mal.

Isa war verwirrt und enttäuscht. Sie versuchte, die Gedanken und Fragen in ihrem Kopf zu ordnen: Hatte Oma also doch all die Jahre Bescheid gewusst und sie jedes Mal eiskalt angelogen, wenn sie sie nach ihrem Vater gefragt hatte? Nur, warum ...? Und jetzt, wo es Oma in den Kram passte, weil sie nicht mehr Rede und Antwort stehen musste, benutzte Meta ihr Wissen, um Omas Dummheiten durchzudrucken? Das Geheimnis sollte aber nur gelüftet werden, wenn Isa schön das machte, was Oma wollte? Wie viele Kirschliköre hatte es wohl

83

gebraucht, um sich so ein hinterhältiges Spiel auszudenken?

Die Amsel flatterte weiter und riss Isa aus ihren Gedanken. Sie musste unbedingt mit Henry sprechen. Sie zog ihr Handy aus der Hosentasche und rief ihn an. Zum Glück erreichte sie ihn auch gleich. Er war bei der Arbeit und gerade dabei, die Weine für die aktuellen Menüs zusammenzustellen.

Ohne Punkt und Komma erzählte sie ihm von dem unmöglichen Testament und von der unglaublichen Vater-Neuigkeit. «Ist das nicht alles total irre?!», krächzte sie. Von dem aufgeregten Redeschwall war ihr Mund ganz trocken geworden.

«Aber, wenn ich dich richtig verstanden habe», sagte Henry mit ernster Stimme, «musst du, um zu erfahren, wer dein Vater ist, die nächsten Wochen in Not… in Nar… Wie heißt das Dorf?»

«Nordernby.»

«… in Nordernby bleiben, und du musst kochen. Kannst du das überhaupt? Ich meine, wie willst du deine Ängste in den Griff bekommen?»

Ein dumpfes Stechen breitete sich in Isas Magengegend aus. Sie begann im Garten auf und ab zu laufen. Henry hatte recht. Wie bitte sollte sie Omas bekloppte Bedingungen überhaupt erfüllen? Sie war schlichtweg nicht in der Verfassung, ein Restaurant zu führen.

Isa blieb allerdings keine Zeit, weiter darüber zu grübeln. Vorm Seestern war irgendetwas in Gang. Sie hörte das dumpfe Blubbern eines Dieselmotors, dann ein Zischen und schließlich Stimmen und Gelächter. Sie ging zurück zum Haus und lugte um die Ecke.

«Henry, wir reden später. Ich muss hier schnell was regeln.» Sie legte auf und steckte das Handy weg.

Auf dem kleinen Parkplatz stand ein Reisebus mit Lübecker Kennzeichen, der nach und nach um die 30 gutgelaunte Frauen ausspuckte. Einige hielten Plastikbecher in der Hand, andere einen Piccolo. Isa konnte nicht glauben, was sie da sah. Sie kam näher und wollte die Damen gerade fragen, ob sie ihnen helfen könnte, als sie Momme über die Straße eilen sah.

«Moin, Moin!», rief er den Frauen zu, die seinen Gruß fröhlich erwiderten. Dann öffnete er den Seestern, kickte den kleinen Holzkeil unter die Tür und bat die Frauen mit einer Handbewegung hinein. «Geht man alle schon mal in den Saal, ich komm gleich.» Als er Isa entdeckte, winkte er sie zu sich. «Meine Damen», rief er und zog Isa neben sich an die Tür. «Das hier ist die Enkelin von Luise Petersen. Sie wird heute für euer leibliches Wohl sorgen.»

Ich werde was? Isa glaubte, sich verhört zu haben. Das konnte Momme unmöglich ernst meinen.

Die Frauen nickten ihr lächelnd zu. Sofort bekam Isa weiche Knie und Schnappatmung. Nachdem die Letzten gut gelaunt im Saal verschwunden waren, nahm sich Isa Momme vor.

«Was soll das? Was ist hier los?»

«Das sind die Lübecker Landfrauen. Die hatte ich total vergessen, fielen mir erst wieder ein, als ich den Bus hier stehen sah.» Er kratzte sich am Hinterkopf. «Ich dachte, ich hätte alle Reservierungen abgesagt. Na ja, is auch egal, du bist ja da, und wie ich gehört hab, bleibst du auch. Da hat mein Einlauf vorhin ja was gebracht.»

«Nein ..., äh ..., ja. Aber ich koche hier heute garantiert für niemanden.»

Momme rollte mit den Augen. «Mann, was sind wir wieder zickig. Was ist bloß los mit dir?» Er funkelte Isa mit seinen Husky-Augen wütend an. «Die Landfrauen sind hier, weil sie mein Bier probieren wollen, und dazu gibt's Schmalzbrote und Luises Fischsuppe.»

«Dein Bier?» Isa starrte Momme fragend an.

«Erklär ich dir später. Ich hol jetzt Kuchen von Bäcker Hansen, und du kochst Kaffee! Anschließend mach ich mit denen einen Spaziergang an die Schlei, und du kannst in Ruhe die Fischsuppe vorbereiten, klar!?»

«Aber wir haben doch gar keine Zutaten!» Isas Stimme zitterte.

Aus der Innentasche seiner Lederweste fischte Momme sein Handy. «Ich ruf Tim an. Der besorgt uns bestimmt ganz flott alles, was wir brauchen.»

Isa stöhnte. Das konnte doch nicht wahr sein?! Ihr Herz raste. «Momme ..., ich kann nicht ....» Aber das hatte er schon nicht mehr gehört. Mit dem Handy am Ohr war Momme im Saal verschwunden.

Gut eine Stunde später trabten die Landfrauen hinter Momme her Richtung Schlei.

Isa saß zusammengesunken am Küchentisch und knetete ihre schweißnassen, zitternden Hände.

«So schnell sieht man sich wieder.» Sie hatte Tim nicht kommen hören und schrak zusammen, als er in die Küche rauschte, beladen mit zwei Styroporboxen. «Momme meint, deine ersten Gäste warten schon? Hier, kannst gleich loslegen.» Er stellte die Boxen genau vor

Isas Nase auf den Tisch und nahm den oberen Deckel ab. «Ich glaub, ich hab alles: Dorsch und Butt, Krabben schon gepult, und Miesmuscheln gab's auch noch, obwohl die Zeit ja eigentlich vorbei ist.» Er hob die obere Kiste an, um zu zeigen, was in der unteren steckte. «Fischfond hab ich dir hausgemachten von Jakobsen mitgebracht, jetzt noch einen zu kochen, schaffst du ja nicht mehr. Hier sind außerdem noch Fenchel, drei Bund Suppengrün, Petersilie, und als kleines Extra für deinen verwöhnten Gourmet-Gaumen hab ich sogar ein paar Seeteufelmedaillons bekommen. Na, was sagst du?» Tim guckte Isa erwartungsvoll an. «Ach ja, und hier noch Griebenschmalz vom Biohof Sommer.» Er kramte in seiner Umhängetasche aus grüner Lkw-Plane herum und stellte ein Weckglas auf den Tisch. «Den kennst du noch gar nicht, oder? Ich sag dir, bei uns ist in letzter Zeit kulinarisch ganz schön was los. Du wirst hier eine gute Zeit haben. Warte …» Er zog noch eine Zeitschrift heraus. «Voilà: die aktuelle *Butter bei die Fische*. Kannst dich nachher schon mal einlesen.»

Isa knetete weiter schweigend ihre Hände und starrte auf den Küchentisch.

«Isa?» Tim rückte sich einen Stuhl zurecht, setzte sich zu ihr und sah sie mit gerunzelter Stirn an. «Du siehst aus, als hätte ich dir gerade einen Eimer fauler Aale vor die Füße gekippt. Was ist los?»

Isa zuckte nur matt mit den Schultern. Sie war unfähig zu antworten. Sie wollte einfach nur, dass das Herzrasen und das Rauschen in ihren Ohren endlich aufhörten.

Diffuse Bilder stiegen vor ihrem inneren Auge auf: Sie

sah sich in ihrer Restaurantküche in London, sah, wie sie nervös zwischen Küche und Kühlraum hin und her eilte. Seit Monaten hatte sie auf diesen einen Abend hingearbeitet, hatte 14 bis 16 Stunden pro Tag in der Küche gestanden und für ihre Gäste auf allerhöchstem Niveau gekocht. Seit dem Brexit-Chaos war der Druck zu überleben noch größer geworden. Bei den Menschen saß das Geld nicht mehr so locker, und ihr Restaurant war längst nicht mehr jeden Abend ausgebucht gewesen. Nachts, wenn alle weg waren, hatte sie weitergearbeitet, hatte experimentiert, probiert, verworfen. Immer auf der Suche nach dem perfekten Geschmack, der perfekten Kreation. Denn die Konkurrenz schlief nicht, und die Kritiker lechzten nach Neuem.

Nachdem sich Isa bereits kurz nach der Eröffnung mit dem *Luise's* einen Stern erkocht hatte, wusste sie, sie würden bald kommen, und darauf wollte sie vorbereitet sein: die Kritiker vom *Restaurant Magazin*, die jedes Jahr die Liste der 50 besten Restaurants weltweit herausgaben.

Sie kamen am 22. Januar. Es waren eine Frau und zwei Männer. Lilly, Isas Restaurantleiterin, hatte sie erkannt. Einmal das Menü, zweimal à la carte. Draußen regnete es in Strömen. Drinnen war die Anspannung kaum noch auszuhalten. Die Hektik und die Hitze hatte an jenem Abend wie eine Dunstglocke über ihrer Küche gehangen. Isa und ihre Mannschaft würden wieder einmal über sich hinauswachsen. Den Kritikern wollten sie's zeigen! Doch dann war alles anders gekommen.

Isas Herz galoppierte. Sie kniff die Augen zusammen und hielt sich mit den Händen die Ohren zu. Doch der

Lärm in ihrem Kopf wollte einfach nicht aufhören. Sie hörte Porzellan zu Bruch gehen. Stimmengewirr. Hysterische Schreie …

«Isa, jetzt sag endlich, was los ist!» Tims Stimme mischte sich zu dem lauten Durcheinander in ihrem Kopf.

Langsam stand sie auf. Ihre Beine fühlten sich wackelig an. Sie wankte zur Spüle und ließ kaltes Wasser über ihre Handgelenke laufen. Nach einer Weile drehte sie den Hahn zu. Sie stand mit dem Rücken zu Tim. Ohne sich umzudrehen, fing sie leise an zu erzählen: «Ich … ich habe aufgehört zu kochen … Mein Restaurant ist seit drei Monaten geschlossen. Ich … Ich bin dem Druck, der in der Spitzengastronomie herrscht, einfach nicht gewachsen.» Isa war überrascht, wie leicht ihr dieser letzte Satz über die Lippen gegangen war.

Sie drehte sich um, hielt es aber nicht aus, Tim in die Augen zu blicken. Sie guckte an ihm vorbei und sprach langsam weiter. «Anfang des Jahres kamen wichtige Kritiker in mein Restaurant. Eine echte Chance! Aber statt wie sonst konzentriert meine Arbeit zu machen, habe ich vollkommen versagt …» *Einatmen. Ausatmen.* «Die Abendkarte, die Menüs, alles, was ich mir überlegt und geplant hatte, machte plötzlich keinen Sinn mehr. Ich konnte mit den Zutaten um mich herum nichts anfangen.» Isa presste die Lippen zusammen und fixierte die Küchendecke. «Es war …» Ihre Stimme klang heiser. Sie räusperte sich. «Es war, als versuchte ich in einem Buch zu lesen, ohne die Sprache zu können. Krustentier-Gelee, wie bitte sollte das gehen? Geflämmter Kaisergranat auf Kalamansi-Schaum, was zur Hölle hatte ich mir dabei gedacht? In meinem Kopf herrschte totale

Verstopfung. Da floss kein klarer Gedanke mehr durch.» Isa spürte, wie ihr kalte Schweißperlen die Wirbelsäule herunterliefen. «Als meine Sous-Chefin sah, was mit mir los war, bugsierte sie mich auf einen Stuhl, drückte mir einen Wodka in die Hand und übernahm das Kommando. Wäre ich einfach still in meiner Ecke sitzen geblieben, wäre der Abend vielleicht anders verlaufen, und ich hätte nach ein paar Tagen Pause einfach weitermachen können. Aber ich ...» Sie riss ein Stück Küchenkrepp von der Rolle und putzte sich die Nase.

«Was ist passiert?», fragte Tim vorsichtig.

«Ich weiß es nicht ... Ich bin auf einmal durch die Küche gesprungen wie Rumpelstilzchen ... Ich schrie alle zusammen, warf mit Tellern und Töpfen und verwüstete alles. Die paar Gäste, die noch nicht die Flucht ergriffen hatten, jagte ich auf die Straße. Und meine Mannschaft gleich mit.»

Jetzt wurde Isa übel. So detailliert hatte sie die Geschichte noch nie erzählt, selbst ihrer Therapeutin nicht. Wozu auch? In London hatte alles über ihr Fiasko in den Zeitungen gestanden. *Die Deutsche und ihr verglühter Stern*, schrieb die *Times*, als klar war, dass sie das *Luise's* schließen würde. Losgetreten durch die Diskussion einiger Food-Blogger, wurde im *Mirror* ausführlich darüber debattiert, ob Frauen für den Stress und den Druck, der in der Spitzengastronomie herrscht, überhaupt gemacht seien.

Tim war aufgestanden und holte aus der kleinen Kammer neben dem Kühlschrank Omas selbstgemachten Johannisbeersaft. Isa beobachtete ihn. Er bewegte sich hier so selbstverständlich, als wäre er im Seestern aufgewachsen. Er goss etwas von dem dickflüssigen Saft in zwei Gläser und mischte Mineralwasser dazu. Die winzigen Schaumbläschen knisterten vertraut, und für den Bruchteil einer Sekunde drängte sich das Gefühl von heiler Welt in Isas engen Brustkorb. Tim hielt ihr ein Glas entgegen. Doch Isa hob ablehnend die Hand. Der üble Geschmack von Scham und Würdelosigkeit ließ sich auch mit Johannisbeerbrause nicht runterspülen.

«Isa …» Tim stellte die beiden Gläser auf den Tisch und sah sie eindringlich an. «Du bist weiß Gott nicht die erste Spitzenköchin, die so eine Krise durchmacht. Denk nur an René Redzepi vom *Noma* in Kopenhagen. Er musste sein Restaurant schließen, nachdem sich über 60 Gäste durch ein Muschelgericht mit dem Norovirus infiziert hatten. Nicht nur in Dänemark waren die Zeitungen voll davon, und Redzepi hatte wahnsinnige Angst, alles zu verlieren. Aber er hat weitergemacht.»

«Jetzt komm mir nicht mit diesem Krise-als-Chance-Quatsch!» Isas Stimme bebte. «Redzepi hat weitergemacht, ja. Und warum? Weil er weitermachen konnte. Das kann ich aber nicht! Ich kann gar nichts mehr!» Zum Beweis streckte sie beide Arme nach vorn und zeigte Tim ihre zitternden Hände. «Guck dir das Elend doch an! So geht das seit Monaten. Sobald es ernst wird, krieg ich 'n Tatter! Sogar hier, nur weil ich für irgendwelche Landfrauen Fischsuppe kochen soll. Ich kann das nicht kontrollieren. Aber wie soll ich so Omas Letzten Willen erfüllen, geschweige denn mein Leben wieder auf die Reihe kriegen?» Isa ließ die Arme sinken und schnaufte. «Dabei dachte ich immer, ich wäre für die Küche geboren, so wie Oma und meine … Na, so wie Jette.»

«Wieso nimmst du das Testament denn überhaupt an?»

Isa starrte Tim an. Da erst fiel ihr ein, dass er ja von Metas Erpressung noch gar nichts wusste. Schnell erzählte sie ihm, was diese ihr in Aussicht gestellt hatte, wenn sie bliebe und alles so machte, wie Oma es sich gewünscht hatte. Anschließend lehnte sie sich erschöpft auf ihrem Stuhl zurück und wartete Tims Reaktion ab. Doch der sah aus, als müsse er selbst erst einmal verdauen, was er da gerade gehört hatte. Immerhin wusste er nur zu gut, was Isa die Vater-Sache bedeutete.

Oma war ihre ganze Familie gewesen. Und sie waren eine tolle Familie gewesen. Aber hin und wieder hätte Isa gern eine ganz normale gehabt, so wie die anderen hier. Dass das Modell Vater, Mutter und zwei Kinder auch nicht immer das Wahre war und es hinter den gestutzten Hecken in den schieren Häusern ganz schön bedrückend sein konnte, hatte sie erst später gemerkt. Kurz nach der Einschulung hätte Isa für geordnete Verhältnisse jedenfalls einiges gegeben.

Eines Morgens hatte Isa fröhlich ihren roten Scout-Ranzen geschultert, sich mit einem Knallkuss von Oma verabschiedet und war zur Bushaltestelle gegangen. Gleich in der ersten Stunde verteilte ihre Klassenlehrerin Frau Simon an jedes Kind einen Zettel. Sie erklärte, dass sie mit der Klasse nächste Woche einen Ausflug machen wollte. Es sollte nach Schleswig ins Schloss Gottorf zu den Moorleichen gehen. Am kommenden Tag sollten alle Kinder die Zettel – unterschrieben von Mutter oder Vater – wieder mitbringen, damit sie mitfahren dürften. Isa war schon lange heiß darauf gewesen, sich die Moorleichen anzugucken. Wiebke war mit ihren Eltern bereits da gewesen und hatte ihr mit leuchtenden Augen von dem toten Jungen im Glaskasten erzählt, der aussah, als wäre er aus Holz. «Gar nicht gruselig», hatte sie gesagt. Einmal, an einem Sonntag, hatte Momme versprochen, mit ihr in das Museum zu fahren. Aber dann war im Seestern so viel los gewesen, dass er nicht wegkonnte. Bei dem Ausflug wollte sie deshalb unbedingt dabei sein. Mit ihren kleinen Händen umklammerte Isa den Zettel. Ihr Herz pochte, und ihr wurde heiß und kalt. Geflüster und Gekicher aus Swantjes Richtung verschlimmerten ihre Panik. Abwechselnd starrte Isa auf das bedruckte Blatt Papier und zu Frau Simon. Schließlich konnte sie die Tränen nicht mehr zurückhalten und fing an, bitterlich zu weinen. Als die Lehrerin wissen wollte, was los war, schnellte Swantjes speckiger Arm in die Höhe: «Frau Simon, Frau Simon», rief sie aufgeregt, den Arm immer noch senkrecht zur Decke gereckt. «Isabel hat keine richtige Mutter und auch keinen Vater, da kann keiner den Zettel unterschreiben. Sie darf also nicht mit.»

Isa ließ ihren Kopf auf den Tisch fallen. Ihr kleiner Körper bebte. Tim, der zwei Plätze weiter neben Frank saß, sprang auf. «Swantje, du weißt genau, dass das nicht stimmt. Isa hat eine Oma – und was für eine! Die kann sogar Gipsverbände mit der Laubsäge aufmachen.» Tim hatte sich in den Sommerferien den Fuß gebrochen, und als er das Jucken unter dem Gips nicht mehr ausgehalten hatte, beschloss Oma nicht nur, dass das Ding ab musste, sie legte auch gleich selbst Hand an. «Isas Oma kann den Zettel genauso gut unterschreiben», rief Tim mit energischer Stimme. «Stimmt doch, Frau Simon, oder?»

Dass Oma nicht nur ihre Oma, sondern auch ihr Vormund war, wusste Isa damals noch nicht. Die Lehrerin hatte jedenfalls überhaupt kein Problem daraus gemacht. Und als Frau Simon sich zur Tafel gedreht hatte, streckte Isa der fetten Swantje die Zunge raus und ließ die ganze nächste Pause über Tims warme Hand nicht mehr los. An jenem Tag hatte er ihr versprochen, für immer und ewig ihr Hüter gegen die dunklen Mächte zu sein. Von da an waren die beiden unzertrennlich gewesen.

«Dann hat Luise also doch Bescheid gewusst», sagte Tim nun und schüttelte ungläubig den Kopf. «Aber von deiner Schaffenskrise hat sie nichts gewusst, oder?»

Wieder kamen Isa die letzten Telefonate mit Oma in den Sinn. «Ich … ich wollte es ihr ja sagen. Aber ich wollte sie auch nicht enttäuschen.» Sie schloss für einen Moment die Augen und atmete tief durch. Nun war es raus. Sie war erschöpft, aber irgendwie auch erleichtert.

Als sie die Augen wieder öffnete, fiel ihr Blick auf Tims Zeitschrift. Sie zog die Ausgabe zu sich heran und fing an, darin zu blättern. «Und du bist jetzt also so ein Foodie, der den ganzen Tag schlau über Essen redet?»

«Oh, schön, dass es dir besser geht», erklärte Tim spöttisch. «Bist ja schon wieder richtig pieksig.» Er fing an, die Styroporkisten auszupacken und die Ware zu inspizieren. «Wenn überhaupt, rede ich schlau über Lebensmittel. Ich möchte nämlich wissen, was ich esse, und vor allem, wo es herkommt.»

Plötzlich trat Momme zu ihnen in die Küche. «Was ist denn hier los? Zeit für Kaffeeklatsch?» Er sah sich um. «O Mann! Is ja noch nix fertig! Ich sach euch, ich bin vielleicht bedient: So eine verrückte Else hing mir an der Schlei die ganze Zeit am Arm und sabbelte irgendwas von Kraftorten und Wikinger-Energie. Und jetzt scharwenzelt sie die ganze Zeit um mich rum. Seh bloß zu, Isa, dass du die Suppe in Gang kriegst. Ich fang jetzt an, mein Bier auszuschenken. Tim, kannst du schon mal Schmalzbrote schmieren?» Ohne eine Antwort abzuwarten, war Momme auch schon wieder verschwunden.

Tim stellte zwei große Töpfe auf den Herd und nickte Isa aufmunternd zu.

8.

WIKINGERBRÄU

Als Isa ungefähr 100 Schmalzbrote später den Kopf durch die beschlagene Gartentür steckte, dämmerte es bereits und die Luft war abgekühlt. Isa fröstelte und zog sich die Ärmel ihrer durchgeschwitzten Bluse über die Handgelenke.

«So, jetzt mach die Augen zu und such auf deiner Zunge nach dem Ort, wo die Erinnerungen wohnen.»

Isa drehte sich um. Tim hielt ihr einen dampfenden Löffel vors Gesicht. «Probier und sag mir, was fehlt.»

Wieder hatte er sie vor den dunklen Mächten gerettet. Diesmal kamen sie allerdings nicht in Gestalt von Swantje Heide daher. Diesmal hockten sie in ihr drin, dick und faulig wie ein Geschwür, das Isa sämtliche Kraft raubte.

Mit geschlossenen Augen schob Isa die Suppe einen Moment lang im Mund hin und her. Sie schmeckte nach Meer, Kindheit und nach Oma. Ein jäher Schmerz durchfuhr sie, als sie daran dachte, wie Oma ihr früher immer über ihr blutendes Knie gepustet hatte, wenn sie es sich beim Toben mal wieder aufgeschlagen hatte und der brennende Schmerz dann nachließ. Nur einmal pusten, und schon war die Welt wieder in Ordnung. Wann hatte das aufgehört …?

Sie schluckte die Suppe runter. «Maggi», sagte sie und öffnete die Augen.

«Witzig, Isa!»

«Okay, okay. Es fehlt auf jeden Fall Säure.»

«Na bravo! Geht doch.» Tim ging zurück an den Herd und goss den Saft einiger Zitronen in den großen Topf.

«Wusste gar nicht, dass du inzwischen ganz passabel kochen kannst.» Isa schloss die Gartentür und fing an, die Schmalzbrote auf große Bretter zu stapeln.

Tim holte die Suppenterrinen aus dem Geschirrschrank und befüllte sie mit einer großen Kelle. «Seit ich wieder hier bin, hab ich Luise oft geholfen, so wie sie mir geholfen hat.»

Isa sah ihn fragend an.

«Nach dem Tod meiner Mutter kam ich fast jeden Tag in den Seestern, nicht nur, um mit anzupacken, auch um nicht allein zu sein. Mein Vater wohnt doch seit der Scheidung in Kiel.»

«Das mit deiner Mutter tut mir leid.» Isa räusperte sich.

«Als sie krank wurde, hat mich das Leben in Hamburg und meine Arbeit im Verlag … dieses ganze Aufgeblasene nur noch genervt. Nach ihrem Tod habe ich dann endgültig alles hingeschmissen und beschlossen, was Eigenes zu machen. Luise hat mich bei meiner Idee immer unterstützt und mir Mut gemacht, dass ich es schaffen kann.» Er nahm ein Tablett aus dem Regal und stellte die Terrinen darauf.

Für Isa war die letzte Stunde eine Herausforderung gewesen. Tim beim Kochen zuzusehen, diese Ruhe und Leichtigkeit, mit der er die Suppe zubereitete, während sie selbst kaum genug Kraft fürs Broteschmieren gehabt hatte, waren nicht leicht zu ertragen gewesen. Er hatte die ganze Zeit vor sich hin gesummt, und selbst als er beim Filetieren der Butte Schwierigkeiten hatte und das Messer immer wieder neu ansetzen musste, wurde er nicht nervös.

Tim mit seiner stillen Stärke war nie so ein Poser gewesen wie die Sprösslinge wohlhabender Ferien- hausbesitzer, die am Wochenende mit ihren Range Ro- vern in Nordernby einfielen, so als gäbe es rund um die Schlei keine befestigten Straßen. «Warmduscher» nann- te Momme sie mit ihren zurückgegelten Haaren, ihren Wildleder-Slippern und ihrer maßlosen Selbstüberschät- zung. Nach vier Bier und vier Korn konnte von denen keiner mehr stehen. Tim dagegen war wetterfest. Und das, hatte Luise immer gesagt, sei bei einem Mann das Wichtigste. Ein Paar war trotzdem nie aus Isa und Tim geworden.

Eine einzige Nacht hatten sie zusammen verbracht. Und die hatte Isa lange nicht vergessen können. Aus- gerechnet vor ihrer Abreise nach London war es passiert. Alles fühlte sich so vertraut und richtig an und trotzdem aufregend. Isa hatte sich danach gewünscht, Tim würde ebenfalls nach London ziehen, als Journalist konnte er schließlich überall arbeiten. Aber er wollte nicht, hatte ihren Vorschlag wiederholt abgelehnt. Das tat weh. Irgendwann verwandelte sich das Unverständnis in Wut. Die Telefonate wurden quälend. Isa redete sich in Rage und brüllte in den Hörer, er solle doch bleiben, wo der Pfeffer wächst, und beim *Schleikurier*, wo er seit dem Abi als freier Mitarbeiter arbeitete, verschimmeln. Als sie das nächste Mal nach Nordernby kam, war Tim fort. Von Frank erfuhr sie, dass er nach München gezogen war. Dort hatte Tim einen Platz an der Deutschen Journalistenschule ergattert. Nur ein Mal hatten sie sich danach noch gesehen. Fünf Jahre Abi wurden in Eckernförde groß gefeiert. Dafür kam sogar Isa angereist. Und auch Tim war gekommen, der damals gerade von München nach Hamburg gezogen war, um einen neuen Job anzutreten. Klar haben sie zusammen gefeiert, zusammen gelacht und auch geredet. Aber über die gemeinsame Nacht hatten die beiden seit damals kein Wort mehr verloren.

Je länger Isa ihn an diesem Abend in der Küche beobachtete, desto mehr bewunderte sie Tims Art zu kochen. Darin lag so viel Freude und Unschuld. Und ihr wurde schmerzlich bewusst, dass sie diese Unschuld schon lange vor ihrem Zusammenbruch verloren hatte.

Bei ihr war es in der Küche immer um etwas gegangen. Nach ihrem Diplom an der renommierten Kochschule Le Cordon Bleu ging es um den ersten Job. Natürlich bewarb Isa sich nicht irgendwo, sondern nur in Spitzenrestaurants. Tatsächlich ergatterte sie im *Peninsula* mit Blick auf die Themse ihre erste Stelle. Damit war sie drin in der schillernden und aufregenden Welt der Haute Cuisine. Als Commis de Cuisine war sie zwar ganz unten in der Hackordnung, aber das störte sie nicht. Sie konnte es kaum erwarten, dass es endlich losging. Sie, Isabel Petersen aus Nordernby, in einem Spitzenrestaurant – Wahnsinn! Wie da gekocht wurde und was, unterschied sich so dermaßen von dem, was sie von Oma gelernt hatte. Die ersten Wochen fühlte Isa sich wie eine totale Versagerin, so als hätte sie in ihrem Leben noch nie an einem Herd gestanden. Nicht mal das Gemüse konnte sie so schneiden, wie es verlangt wurde. Trotzdem fühlte sie sich irre lebendig. Ihr Ehrgeiz war unglaublich. Sie machte, was man ihr sagte, und noch mehr. Genau wie Oma verfügte auch Isa über eine beeindruckende Zähigkeit. Sie wollte Eintritt in diese fremde Welt, wollte zu dem Team dazugehören, das fast nur aus bärtigen, tätowierten Typen bestand, die sie mit ihrer lässigen Überheblichkeit tief beeindruckten. Nach und nach lernte Isa sich durchzubeißen. Überstunden waren ihr egal. An die unzähligen Verbrennungen, Schnittwunden und den rauen Ton, der in der Küche herrschte, hatte sie sich schnell gewöhnt. «Für Mittelmaß und Vollidioten ist hier kein Platz!», brüllte der Chef jedes Mal, wenn wieder einer etwas vergeigt hatte.

Als Isa eines Abends im größten Stress hauchdünne Scheiben von isländischer Jakobsmuschel mit eingelegtem Daikon-Rettich formvollendet abgeschmeckt und angerichtet hatte, weil der Kollege, der eigentlich dafür verantwortlich war, mit einer tiefen Schnittwunde ins Krankenhaus musste, wurde sie nicht mehr nur geduldet. Von dem Moment an wurde sie ernst genommen.

Einige Jahre später hätte sie für die Stelle als Sous-Chefin im *Hide* buchstäblich getötet. Als sie den Job bekam, arbeitete sie wie im Rausch. Sie liebte es, sich morgens auf dem Großmarkt oder auf dem Borough Market von der erstklassigen Ware, den seltenen Schweinerassen, den Krustentieren, dem frischen Gemüse inspirieren zu lassen. Abends organisierte sie mit größter Präzision den Strom an Bestellungen. Sie hielt die Rädchen in der Küche am Laufen, kontrollierte die sorgfältig angerichteten Teller und schickte sie im Gleichfluss an die Tische. Und schließlich fing sie an, von ihrem eigenen Restaurant zu träumen. Sie brütete über Businessplanen, sprach mit Banken und sah sich Locations an. Vor gut zwei Jahren war es dann so weit gewesen: Isa eröffnete das *Luise's*. Von da an arbeitete sie noch mehr. Und sie war gut, sie war besser als gut. «Lach mal!», hatte Jess, ihre Sous-Chefin, Isa oft zugerufen, wenn diese gerade dabei gewesen war, einen Teller perfekt anzurichten. «Wenn du weiter so guckst, kriegst du diese hässliche, tiefe Falte zwischen den Augenbrauen nicht mehr weg.» Als Isa wenig später mit noch nicht mal 30 den ersten Stern geholt hatte, brachte Jess ihren Nachbarn Henry mit zur Siegesfeier. Henry hatte eine englische Mutter und einen deutschen Vater. Er war in Düsseldorf aufgewachsen. Später hatte er in Zürich Önologie studiert und war inzwischen im *The Beast* Chef-Sommelier. Und weil ihm sein Job genauso wichtig war wie Isa ihrer, merkten die beiden schnell, dass sie ausgesprochen gut zusammenpassten. Sie lachten viel, stritten nie. Nächtelang unterhielten sie sich über kraftvolle Burgunder, elegante Rieslinge, tranken süße Weine zu krossem Speck und Rosé Champagner zu Bitterschokolade. Isa lernte unglaublich viel von ihm.

«Machst du mir mal die Tür auf?» Tim stand mit dem vollen Tablett vor ihr und riss Isa aus ihren Gedanken.

Sie schnappte sich zwei Bretter mit Broten und hielt mit dem Fuß die Tür auf. «Danke», flüsterte sie.

Tim lächelte. «Ich schick dir die Rechnung.»

Schon in der Gaststube hörte man das Gelächter, das aus dem Saal drang, in dem Momme nun seinen großen Auftritt genoss. Er hatte einige Tische u-förmig zusammengeschoben. Die langen Seiten waren mit Suppentellern eingedeckt. Auf der kurzen standen Gläser und einige Bierflaschen.

Momme stand an der kurzen Seite, umringt von kichernden und klönenden Landfrauen, die alle ein halbvolles Bierglas in der Hand hielten. Sie machten es Momme nach, der das Glas kreisen ließ und es sich immer wieder unter die Nase hielt. «Ahhh, herrlich! Riecht ihr das Gerstenmalz?»

Jetzt steckten auch die Frauen ihre Nase ins Glas und nickten eifrig.

«Die Sommergerste wächst hier um die Ecke», erklärte Momme weiter, «direkt an der Ostsee – und alles bio.»

«Waren da auch die Wikinger?», fragte eine Landfrau mit schwerer Zunge und roten Placken am Hals, die ganz dicht neben Momme stand.

Momme sah zu Tim und Isa rüber, die gerade die Suppenterrinen verteilten und die Brote abstellten, und verdrehte die Augen. «Ach, da kommt endlich das Essen! So, nu mal schnell alle hinsetzen, sonst wird die Suppe kalt. Ich schenk euch gleich nach. Dieses Bier passt hervorragend zu Fisch. Nachher könnt ihr auch noch das Ale probieren.»

Während die Landfrauen sich an den Tischen verteilten, beugte Isa sich zu Tim und fragte: «Was ist das hier?» Sie ließ ihren Blick über den Saal schweifen und nickte den hungrigen Damen lächelnd zu.

«Momme macht seit einiger Zeit in Craft Bier», sagte Tim mit gedämpfter Stimme. «Der alte Pohlmann hat vor einigen Jahren seinen Hof verkauft. An einen Typen aus der Kieler Ecke, der Landwirtschaft studiert und nach und nach den Hof auf Bio umgestellt hat. Irgendwann hatten er und Momme zusammen mit einem befreundeten Braumeister die Idee, in Bio-Bier zu machen, und so kam eins zum anderen.»

«Bio-Bier in Nordernby?» Isa konnte sich ein Lachen nicht verkneifen.

«Wieso nicht? Inzwischen gibt's das Wikingerbräu sogar in einigen Supermärkten.»

«Das Winkingerbräu?!» Isa schüttelte den Kopf. «Und ich dachte, hier gilt immer noch die eiserne Regel: *Wat de Bur nich kennt, dat frett he nich!* Und erst recht trinkt der Bauer nichts, was nicht schon Generationen vor ihm getrunken haben.»

«Tja Isa, so ändern sich die Zeiten, sogar hier.» Tim ging an die Tische und holte die ersten leeren Terrinen.

«Die Suppe ist ein Traum!», rief eine der Landfrauen in Isas Richtung. Zwei andere pflichteten nickend bei: «Ganz, ganz lecker, Frau Petersen!»

Tim zwinkerte Isa zu und ging mit den leeren Schüsseln Richtung Küche, um Nachschub zu holen.

Isa fühlte sich wie eine Hochstaplerin, die in einer ausweglosen Situation feststeckte wie ein kaputter Fahrstuhl. Vier Wochen sollte sie hier kochen, konnte es aber nicht. Sicher würde Tim ihr ab und zu in der Küche helfen können, aber er hatte ja auch noch etwas anderes zu tun. Und was war mit Meta und Momme? Isa hatte eigentlich nicht vor, ihre Probleme vor der ganzen Welt zu offenbaren. Und noch schlimmer: Was sollte sie tun, wenn Jette, diese erfolgreiche Superfrau, hier wirklich aufkreuzte und mitbekam, was mit ihr los war? Wie sollte sie vier Wochen zusammen mit ihrer Mutter überstehen? Isa brummte der Schädel.

Momme hielt ihr eine Flasche Bier unter die Nase. «Hier, hast du dir verdient nach dem Tag.»

Isa zögerte. Sie hatte sich ganz sicher gar nichts verdient. Außerdem saß ihr der Kater vom Leichenschmaus noch in den Knochen.

«Danke», sagte sie und lächelte gequält.

Momme schenkte ihr ein. Das Bier war ein wenig dunkler und trüber als herkömmliches. «Sieht aus wie Bernstein, ne?», sagte Momme. Stolz schwang in seiner Stimme mit.

Isa machte es wie beim Wein. Erst roch sie, dann nahm sie einen Schluck und behielt das Bier einen Moment lang im Mund, ehe sie es runterschluckte. Es schmeckte kräftig, aber nicht zu bitter, auch die Restsüße vom Malz kam sehr gut durch.

«Wow, Momme, das ist richtig gut.» Sie nickte ihm anerkennend zu.

«Sach ich doch.» Mit geschwellter Brust machte Momme eine weitere Runde an den Tischen.

Tim, der soeben aus der Küche zurückkam, schenkte sich ebenfalls ein Glas ein. «Auf den *Seestern*!»

«Auf den *Seestern*», sagte Isa und stieß mit ihm an.

«Wie soll es denn jetzt weitergehen?», fragte Tim, nachdem beide eine Weile geschwiegen und die Landfrauen beobachtet hatten.

«Was meinst du?» Isa stellte sich dumm. Sie wusste natürlich genau, was er meinte.

«Wir müssen deine Mutter finden und sie dazu bringen hierherzukommen. Sonst erfährst du nicht, wer dein Vater ist, und sonst kannst du den Seestern auch nicht verkaufen. Und Geld kannst du doch im Moment bestimmt gut gebrauchen, oder?»

Tatsächlich hatte Isa immense Schwierigkeiten, zwei laufende Kredite, die sie für ihr Restaurant aufgenommen hatte, noch regelmäßig zu bedienen. Henry half, so gut er konnte, aber auch seine Möglichkeiten waren begrenzt.

Tim zog sein Handy aus der Hosentasche. «Ich habe Jette vorhin schon mal gegoogelt. Es gibt einen ganz frischen Artikel über sie in der *New York Times*. Ich kann da gleich eine Mail hinschreiben und –»

«Warte!» Isa unterbrach ihn. «Gib mir ein bisschen Zeit, alles zu verdauen, ja? Das war ganz schön viel auf einmal.»

«Klar, hast sicher recht. Aber ich denke, du solltest Meta und Momme reinen Wein einschenken und ihnen von deiner Krise erzählen. Ach guck …» Tim sah über Isas Schulter und deutete mit dem Kinn Richtung Saaltür. «Wenn man vom Teufel spricht.»

Isa drehte sich um und sah, wie Meta gerade den Saal

betrat. Diesmal stützte sie sich auf einen Rollator. Tim ging zu ihr und rückte ihr einen noch freien Stuhl an einem Tischende zurecht, auf den sie sich sogleich dankbar fallen ließ. Tim und Isa holten weitere Stühle heran und setzten sich zu ihr.

«Mein lieber Scholli!» Meta schnaufte ordentlich. «War ganz schön viel die letzten Tage.»

«Willst du 'n Bier, Muddi?», rief Momme ihr von einem der Tische zu.

«Nee, lass mal gut sein.» Meta lächelte Isa an. «Schön, dass hier mal wieder richtig gekocht wurde. Das will ich mir natürlich nicht entgehen lassen.»

Die Landfrauen waren inzwischen beim dunklen Ale und den deftigen Schmalzbroten angekommen – und in richtiger Shoppinglaune. Alle wollten vom Wikingerbräu unbedingt was mit nach Hause nehmen. Momme notierte die Bestellungen und kam dabei ganz schön ins Schwitzen. Denn vorm Seestern fing der Busfahrer allmählich an zu drängeln. Zweimal hatte er schon lautstark auf die Hupe gedrückt, worauf die Landfrauen angefangen hatten, herumzuwuseln wie Ameisen. Die einen suchten ihre Handtaschen, die anderen ihre Jacken, und für kleine Mädchen mussten alle auch noch mal vor der Abfahrt.

Für Momme hatte sich der Tag gelohnt. Immerhin 35 Kisten Wikingerbräu stapelte er nun nach und nach auf eine Sackkarre und verstaute sie zusammen mit den kichernden Landfrauen im Bus.

Als Momme den Landfrauen zum Abschied gewinkt hatte und wieder zu ihnen in den Saal kam, hatte Meta bereits einen Teller Fischsuppe gegessen und langsam wieder etwas Farbe im Gesicht bekommen. «Hast du gut gekocht, min Deern», sagte sie zu Isa. «Schmeckt fast wie bei Luise.» Sie nahm ihren Flachmann aus dem Korb am Rollator, trank einen Schluck und lächelte selig. Isa fühlte sich mit den zu Unrecht kassierten Lorbeeren unwohl und überlegte gerade, Meta die Wahrheit zu erzählen und ihr zu sagen, wer die Suppe gekocht hatte und warum, als sich plötzlich Metas Miene veränderte. «So 'n Schiet! Der hat mir gerade noch gefehlt.»

Das Gehupe hatte nicht nur die Landfrauen in Wallung gebracht, auch der Bürgermeister hatte spitzgekriegt, dass im Seestern was los war. Süffisant lächelnd schritt er durch den Saal. «Moin zusammen.» Er klopfte auf den Tisch und setzte sich zu ihnen.

«Geschlossene Gesellschaft», sagte Momme trocken und schenkte sich, Tim und Isa ein frisches Wikingerbräu ein.

Dass der Bürgermeister leer ausging, schien ihn überhaupt nicht zu stören. Im Gegenteil, er wusste sich zu helfen. Lächelnd nahm er Mommes Bierglas, hielt es gegen das Licht und betrachtete die trübe Flüssigkeit. Dann prostete er in die Runde und leerte es in einem Zug.

«Ey!» Momme riss ihm das Glas aus der Hand. «Macht zwei fuffzig!»

Statt auf Momme einzugehen, begann Diedrichsen über ein ganz anderes Thema zu reden. «Ich war ja auch mal in London gewesen», sagte er und wandte sich Isa zu. «Von dort aus bin ich weiter nach Cornwall in die Nähe von St. Ives, ein charmantes Dorf am Meer.»

Tim und Isa tauschten irritierte Blicke.

«Da habe ich in ein kleines, aber feines Hotel investiert», fuhr Diedrichsen fort. «Ich bin da vorm Brexit wieder ausgestiegen, aber bis dahin, ich sag euch: eine Goldgrube.» Er schien etwas zu suchen, griff erst in die Seitentaschen seines Jacketts, dann in die Innentasche, aus der er schließlich ein zusammengefaltetes Stück Papier herauszog. «Der Kasten brachte 'ne Wahnsinns-Rendite.»

«Mensch, Bürgermeister», warf Meta genervt ein. «Nu, tu man nicht so, als ob dir die ganze Welt gehört.»

«Die ganze Welt vielleicht nicht», sagte er mit gewichtiger Stimme und warf das Papier auf den Tisch. «Der Seestern aber ist so gut wie meiner.»

9.

Essen ist ein Bedürfnis.
Genießen eine Kunst.
LA ROCHEFOUCAULD

RÜCKKEHR

Ein Windstoß hatte die angelehnte Balkontür aufgeweht und Jette aus dem Dämmerschlaf gerissen. Sie blinzelte. Ihre Augen mussten sich erst an die Dunkelheit gewöhnen. Sie tastete nach ihrem Handy, es war genau 22 Uhr. Sie machte den Schreibtisch gegenüber vom Bett aus, den Flachbildfernseher, der darüber an der Wand hing, und ihren Rucksack, der ungeöffnet vorm Schrank lag. Es war also doch kein Traum gewesen. Muttchen war tot, und sie war tatsächlich zurückgekehrt. Wenigstens fast. Nach einer schlaflosen Nacht im Flughafenhotel in Hamburg und einem quälend langen Tag hatte sie es nun immerhin schon mal bis Eckernförde geschafft. Für den Rest der Strecke hatten Mut und Kraft nicht gereicht, weshalb sie am frühen Abend im *Meerblick* eingecheckt hatte.

Ja, sie hatte Schiss. Und wie. Dazu mischte sich bittere Reue – seit Jahren ihr ständiger Begleiter. An ihn hatte sich Jette längst gewöhnt wie an einen Schatten, den man nur noch bemerkte, wenn er direkt vor einem stand.

Sie trat auf den Balkon. Unter ihr die leere Terrasse des Hotels. Das *Meerblick* gab's schon immer, aber so strahlend weiß wie vor ein paar Stunden bei ihrer Ankunft hatte sie es noch nie gesehen. Es war allerdings Jahre her, dass sie zuletzt hier gewesen war. Von der ollen roten Backsteinfassade war jedenfalls nichts mehr zu sehen. Auch die Saunatonne neben der Terrasse kannte Jette noch nicht. Muss gut laufen der Schuppen, dachte sie.

Die Ostsee lag platt und still vor ihr wie ein dunkler Teppich. Jette stützte sich auf die Brüstung, schloss die Augen und atmete die kühle Luft ein, die nach Salz, Tang und Kindheit roch.

Was hatte dieser komische Anwalt bloß damit gemeint, sie würde ihr Erbe erst bekommen, wenn sie alle Bedingungen erfüllt hatte?

Hummel war auf dem Sprung gewesen, als Jette am späten Nachmittag ohne Anmeldung in seinem Büro aufgetaucht war. «Gut, dass Sie da sind, dann kann's ja losgehen», hatte er gesagt, während er sich den Mantel anzog. Beim Rausgehen hatte er ihr dann noch zugerufen, sie solle sich mit all ihren Fragen an ihre Tochter und an Meta wenden.

Ihre Tochter. Jette öffnete die Augen und wandte ihren Blick langsam nach links Richtung Norden. Die Hafenspitze war beleuchtet. Würde man über sie hinwegfliegen, weiter Richtung Dänemark, würde man nach kurzer Flugdauer direkt in Nordernby landen. Aber auf

Jettes innerem Kompass zeigte die Nadel schon lange nicht mehr nach Norden. Das war feindliches Gebiet. Sperrzone. No-go-Area. Erst geflüchtet, dann verstoßen.

Sie setzte sich auf einen der Balkonstühle und richtete ihren Blick wieder aufs Meer.

Nach einer Weile spürte sie plötzlich ein merkwürdiges Gefühl im Bauch. Erst war es nur ein leichtes Kribbeln. Dann wurde es stärker. Es wanderte durch ihren Körper, breitete sich überall aus. Ein ungeahnter Drang erfasste sie. Sie stand auf, taumelte leicht und trat zurück ins Zimmer. Sie griff nach ihrer Bauchtasche und zog ein vergilbtes Foto heraus. Ein kurzer Blick, dann huschte ein Lächeln über ihr Gesicht. Schnell schob sie die Aufnahme zurück in die Tasche. Es war an der Zeit.

Sie schnappte sich ihre Jeansjacke, Bauchtasche und Rucksack und lief hinunter. Das Zimmer hatte sie im Voraus bezahlt. Sie legte die Schlüsselkarte auf die Rezeption und eilte hinaus, ohne dem überraschten Portier auf Wiedersehen zu sagen.

Auf dem kleinen Parkplatz vorm Hotel standen nur wenige Autos. Jette stieg hastig in ihren Leihwagen, startete den Motor und brauste davon. Ihr innerer Kompass hatte sich neu ausgerichtet.

Als sie auf die Umgehungsstraße einbog, gab sie noch einmal richtig Gas. Sie wusste, dass sie viel zu schnell fuhr. Aber sie hatte Angst, dass, wenn sie ihren rechten Fuß auch nur ein wenig lockern würde, sie es sich anders überlegen und umkehren könnte.

Hinter der Stadt wurde die Landschaft noch dunkler. Trotzdem wusste Jette genau, wie alles aussah: plattes Land, umgepflügte Äcker, feuchte Wiesen, auf denen

Maulwürfe ihr Unwesen getrieben und unzählige Hügel geworfen hatten – so wie immer um diese Zeit.

Ab Neujahr wurde das Leben hart in Nordernby. Die Feste waren gefeiert, und bis sich endlich die ersten Knospen an Bäumen und Büschen rekelten, dauerte es noch eine lange, dunkle Ewigkeit. Da brauchte man schon viel Vertrauen und Phantasie, um sich vorstellen zu können, dass die Natur irgendwann aus ihrem Winterschlaf erwachen würde und dass schon kurz nach dem Aufwachen der Raps für gelbe Farbkleckse sorgen würde, die am Ufer der Schlei vor klarem wolkenlosem Himmel besonders leuchteten. Später im Sommer würden Rhododendren und Hortensien bunte Akzente setzen. Wenn die Phantasie nicht reichte, hatten die Nordernbyer Männer einen eigenen Weg gefunden, die Eintönigkeit des Winters und die ständigen Sturmtiefs, die ihnen ordentlich aufs Gemüt schlugen, erträglicher zu machen. Als Teenager war es Jette zum ersten Mal aufgefallen: In den dunklen Monaten kamen sie oft ohne ihre Familien in den Seestern. Dann ging es nicht darum, schön zusammen zu essen, zu klönen und sich mal was zu gönnen. Dann ging es darum, zu Hause rauszukommen, wo einem längst die Decke auf den Kopf gefallen war. Am Tresen versuchten die Männer sich abzulenken, sich mit Köm und Bier die triste Stimmung und die noch tristere Jahreszeit schönzutrinken. Ob es ihnen gelang? Gesprächiger machte sie jedenfalls selbst der Alkohol nicht.

«Und?» So begannen die typischen Dialoge, die Jette früher zigfach mit angehört hatte. Die Nordernbyer brauchten nie viele Worte, um ihre Gemütslage klar darzulegen.

«*Löpt*», war eine der Antworten, wenn alles einigermaßen okay war. Oder «*geiht!*».

Und wenn es eben nicht so lief, lautete die Antwort:

«*Mutt ja!*» Dann wurde wieder geschwiegen und noch ein Köm gekippt.

Wie lange hatte Jette an all das nicht mehr gedacht …?

Sie hatte die Männer jahrelang studiert. Sie hatte das Stoische, das scheinbar Unberührbare genau beobachtet und verinnerlicht: abwarten, ruhig bleiben, die Dinge aussitzen. Diese Fähigkeit hatte ihr über die letzten Jahrzehnte hinweggeholfen. Es hätte überhaupt keinen Sinn gemacht, sich gegen das Schicksal zu stemmen, geschweige denn gegen die eigene Mutter, die stur war wie ein alter Esel. Lieber im Windschatten bleiben. Irgendwann würden sich Sturm und Dunkelheit verziehen und es würde wieder hell werden. So war es schließlich immer gewesen.

Sie horchte in sich hinein. Ihr Herzschlag dröhnte in ihren Ohren. Ihre Kompassnadel begann zu zittern. Noch konnte sie umkehren. Osten, Westen, Süden, egal, es gab so viele Möglichkeiten. Alle fühlten sich besser an als diese. Vielleicht sollte sie aus sicherer Entfernung lieber weiter abwarten und beobachten.

Dann tauchten die ersten Straßenlaternen auf. Jette ließ das Ortsschild hinter sich, fuhr weiter wie in Trance. Sie atmete tief durch und dachte an das Foto in ihrer Tasche.

Ihre Kompassnadel hatte sich beruhigt und zeigte stur nach Norden.

10.

*Fünf sind geladen, zehn sind gekommen.
Gieß Wasser zur Suppe, heiß alle willkommen.*

VOLKSMUND

GEISTERSTUNDE

Dieser Tag schien kein Ende zu nehmen, genauso wenig wie Luises Überraschungen.

Vor Isa, Tim, Momme und Meta stapelten sich Aktenordner und Weckgläser, vollgestopft mit Bons und Rechnungen. Gleich nachdem der Bürgermeister den Seestern triumphierend verlassen hatte, hatten sich die vier Luises Buchhaltung vorgenommen. Wobei Buchhaltung für dieses heillose Durcheinander ein viel zu großes Wort war. Den Kontoauszug allerdings, den der Bürgermeister ihnen genüsslich vorgelegt hatte, hatten sie inzwischen auch in Luises Unterlagen gefunden. Der Bankdirektor von der Eckernförder Sparkasse war ein guter Freund vom Bürgermeister und hielt es, so lautete zumindest Diedrichsens Version, für seine Pflicht, ihn über Luises katastrophale finanzielle Lage in Kenntnis zu setzen. Oma hatte bei der Bank einen Berg Schulden. 60 000 Euro, um genau zu sein. Das neue Reetdach hätte sie sich sonst niemals leisten können. Ersparnisse gab es keine mehr. Auch das hatten die vier inzwischen herausgefunden. Nun, nach Omas Tod, wurde die Bank ungeduldig, zumal sie den Kredit offensichtlich schon seit Monaten nicht mehr bedient hatte.

«Auf den ersten Blick würde ich sagen, Oma war mehr als pleite.» Isa sprach als Erste aus, was alle dachten.

«Schönen Dank auch fürs Sparbuch», sagte Momme trocken.

Isa schob den Aktenordner, den sie gerade durchgeblättert hatte, von sich weg und guckte in die Runde. «Habt ihr das denn gar nicht gewusst? Und wieso hat dieser Hummel nichts gesagt?»

«Also, jedenfalls nicht, dass es so schlimm ist», sagte Momme und kratzte sich am Hinterkopf. «Was Luises Anwalt weiß, kann ich nicht sagen. Ich glaube aber nicht, dass der über alles im Bilde ist.»

«Ich hatte auch keine Ahnung», sagte Tim. «Wenn ich für den Seestern eingekauft habe, hat Luise mir meistens Bargeld mitgegeben.»

«Der Bürgermeister ist so was von gierig», sagte Meta und umklammerte ihren Flachmann so fest, dass die Knöchel ihrer rechten Hand ganz weiß wurden.

Erneut hatte er sich bei seinem kurzen Besuch als Interessent für den Seestern ins Spiel gebracht und gefordert: «Isabel, komm, schlag ein, und du bist alle Sorgen los.»

Isa musste zugeben, die Vorstellung, alles schnell hinter sich zu bringen, hatte etwas sehr Verlockendes. Doch Diedrichsens Auftritt war derart überheblich gewesen, dass sie die Empörung der anderen teilte. Außerdem wusste er ja nichts von den Bedingungen im Testament. «Ich kann noch nicht verkaufen», hatte sie daher ausweichend erwidert.

Der Bürgermeister hatte sie fragend angeguckt und seine Brille hochgeschoben. «Was soll das heißen?»

«Ich muss auf meine … Also, ich kann den Seestern nur zusammen mit Jette verkaufen.»

«Jette? Lebt die überhaupt noch?», hatte der Bürgermeister entgeistert gefragt. «Die hab ich ja ewig nicht gesehen. Na, ihr werdet euch schon bei mir melden.» Mit diesen Worten war er aufgestanden, hatte wie beim Ankommen zweimal auf den Tisch geklopft und war gegangen.

«Was sollen wir denn jetzt machen?», fragte Momme. «Wie sollen wir die Kohle bloß zurückzahlen?» Er schnaufte und guckte in die Runde. «Leute, die Sache ist ernst. So wie ich das sehe, steht der Seestern kurz vor der Zwangsversteigerung.»

Isa spürte, wie sich drei Augenpaare auf sie richteten.

«Was guckt ihr mich so an? Glaubt ihr etwa, ich habe mal eben 60 000 Euro in der Portokasse? Pfff. Ich hab selbst einen dicken Kredit laufen, zwei sogar, was glaubt ihr?»

Isa wurde schlecht, wenn sie an ihren Kontostand dachte. Nachdem sie ihr Restaurant hatte dichtmachen müssen, war sie zu Henry gezogen, weil es für die teure Miete in London nicht mehr reichte. Das Zusammenziehen war also alles andere als romantisch gewesen. Außerdem war Isa noch nie der Meinung gewesen, dass man, nur weil man ein Paar war, unbedingt zusammenleben musste. Sie kannte sogar Ehepaare, die sich zwei

Wohnungen gönnten, und fand das ein wunderbares Modell.

Aber da war noch etwas anderes, etwas, das sich fast noch schlimmer anfühlte als ihre leeren Konten. Es war, als bohrte ihr jemand ein Messer in den Bauch. Die ganze Ladung Schuldgefühle machte sich jetzt in Isas Magen breit. Oma hatte ihr für die Restaurant-Eröffnung 20 000 Euro geschickt, einfach so, ohne dass Isa sie darum gebeten hatte. Natürlich hatte sie sich wahnsinnig gefreut und das Geld dankend angenommen. Doch die neue Situation änderte alles. Oma und ihr großes Herz. Für eine Sekunde drückte Isa ihre Finger auf die Augenlider. Dann räusperte sie sich und bat Momme, ihr Bier nachzuschenken.

Ja, sie würde hierbleiben und irgendwie versuchen, Omas Letzten Willen zu erfüllen. Und das nicht nur, um zu erfahren, wer ihr Vater war, sondern auch – und das spürte sie nun ganz deutlich –, weil sie es Oma schuldig war. Wenn sie den Schwindel und das Zittern in den Griff bekäme, könnte sie den Seestern vielleicht wirklich noch mal zum Leuchten bringen. Aber dann war es auch gut. Dann würde sie an Diedrichsen verkaufen und versuchen, in London ihr Leben endlich wieder auf die Reihe zu kriegen. 200 000 Euro hatte Diedrichsen ihr vorhin beim Rausgehen zugeraunt. So viel war er bereit, für den alten Kasten zu zahlen. Da gab's nicht viel zu überlegen.

«Wir hatten echt gute Zeiten», sagte Momme und riss Isa aus ihren Gedanken. Er blätterte durch die alten Ordner. Ab und zu lächelte er. «Die ganzen Hochzeiten, Geburtstage, Konfirmationen – was wurde hier gefeiert!

Einmal kam ein Brautpaar auf einer Harley von hinten durch die Küche in den Saal geknaddert. Typisch Luise. Für so was war sie zu haben.» Er klappte den Ordner zu und strich mit der Hand versonnen über den Deckel. Dann klopfte er noch einmal darauf, schob ihn beiseite und wandte sich an Isa. «Aber die letzten Jahre hat Luise das alles einfach nicht mehr gepackt, und finde mal anständiges Personal!»

Meta legte ihre Hand auf Mommes und strich sanft darüber. «So, Leute, wenn wir den Seestern vor dem Ruin retten wollen und damit auch vor Diedrichsen ...»

Tim brachte Metas Satz zu Ende: «... brauchen wir Jette!»

«Die ist von uns ja auch wohl die Einzige mit Kohle», sagte Meta und sah Isa fragend an. «Hast du denn gar keine Nummer oder Adresse von ihr?»

Isa überlegte, wann sie Jette zum letzten Mal gesehen oder gesprochen hatte. Das war bestimmt zehn Jahre her. Manchmal hatte sie Briefe von ihr bekommen, nach Hause und auch ins Restaurant. Doch alles, was den Absender Jette trug, warf sie ungeöffnet und mit spitzen Fingern umgehend in den Müll. Diese Frau fand in ihrem Leben einfach nicht mehr statt!

«Ich hab nichts», sagte Isa. «Was ist mit Oma? Hatte sie noch Kontakt zu ihr?»

Meta rutschte unruhig auf ihrem Stuhl herum. «Alle Jubeljahre hat Jette sich mal gemeldet», sagte sie. «Aber ich glaub, nun auch schon lange gar nicht mehr.»

Tim kramte sein Handy aus der Hosentasche. «Ich hab schon mal ein bisschen recherchiert. Eine Homepage habe ich nicht gefunden, aber ziemlich beeindruckende

Artikel über sie.» Er wischte auf seinem Handy herum und zeigte das Display in die Runde. «Von diesem hier aus der *New York Times* hatte ich Isa schon erzählt. Ich könnte gleich jetzt bei den Kollegen anrufen und fragen, ob sie mir ihren Kontakt geben.»

Alle starrten Isa an.

Einatmen. Ausatmen. Sie war nicht in der Lage, eine Entscheidung zu fällen. Die Vorstellung, Jette wieder-zusehen, fühlte sich gar nicht gut an. Und mit ihr ko-chen zu müssen erst recht nicht. Aber vermutlich hatte die Superfrau dafür sowieso keine Zeit und auch keine Lust. Das allerdings schienen Meta, Momme und Tim bei ihren Überlegungen noch gar nicht in Betracht gezogen zu haben. Dann würde Isa eben nur den Pflichtteil be-kommen und etwas Gutes für die Seenotrettung tun. Vielleicht konnte also doch noch alles ganz schnell und schmerzlos über die Bühne gehen. Und Meta würde dann gar nichts anderes übrigbleiben, als Isa zu verraten, wer ihr Vater war, sonst hatte sie ja niemanden mehr …

«Irgendetwas führt Diedrichsen im Schilde», sagte Momme und machte damit plötzlich ein ganz neues Fass auf. «Dies Gesabbel über Cornwall … Und wie oft der in letzter Zeit hier war und wie ein Irrer auf Luise ein-geredet hat!»

Isa sah ihn fragend an.

«Was die beiden genau zu beschnacken hatten, kann ich nicht sagen. Nur ein Mal, da habe ich was mitge-kriegt.» Momme legte seine Unterarme auf den Tisch, beugte sich vor und erklärte verschwörerisch: «Da kam er hier mit Prospekten von Altenheimen an … Nee, warte, er hat das anders genannt: Senioren-Residenzen.

Alles ganz schick, direkt an der Geltinger Bucht mit Ost-seeblick und allem Pipapo. Aber da war er zu weit gegangen! Und weißt du, was Luise gemacht hat?» Mommes Husky-Augen verengten sich zu Schlitzen.

Isa schüttelte den Kopf.

«Als ich ihn gerade schon am Schlafittchen packen und rausschmeißen wollte, hat sie 'ne Flasche von unserem Kirschlikör geholt, zwei Gläser gefüllt und dem Bürgermeister eins gereicht. Ich dachte schon, die beiden waren sich einig geworden und stoßen darauf an! Aber dann hat Luise ihr Glas erhoben, sich auf Zehnspitzen gestellt und den Inhalt seelenruhig über Diedrichsens Kopf gekippt.»

Bei der Vorstellung musste Isa unwillkürlich lachen.

«Der hat vielleicht dumm aus der Wäsche geguckt», fuhr Momme fort. «Anschließend prostete sie noch in seine Richtung: *Auf das Leben!*, hat sie gesagt und lächelnd ihren Likör getrunken. Diedrichsen hat fluchend die Biege gemacht.»

«Und seine Frau hat ihm dann ordentlich Spülung und Kur in die Haare geschmiert», ergänzte Meta schmunzelnd. «Noch Wochen später wirkten seine Haare ganz fluffig.»

Isa kam plötzlich ein beunruhigender Gedanke. «Meint ihr, er hat was mit Omas Tod zu tun?»

«Tünkram!» Meta protestierte vehement. «Das hat Luise schön selbst verbockt. Sie ist ja nie zum Spezialisten gegangen, obwohl der Doktor das schon ewig gepredigt hatte. Na ja, kann ich auch verstehen. Hast du mal gesehen, was aus uns Alten wird, wenn man uns erst mal auf den Kopf stellt? Finden tun die sowieso was. Und dann, zack, landet man im Krankenhaus, und kurze Zeit später ist die Gesichtsfarbe nicht mehr von der der Laken zu unterscheiden. Nee, danke.»

Isa nippte nachdenklich an ihrem Bier. «Ich weiß ja, wie stur Oma war.»

«Allerdings», sagte Meta. «Und weil du auch nur das machst, was dir gerade in den Kram passt, nehm ich die Sache jetzt in die Hand.»

«Was meinst du?», fragte Isa.

«Das wirst du schon sehen! Momme, hol mal die Scheibe und ein Glas!»

«Du kannst mein Bier austrinken», bot Isa an. «Ich möchte nicht mehr.»

Momme fing an zu lachen, stand auf und ging in Richtung Tresen.

«Ich will kein Glas, um Bier zu trinken», sagte Meta. «Ich will jetzt wissen, wo Jette ist.»

Wieder am Tisch faltete Momme eine Pappe auseinander, die von der Größe an ein Mensch-ärgere-Dich-nicht-Spiel erinnerte. Und da dämmerte es Isa.

«Oh, bitte … Macht ihr diesen Geisterkram etwa immer noch?!»

Tim räusperte sich, setzte sich gerade hin und lächelte in sich hinein.

«Das ist kein Kram!» Meta drehte das Glas um und stellte es in die Mitte der Pappe, auf deren oberer Hälfte in einem Halbkreis das Alphabet angeordnet war. «Entspannt euch, legt zwei Finger eurer linken Hand aufs Glas und schließt die Augen.» Sie wiegte ihren Oberkörper langsam vor und zurück.

Auch Momme und Tim saßen nun mit geschlossenen

Augen da und berührten mit zwei Fingern das Glas. Isa schüttelte den Kopf und überlegte, ob sie jetzt nicht einfach ins Bett gehen sollte. Diese Spökenkiekerei konnten die drei schön alleine machen.

Doch schließlich legte auch sie zwei Finger auf das Glas, behielt die Augen aber offen.

«Wir wollen uns verbinden», sagte Meta mit gewichtiger Stimme. «Wir Lebenden mit den Toten.»

Isa konnte nicht glauben, dass sie da wirklich mitmachte.

«Ist euch auch so kalt?», flüsterte Tim und zwinkerte Isa grinsend zu, bevor er schnell wieder die Augen schloss.

«Wo ist Jette Petersen?» Metas Stimme wurde lauter. «Ich wiederhole, wo ist Jette Petersen?»

Isa spürte, wie sich das Glas unter ihren Fingern in Bewegung setzte. Nun öffneten auch die anderen die Augen und starrten es an. Unbeirrt zog das Glas los in Richtung N. Dann weiter zum E.

«New York», flüsterte Momme.

Plötzlich bewegte es sich jedoch zurück zur Mitte und verharrte einen Augenblick. Dann zog es wieder los Richtung N.

Isa musste lachen.

«Pssst!», zischte Meta. «Konzentrier dich, sonst reißt die Verbindung ab.»

Isa dachte daran, wie sie früher alle zusammen die Geister beschworen hatten. Oma und sie verständigten sich unterm Tisch mit leichten Tritten. Sie hatten sich immer einen Heidenspaß daraus gemacht, das Glas zu schieben und die dollsten Wörter zu kreieren. Meta war

dann jedes Mal ganz aufgeregt gewesen und hatte speku-
liert, was für eine wichtige Botschaft wohl hinter diesem
Kauderwelsch steckte. Oma blieb natürlich todernst und
tat so, als würde sie miträtseln, dabei lachte sie sich innerlich kaputt.

Diesmal hatte Isa mit dem N allerdings nicht das Geringste zu tun. Ihre Finger ruhten schlaff auf dem Glas.

Sie blickte von einem zum anderen. Metas Augen waren wieder geschlossen, und sie schaukelte ihren Oberkörper erneut vor und zurück. Tim beobachtete ihre Bewegungen amüsiert, während Momme erwartungsvoll
auf das Glas starrte.

Was für eine verrückte Truppe, dachte Isa. Ein Lächeln
huschte über ihr Gesicht. Und plötzlich fühlte sich alles
wie früher an, warm und geborgen, nur dass Oma fehlte. Und noch etwas war anders. Aber Isa brauchte einen
Moment, um zu begreifen, was.

11.

Wir leben nicht, um zu essen,
sondern wir essen, um zu leben.

SOKRATES

WIEDERSEHEN

Niemand hatte sie bemerkt. Eine gefühlte Ewigkeit stand Jette nun schon in der offenen Tür, unfähig, sich zu bewegen. Sie beobachtete die vier am Tisch, hörte leises Gemurmel, die Stimmen klangen immer noch vertraut. Meta war alt geworden. Ihr Anblick rührte Jette. Er ließ sie an ihre Mutter denken, mit der sie so gern anders auseinandergegangen wäre. Sie sah, wie Isa mit geröteten Wangen in die Runde lächelte. Sie schien sich wohlzufühlen zwischen den alten Freunden.

Jette trat kalter Schweiß auf die Stirn. Sie hatte das Gefühl, ihre Beine könnten jeden Moment nachgeben. Es war eine bescheuerte Idee gewesen, zurückzukehren. Hierher, wo so viel verbrannte Erde war. Sie wollte gerade leise einen Schritt rückwärts machen und dann nichts wie weg, als sie bemerkte, dass Isas Lächeln gefror und plötzlich jegliche Farbe aus ihrem Gesicht verschwunden war. Ihre Tochter starrte sie an.

«N wie Nordernby», flüsterte Meta ergriffen, die ihre Augen nun wieder geöffnet hatte und Isas Blick gefolgt war.

Jette sah, wie Isas Augen weit geöffnet waren, auch der Mund stand einen Spalt offen, so als habe sie gerade etwas sagen wollen, dann aber vergessen, was.

«Das glaub ich jetzt nicht.» Momme hatte als Erster seine Stimme wiedergefunden. «Da kann man ja nur sagen: Je später der Abend, desto überraschender die Gäste.» Er war aufgestanden und lächelte Jette ein wenig unsicher an. «Wie lange stehst du denn da schon?»

«Und wo kommst du überhaupt her mitten in der Nacht?», wollte Meta wissen.

«Und wer hat dir denn Bescheid gegeben?», fragte Momme, während er einen weiteren Stuhl an den Tisch schob.

Nur Isa blieb stumm.

«Ich bin lange genug da, um mitzukriegen, dass ihr noch genauso verrückt seid wie früher.» Jette lächelte. Ihr Herz raste. «Welche Geister hattet ihr denn diesmal am Wickel?» Sie bemühte sich, ihre Stimme stark und lässig klingen zu lassen.

«Endlich bist du da», sagte Meta.

Jette stutzte. Mit so einem netten Empfang hatte sie nicht gerechnet. Und für einen Moment spürte sie Erleichterung, doch nicht gleich wieder die Biege gemacht zu haben.

«Nu komm, oder willst du da Wurzeln schlagen?» Meta klopfte auf den freien Stuhl neben sich.

Langsam schloss Jette die Tür. Sie ging durch den Saal. Ihre Beine fühlten sich immer noch ziemlich wackelig an. «Moin, alle zusammen», sagte sie und nickte in die Runde.

Momme breitete die Arme aus. «Wie lange ist das her …?» Er, der fast zwei Köpfe größer war als Jette, drückte sie an sich und klopfte ihr dabei ein wenig unbeholfen auf den Rücken. «Mein Beileid. War ja deine Mudder …»

Bitte nicht, dachte Jette. Jetzt bloß nicht heulen. Doch sie konnte sich nicht dagegen wehren. Erschöpfung und Anspannung brachen aus ihr heraus wie eine Flutwelle. Ihr Körper bebte. Momme wiegte sie sanft hin und her wie ein kleines Kind.

Nach einer Weile beruhigte sie sich. Sie löste sich aus Mommes Armen, griff nach dem Spitzentaschentuch, das Meta ihr reichte, und schnäuzte sich.

«Hallo, Isa», sagte sie mit brüchiger Stimme. «Wie schön, dass du auch kommen konntest.»

«Hallo», sagte Isa trocken.

«Und du bist …», Jette lächelte Tim ein wenig unsicher an.

«Tim», kam dieser ihr zuvor.

«Klar, ich erinnere mich.»

Meta hatte inzwischen das Glas, mit dem eben noch die Geister beschworen worden waren, drei Fingerbreit mit Likör gefüllt und es Jette vor die Nase geschoben. Sie setzte sich, und ohne nachzudenken, trank sie das Glas aus. Sie hatte dieses süße Zeug schon immer verabscheut. Aber was soll's, erst mal ankommen.

Sie stellte das leere Glas ab und guckte sich um. «Außer dass wir alle älter geworden sind, hat sich hier nicht viel verändert. Es riecht immer noch nach Fisch,

Bier und Langeweile.» Sie lachte schrill, zu schrill, wie sie selber fand.

Niemand sagte etwas.

Auch Jette blieb nun still. Sie ließ den Blick schweifen: die kleine Bühne, der Tresen in der Ecke des Saals … Plötzlich drängten sich längst verblasste Bilder in ihren Kopf. Sie sah sich als kleines Mädchen hinterm Tresen beim Gläserspülen. Um an das Waschbecken mit der Bürste zu kommen, stand sie auf einer umgedrehten Selterskiste. Mit so viel Wucht, wie ihre Mutter die Gläser wusch, traute sie es sich nicht. Trotzdem zerbrach hin und wieder eines. Die Scherben aus dem Bürsteneimer zu sammeln war mühsam und gefährlich. Momme, der sie damals schon deutlich überragte, war da geschickter gewesen. Er brauchte längst keine Erhöhung mehr und schaffte ein großes Tablett voller schmutziger Bier- und Colagläser in einem Affenzahn. Als Teenager besserten sie dann bei großen Festen, und davon gab es früher viele in Nordernby, an den Wochenenden ihr Taschengeld auf. Sie servierten, räumten ab, leerten Aschenbecher. Wenn Jette am nächsten Morgen runterkam, stand ihre Mutter oft immer noch summend hinterm Tresen und zapfte die letzten Biere für die ganz Hartgesottenen. Jette öffnete dann die Fenster, stellte die Stühle auf die Tische, schnappte sich den großen Besen und fing an, Kippen, die es in keinen Aschenbecher mehr geschafft hatten, durchgeweichte Bierglasmanschetten, Scherben, denn Schwund gab es immer, auf den Eichendielen zu einem großen Haufen zusammenzufegen. Spuren einer langen Nacht, deren eigenwilligen Geruch sie niemals vergessen würde. Wenn endlich alle weg waren,

hatte ihre Mutter sich oft auf die Bank unterm Apfelbaum gelegt und geschlafen. Jette mochte die Ruhe,
die sich in solchen Momenten über dem Seestern ausbreitete. In der Küche war sie dann die Herrscherin. Sie
setzte die Fischsuppe für den kommenden Abend auf,
bereitete Fleisch und Gemüse vor und konnte sich anschließend jedes Mal des überschwänglichen Lobs ihrer
Mutter sicher sein. *Toll, mein Süßen, alles fertig. Wat bis du
fürn düchdigen Dutt!*

Momme stellte Jette ein Bier vor die Nase und riss sie
aus ihren Gedanken.

Sie atmete tief durch und schnäuzte sich erneut.
«Kann ich sie sehen?»

«Hä?» Momme hatte sich nun auch wieder hingesetzt.

«Meinst du Luise?», fragte Tim.

«Wen denn sonst?»

«Oha», sagte Meta. «Da musst du aber ordentlich bud-
deln.»

«War die Beerdigung etwa schon?»

«Schon vor zwei Tagen», sagte Momme.

«Aber du bist trotzdem genau richtig gekommen»,
sagte Meta und konnte nicht länger damit warten, Jette
zu erzählen, was hier los war. Sie erzählte von Luises
Schulden und vom gierigen Diedrichsen, der ganz offensichtlich irgendetwas vorhatte.

«Um wie viel geht's denn?», fragte Jette, als Meta ihren
Bericht beendet hatte.

«Mindestens 60 000», sagte Tim.

Jette lehnte sich zurück und schüttelte den Kopf. «Sorry, Leute, da bin ich raus.»

«Was soll das heißen?», fragte Meta.

«Das soll heißen, dass ich keine 60000 habe. Um genau zu sein, habe ich zurzeit überhaupt kein Geld, weil ich alles, was ich auf der hohen Kante hatte, in Start-ups gesteckt habe. Alle machen spannende Food-Projekte. Also weltweit. Eins sitzt zum Beispiel in Ecuador, da –»

«Kein Geld? Gar nix?», fiel Meta ihr ins Wort. «Ist das dein Ernst?» Meta sackte in ihrem Stuhl zusammen und wirkte nun ganz klein und kraftlos. Sie schraubte ihren Flachmann auf und trank.

Jette guckte irritiert.

«Wir befürchten, dass der Seestern schon bald zwangsversteigert wird, wenn Luises Schulden nicht beglichen sind», sagte Tim. «Gut möglich, dass ihn dann der Bürgermeister bekommt. Der hat nämlich beste Verbindungen zur Sparkasse. Na ja, und mit Diedrichsen konnte Luise doch noch nie.»

«Diedrichsen ist inzwischen Bürgermeister?», fragte Jette.

«Und Bauunternehmer», sagte Meta. «In der Nähe von Flensburg hat er gerade eine ganze Ferienhaus-Siedlung hochgezogen.»

Momme weihte Jette nun in den Letzten Willen ihrer Mutter ein. Sein Vortrag zog sich, nicht zuletzt, weil Meta ihn ständig unterbrach, da er die Sachverhalte ihrer Meinung nach nicht richtig darlegte.

Als er ihn endlich beendet hatte, guckte Jette noch irritierter. «Verstehe ich das richtig? Isa und ich sollen beide vier Wochen hier kochen, um diesen ollen Schuppen zu erben, der aber sowieso quasi der Bank gehört?» Jette starrte Isa an.

«Ich hab mir das nicht ausgedacht.» Isa verschränkte

die Arme vor der Brust. «Aber natürlich werde ich Omas Letzten Willen respektieren.» Dann schob sie geräuschvoll ihren Stuhl zurück und stand auf. «Der Tag war lang. Ihr entschuldigt mich? Gute Nacht zusammen.»

Kurz darauf hatten sich auch Momme und Tim verabschiedet. Jette leerte ihr Glas. Was sollte sie tun? Sollte sie wirklich hierbleiben und ihrer Tochter dabei zusehen, wie sehr sie sie hasste? Das konnte sie nicht. Immer wieder hatte Jette in der letzten Stunde versucht, in Isas Blick zu lesen. Aber sie konnte nichts erkennen, außer Verachtung … Weg! Jette wollte nur noch weg.

«Du musst hierbleiben!» Meta sah Jette eindringlich an, der gerade ein wenig mulmig wurde, weil sie das Gefühl hatte, Meta konnte ihre Gedanken lesen.

«Manche Dinge können nur heilen, wenn man dorthin zurückkehrt, wo alles begonnen hat.» Meta griff nach Jettes Händen. «Ganz bestimmt kann Isa dir verzeihen, wenn sie erst einmal verstanden hat. Bleib hier! Es könnte deine letzte Chance sein.»

«Meta …, ich kann das nicht.»

«Du kannst und du musst!», zischte Meta, und ihre Augen verengten sich. «Weißt du eigentlich, wie oft du sie enttäuscht hast?», fuhr Meta fort. «Hast du überhaupt eine Ahnung, wie oft du ihr kleines Herz gebrochen hast?»

Jette stand hastig auf. Sie wollte davon nichts hören. Sie hatte auch so Schuldgefühle bis zum Anschlag, da musste Meta nicht noch nachlegen. Sie ging zum Tresen, griff sich eines der schlierigen Gläser aus dem Regal und füllte es mit Leitungswasser.

«An Isas zehntem Geburtstag hattest du mal wieder

versprochen zu kommen», sprach Meta weiter. «Isa hatte sich extra ihr neues lila Kleid angezogen. Und dann hat sie gewartet und gewartet.»

Jette stand hinterm Tresen und trank einen Schluck. Sie hätte sich am liebsten die Finger in die Ohren gesteckt und laut gesungen.

«Keiner durfte ein Stück von der Schwarzwälder Kirschtorte essen, bevor du nicht da warst.» Meta war nun ebenfalls aufgestanden. Sie nahm ihren Rollator und schob durch den Saal Richtung Tresen. «Als es dunkel wurde und von dir immer noch jede Spur fehlte, schnitt Isa die Torte an. Sie hat nicht geweint, nichts gesagt. Sie war ganz still. Aber den Schmerz, der in ihrem Blick lag, werde ich niemals vergessen.»

«Und was ist mit meinem Schmerz?» Jettes Stimme durchdrang den Saal. Sie hatte die ganze Zeit in ihr Wasserglas gestarrt. Jetzt blickte sie auf und sah Meta an. Ihre Augen füllten sich mit Tränen.

In den letzten Jahren hatte sie immer wieder versucht, Kontakt zu Isa aufzunehmen. Sie hatte geschrieben und um ein Treffen gebeten, und sie hatte die Nummer, die sie vor einer Ewigkeit von Luise bekommen hatte, immer wieder angerufen. Doch Isa hatte auf nichts reagiert. Einmal war Jette sogar nach London gereist und hatte sich in Isas Restaurant unter falschem Namen einen Tisch reserviert. Von der Eröffnung hatte sie gelesen. Die Gastro-Szene, zumindest die gehobene, beäugte sich weltweit genau. Klar, dass spannende Neueröffnungen schnell die Runde machten. In Isas Restaurant hatte Jette dann allerdings jeglicher Mut verlassen. Sie versteckte sich am Katzentisch bei den Toiletten und beobachtete ihre Tochter aus sicherer Entfernung. Sie sah, wie Isa in der offenen Küche ihrer Mannschaft klare Anweisungen gab, konzentriert Teller anrichtete und den Gerichten den letzten Schliff verlieh. Dabei erinnerte Isa sie an sie selbst als junge Frau: diese Leidenschaft fürs Kochen, der auch sie lange alles andere untergeordnet hatte.

«Deine Tochter braucht dich!» Meta schnaufte und setzte sich auf ihren Rollator. «Hast du nicht gesehen, wie kaputt sie ist, so dünn und blass, und dann dieses Zittern, das sie krampfhaft versucht zu verstecken, so wie der Pastor morgens vorm ersten Bier.»

«Was fehlt Isa?» Jette schnäuzte sich.

«Ich weiß es nicht. Ich weiß nur, wenn sie irgendwo heil werden kann, dann hier. Und du genauso. Der Schmerz geht nur weg, wenn man sich ihm stellt.» Meta schraubte ihren Flachmann auf und trank. Beide Frauen schwiegen eine Weile. Dann sagte Meta: «Luise hat die letzten Monate viel von dir gesprochen.»

«Wohl nur, weil sie mein Geld brauchte», sagte Jette bitter. «Ich bin doch schon lange kein Teil mehr dieser …» Ihr lag das Wort Familie auf den Lippen, aber sie sprach es nicht aus.

«Hör auf zu tüdeln!», sagte Meta harsch. Dann wechselte ihr Ton, und ihre Stimme klang nun ganz weich: «Sie hat von dir gesprochen, weil sie einen großen Fehler gemacht hat. Und weil sie wusste, dass ihr keine Zeit mehr bleiben würde, ihn wiedergutzumachen. Mach nicht denselben. Bleib hier, Jette.»

12.

*Das Essen ist einer der vier Zwecke
des Daseins. Welches die drei anderen sind,
darauf bin ich noch nicht gekommen.*

MONTESQUIEU

WUT

In ihrem Zimmer ließ sich Isa aufs Bett fallen. Ihr war flau im Magen. Sie war todmüde und gleichzeitig aufgekratzt. Angewidert dachte sie an Jettes Krokodilstränen, was für eine Show! Und Momme und Meta waren darauf auch noch reingefallen und trösteten die verlorene Tochter. Und dann dieses Gelaber über spannende Start-ups …

Isa spürte, wie sich in ihrem Bauch ein altes Gefühl bemerkbar machte. Ein Gefühl, das sie lange im Griff gehabt hatte und das nun wie ein Tier, das aus dem Winterschlaf erwacht war, sich hungrig seinen Weg bahnte.

Sie dachte an früher, an all die Versprechungen und Enttäuschungen …

Wie oft hatte Jette großspurig angekündigt, auf jeden Fall Weihnachten nach Nordernby zu kommen. «In diesem Jahr kochen wir beide das Festessen.»

133

«Versprochen?», hatte Isa jedes Mal vorsichtig am Telefon gefragt.

«Versprochen!»

Die wenigen Male, die Jette Wort gehalten hatte, konnte Isa an zwei Fingern abzählen.

Auch zu ihren Geburtstagen hatte Jette es trotz Ankündigungen nur selten geschafft. Isa hatte dann stundenlang am Fenster gestanden, mit klopfendem Herzen gewartet und gehofft. Manchmal hatte Jette es noch nicht einmal geschafft, abzusagen. Damals hatte Isa erfahren, wie viel Schmerz in der Hoffnung liegen kann.

«Sie hat doch so viel zu tun», hatte Oma dann immer gesagt und Isa über den Kopf gestreichelt. «Aber bald kommt sie, und dann bleibt sie, ganz bestimmt.» Abends im Bett hatte Isa den Satz in Gedanken so lange wiederholt, bis sie eingeschlafen war.

Wenn Jette tatsächlich mal angerauscht kam, blieb sie höchstens ein paar Tage. Dann wich Isa nicht von ihrer Seite. Sie klebte an den Lippen ihrer Mutter, wenn diese von ihren kulinarischen Abenteuern erzählte. Voller Bewunderung lauschte sie Jettes Geschichten über so exotische Gerichte wie Ceviche aus Peru, roher weißer Fisch, hauchdünn geschnitten und mit Limettensaft mariniert. Oder denen darüber, wie Köche in der Emilia-Romagna 24 Stunden eine echte Bolognese köcheln ließen und Ewigkeiten Pastateig kneteten. Mit ihr entdeckte Isa die Welt. Oma hatte für all die Gerichte, die sie nicht kannte oder nicht verstand, immer nur ein *Was das alles gibt …* übrig.

Wenn der Abschied nahte, ließ Isa sich nichts anmerken. Sie biss die Zähne zusammen und winkte jedes Mal tapfer, wenn Jette wieder vom Hof fuhr. Aber sobald sie weg war, gab es kein Halten mehr. Dann musste Oma ran und trösten. Immer wieder erzählte sie Isa dann die Geschichte von ihrer Geburt. Sie erzählte von dem Schneesturm und davon, dass Jette es gerade noch rechtzeitig nach Eckernförde ins Krankenhaus ge-schafft hatte. Und davon, dass die stolze Mutter danach drei Tage und drei Nächte kein Auge zugemacht hatte. Statt zu schlafen, hatte sie nur die kleine Isa im Arm gehalten und gelächelt. Nie hatte Oma ein böses Wort über Jette verloren.

Isa atmete tief durch. Es passierte nicht mehr oft, dass Bilder der Vergangenheit nach ihr griffen.

Kurz vorm Abi hatte sie, was Jette anging, endgültig dichtgemacht und Enttäuschung und Wut gegen Gleich-gültigkeit getauscht. Wenn ihre Mutter anrief, legte Isa auf, wenn sie vorbeikam, sprach sie nur das Nötigste mit ihr. Seit ihrem Umzug nach London existierte Jette für sie praktisch nicht mehr. Auch die Tatsache, dass ihre Mutter nie die Fragen nach ihrem Vater beantwortete, hatte dazu beigetragen, dass Isa sich abschottete.

Nach dem Zusammenbruch hatte die Therapeutin Isa immer wieder mit verständnisvollem Ton nach ihrer Kindheit gefragt. Als sie sich ein Bild gemacht hatte, wollte sie wissen, ob Isa ihrer Mutter verziehen hatte. Mutter? Welcher Mutter?, hatte Isa giftig gefragt und die Therapeutin gewechselt. Als auch die nächste irgend-wann anfing, in Isas Kindheit herumzuwühlen, und im-mer wieder nach ihren Gefühlen gegenüber Jette fragte, hatte Isa die Faxen endgültig dicke und die Therapie ebenfalls vorzeitig abgebrochen.

Vielleicht hätte sich Jette morgen früh schon wieder aus dem Staub gemacht. Isa hoffte es.

Vier Wochen. Sie konnte sich nicht erinnern, jemals so lange mit ihr unter einem Dach gelebt zu haben. *Ach, Oma …* Isa vermisste Luise schrecklich. Sie vermisste, wie sie ihr eine Haarsträhne aus dem Gesicht strich und sie aufmunternd anlächelte. Ihr herzliches, glucksendes Lachen vermisste sie am meisten. Sie schluckte eine Ladung Tränen runter, richtete sich auf und zog ihre Schuhe aus. Dabei blieb ihr Blick am Papierkorb hängen. Sie ging hin, holte ihre alte Kladde mit Omas Rezepten heraus und begann, zögerlich darin zu blättern.

Am nächsten Morgen fühlte Isa sich wie gerädert. Sie hatte wild geträumt von Schleiheringen in Sauer, goldgelben Steinbutten, Senfsoße, Grünkohl mit süßen Kartoffeln und Apfelbrötchen, die selbst im Traum nach Geborgenheit und nicht enden wollenden Sommern geschmeckt hatten und deren Duft Isa nun nach dem Aufwachen immer noch in der Nase hing.

Sie ließ die Augen geschlossen. Mein Gott, war dieser süßliche Duft real. Es war, als würde Oma sie jeden Moment zum Frühstück rufen.

Isa blinzelte und drehte sich zum Fenster. Durch einen Spalt zwischen den Vorhängen sah sie ein Stück blauen Himmel. Sie richtete sich auf und lauschte. Es war ganz still. Ob Jette die Biege gemacht hatte? Natürlich hatte sie das – so wie immer.

Isa ging zum Schreibtischstuhl, auf dem ihre Klamotten lagen. Bis auf das schwarze Etuikleid, die Hose und die Bluse von gestern hatte sie nichts weiter dabei. Sie beschloss, später nach Eckernförde zu fahren und ein paar Sachen zu kaufen. Bei dem Gedanken daran, mit Omas Bulli bei bestem Frühlingswetter durch die Gegend zu fahren, bekam sie schon wieder bessere Laune. Doch irgendetwas beunruhigte Isa. Ein diffuses Gefühl ließ ihren Brustkorb enger werden. Was war hier los …?

Dann wusste sie es plötzlich. Eilig zog sie Hose und Bluse an und trat auf den Flur. Schwindel erfasste sie. Sie musste sich gegen den Türrahmen lehnen. Jetzt war es ganz deutlich, ihre Sinne hatten sie nicht getäuscht: Der Duft nach Apfelbrötchen war kein Traum gewesen. Isa versuchte ruhig zu atmen, damit das schummrige Gefühl sich verzog.

Nach einer Weile schlich sie die Treppe hinunter. In der offenen Küchentür blieb sie stehen. Jette stand mit dem Rücken zu Isa und wischte Mehl von der Arbeitsfläche. Isa wollte sich gerade zurück in ihr Zimmer verdrücken, als Jette sich umdrehte und sie bemerkte. Sie stutzte kurz. Isa stand regungslos da. Die beiden Frauen starrten sich an.

«Guten Morgen!» Jette lächelte nun und legte den Kopf schief. Isa musste zugeben, dass sie gut aussah: Die Haut leicht gebräunt, das blonde schulterlange Haar, das sie gestern offen getragen hatte, war hochgesteckt. Zum ersten Mal fiel Isa auf, dass Jette die gleichen bernsteinfarbenen Augen wie Oma hatte. Ihre eigenen Augen waren strahlend blau *wie der Nordernbyer Sommerhimmel*, hatte Oma immer gesagt. Wohl eine Hinterlassenschaft ihres Vaters.

«Du kommst gerade richtig», sagte Jette, während sie zur geöffneten Gartentür ging und das mehlige Tuch ausschüttelte. «Die Brötchen sind gleich fertig. Ich bin in der Welt zwar echt rumgekommen, aber Luises Apfelbrötchen gibt's kein zweites Mal.» Sie trat wieder an den Küchentisch, auf dem sich auf Zeitungspapier ein Haufen Apfelschalen türmte. Daneben lag immer noch Tims aktuelle *Butter bei die Fische*. «Ich bin früh aufgewacht», fuhr Jette fort und schob geschäftig die Schalen in einen kleinen Eimer. «Ist ja so ein schöner Morgen», sagte sie, ohne aufzublicken. Dann redete sie hastig weiter. «Erst bin ich an die Schlei und hab eine große Runde über Missunde gedreht, dann bin ich noch zum Friedhof und anschließend zu Inge, um Äpfel, Mehl und Butter zu kaufen. Die hat vielleicht geguckt, als ich in ihren Laden kam. Wir lagen uns in den Armen und haben bei einer Tasse Kaffee erst einmal geschnackt.» Jette schwang den Eimer durch die Luft. «Ist hinten im Garten noch der Kompost?»

Isa zuckte mit den Schultern. «Glaub schon.» Ihre Mutter tat wirklich so, als sei es ganz normal, dass sie hier durch die Küche tobte.

Jette ging in den Garten, und Isas Blick fiel auf die Arbeitsfläche: Weißwein, Rosinen, Zimt, Gelierzucker. Auf einem Geschirrtuch standen frischgefüllte Einmachgläser auf dem Kopf. Jette hatte also nicht nur gebacken, sondern auch Apfelmus à la Luise eingekocht.

Isa dachte an früher. Fast jeden Samstag, nachdem die Feuerwehrsirene nach guter alter Tradition um kurz vor 12 geheult und sich das Dorf ins Wochenende verabschiedet hatte, backte Oma Pfannkuchen. Und dazu gab es selbstgemachten Apfelmus. Die Rosinen waren nicht jedermanns Sache, aber Oma und Isa hatten sie geliebt.

Auch Jette schien die Samstagstradition zu kennen. Der Gedanke, dass auch sie ihre Kindheit hier verbracht hatte, dass auch sie Erinnerungen, Gefühle und Bilder mit dem Seestern, mit Nordernby und den Menschen an der Schlei verband, fühlte sich merkwürdig und befremdlich an.

Jette schloss die Gartentür und räusperte sich. «Willst du dich nicht zu mir setzen?» Sie holte zwei Teller aus dem Schrank, Messer aus der Schublade und fing an, den Tisch zu decken. «Komm schon, warm mit dick Butter schmecken die Brötchen am besten.»

Isa blieb ungerührt im Türrahmen stehen. Wie ungewohnt es war, ihre Mutter hier hantieren zu sehen. Isa spürte, dass die Leichtigkeit und Selbstverständlichkeit, mit der sie das tat, sie aggressiv machten.

Jette schaltete den Ofen aus, griff nach den Topflappen und zog das Blech heraus. Vorsichtig hob sie das Backpapier an und schüttete die Brötchen in den Korb. Dann griff sie nach der Kaffeekanne und setzte sich an den Tisch. «Möchtest du eine Tasse?»

Isa stand mit verschränkten Armen immer noch in der Tür, stocksteif und flach atmend. Auf diese Weise hoffte sie, das Tier in ihrem Inneren zu besänftigen.

Jette goss Kaffee in die Tassen. Sie stellte die Kanne ab, legte die Unterarme auf den Tisch und machte ihren Rücken ganz gerade. «Hör zu, Isa. Ich weiß, dass du keinen Wert auf meine Anwesenheit legst, aber wir müssen ernsthaft miteinander reden. Wie wollen wir die Sache hier angehen? Ich meine, wenn wir wirklich versuchen wollen, Luises Schulden zu bezahlen, müssen wir ganz schön Umsatz machen.»

Isa reagierte nicht.

«Da nur rumzustehen und zu schweigen löst doch keine Probleme!» Jette lehnte sich genervt zurück.

Ganz ruhig! Isa versuchte sich zu entspannen. *Lass gut sein. Dreh dich einfach um und geh.* Doch es war zu spät. Sie konnte das Tier in ihrem Bauch nicht länger in Schach halten. Es hatte sich endgültig von der Kette gerissen und ließ sich nicht mehr zurückpfeifen. «Probleme?!», fauchte Isa. «Danke, meine hab ich im Griff. Und was ist mit dir? Oder ist es für dich nie ein Problem gewesen, dich hier aus dem Staub zu machen und dein Kind zurückzulassen.» Ihr wurde heiß.

«Bitte Isa, setz dich. Lass uns in Ruhe reden.» Jette flüsterte jetzt fast.

Isa dachte gar nicht daran, sich mit ihrer Mutter an einen Tisch zu setzen und *in Ruhe zu reden*. Sie war in der Stimmung, ihr alles, was sich in den letzten Jahrzehnten aufgestaut hatte, all die unausgesprochenen Vorwürfe um die Ohren zu hauen. «Weißt du, wann ich meinen ersten Zahn verloren habe? Oder was ich am liebsten esse? Meine Abi-Note? Weißt du überhaupt irgendetwas von mir?» Isa erschrak selbst über ihre Lautstärke. Sie spürte, wie sich ihre Augen mit Tränen füllten. Ihr Magen zog sich zusammen und fühlte sich an, als würde er brennen.

«Hör auf!» Auch in Jettes Augen schimmerten jetzt Tränen.

«Hör auf?» Isa stieß sich vom Türrahmen ab, machte einen Schritt auf ihre Mutter zu und stemmte die Hände in die Hüften. «Willst du mir Vorschriften machen? Hast wohl vergessen, dass du mir noch nie etwas zu sagen hattest. Oma war mein Vormund, weil du keine Lust hattest, dich um dein Kind zu kümmern. Wahrscheinlich wärst du dazu auch gar nicht in der Lage gewesen!»

Jette starrte Isa mit weit aufgerissenen Augen an.

Isa hielt dem Blick stand. Eine beklemmende Stille hatte sich über die Küche gelegt.

Plötzlich steckte Tim seinen Kopf durch die Gartentür. «Moin zusammen. Kann ich reinkommen?»

Jette wischte sich hastig mit dem Ärmel ihres Pullis über die Augen, während Isa den Kopf in den Nacken legte und für einen Moment die Augen schloss. Fast war sie Tim dankbar, dass er gekommen war. Sie war so wütend auf ihre Mutter, dass sie für nichts garantieren konnte.

«Oha, dicke Luft?» Tim machte die Tür hinter sich zu und ging Richtung Küchentisch.

«Guten Morgen, setz dich doch.» Jettes Stimme klang fest und freundlich, so als wäre nichts gewesen. «Schön, dich so schnell wiederzusehen. Es gibt Kaffee und warme Apfelbrötchen.»

Isa war speiübel. Was zog ihre Mutter hier bloß für ein Theater ab?

Jette griff nach der *Butter bei die Fische*. «Ganz hübsch, dein Magazin. Hab's vorhin schon mal durchgeblättert und im Impressum gesehen, dass du Herausgeber und Chefredakteur bist.» Sie plapperte einfach weiter. «Ich muss ja sagen, mich überrascht dieser ganze Regional- und Saisonal-Hype total. Das ist doch dermaßen aufgeblasen!» Dann fing sie an, die Coverthemen laut vorzulesen: «Rapsöl aus Schleswig-Holstein … Kulinarischer Trip durch Kappeln … So schmeckt der Frühling im Norden … Superfood Algen …» Die Ironie, die dabei in ihrer Stimme mitschwang, war nicht zu überhören.

Isa guckte zu Tim und verdrehte die Augen. Was bildete diese Frau sich ein? Kam hierher, übernahm ungefragt die Küche, wollte Probleme lösen und machte jetzt auch noch Tims Magazin schlecht, ging's noch?!

Jette trank einen Schluck Kaffee. «Ich meine, wie kann man etwas zum Trend erklären, das seit Anbeginn der Menschheit völlig normal ist? Sonst wären wir ja wohl längst ausgestorben.»

«Ja, aber es ist doch gut, dass viele nun nach Jahren der Wir-können-immer-alles-konsumieren-Kultur ihr Bewusstsein dafür schärfen, dass eben nicht immer alles verfügbar ist. Und auch nicht sein sollte, weil das unsere Erde kaputt macht. Ich helfe mit meinen Artikeln jedenfalls gern beim Umdenken», sagte Tim ruhig.

«Klar.» Jettes Ton war nun nicht mehr ganz so spitz. «Die Leute merken, dass alles zur Neige geht, wenn wir so weitermachen wie bisher. Aber ich finde es einfach übertrieben, dass *richtig essen* zum Schlüssel für *richtiges* Leben hochstilisiert wird, das Thema ist total überfrachtet. Du brauchst doch nur auf Facebook oder Instagram zu gehen, wie viele Leute da ihr Essen posten. Was wollen die denn damit rüberbringen? Doch immer nur: Seht her, ich mach es richtig. Auf meinem Teller ist garantiert alles regional und saisonal, voll gesund und trendy.»

Isa sträubte sich gegen den Gedanken, der nun durch ihren Kopf kreiste – aber sie konnte nichts gegen ihn tun: Nicht nur Jettes bernsteinfarbene Augen erinnerten sie an Oma. Auch in ihrer Abneigung gegenüber dem Saisonal-Gelaber waren sich die beiden ähnlich. «Bei mir wurde schon saisonal gekocht, als diese Wichtigtuer von Fernsehköchen noch nicht mal wussten, wie man das Wort buchstabiert», hatte Oma immer gesagt, wenn sich im Fernsehen oder in der Zeitung mal wieder einer über die große Bedeutung des Themas ausließ.

«Das mit den Trends ist doch sowieso immer so eine Sache.» Jette ließ nicht locker, und Isa spürte, wie die wütende Hitze erneut in ihr hochstieg. «Das letzte Mal, dass ich in den vergangenen Jahren etwas wirklich Neues erlebt habe, war, als sich die Molekularküche anfing zu etablieren. Sehr spannend, chemische und physikalische Prozesse fürs Kochen zu nutzen. Ich habe mich lange damit beschäftigt, aber irgendwann wurde mir diese technokratische Pinzettenküche einfach zu seelenlos, das ist wie Malen nach Zahlen. Da ist mir Luises Bodenständigkeit inzwischen viel lieber.» Jette warf lachend den Kopf in den Nacken.

Isa reichte es. Was war das hier? Die Vortragsstunde einer Neunmalklugen? «Ich muss los», sagte sie und wollte bloß raus aus der Küche, bevor sie ihrer Mutter womöglich noch an die Gurgel ging. «Ich fahre nach Eckernförde, einkaufen.»

«Das trifft sich gut», sagte Tim schnell. «Ich hab den Bulli schon vorgefahren, wollte mit dir dringend ein paar Dinge erledigen.»

13.

ENTDECKUNGEN

Inzwischen hatte sich der Himmel zugezogen. Der April zeigte sich nun wieder von seiner ungemütlichen Seite. Isa fröstelte und war froh, noch schnell Omas Strickjacke unter den Arm geklemmt zu haben. Innerlich aber spürte sie immer noch das Brennen. Diese Frau war wirklich die Pest. Isa fragte sich, was sie bloß gemacht hatte, um in diesem Albtraum zu landen. Ihr Leben stand sowieso schon kopf, und nun auch noch das!

Vorm Seestern blieb sie kurz stehen, atmete die kühle Luft ein und versuchte, sich zu beruhigen.

Tim stand schon am Bulli. «Ich fahre!» Isas Ton war immer noch ziemlich schroff. Sie kletterte in den Wagen und startete den Motor. «Also, was gibt es so Dringendes zu erledigen?» Sie sah Tim an, der sich gerade anschnallte.

«Wir gehen jetzt erst mal richtig schön bummeln», erwiderte er und grinste.

Isa lachte freudlos auf. «Danke, aber danach steht

mir wirklich nicht der Sinn.» Sie fuhr rückwärts auf die Dorfstraße und gab Gas. «Ich will nur schnell 'ne Jeans und ein, zwei Pullis und Unterwäsche kaufen. *Bummeln* kannst du alleine.»

«Ach komm, Isa. Ich will dir ein paar interessante Sachen zeigen. Du wirst sehen, das wird dir guttun.»

Sie sah ihn fragend an.

«Guck nach vorn», sagte Tim mit gespielter Strenge. «Also, auf nach Eckernförde. Wir versuchen am Hafen zu parken. Könnte allerdings schwierig werden, du weißt ja, Eckernförde ist zu jeder Jahreszeit beliebt bei den Touris, und in einigen Bundesländern sind noch Osterferien.»

Von der Dorfstraße aus bogen sie auf die B 76. Links von ihnen schimmerte die Schlei, die an diesem Morgen grau und kalt wirkte. Isa musste wieder an ihre Oma denken, die ihr nach dem Streit mit Jette furchtbar fehlte. Für Luise war diese Gegend auch bei trübem Wetter die schönste auf der Welt gewesen. Sie hatte allerdings auch nicht viel anderes gesehen. Aber das wollte sie auch nie. «Wozu in die Ferne schweifen?», hatte sie immer gesagt, wenn andere am Tresen von ihren Urlauben auf Gran Canaria, Kreta oder in Südtirol erzählten. «Was gibt's Schöneres als Nordernby? Hier hab ich die Schlei und die Ostsee, und wenn ich es hügelig will, fahre ich in die Hüttner Berge oder in die Holsteinische Schweiz.» Ihre Oma war immer ins Schwärmen geraten, wenn sie Urlaubern, die zu ihr zum Essen kamen, Ausflugtipps gab: «Macht erst mal 'ne schöne Schifffahrt auf der Schlei. Wenn ihr in Schleswig aussteigt, müsst ihr unbedingt einen Spaziergang auf dem Holm machen, dem alten

Fischerviertel. Und wenn ihr wissen wollt, was hier früher so los war, geht ihr rüber nach Haithabu zu den Wikingern. Wandern und Wildpferde gucken könnt ihr wunderbar im Naturschutzgebiet Geltinger Birk, direkt an der Ostsee im Landstrich Angeln, also gegenüber von unserer schönen Halbinsel Schwansen, auf der wir hier leben.» Im Mai schickte sie die Leute nach Kappeln zu den Heringstagen und in der letzten Juliwoche zum Brarup-Markt, dem alljährlichen Volksfest in Süderbrarup. «Da bin ich als Kind schon Kettenkarussell gefahren. Das hat vielleicht im Bauch gekitzelt!» Sie kicherte dann jedes Mal, und ihre Augen leuchteten, als würde sie das Gefühl in dem Moment erneut spüren. «Ist nicht weit, ihr müsst über die Brücke in Lindaunis. Schon allein das ist ein Erlebnis. Und auf dem Weg könnt ihr noch einen Stopp beim Obsthof Stubbe einlegen und leckeren Kuchen essen.» Oma duzte alle. Da hatte sie zwischen Jung und Alt, Arm und Reich nie einen Unterschied gemacht. Als hier früher *Der Landarzt* gedreht wurde, kamen die Leute vom Fernsehen oft zum Essen in den Seestern. Während viele Nordernbyer «die Berühmtheiten vom Film» voller Ehrfurcht behandelten, war Oma ganz entspannt: «Die kochen doch auch nur mit Wasser.» Und Luise hatte die Fähigkeit, in allem und jedem das Gute zu sehen. Das ging Isa ab. Es gab einfach Menschen, an denen war nichts gut.

«Mit dir und Jette läuft es noch nicht optimal, oder?», fragte Tim vorsichtig und riss Isa aus ihren Gedanken.

Da war es wieder, dieses Brennen in der Magengegend. «Pfff … wie auch?», sagte Isa genervt. «Wir kennen uns doch gar nicht.» Sie schaltete das Radio an. Gerade noch war der Claim von Omas Lieblingssender *Welle Nord* zu hören, dann fing Freddie Mercury an, *Mama* durch den Bulli zu jaulen. Isa suchte einen anderen Sender und blieb bei R. SH hängen.

«Jette war bestimmt nicht die einfachste Mutter.» Tim drehte das Radio leiser, aus dem nun Coldplay *A Head Full Of Dreams* schmetterten.

«Nicht die einfachste?», sagte Isa harsch. «Gar keine trifft es wohl besser.»

«Ja, vielleicht. Ich finde trotzdem, dass du ihr eine Chance geben solltest.»

«Du klingst genau wie Meta. Lasst mich doch alle einfach mal in Ruhe.» Isa machte das Radio wieder lauter.

«Ich finde, Jette wirkt extrem verunsichert.» Tim beugte sich vor und schaltete das Radio aus. «Probier doch wenigstens mal, dir für einen kurzen Moment vorzustellen, wie es ihr geht. Mit diesem ganzen Gebacke und Gemache versucht sie doch bloß ihre Hilflosigkeit zu überspielen. Für sie ist der Tod ihrer Mutter garantiert auch nicht leicht, und dann auf einmal wieder hier zu sein und dich zu treffen …»

Isa schwieg und blickte stur geradeaus. Sie fühlte sich vollkommen leer und kraftlos. Wie gern würde sie diese ganze verkorkste Familiengeschichte einfach abschütteln, so als gehörte sie nicht zu ihr. In London konnte sie das, weil ihre Familie niemanden interessierte. Da interessierte lediglich die Frage, wo man überall schon gewesen war. Kaum jemand, den Isa dort in den letzten Jahren kennengelernt hatte, kam ursprünglich aus der Metropole, geschweige denn aus England. Alle waren von irgendwoher zugezogen.

«Bist du hier eigentlich wieder richtig angekommen?», fragte Isa nun etwas versöhnlicher. Sie wollte sich nicht länger über Jette Gedanken machen. Und Tim sollte auch nicht ihre schlechte Laune abbekommen.

«Wie meinst du das?», fragte er.

«Na ja, im Vergleich zu München oder Hamburg muss das hier doch ein Kulturschock für dich sein.»

«Nö, überhaupt nicht. Das ist schließlich meine Heimat.»

«Verstehe. Und für mich ist das die Gegend, in der ich aufgewachsen bin», erwiderte Isa. «Aber Heimat ist für mich definitiv London.»

Tim kurbelte das Fenster runter und steckte den Kopf nach draußen. «Dabei ist es doch so schön hier!», rief er spöttisch und ließ sich den Fahrtwind um die Nase wehen.

«Mach das hoch, mir ist kalt!»

«Ist ja schon gut.» Die Kurbel klemmte ein wenig, aber schließlich hatte Tim es geschafft. «Klar ist das hier Provinz», sagte er. «Jeder kennt jeden, und jeder hat eine Meinung über den anderen, und bis von der abgerückt wird, muss schon viel passieren.» Er machte eine kurze Pause, dann fuhr er fort: «All das kann einen erdrücken. Aber es kann auch dabei helfen, auf dem Boden zu bleiben. Mir gibt das Leben hier Kraft und Halt. Als ich nach Nordernby zurückgekehrt bin, fühlte es sich an, als gehörte der Ort ein bisschen mir. So ist es immer noch, und das gefällt mir.»

Am Hafen angekommen, schoben sich die Autos die schmale Straße entlang. Schon von weitem sah Isa, dass sich vor der Schranke des Parkplatzes eine Schlange gebildet hatte. Doch sie hatten Glück und mussten sich nicht einreihen. Genau vor ihnen fuhr auf Höhe des alten Silos ein Camper mit Kölner Kennzeichen aus einer Lücke.

«So, das hätten wir», sagte Isa, nachdem sie eingeparkt hatte. «Und jetzt?»

«Hab ich doch gesagt: Wir gehen bummeln.»

Isa seufzte, zog aber widerstandslos ihre Strickjacke an. Am Hafen pustete ein ordentlicher Westwind. Mit einem Kopfnicken dirigierte Tim sie in Richtung Holzbrücke, vorbei an einigen Kuttern, vor denen sich bereits Menschentrauben gebildet hatten. Für die Touristen war der Fischverkauf direkt am Hafen eine Show. Viele Fischer ließen es sich bei Bedarf auch nicht nehmen, den Urlaubern Rezepte und Zubereitungstipps mit auf den Weg zu geben. «Das Wichtigste ist: Fisch mut schwimmen» war ein Klassiker unter den Sprüchen. Wenn die Touristen, beladen mit frischer Ware, dann ein wenig hilflos guckten, machten die Fischer mit der Hand eine zügige Trinkbewegung. Sie meinten natürlich den klaren Schnaps *achterran zur Verdauung*.

Bei einem Kutter direkt hinter der Brücke blieb Tim stehen. Der Fischer nahm gerade einen Butt aus und schmiss die Innereien über Bord, auf die sich die kreischenden Möwen gierig stürzten. Dann reichte er die pfannenfertigen und verpackten Fische einer Kundin.

«Moin, Piet!», rief Tim. «Hast du noch was für uns?»

Der Mann schob seine dunkelblaue Wollmütze ein wenig aus dem Gesicht und machte eine abwehrende Handbewegung in ihre Richtung. «Ihr seid noch gar nicht dran! Stellt euch man schön hinten an.» Er grinste und zwinkerte Tim zu, bevor er sich dem nächsten Kunden zuwandte. «Du weißt doch, Tim, wer zu spät kommt, den bestraft das Leben.»

«Wozu willst du denn jetzt Fisch kaufen?», fragte Isa leise.

«Natürlich zum Essen.» Mit zusammengekniffenen Augen inspizierte Tim von der Kaimauer aus die Ware. «Ich will nachher mit dir kochen, dann wird das schon wieder mit dir», sagte er und blickte weiter mit konzentriertem Blick auf die Fischkisten.

Isa wollte gerade protestieren, als sie und Tim bereits an der Reihe waren.

«Moin, Tim. Heute mit Begleitung?»

«Das ist Isa Petersen», sagte Tim. «Luises Enkelin.»

Isa versuchte zu lächeln und nickte dem Fischer, der das Rentenalter locker überschritten hatte, aber immer noch ziemlich fidel wirkte, zaghaft zu.

«Ach wat …?!» Seine Augen blitzten vergnügt.

Jetzt bitte nicht den Spruch: *Mönsch, wat bist du groß geworden* …, dachte Isa.

«Dich habe ich das letzte Mal gesehen, als du mir bis hier gingst.» Piet hielt eine Hand auf Höhe seiner Hüfte. «Wie geht's Luise denn? Hab sie schon seit Monaten nicht mehr gesehen.»

Die Frage traf Isa mit ungeahnter Wucht. Sie war nicht fähig, irgendetwas zu sagen. Dass jemand über den Tod ihrer Oma nicht Bescheid wusste, schien ihr ähnlich unglaublich wie die Vorstellung, dass irgendjemand nicht wusste, dass die Erde eine Kugel ist.

Tim übernahm das Reden: «Luise ist vor einer Woche gestorben», sagte er mit ruhiger Stimme. Dabei griff er Isas Hand und drückte sie ganz fest.

«O-ha … das wusste ich nicht. Tut mir leid, min Deern.» Piet nahm seine Mütze ab, drückte sie sich vor die Brust und guckte gen Himmel. Nach einem kurzen Moment der Stille setzte er sie wieder auf. «Deine Oma war 'ne feine Frau und eine ganz feine Köchin.»

«Danke.» Isa räusperte sich. Sie hatte das Gefühl zu schwanken und war froh, sich an Tims Hand klammern zu können.

«Wat kann ich also Schönes für euch tun?», wollte der Fischer nun wissen.

«Was hast du denn Schönes?», fragte Tim.

«Für euch beiden Hübschen …» Er hob eine Plastikwanne voller Butt an und offenbarte in einer weiteren, was ihm letzte Nacht noch ins Netz gegangen war. «… hab ich wat ganz Besonderes.»

Einige Umstehende reckten neugierig ihre Hälse und scharten sich um Isa und Tim. Laien hätten vielleicht keinen Unterschied zwischen den Plattfischen in der oberen Wanne und denen, die nun zum Vorschein kamen, gesehen. Doch Isa, die sich allmählich wieder berappelt hatte, erkannte die Qualität des Fangs sofort und wusste um dessen Wert.

«Wow», sagte sie. «Steinbutt, was für eine Delikatesse.» Dieser Fisch war der edelste unter den Plattfischen mit weißem, festem Fleisch und großen Gräten, die sich mühelos lösen ließen. Ihr Herzschlag beschleunigte sich.

«Und was für 'n feiner.» Der Fischer nahm einen Fisch aus der Kiste und legte ihn auf die Waage. «Fünf Pfund.»

«Wir nehmen alle», sagte Tim.

«Alle?» Isa ließ Tims Hand los und guckte ihn mit

großen Augen an. «Das sind doch bestimmt zwölf Stück. Was hast du denn vor?»

«Dat sind fofftein», stellte der Fischer klar. «Fünfzehn Prachtexemplare.»

«Machst du sie uns sauber?», fragte Tim.

«Mach ich, min Jung.»

Dann wandte Tim sich wieder Isa zu. «Meta hat mich vorhin angerufen und mich gebeten, für den Seestern einzukaufen. Sie meint, wir sollten ihn morgen wieder aufmachen. Ich glaub, sie hat echt Schiss, dass bald alles dem ollen Diedrichsen gehört, wenn nicht schnell Geld in die Kasse gespült wird.»

Isa packte wieder die Panik, sie konnte nichts dagegen tun. *Einatmen. Ausatmen …* Sie machte einen Schritt rückwärts, weg von der Kaimauer. Zu groß war die Angst, bei der nächsten Schwindelattacke im Hafenbecken zu landen. Seit Jettes Ankunft kreisten ihre Gedanken unablässig um Omas schier unzumutbaren letzten Wunsch. Sie war einfach nicht in der Lage, zusammen mit ihrer Mutter den Seestern zu schmeißen – aber sie wollte vor dieser Frau auch nicht zu Kreuze kriechen. Isa hatte vielleicht ihre Kraft verloren, ja, aber nicht ihren Stolz.

«Sei doch froh, dass es losgeht», sagte Tim. «Je schneller ihr anfangt, desto schneller kannst du zurück nach London.» Er machte einen Schritt auf Isa zu, fasste sie an den Schultern und sah ihr fest in die Augen. «Du wirst dein Problem in den Griff kriegen!», sagte er leise. «Glaub an dich und lass dich von Jettes Anwesenheit nicht verunsichern!» Dann ließ er sie los und griff nach der mit Eis und Fischen gefüllten Plastikwanne, die ihm der Fischer entgegenhielt. «Schreibst du uns eine Rechnung, Piet?»

«Mach ich, min Jung!»

«Danke. Und komm doch morgen zum Essen in den Seestern. Isa und ihre Mutter kochen mindestens genauso gut wie Luise.»

«Jo, ich kiek mal. Tschüs, ihr beiden.»

Isa lächelte gequält und versuchte, sich weiter auf ihre Atmung zu konzentrieren.

Nachdem sie am Bulli die Fischkiste gegen den Einkaufskorb getauscht hatten, ging es weiter in die Frau-Clara-Straße. Isa sah sich um. Vieles hatte sich verändert, seit sie das letzte Mal hier gewesen war. Sie gingen an einer Weinbar vorbei, die an diesem Vormittag schon gut gefüllt war. Einige Raucher standen vor der Tür und klönten vergnügt mit einem Glas in der Hand. Schräg gegenüber entdeckte Isa ein Schild mit der Aufschrift *Bonbonkocherei*. Der Duft, der ihr in die Nase stieg, als sie in den Innenhof lugte, erinnerte sie an einen Jahrmarkt.

Dann überquerten sie die Langebrückstraße, die fast bis zum Strand führte, gingen weiter in die Kieler Straße, und plötzlich wusste Isa, was Tim vorhatte. Es war Samstag, und schräg gegenüber von der Sparkasse sah Isa schon die ersten Marktstände.

«Du willst mit mir über den Wochenmarkt *bummeln*?»

«Klar, das hat dir doch früher auch immer Spaß gemacht.»

Isa trödelte hinter ihm her. *Früher*, dachte sie. Jetzt allerdings lagen die Dinge anders. Sie war eine andere, und die Isa von heute wäre jetzt gern zu Hause in London. Oder wenigstens in ihrem Bett im Seestern. Da würde sie sich die Decke über den Kopf ziehen und die nächsten vier Wochen vor sich hin dösen.

An einem großen Gemüsestand vor dem Alten Rathaus machte Tim halt. «Was denkst du, was wäre die ideale Beilage zu Steinbutt?»

Ein wenig lustlos ließ Isa ihren Blick schweifen. Dann stockte sie. Links von ihr entdeckte sie deutschen Spargel. Hatte die Saison hier oben schon begonnen? Ganz schön früh. Sie ging näher heran, nahm zwei Stangen in die Hand, befühlte sie vorsichtig und roch an ihnen. Und da war es plötzlich. Das Brennen hatte sich verzogen, und in ihrem Bauch spürte sie ein längst vergessenes Gefühl. Erst ganz sachte und zaghaft, dann verstärkte sich das Kribbeln. Sie dachte an ihr Notizbuch mit Omas Rezepten, in dem sie die halbe Nacht gelesen hatte. Spargel und Kartoffeln, einfach nur mit geschmolzener Butter und Petersilie darüber gestreut, dazu Fisch oder geräucherten Schinken. *Mehr geht nicht!* hatte in krakeliger Kinderschrift unter dem Rezept in ihrer Kladde gestanden.

Letzte Nacht beim Durchblättern hatte sie es entdeckt, und die Erinnerungen waren zurückgekehrt. Sie hatte damals die Gerichte ihrer Oma bewertet und sich dabei wie eine Gourmet-Kritikerin gefühlt. *Mehr geht nicht!* war die höchste Auszeichnung gewesen, dicht gefolgt von *Himmlisch!* und *Einfach lecker!*. Es hatte also wirklich eine Zeit gegeben, in der sie Omas Rezepte und ihre Art zu kochen geliebt hatte. In der sie begeistert gewesen war von gebratenem Aal, Kohlrouladen und Bratwurst vom Galloway-Rind. Das hatte sie nun schwarz auf weiß. Von wegen zu fad und zu langweilig. Einige Rezepte hatte sie zudem kommentiert. Zu Senfsoße und Ei hatte sie etwa geschrieben: *Schmeckt viel besser, als es aussieht.* Der gleiche Satz fand sich auch unter Labskaus und Schnüüsch, dem Gemüseeintopf mit Milch. Vielleicht rührte daher ihr späterer Ehrgeiz, jedes Gericht einzigartig anzurichten. Ihre Küche verließen nur Teller, die wirklich perfekt und ästhetisch eine Sensation waren, jeder einzelne ein Kunstwerk. Alles hatte seinen Platz, jeder noch so kleine Klecks irgendeines Schäumchens, jedes rosa oder grüne Pfefferkorn. Wehe, wenn die Ordnung nicht stimmte. Dann bekam Isa Schnappatmung und konnte ihren Mitarbeitern gegenüber ganz schön ungemütlich werden.

Sie starrte auf den Spargel in ihren Händen. Ihr Herz pochte wie wild.

«Was ist los?», fragte Tim. «Versuchst du im Spargel die Zukunft zu lesen?»

«Quatsch … ich …» Langsam hob sie den Blick. Sie sah Tim an und konnte nicht anders. Sie fiel ihm um den Hals. Sie fühlte sich auf einmal dermaßen aufgekratzt und beschwingt, so als hätte sie gerade einen Schatz geborgen. Auf einmal hatte sie Lust, das Gericht zusammenzustellen – und, ja, sie hatte sogar Lust, es zuzubereiten. Nach einem kurzen Moment lockerte sie die Umarmung, dann ließ sie Tim ganz los.

«Ich … ich.»

«Ja, Isa?» Er verbiss sich ein Grinsen.

Sie hielt ihm die beiden Stangen entgegen. «Ich denke, wir sollten Spargel zum Steinbutt servieren. Alles ganz unaufgeregt, einfach Fisch, Spargel und Kartoffeln mit geklärter Butter.» Sie sah ihn erwartungsvoll an.

«Das klingt großartig. Und weißt du was?», sagte Tim. «Ich glaube, Luise hätte es genauso gemacht.»

Isa wurde warm. Aber diesmal nicht aus Wut und Panik. Im Gegenteil, es war eine seltsame Mischung aus Stolz, Freude und Erleichterung, die ihre Wangen zum Glühen brachten. Da ging noch was, das spürte sie nun ganz deutlich. Vielleicht war es mit ihrer Koch-Karriere doch noch nicht ganz vorbei. Für Nordernby und den Seestern dürfte es wohl noch reichen.

Sie atmete tief ein, dann ließ sie sich in das bunte Markttreiben reinziehen.

Gemeinsam besorgten sie alles Notwendige, und während Tim sich vollbeladen schon mal auf den Weg zurück zum Auto machte, kaufte Isa noch schnell einen Schwung neue Klamotten. Sogar ein bunt gestreiftes Kleid befand sich in der großen Tüte, mit der sie wenig später Richtung Hafen schlenderte. Ihr war irgendwie danach gewesen.

Die Sonne hatte sich durch die Wolken gekämpft und tauchte die Kutter, die Kapitänshäuser auf der anderen Seite des Hafens und selbst die Autoschlangen, die sich immer noch im Schneckentempo die schmale Straße zwischen Silo und Hafenbecken entlangschoben, in ein freundliches, frühlingshaftes Licht.

Isa sah, wie Tim am Bulli lehnte und wartete. Als er sie entdeckte, hob er kurz das Kinn.

Danke, dachte sie und lächelte. Die dunklen Mächte schienen vorerst besiegt.

14.

Wir danken dir besessen
für das tolle Fressen.

BART SIMPSON

SCHMERZ

Jette sank auf einen Stuhl. Sie wollte sich von Isas Wut und Bitterkeit nicht runterziehen lassen. Sie musste die Nerven behalten und versuchen, ihr alles zu erklären.

Sie starrte auf das längst kalt gewordene Apfelbrötchen auf ihrem Teller. Der Appetit war ihr vergangen. Trotzdem brach sie sich ein Stück ab, strich etwas Butter darauf und kaute langsam. Sie schloss die Augen und genoss den süßen Geschmack, der ihr ein Gefühl von Geborgenheit gab, weil er Erinnerungen weckte an eine Zeit, in der alles in Ordnung war. Sie sah sich als Kind am Küchentisch, ihre Mutter schwirrte geschäftig um sie herum. Sie spürte die Wärme von Luises Händen, mit denen sie ihr im Vorbeigehen über die Wange strich, ein Hauch von Lavendel lag in der Luft.

Ein fröhliches «Moin!» holte Jette zurück in die Realität. Sie öffnete die Augen. In der Gartentür stand eine junge Frau, an jeder Hand ein identisch aussehendes Kind.

Jette stand auf. «Kann ich Ihnen helfen?»

Die junge Frau guckte sie fragend an. «Jette …? Du bist tatsächlich gekommen?»

Jette legte den Kopf schief. Die junge Frau kam ihr bekannt vor. Aber ihr wollte zu dem runden Gesicht mit den Sommersprossen partout kein Name einfallen.

«Ich bin's, Wiebke. Isas alte Schulfreundin. Ich glaube, wir haben uns das letzte Mal gesehen, als ich zwölf war.» Sie guckte abwechselnd auf die Zwillinge. «Und das sind Onno und Fiete.»

«Wiebke … ja klar.» Jette lächelte und machte ein paar Schritte in Richtung Gartentür. «Schön, dich zu sehen. Kommt doch rein.»

«Wir wollten eigentlich Isa besuchen. Ist sie da?»

«Nein, sie ist mit Tim nach Eckernförde gefahren.» Jette wies auf den Frühstückstisch. «Setzt euch, es gibt Apfelbrötchen.»

Einer der strohblonden Jungs kletterte auf einen Stuhl, den anderen nahm Wiebke auf den Schoß.

Jette griff nach dem Brotkorb und hielt ihn den Jungs hin. Der auf dem Stuhl guckte seine Mutter fragend an. Als Wiebke nickte, nahm er sich ein Brötchen und biss beherzt hinein.

«Wie alt sind die beiden?», fragte Jette und blickte lächelnd von einem zum anderen.

«Drei», sagte Wiebke. «Manchmal ist es ganz schön anstrengend, aber trotzdem das Beste, was uns passieren konnte.» Sie drückte den Lütten auf ihrem Schoß fest an sich. «Für mich ist es immer noch ein Wunder, dass sie wirklich zu mir gehören. Dass ich immer ihre Mutter bleiben werde, egal was passiert.»

Mutter ... Jette durchfuhr ein jäher Schmerz. Sie war zu schwach und zu feige gewesen, um eine zu sein. «Du kannst dich in Frankreich doch gar nicht kümmern!», hatte Muttchen jedes Mal gesagt, wenn Jette einen neuen Anlauf startete, um Isa mitzunehmen. Dass sie sich nicht einfach durchgesetzt hatte, dass sie all die Jahre so zögerlich gewesen war, hatte sie sich bis heute nicht verziehen.

«Ich bin mit Frank Volkmer verheiratet. Erinnerst du dich an ihn?», fragte Wiebke und riss Jette aus ihren Gedanken. «Wir sind alle zusammen zur Schule gegangen.»

Jette nickte, obwohl sie sich an keinen Frank erinnern konnte. Sie wandte sich wieder Onno und Fiete zu. «Möchtet ihr Johannisbeerbrause?» Erst als sie die Frage schon gestellt hatte, fiel ihr ein, dass sie gar nicht sicher war, ob Luise die Früchte immer noch jedes Jahr zu Saft verarbeitet hatte. Doch nach einem Blick in die kleine Speisekammer wusste sie, dass sich daran nichts geändert hatte. In dieser Küche hatte sich sowieso nichts verändert. Alles war so, wie Jette es in Erinnerung hatte. Hier im Seestern schien die Zeit stillzustehen. Jette wusste noch nicht, ob sie das beruhigte oder eher nervös machte.

Sie mischte den Jungs eine Schorle und setzte sich zurück an den Tisch. Der Kleine auf dem Stuhl griff sofort mit beiden Händen nach dem Glas.

«Wie heißt das Zauberwort, Onno?», fragte Wiebke.

«Danke», sagte dieser brav, nahm einen großen Schluck und strahlte Jette an.

Der andere flüsterte seiner Mutter währenddessen etwas ins Ohr. «Fiete und ich gehen mal eben aufs Klo», sagte Wiebke daraufhin. «Onno, willst du bei Jette warten?»

Der Junge nickte und stopfte sich ein ordentliches Stück Brötchen in den Mund.

Jette wusste nicht so recht, was sie mit dem Jungen reden sollte. Sie trank einen Schluck Kaffee und überlegte, wofür er sich wohl interessieren könnte.

Onno war inzwischen von seinem Stuhl gerutscht und guckte Jette mit großen Augen an. «Schoß», sagte er.

Jette stutzte. «Du willst auf meinen Schoß?»

Onno nickte eifrig. «Vorlesen!»

«Äh, nee ... ich habe ja gar keine Kinderbücher.»

Er griff nach der *Butter bei die Fische* und reichte sie Jette.

«Ich glaube, das ist nichts zum Vorlesen», sagte sie. «Aber die Bilder können wir uns anschauen. Vielleicht finden wir ja Fotos von Tieren.» Ein wenig umständlich zog sie Onno auf ihre Knie. Als er sich gegen ihren Oberkörper lehnte, spürte sie sein Haar an ihrem Kinn. Es fühlte sich sehr weich an. Jette schluckte trocken. Sie konnte nicht anders, sie legte ihre Wange auf seinen Kopf und atmete den kindlich süßen Duft ein, der nach so viel verpasstem Glück roch. Ihre Augen füllten sich mit Tränen.

Schnell schlug Jette die Zeitschrift auf. Onno zeigte auf einen Trecker in einem Rapsfeld, und Jette konnte das Brennen in ihrer Kehle kaum aushalten. Sie kniff die Augen zusammen und hoffte so, das aufsteigende Bild aus ihrem Kopf zu vertreiben. Doch es hielt sich hartnäckig. Sie sah, wie ein kleines Mädchen mit wehenden Zöpfen und ausgestreckten Armen auf sie zugeflogen kam. Es war ein sonniger Septembermorgen: klarer Himmel, gelbes Laub, die Luft herbstlich frisch. Isa war damals höchstens drei gewesen. Sie hob die Kleine hoch, drückte sie fest an sich und drehte sich mit ihr im Kreis. Schöner konnte es nicht werden. Diesmal, da war sich Jette in dem Moment absolut sicher gewesen, diesmal war sie stark genug und würde Isa mit sich nehmen. Das Mädchen war schließlich *ihre* Tochter. Dieses Bild hatte sich eingefressen in ihr Herz. Genau wie der Schmerz darüber, es doch nicht getan zu haben. Diesmal nicht und später nicht. «Jette, sei doch vernünftig. Wie willst du das denn schaffen? Hier hat sie es doch viel besser als irgendwo in der Weltgeschichte.» Sie kam gegen Mutters Ermahnungen einfach nicht an.

Die Abschiede, Isas Tränen und der eigene Schmerz waren schwer zu ertragen gewesen. Jette war dann einfach immer seltener gekommen. So, hatte sie gedacht, wäre es für alle am einfachsten. Dass Isa ihr das eines Tages vorwerfen könnte, daran hatte sie damals nicht gedacht, und wenn doch, hatte sie den Gedanken schnell beiseitegeschoben.

Onno blätterte mit seinen kleinen Fingern um. «Guck mal, ein Schaf und ein Baby-Schaf!», rief er aufgeregt.

«Mäh …», flüsterte Jette mit tränenerstickter Stimme.

Onno lachte und blätterte weiter.

Jette räusperte sich. All die schlaflosen Nächte, die Sehnsucht nach ihrem Kind, die Reue. So viel Ungesagtes stand zwischen ihnen. Meta hatte recht: Das hier war eine Chance. Und diesmal würde sie sie nutzen.

15.

Das Erforschen eines neuen Gerichtes
tut mehr für die menschliche Fröhlichkeit
als das Erforschen eines neuen Sterns.

JEAN ANTHELME BRILLAT-SAVARIN

AUFWIND

Isa fühlte sich so gut wie seit Monaten nicht mehr. Sie stand in Weseby am Ufer der Schlei und beobachtete einige Kitesurfer, wie sie mit ihren Brettern und den bunten Segeln übers Wasser flogen. Genüsslich steckte sie sich ein Rote-Grütze-Bärchen in den Mund. Am Kiosk oben im Dorf hatte sie sich gerade für zwei Euro eine riesige Tüte Süßigkeiten gekauft. Kein besonders ausgewogenes Frühstück, dachte sie, aber auf jeden Fall ein leckeres.

Von Eckernförde hatte Tim sie weiter Richtung Gettorf nach Osdorf gelotst. Dort machten sie an einer Räucherkate halt, an deren Decke unzählige Schinken und Mettwürste baumelten. Isa war beeindruckt gewesen von der Qualität, und genau wie auf dem Markt war auch dort ihr Herz plötzlich ganz leicht geworden, und sie konnte es kaum erwarten, die Sachen zuzubereiten.

Es war Tims Idee gewesen, neben Fisch auch Katenschinken zum Spargel anzubieten.

Auf dem Rückweg hatte Tim sie gebeten, noch einen Schlenker über Weseby zu machen, eines der Nachbardörfer von Nordernby. Dort hatte Isa zu ihrer Überraschung festgestellt, dass es den alten Kiosk neben der Bushaltestelle, so wie sie ihn in Erinnerung hatte, nicht mehr gab. Ein rotes Schild, auf dem in weißen Lettern das Wort *Naschikönig* prangte, hing nun über der Verkaufsluke, aus der ein bärtiger Mann um die 60 mit lachenden Augen seinen Kopf gesteckt und Tim und Isa gut gelaunt begrüßt hatte. Stolz schwang in seiner Stimme mit, als er der staunenden Isa erzählte, dass er über 500 unterschiedliche Süßigkeiten im Angebot hätte und von jedem die genauen Inhaltsstoffe kannte. Isa hatte dann plötzlich einen unbändigen Hunger verspürt, denn zum Essen war sie an diesem Morgen noch gar nicht gekommen.

Der Wind wehte ordentlich an der Großen Breite. Während Tim oben im Dorf beim Naschikönig geblieben war, um ein Interview mit «Seiner Hoheit» für die nächste *Butter bei die Fische* zu führen, genoss Isa es, sich am Wasser durchpusten zu lassen, denn sie hatte das Gefühl, ihre Haare rochen noch ordentlich nach dem Rauch aus der Kate. Am Horizont konnte sie Schleswig sehen. Die ehemalige Wikinger-Stadt lag am westlichen Ende der Schlei. Links von ihr erhob sich zwischen Wald und Wiesen Schloss Louisenlund sowie der kleine Segelhafen von Fleckeby.

Sie ging in Richtung Steilküste. Das Aufeinandertreffen mit ihrer Mutter heute Morgen saß Isa noch in den

Knochen. Und sie legte weiß Gott keinen Wert darauf, sie so schnell wiederzusehen, geschweige denn mit ihr den Herd zu teilen. Bei dem Gedanken daran fühlte sie, wie es sofort wieder eng in ihrer Brust wurde. Rasch probierte sie eine saure Aprikose und beschloss, das Thema Jette erst einmal beiseitezuschieben.

Dafür drängte sich beim Anblick der Schlei und der Steilküste und dem Geruch von Wasser und Wald ein anderer Gedanke in ihren Kopf: Was hatte Tim auf der Fahrt gesagt? Als er nach Nordernby zurückgekehrt war, hatte es sich angefühlt, als gehörte der Ort ein bisschen ihm? Isa sah sich um. Das Schilf bog sich im Wind. Eine Horde Kinder rannte grölend an ihr vorbei Richtung Naschikönig. Unzählige Sommer hatte Isa hier verbracht. Sobald die ersten wärmenden Sonnenstrahlen vom Himmel schienen, war sie mit Wiebke kreischend ins Wasser gerannt. Manchmal hatte die Schlei nicht mehr als 14 Grad. Aber das war ihnen egal gewesen. Ab 20 Grad Wassertemperatur kam auch Oma mit zum Schwimmen. Sie hatte immer eine Flasche Johannisbeerbrause und eine Packung Butterkekse im Gepäck. Oft fuhren sie im Sommer auch an den Strand nach Eckernförde. Wiebkes Eltern hatten dort einen Strandkorb, und manchmal, wenn im Seestern Ruhetag war, hatte Oma einen direkt daneben gemietet. Hinter der Sandbank im tieferen Wasser gab es eine kleine Badeinsel, von der aus sie Arschbomben machten, bis sie vor Kälte blaue Lippen hatten und am ganzen Körper zitterten.

Isa blieb stehen und schloss für einen kurzen Moment die Augen. Sie hörte die spitzen Schreie, spürte die Wassertropfen auf ihrer Haut, mit denen Tim und Frank sie nass spritzten. In ihrer Erinnerung sah sie, wie sie alle Jagd auf Swantje machten, und musste unwillkürlich lachen.

In London war dann plötzlich alles anders gewesen. Noch nie hatte Isa irgendjemandem davon erzählt. Im Gegenteil, wenn Oma und anfangs auch noch Tim und Wiebke sie gefragt hatten, wie es denn so laufe und ob sie Heimweh habe, log Isa, dass sich die Balken bogen. *Es ist alles so cool!* Das war es ja auch. Sie hatte das Rauschen der Stadt von der ersten Minute an genossen und konnte sich längst nicht mehr vorstellen, ohne all die Geräusche, die Menschen und die schier unendlichen Möglichkeiten, die diese Stadt ihr bot, zu leben. Doch am Anfang hatte sie sich unter all den Menschen schrecklich einsam gefühlt. In der Kochschule waren alle nur mit sich selbst beschäftigt und damit weiterzukommen. Für Freundschaften blieb da keine Zeit. Um dem Heimweh zu entkommen, hatte Isa sich angewöhnt, in aller Herrgottsfrühe abzutauchen. Sie hatte Hallenbäder schon immer gehasst, den Chlorgestank, die kalten Fliesen. Doch um zu gucken, ob sie es mit London aufnehmen konnte, dachte sie damals, hatte sie genau zwei Möglichkeiten: Entweder würde sie an einem dieser Morgen, wenn die Stadt noch schlief, einfach ertrinken, oder sie würde dem stechenden Schmerz in ihrer Brust irgendwann davongeschwommen sein. Tatsächlich ging ihr Plan auf. Als sie an Tag zweiundsechzig vom Startblock gesprungen war und die ersten Züge unter Wasser machte, tat plötzlich nichts mehr weh. Seitdem hatte Isa nie wieder ein Hallenbad betreten.

Sie ging näher ans Wasser, hockte sich hin und tauchte zaghaft die Fingerspitzen in das kalte Nass. Wie viel Grad mochte die Schlei wohl haben?

«Na, min Deern, genießt du unsere gute Luft?»

Isa erschrak. Sie drehte sich um. Hinter ihr stand der Bürgermeister mit einem hechelnden Rauhaardackel an der Leine und grinste auf sie hinab.

Rasch erhob Isa sich. «Moin», sagte sie und überlegte, wo Diedrichsen so plötzlich herkam.

«Hast du inzwischen über mein Angebot nachgedacht? 200 000 Euro sind 'ne Stange Geld.»

Verfolgte er sie etwa? Isa wollte gerade etwas sagen, doch Diedrichsen schwadronierte weiter. «Du könntest mit dem Geld in dein Restaurant investieren oder vielleicht sogar ein zweites eröffnen. Vielleicht willst du auch –»

«Stopp!» Isa unterbrach ihn harsch. «Ich hatte doch schon gesagt, dass ich das nicht allein entscheiden kann. Ich muss das mit –»

«Ja, ja, deine Mutter, ich weiß, aber hat Jette sich denn inzwischen gemeldet?», fiel ihr nun der Bürgermeister ungeduldig ins Wort.

Isa wurde das Gespräch zu doof. Sie hatte überhaupt keine Lust, noch länger mit Diedrichsen zu reden. «Wenn wir uns entschieden haben, melden wir uns. Ich muss jetzt los», sagte sie, machte kehrt in Richtung Naschikönig und ließ den Bürgermeister einfach stehen.

«Die von der Sparkasse werden ungeduldig», rief er ihr hinterher. «Du solltest lieber schnell handeln.»

Isa verdrehte die Augen. Nun saß ihr auch noch Omas finanzieller Stress im Nacken. Das konnte sie wirklich nicht gebrauchen, schließlich hatte sie genug eigene

Sorgen. Auch wenn sie gerade zum ersten Mal seit einer Ewigkeit das Gefühl hatte, wieder einigermaßen auf die Füße zu kommen. Warten wir's ab, versuchte sie sich selbst zu beruhigen, heute war ja erst Samstag. Wer weiß, wie die Welt nächste Woche aussah.

Als Isa und Tim ihre Einkäufe im Seestern abgeladen und in den Kühlschränken verstaut hatten, fand Isa auf dem Küchentisch einen Zettel: *Bin drüben bei Meta und Momme. Jette*

Da konnte sie auch ruhig bleiben, dachte Isa, setzte sich an den Tisch und gähnte herzhaft.

Tim schnappte sich den inzwischen leeren Einkaufskorb und fing an, ihn wieder zu füllen. Er nahm ein paar von den Kartoffeln, einige Stangen Spargel und ein Bund Petersilie. Dann kramte er in einer der Schubladen nach einer Plastiktüte, in die er einen stattlichen Steinbutt legte.

«Was hast du vor?» Isa hatte sich ein Apfelbrötchen aufgeschnitten und strich etwas Butter darauf. Sie wunderte sich zwar, dass sie nach dem ganzen Süßkram immer noch Hunger hatte, doch was soll's.

«Hab ich doch schon gesagt, wir kochen Probe für morgen.»

Isa sah ihn kauend an. «Und wieso packst du die Sachen dann ein?», fragte sie mit vollem Mund.

«Wir kochen bei mir, da haben wir Ruhe, und Jette kann uns nicht dazwischenfunken.»

Isa horchte in sich hinein. Alles ruhig. «Okay», sagte sie, atmete tief durch und stand auf. «It's showtime!»

Vorm Seestern gingen sie rechts die Straße runter. Das Dorf wirkte wie ausgestorben, genau wie früher an einem Samstagnachmittag. Daran hatte sich also nichts geändert, dachte Isa. Ein warmes Gefühl durchströmte sie. Ihr gefiel der Gedanke, dass es auf dieser Welt noch Dinge gab, auf die man sich verlassen konnte.

Sie kamen an Metas und Mommes windschiefer Kate vorbei, bei deren Anblick Isa den Eindruck nicht loswurde, dass das Häuschen in den letzten Jahren noch mehr in Schräglage geraten war.

Gegenüber lag das alte Schulhaus. Und genau aus der Richtung trug der Wind nun ein giftiges Gekeife zu ihnen herüber.

«Na, Frau von Welt, immer noch hier in der öden Provinz?» Swantje Heide war gerade aus der Tür getreten und nun dabei, sie abzuschließen. In dem Schulhaus fand schon lange kein Unterricht mehr statt, denn es gehörte inzwischen Swantjes Familie, die hier ihre Apotheke betrieb.

«Moin, Swantje», rief Tim.

Isa nickte nur zu ihr herüber. Sie zog es vor, zügig weiterzugehen, um sich ihre gute Laune nicht verderben zu lassen.

«Sehen wir uns heute Abend beim Doppelkopf?», rief Swantje und meinte damit offenbar Tim.

«Ich weiß noch nicht, ob ich das schaffe, ich ruf noch mal an», sagte Tim und winkte in ihre Richtung.

«Doppelkopf mit Swantje?» Isa konnte ihre Verwunderung nicht verbergen und sah Tim fragend an.

«Nicht nur mit ihr. Wiebke und Frank gehören auch dazu, und noch einige andere.»

«Dein Ernst?» Zwischen Isas Augen hatte sich eine Falte gebildet.

«Was ist los?» Tim grinste. «Doppelkopf macht doch Spaß. Hast du früher auch gern gespielt. Außerdem geht es Swantje gerade nicht so gut. Ihr Mann hat sie nach gerade mal zwei Jahren Ehe verlassen.»

«Das wundert mich nicht», sagte Isa trocken.

Jetzt standen sie vor Tims Elternhaus, und Isa beschloss, es mit dem Thema Swantje gut sein zu lassen. Vielmehr interessierte sie, ob Tim eigentlich verheiratet war. Aber sie traute sich nicht zu fragen.

Auf den ersten Blick hatte sich nichts verändert. Das Haus hatte Isa immer an eins aus Schweden erinnert, nur dass es nicht rot, sondern anthrazit war. Drinnen allerdings erkannte Isa nichts wieder. Küche, Ess- und Wohnbereich waren ein einziger großer heller Raum.

«Meine Mutter hatte immer von einer offenen Küche geträumt», sagte Tim, der wohl bemerkte, dass Isa sich ein wenig irritiert umsah. «Also haben wir die Wände rausnehmen lassen. Sie konnte das dann leider nur noch ein halbes Jahr genießen, bis sie gestorben ist.»

Isa wollte etwas Tröstliches sagen, aber sie wusste nicht, was. Stattdessen schwieg sie und schaute sich weiter um. Ihr fiel ein Foto aus einer anderen Zeit ins Auge, das am Kühlschrank hing. Es musste kurz vorm Abi aufgenommen worden sein. Tim und Frank Arm in Arm. Tim war in seiner Langhaar-Phase. Er trug eine rote Mütze, in seinem Mundwinkel klemmte eine Zigarette. Isa dachte an die Touren, die sie früher alle zusammen unternommen hatten: nach Scheeßel aufs Hurricane-Festival, Zelten auf Sylt, Silvester in Amsterdam.

«Hab ich das Foto gemacht?», fragte sie.

«Hmmm ...» Tim stellte sich neben Isa und betrachtete die Aufnahme. «Glaub schon, aber genau weiß ich es nicht mehr.» Er begann den Einkaufskorb auszupacken. «Komm, Isa, lass uns loslegen.»

«Klar, du hast schließlich noch ein Doppelkopf-Date ...» Isa war selbst überrascht über den leicht zickigen Unterton, der in ihrem Satz mitschwang. Sie sah sich unauffällig um. Es sah nicht aus, als ob Tim hier mit einer Frau zusammenlebte.

«Neidisch?», fragte er und grinste sie an. Seine Augen blitzten fröhlich.

«Pfff ...» Isa schnappte sich den Spargel. «Wo hast du ein Messer?»

Tim kramte zwei kleine Messer aus einer Schublade, und gemeinsam machten sie sich ans Werk. Selbst bei dieser leichten Arbeit spürte Isa die Anspannung. Doch nach einigen Minuten wurde es leichter. Sicher auch, weil Tim sie mit alten Geschichten ablenkte und zum Lachen brachte.

Anschließend allerdings wollte sie es wissen, und sie bat ihn, ihr nun nicht mehr zu helfen. Schließlich sollte das Ganze eine Generalprobe sein. Und morgen wäre er ja auch nicht an ihrer Seite.

Während Tim sich mit seinem Laptop an den Esstisch zurückzog, hatte Isa beschlossen, als Vorspeise eine Spargelsuppe zuzubereiten. Die konnte sie dann auch gleich für morgen üben. Sie stellte einen Topf bereit und schaltete den Herd ein. Dabei zitterten ihre Hände leicht, und sie musste ein paarmal tief durchatmen.

Nachdem sie die gewaschenen Schalen in einem Sud

aus Wasser, Zitronensaft, Salz und Zucker etwa eine halbe Stunde ausgekocht hatte, goss sie das Spargelwasser durch ein Sieb in einen Topf. In einem anderen bereitete sie anschließend eine Mehlschwitze zu. Sie hatte sich vorgenommen, jede Arbeit wie eine Meditation zu betrachten. Ihre Bewegungen waren langsamer als früher, aber das war ihr egal. Hauptsache, sie kam wieder in den Flow.

Nach und nach gab sie unter Rühren das Spargelwasser zur Mehlschwitze. Bisher hielt sie gut durch. Kein Schwindel, ihr war lediglich ganz schön warm geworden. Isa betrachtete ihr Werk. Keine Klümpchen, wenigstens das konnte sie also noch. Sie würzte die Suppe mit Salz, Pfeffer, Muskat und verrührte zum Schluss noch ein Eigelb mit Sahne und gab es ebenfalls in die Suppe. Als Isa sie mit einem kleinen Löffel probierte, war sie fast überrascht, wie gut die Brühe schmeckte.

«Möchtest du?» Tim hielt ihr ein Glas Weißwein entgegen. Isa stutzte kurz. Sie hatte gar nicht gemerkt, wie die Zeit vergangen war. Draußen war es bereits dunkel geworden. Sie wischte sich die Hände an einem Geschirrtuch ab. Dann stießen die beiden an und tranken einen Schluck.

«Mmmmh, der ist fein», sagte Isa.

«Ein Grauburgunder von der Nahe.»

In einer Pfanne röstete Isa noch schnell ein paar Croûtons. Dann setzten sie sich für die Vorspeise an den Tisch.

«Wirklich große Klasse!» Tim lachte sie aufmunternd an, und nun fiel auch die letzte Anspannung von ihr ab.

Danach kehrte Isa in die Küche zurück, um den Hauptgang zuzubereiten. Selbst das Filetieren des Steinbutts, der so groß war, dass er im Ganzen in keine Pfanne passte, ging ihr nun erstaunlich leicht von der Hand. Während die Filets in der Pfanne zischten, kochten die Spargelstangen, und Isa schmolz noch etwas Butter, mit der sie anschließend die bissfesten Stangen begoss.

Tim hatte inzwischen den Tisch für den zweiten Gang gedeckt, und Isa freute sich, dass alles so gut abgelaufen war. Es war wirklich keine hohe Kunst, was sie da veranstaltete, aber darum ging es auch nicht. Sie richtete die Teller an und setzte sich ein wenig erschöpft, aber glücklich zu Tim.

«Auf den Seestern», sagte er, erhob sein Glas und zwinkerte Isa zu.

«Auf den Seestern», sagte Isa und spürte, wie sie ein merkwürdiges, fast feierliches Gefühl durchströmte.

«Sehr gut, der Fisch, schön saftig», sagte Tim kauend.

Isa lehnte sich zurück.

«Was ist los, warum isst du nicht?» Tim guckte sie mit gerunzelter Stirn an.

«Ich hab Schiss, es nicht zu packen und ausgerechnet vor Jette die Nerven zu verlieren.» Hier in Tims Küche fühlte sich Isa wohl und sicher. Aber in Gegenwart ihrer Mutter bekam sie, schon ohne zu kochen, Beklemmungen und kaum Luft.

Tim legte das Besteck zur Seite. Er stand auf, holte den Wein und goss beiden nach. «Als meine Mutter erfuhr, dass ihr nicht mehr viel Zeit blieb, hat sie einen Satz immer wieder gesagt: ‹Wenn ich noch einmal leben könnte, würde ich mir viel weniger Sorgen um alles machen und das Leben mehr genießen.›» Er setzte sich wieder. «Sorgen rauben uns so viel Kraft und Lebensfreude, hat sie immer gesagt.» Tim trank einen Schluck. «Ihre Worte gaben mir zu denken und sorgten endgültig dafür, dass ich Hamburg hinter mir ließ.» Er stellte das Glas ab. «Was war ich da immer am Grübeln! Bin ich in meinem Job gut genug? Leiste ich genug? Oder werde ich der Nächste sein, der von den ständigen Sparmaßnahmen betroffen ist?»

«Du willst mir doch nicht erzählen, dass du jetzt als Selbständiger keine Sorgen mehr hast?» Isa probierte nun auch den Fisch.

«Klar hab ich die, aber sobald ich merke, dass ich in einer Grübelschleife feststecke, kommen mir die Worte meiner Mutter in den Sinn, und ich bemühe mich, an etwas Schönes zu denken oder mich auf irgendwas zu konzentrieren, das mir Spaß macht, statt über ungelegte Eier zu sinnieren.» Er nahm Isas Hand. Sie war kurz überrascht von dem warmen, vertrauten Gefühl, das sich in ihrem Bauch ausbreitete. Ihre Hände hatten schon früher perfekt ineinandergepasst.

«Du wirst die nächsten Wochen mit Jette überstehen», sagte Tim und sah Isa eindringlich an. «Mach dir keine Sorgen.»

Sie blieben dann noch lange am Esstisch sitzen und redeten über Gott und die Welt, und Tim ließ die Doppelkopfrunde an diesem Abend einfach sausen. Sie lachten über alte Schulgeschichten, philosophierten über das perfekte Spargelrezept und – als Tim nach dem Essen einen Kirschbrand auf den Tisch stellte – darüber, ob Fisch wirklich schwimmen muss.

Als Isa später in ihrem Bett lag, lächelte sie und fühlte sich merkwürdig aufgekratzt. Und sie versuchte sich einzureden, dass ihre Fröhlichkeit lediglich mit dem gelungenen Steinbutt zusammenhing.

16.

Eigener Herd ist Goldes wert.
VOLKSMUND

MÄDCHENRÖTE

Jette saß im Garten auf der Bank unter dem Apfelbaum und betrachtete den Nachthimmel, an dem unzählige Sterne funkelten. Solche Himmel gab es in New York nicht. Früher, als sie noch in der Provence lebte, hatte sie oft die Sterne beobachtet, deren verlässliche Schönheit auf sie so beruhigend und tröstlich wirkte wie ein guter Song. Inzwischen beobachtete sie das Leuchten nur noch, wenn sie auf Reisen war.

Die anderen Sterne interessierten sie schon lange nicht mehr, die von Michelin genauso wenig wie die Hauben von Gault-Millau. Eigene Restaurants und diesen ganzen Bewertungsquatsch hatte sie hinter sich. Und wenn sie an Isas Schicksal dachte, wusste sie auch, dass es damals die richtige Entscheidung gewesen war, neue Wege einzuschlagen.

Es hatte sie wenig Mühe gekostet, herauszufinden, was ihrer Tochter in London passiert war. Sie hatte nur ihren Namen googeln müssen und war prompt auf einige Berichte über den Abend im *Luise's* gestoßen. Anschließend hatte sie noch mit einem Freund aus der Londoner Food-Szene telefoniert, dann kannte sie die ganze Geschichte. Sie war sich sicher, dass Isa ihrer Oma vor deren Tod nichts von ihren Problemen erzählt hatte. Sonst hätte wohl auch Luises Busenfreundin Meta Bescheid gewusst und nicht nur Andeutungen über Isas Blässe gemacht.

Aber was sollte sie jetzt tun? Vielleicht zu ihrer Tochter hingehen und sagen, dass es ihr sehr leidtue, dass sie die Nerven verloren hatte und ihr Restaurant schließen musste? Ihr dabei noch über den Kopf streicheln und ein paar gutgemeinte Ratschläge mit auf den Weg geben, nach dem Motto: Mach dir nichts draus, gönn dir ein bisschen Ruhe, und wenn ein wenig Zeit ins Land gegangen ist, eröffnest du einfach einen neuen Laden.

Gute Idee, dachte sie bitter. Wie viel Wert Isa auf ihre Meinung legte, hatte sie ja am Morgen unmissverständlich klargemacht.

Der Stress in der Küche konnte einen fertigmachen. Jette wusste das nur zu gut. Täglich musste man es allen aufs Neue beweisen, immer wieder überraschen, über sich hinauswachsen, um ganz oben, wo die Luft sehr dünn war, weiter mitspielen zu dürfen. Da konnte einem die Freude am Kochen, am Entdecken und Ausprobieren schnell vergehen. Gutes Essen, davon war Jette inzwischen überzeugt, brauchte keine Sterne, sondern Herz und Verstand.

Klar, sie hatte das nicht immer so gesehen, und sie war auch immer noch ganz schön eitel und ehrgeizig. Wenn sie in ihrem Studio kochte, um Kollegen und Restaurantbesitzern ihre neuesten Kreationen zu präsentieren, war sie angespannt, wollte glänzen und beeindrucken. Und wenn, wie vor ein paar Tagen, Kritiker positiv über sie schrieben, schmeichelte ihr das sehr. Aber im Grunde war das alles auch egal. Heute wollte sie vor allem kreativ sein, andere inspirieren und zeigen, was es auf der Welt an Köstlichkeiten und Aromen gab. Als Foodscout war sie oft im Auftrag edler Restaurants unterwegs, die auf der Suche nach neuen Möglichkeiten waren. Sie mochte das Reisen. Es passte zu ihrem Gefühl von Heimatlosigkeit, das sie schon so lange mit sich herumtrug – und lenkte gleichzeitig davon ab. Irgendjemand hatte mal zu ihr gesagt, Heimat sei nicht da, wo man geboren ist, sondern da, wo man sich zu Hause fühle. Aber Jette wusste nicht, ob das stimmte. Sie hätte nicht sagen können, wo ihr Zuhause eigentlich war.

Wenn sie unterwegs war, fühlte sie sich frei. Immer in Bewegung bleiben, so wurde auch die Sache mit der Liebe nicht unnötig kompliziert. Feste Kisten mit gemeinsamen Wohnungen, Zukunftsplänen und Treueschwüren waren nie ihr Ding gewesen. Sie machte immer rechtzeitig den Abflug. Als sie damals aus Frankreich zurückgekehrt war, weil sie gemerkt hatte, dass sie schwanger war, und das Kind in Luises Nähe zur Welt bringen wollte, wusste sie, dass sich hinter ihrem Rücken alle das Maul darüber zerrissen, wer wohl der Vater war. Ein Franzose? Bestimmt verheiratet, der sie nun sitzengelassen hatte. Oder doch jemand von hier? Sie war ja erst kurz weg gewesen. Aber das ging nur sie etwas an. Muttchen hatte keine Fragen gestellt. Sie hatte immer zu ihr gehalten. Sobald Luise mitbekam, dass die Nordernbyer im Seestern die Köpfe zusammensteckten, wenn sich Jette mit ihrem dicken Bauch an ihnen vorbei-schob, sagte sie nur: «Na, ist euer eigenes Leben so lang-weilig, dass ihr euch um Jettes kümmern müsst?», und spendierte eine Runde Schnaps. «Auf mein Enkelkind!»

Hinter einer Wolke kam der halbvolle Mond zum Vorschein. Jette versuchte zu schätzen, wie spät es war. Darin war sie allerdings schon immer ziemlich schlecht gewesen. Sie zog ihr Handy aus der Hosentasche, kurz vor Mitternacht. In wenigen Stunden würde sie die Klapptafel vor dem Seestern aufstellen und *Geöffnet* draufschreiben. Meta hatte sie mittags zu sich zitiert und alles mit ihr durchgesprochen. Sie bestand darauf, *ganz in Luises Sinne*, wie sie es ausdrückte, den alten Dorf-krug so schnell wie möglich wieder zu eröffnen. Dafür sei der Sonntagmittag der perfekte Zeitpunkt. «Tim weiß auch schon Bescheid und macht Besorgungen. Aber bloß keine Experimente!», hatte sie Jette ermahnt. «Hier wird anständig gekocht, nichts Überkandideltes, klar?!» Momme hatte Jette dann versprochen, sie und Isa auf je-den Fall zu unterstützen. Anschließend hatte er ihr mit leuchtenden Augen stundenlang von seinem Wikinger-bräu erzählt und ihr wie selbstverständlich die eine oder andere Kostprobe eingeschenkt. Er hatte schon immer gemacht, was ihm Spaß bereitete, und zwar auf typisch norddeutsche Art: ganz unaufgeregt und bodenständig. Jette bewunderte das. Früher hatte sie ihren alten Schul-freund oft für antriebs- und ambitionslos gehalten. In-zwischen aber wusste sie, dass das nicht stimmte. Im Gegensatz zu ihr war er einfach nur mit dem zufrieden, was da war. Er musste nicht das Weite suchen, um glück-lich zu sein.

Wäre sie doch nur ein bisschen mehr wie er, dachte sie, vielleicht wäre dann alles anders gekommen.

Als sie sich am Abend von den beiden verabschiedet hatte, hatte Meta sie erneut nach Geld gefragt. «Hast du nicht wenigstens einen Notgroschen, um schon mal einen Teil von Luises Schulden zu begleichen?», wollte sie wissen. Doch auch dieses Mal musste Jette sie enttäuschen. «Na», hatte Meta gesagt und sie streng angeguckt, «dann seht bloß zu, dass ihr ordentlich Umsatz macht!»

Jette trieb allerdings etwas ganz anderes um als die Sorge, den Seestern an die Bank zu verlieren. Für sie war nur eines wichtig: Würden sie und Isa hier zusammen klarkommen? Würde Isa ihren Widerstand aufgeben und ihr irgendwann vielleicht sogar verzeihen? Jette wünschte es sich so sehr, dass es weh tat. Und sie musste zugeben, dass sie ihrer Mutter für das verrückte Testament sogar dankbar war. Vielleicht hatte Luise am Ende wirklich einiges bereut.

Trotz der Wolldecke, die sich Jette um die Schultern gelegt hatte, war sie inzwischen ganz schön durchgefroren. Sie hatte keine Ahnung, ob sie schlafen konnte oder ob sie, so wie letzte Nacht, kein Auge zumachen würde. Doch sie wollte es wenigstens versuchen.

Sie ging zurück ins Haus und lauschte. Alles war ruhig. Ob Isa wohl da war? Sie hatte sie seit dem Morgen nicht mehr gesehen. Jette ging die Treppe hinauf. Ihr altes Zimmer lag rechts. Darin befand sich nichts mehr, was an ihre Kindheit erinnert hätte, fast so, als hätte es sie nie gegeben. Jette ging nach links. Vor Isas Tür blieb sie unsicher stehen. Sie setzte an, um zu klopfen, denn es gab für morgen noch einiges zu besprechen. Oder war es mittlerweile zu spät?

Mutlos ließ sie die Hand sinken. Sie legte ein Ohr an die Tür. Nichts. Sie hörte nur ihren eigenen Herzschlag und machte schließlich kehrt.

Es war schon hell, als sie am nächsten Morgen erwachte. Sie hatte also tatsächlich ein paar Stunden geschlafen. So fühlte sie sich auch, erholt und guter Dinge. Sie hatte gestern Abend gesehen, was Isa und Tim für heute besorgt hatten, und freute sich nun darauf, zusammen mit Isa im Seestern die Spargel-Saison einzuläuten. Sie konnte allerdings auch nicht leugnen, dass sie, was Isa anging, ganz schön nervös war. Doch sie wollte sich von der Aufregung nicht irremachen lassen. Sie duschte, zog sich an, schnappte sich ihre Messertasche und trabte die Treppe hinunter.

Nach einem Kaffee wuchtete sie die Klapptafel hinaus, stellte sie einige Meter vor der Eingangstür auf und hockte sich davor. Der Himmel war blitzblank, und Jette hoffte, dass auch drinnen keine dunklen Wolken aufziehen mochten.

Im Dorf war es noch still. Von Bäcker Hansen wehte der Duft von frischem Brot herüber.

Jette hatte einen feuchten Lappen mit rausgenommen. Als sie gerade anfangen wollte, die Tafel zu wischen, zögerte sie. Ein dumpfes Stechen machte sich in ihrem Brustkorb breit. Es war merkwürdig, Luises Schrift auf der Tafel zu sehen, nach so vielen Jahren. Sie hatte sich überhaupt nicht verändert, keine Spur von Müdigkeit oder gar Tatterigkeit waren in den geschwungenen

Buchstaben zu lesen. Fast schien es Jette, als würde ihre Mutter gleich um die Ecke kommen. Sie schluckte, dann wischte sie die Buchstaben weg und schrieb:

Frischer Spargel
ab 11.30 Uhr geöffnet

In der Küche holte sie die ersten Fische aus dem Kühlschrank und begutachtete die Ware: klare, leicht vorgewölbte Augen, die Kiemen glänzten hellrosa.

«Guten Morgen.»

Jette drehte sich um. In der Tür stand Isa.

«Moin», sagte sie und bemühte sich, ihre Stimme gut gelaunt klingen zu lassen. Heute sah ihre Tochter ausgeschlafener aus als gestern, überhaupt wirkte sie irgendwie weicher. Jette meinte sogar, auf ihren Lippen die Andeutung eines Lächelns zu sehen, was sie hoffnungsvoll stimmte im Hinblick auf den gemeinsamen Tag. «Und … bist du bereit für unsere erste Schicht?», fragte sie und lächelte vorsichtig.

Isa zuckte mit den Schultern und steuerte auf die Kaffeemaschine zu. «Wir fangen erst einmal klein an», sagte sie bestimmt und goss Kaffee in einen Becher, «à la carte gibt's heute nicht. Nur zwei Spargelgerichte und Suppe.» Sie setzte sich an den Küchentisch.

«Gute Idee.» Jette strich über die kieseligen Hornhöcker eines der Steinbutte, den sie gerade abgespült hatte und der nun vor ihr auf einem Brett lag. «Wirklich erstklassige Ware. Was habt ihr dafür bezahlt?»

«15 Euro das Kilo.»

«Mein Gott, ist das günstig. In New York müsste ich dafür mindestens das Doppelte hinblättern. Und denk nur an bretonischen Steinbutt, da kostet das Kilo bestimmt 50 Euro.»

Isa trank schweigend ihren Kaffee.

«Die sind so riesig, wir sollten sie filetieren. Was meinst du?»

Isa nickte.

«Gut, dann kümmere ich mich erst einmal darum. Schälst du den Spargel?» Jette zog ein kleines, sehr dünnes Messer aus ihrer ausgerollten Ledertasche und legte es Isa auf den Tisch.

Ihre Tochter stand wortlos auf, holte die erste Kiste mit den weißen Stangen und einen großen Topf. Anschließend rüttelte sie die Schublade vom Küchentisch auf und kramte Omas altes Messer hervor. Das von Jette würdigte sie mit keinem Blick. Und Jette tat so, als würde sie es nicht bemerken.

«Ich koche die Schalen für die Suppe aus», sagte Isa und setzte sich zurück an den Tisch.

«Was gibt's als Einlage?», wollte Jette wissen, während sie weiter routiniert die Fische filetierte.

«Wir haben vom Wochenmarkt Büsumer Krabben mitgebracht. Wer lieber Fleisch möchte, kann Schinkenwürfel bekommen.»

«Ach, ihr wart auf dem Markt? Wie schön. Was habt ihr denn gestern eigentlich noch so gemacht?», fragte Jette, ohne aufzublicken.

Isa schwieg einen Moment, ehe sie antwortete. Dann sagte sie unüberhörbar genervt: «Lass uns bitte einfach kochen und nicht so tun, als würden wir uns füreinander interessieren.»

Jette setzte das Messer ab und starrte auf den Fisch vor sich. Ein jäher Schmerz durchfuhr sie. Dann war das vorhin wohl doch kein Lächeln gewesen, dachte sie und fragte sich, wie lange sie Isas ablehnendes Verhalten noch aushalten könnte. Sie schloss für einen kurzen Moment die Augen, dann atmete sie tief durch und setzte das Messer wieder an.

Die Stille, die sich nun in der Küche breitmachte, konnte Jette schwer ertragen. Sie verstärkte ihr Unbehagen, machte ihr irgendwie Angst. In ihrem Kopf suchte sie nach unverfänglichen Themen, mit denen sie Isa nicht gleich verschrecken würde. Dabei kam ihr Meta in den Sinn.

«Wir haben übrigens strikte Order bekommen, hier bloß keine kulinarischen Experimente zu wagen.» Jette kicherte. «Meta erwartet von uns, dass wir alles in Luises Sinn machen, ganz bodenständig. Ich muss zugeben, mir gefällt das … Und dir?» Jette sah kurz zu Isa rüber. Die zuckte nur mit den Schultern und schälte weiter den Spargel. Auch Jette wandte sich wieder ihrer Arbeit zu. Das Schweigen gefiel ihr allerdings überhaupt nicht, und sie überlegte, was sie noch sagen oder fragen könnte. «Wusstest du, dass die EU Insekten kürzlich als Lebensmittel eingestuft hat? Vielleicht sollten wir das Meta mal unter die Nase reiben und hier Heuschreckenspieß auf Erbsencreme servieren.»

Jette spürte selbst, dass ihr Lachen ein wenig zu laut geraten war. Aus dem Augenwinkel beobachtete sie Isa, und es kam ihr vor, als wäre in den letzten Minuten alle Farbe aus ihrem Gesicht gewichen. Die Frische, die sie vorhin noch umgeben hatte, war verschwunden.

Nervte sie ihre Tochter so sehr, dass sie körperliche Qualen litt?

Hilfesuchend sah sich Jette um, da fielen ihr zwei volle 12er-Eier-Schachteln ins Auge, die sie am Vortag bei Inge im Laden besorgt hatte. Sie hatten sich noch gar keine Gedanken über eine Nachspeise gemacht, aber die Eier brachten Jette nun auf eine Idee. Sie unterbrach ihre Arbeit, legte das Messer ab und wusch sich die Hände. Dann ging sie in die Speisekammer und kam mit zwei Flaschen Johannisbeersaft zurück.

«Als Dessert könnten wir *Mädchenröte* anbieten, Eier sind da und …» Sie stellte die Flaschen ab und fing an, in einem der Oberschränke herumzukramen. «… Gelatine auch.» Sie sah Isa erwartungsvoll an, die sich, statt den Blick zu erwidern, die nächste Spargelstange vornahm. «Na komm, Isa, was sagst du? Dieser fruchtige Schaumpudding war doch Luises Spezialität. Ich weiß, wir haben jetzt keine frischen Johannisbeeren im Garten, die wir als Deko drüberstreuen könnten. Aber ich könnte Inge anrufen und sie fragen, ob sie in ihrem Laden tiefgefrorene hat. Oder Minze. Einfach ein grünes Blatt wäre auch hübsch. Die würde sie uns bestimmt auch heute verkaufen, obwohl Sonntag ist … Oder hast du eine bessere Idee?»

Die Stille machte Jette wahnsinnig. War es denn wirklich zu viel verlangt, wenigstens das Nötigste mit ihr zu sprechen? Es ging schließlich um das Menü.

Seufzend wandte sie sich wieder dem Fisch zu. Sie nahm das Messer, ließ es aber in ihrer Hand ruhen. Statt Filets zu schneiden, schielte sie immer wieder zu Isa an den Tisch. Ihr fiel auf, dass Isas Bewegungen irgendwie seltsam wirkten, wie aus dem Takt geraten. Scheinbar unschlüssig bewegte sie das Messer in verschiedene Richtungen. Jette hatte den Eindruck, als ob es sich für Isa fremd anfühlte und sie die richtige Handhabung erst noch üben müsste. Sie konnte die Atmung ihrer Tochter hören, flach und schnell, so als hätte sie gerade einen 100-Meter-Sprint hinter sich.

Langsam wurde ihr klar, was Meta vorgestern damit gemeint hatte, als sie davon sprach, wie kaputt Isa sei. Die Sache schien viel ernster, als Jette gedacht hatte. Ihr Bekannter in London hatte ihr erzählt, was in der Szene geredet wurde: *Typisch Frau, zu viel Stress, die Petersen ist ausgebrannt.* Aber das hier war mehr als ausgebrannt.

Plötzlich hielt Isa inne. Sie saß da wie erstarrt. Dann fiel das Messer zu Boden, sie ließ ihren Kopf auf die Tischplatte sinken, ihr Körper bebte.

Jette legte das Messer aus der Hand, wischte die Hände an einem Geschirrtuch ab und ging rüber an den Tisch.

Jetzt sah sie, wie Isas Hände, die sie in ihrem Schoß zu verbergen versuchte, unkontrolliert zitterten. Sie wollte ihre Tochter trösten, sie berühren, aber sie traute sich nicht. Schließlich legte sie ihr nach einigem Zögern vorsichtig eine Hand auf den Rücken. Nach einer Weile hob Isa den Kopf, bitterlich weinend – und Jette zerriss es fast das Herz. Sie blickte ihre Tochter direkt an. Isa sah verzweifelt aus, auch wütend, ihr Blick schien zu sagen: «Hau ab!»

Aber da war auch noch etwas anderes, das Jette in ihren verweinten Augen zu sehen glaubte, etwas Sehnsüchtiges, fast Kindliches.

Ohne nachzudenken, beugte Jette sich zu ihr herunter und nahm sie in den Arm. Isa ließ die Umarmung zu, erwiderte sie aber nicht. Jette schloss die Augen und wog ihre Tochter schweigend hin und her.

Für sie hätte dieser Moment ewig dauern können. Doch nach wenigen Sekunden spürte sie, wie sich Isas Körper versteifte, sie sich aus der Umarmung wand und aufstand, sodass Jette einen Schritt zurücktreten musste.

Isa ging Richtung Gartentür, und Jette hoffte, dass sie nicht einfach gehen würde.

Vor der geschlossenen Tür blieb Isa stehen. Sie schien sich ein wenig zu beruhigen. Sie legte den Kopf in den Nacken, vergrub die Hände in den Hosentaschen und atmete tief ein.

Jette wusste nicht, was sie tun oder sagen sollte. Sie stand ganz still da, ihr Herz raste. Sie traute sich nicht, sich zu bewegen. Sie hatte Angst, mit jedem noch so kleinen Geräusch Isa in die Flucht zu schlagen wie ein scheues Tier.

«Ich bin keine Köchin», flüsterte Isa, ohne sich umzudrehen. «Vielleicht bin ich nie eine gewesen. Vielleicht habe ich das ganze Trara mit London nur veranstaltet, um Oma zu beweisen, dass ich mehr draufhabe als Nordernbyer Fischsuppe. Und um …» Sie sprach nicht weiter.

Jette stutzte. Sie war sich nicht sicher, ob sie richtig gehört hatte. «Unsinn!», sagte sie schließlich energisch und machte zögerlich ein paar Schritte auf Isa zu. «Du bist eine phantastische Köchin und von uns dreien ganz sicher die beste!»

«Pfff. Was weißt du schon.» Isa drehte sich um. Sie sah unendlich müde aus.

«Ich … ich weiß es eben.» Jette hielt inne. Sie war sich nicht sicher, ob es gut war, das jetzt zu erzählen. Im Grunde wusste sie überhaupt nicht mehr, was richtig und was falsch war, sie fühlte sich einfach nur schrecklich hilflos. Schließlich sprach sie weiter: «Ich weiß es, weil … also, ich war in London, bei dir, im *Luise's*. Ich habe gesehen, wie du arbeitest, mit welcher Hingabe und Präzision. Und ich habe es geschmeckt, deine Raffinesse bei der leicht gelierten Tomatenessenz mit Prunier-Kaviar und Flusskrebsen, wirklich göttlich. Und erst dein Baiser aus Roter Bete und Joghurt, absolut einzigartig.»

Isa legte den Kopf schief. Zwischen ihren Augen hatte sich eine tiefe Falte gebildet. Sie sah aus, als könnte sie nicht glauben, was sie da hörte. «Du warst wo?», fragte sie nach einem Augenblick des Schweigens, der Jette wie eine Ewigkeit vorkam.

«Du hast nie auf meine Briefe und Anrufe reagiert, da dachte ich …»

«Und deshalb spionierst du mir hinterher?» Isas Stimme klang nun wieder kraftvoll, fast schroff.

«Ich spioniere dir nicht –»

«Falls du dich erinnerst», fuhr Isa ihr ins Wort. «*Du* bist gegangen und hast mich hiergelassen. Da ist es wohl mein gutes Recht zu entscheiden, ob ich auf deine verschissenen Briefe antworte oder nicht!» Ihre Stimme bebte. «Für mich bist du längst gestorben.»

Die Worte trafen Jette mitten ins Herz. Sie konnte nichts denken, spürte nur Verzweiflung, fühlte sich wie in einem Strudel, aus dem es kein Entkommen kam. Langsam drehte sie sich um, ging zurück an den Tisch und setzte sich. Sie starrte einen Moment vor sich hin und spürte, wie ihr heiß wurde. Dann haute sie mit der Faust auf den Tisch und drehte sich zu Isa um, die inzwischen vor der Gartentür auf und ab marschierte. «Du weißt doch gar nicht, was damals passiert ist!» Sie wollte brüllen, doch ihr fehlte die Kraft.

Isa lachte freudlos auf, blieb stehen und blickte Jette fest in die Augen. «Was soll denn schon passiert sein, außer dass meine egoistische Mutter abgehauen ist, weil ihr die Karriere wichtiger war als das eigene Kind?!»

Jetzt konnte Jette Isas Ablehnung und ihren Hass fast körperlich spüren. «Isa, ich … ich weiß, ich habe Fehler gemacht. Und du hast ja recht, wenn du mir Vorwürfe machst. Es stimmt, ich kenne deine Abi-Note nicht, und wann du deinen ersten Zahn verloren hast, weiß ich auch nicht.» Und bei sich dachte sie, dass sie nicht einmal wusste, was es mit dem Ring ihrer Tochter auf sich hatte, der wie ein Verlobungsring aussah. «Wir haben kaum gemeinsame Erinnerungen, kein *Weißt du noch* … Aber Isa, wir können das ändern. Jetzt.»

Isa schüttelte den Kopf, als wollte sie Jettes Worte vertreiben.

Doch Jette ließ sich nicht beirren und redete weiter: «Ich weiß, was dir in London geschehen ist. Aber mach dir keine Sorgen, du bist stark und stolz wie alle Petersen-Frauen. Du wirst bald wieder bei Kräften sein, und dann machst du weiter und zeigst es den aufgeblasenen Kritikern, und wenn du willst, dann helf ich dir.»

Isa schüttelte nun noch vehementer den Kopf.

«Ich habe eine Freundin in San Francisco», fuhr Jette beharrlich fort, «sie ist wirklich eine begnadete Köchin, zwei Sterne, ihr Restaurant war jeden Abend ausgebucht.

Eines Tages konnte sie einfach nicht mehr. Von jetzt auf gleich. Und sie wollte auch nicht mehr. Nun betreibt sie ein kleines Bistro und sagt, diesen Schritt hätte sie schon viel früher gehen sollen. Es gibt so viele Möglichkeiten ...»

Isa hielt sich die Ohren zu, kniff die Augen zusammen und brüllte: «Halt die Klappe! Halt endlich die Klappe!» Dann machte sie kehrt, öffnete die Gartentür und rannte hinaus.

Jette fühlte sich wie betäubt. Ihr blieb allerdings keine Zeit, sich zu berappeln, denn der Bürgermeister stand plötzlich in der Tür. «Moin, Jette, lange nicht gesehen!»

Sie guckte ihn schweigend an. Die Jahre waren auch an ihm nicht spurlos vorübergegangen.

«Deine Tochter hat mich eben fast umgerannt, sah ganz schön wütend aus, die Kleine. Habt ihr euch gezankt?» Ohne eine Antwort abzuwarten, redete Diedrichsen weiter. «Na ja, kein Wunder, zwei Frauen, ein Herd, das geht doch nie gut. Denk nur an dich und deine Mutter.»

Jetzt reichte es Jette. «Was weißt du schon von mir und meiner Mutter?» Sie stemmte die Hände in die Hüften. «Bitte, Hauke, ich hab wirklich keine Zeit. Ab 11.30 Uhr ist geöffnet, dann kannst du wiederkommen, um zu essen. Aber nun seh zu, dass du Land gewinnst.»

«Nu man nicht so schnell», sagte Diedrichsen. «Hast du schon mitgekriegt, dass Luise ordentlich Schulden hat? Zum Glück kann ich euch aber ganz flott aus der Misere helfen. Ich kaufe den Seestern, sofort. Und weißt du was, Jette, ich leg für euch noch 20 000 drauf. Ihr Deerns sollt schließlich auch was davon haben. Wir können gleich morgen den Vertrag machen. Sei froh, dann kannst du wieder los und musst dich nicht länger mit deiner Tochter streiten und ...»

Aber Jette hörte schon nicht mehr zu. Sie dachte an Isa und daran, wie es ihr jetzt wohl ging und wo sie war. Und während sie den Bürgermeister aus der Küche schob, fragte sie sich, ob es für eine zweite Chance womöglich längst zu spät war.

17.

GEFÜHLE

Atemlos ließ Isa sich ins Gras fallen. Durch ihre Jeans und ihren Pulli spürte sie, wie nass der Boden noch war, aber das war ihr egal. Sie fühlte sich vollkommen kraftlos und ausgelaugt. Eine Weile lag sie mit geschlossenen Augen einfach nur da und wartete darauf, dass in ihrem Kopf und ihrem Körper Ruhe einkehren möge.

Doch all die Bilder hörten einfach nicht auf, in ihrem Inneren herumzuwirbeln: ihr Restaurant, Briefe, die alte Leder-Kladde, ein Bild von sich als Kind, wie sie ihrer Mutter entgegenläuft, Luise, die ihr lächelnd übers Haar streichelt, die Couch bei ihrer Therapeutin, Tränen und so unendlich viel dunkle Wut.

Das Läuten der Kirchenglocke, das den Beginn des Sonntagsgottesdienstes ankündigte, ließ Isa hochschrecken. Sie setzte sich in den Schneidersitz, atmete tief durch und starrte auf den Erdhügel vor sich. Die Schleifen, die Kränze, die Blumen, alles sah inzwischen ganz schön mitgenommen aus. Isa konnte den Anblick, in dem so viel Hoffnungslosigkeit lag, kaum ertragen, und trotzdem wusste sie, dass sie gerade an keinem anderen Ort der Welt sein wollte als hier bei Oma.

Sie war wirklich nicht auf Krawall aus gewesen. Ihr einziges Ziel war es gewesen, heute die Nerven zu behalten und zusammen mit Jette irgendwie dafür zu sorgen, dass im Seestern alles rundlief. Ihn irgendwann sogar *zum Leuchten zu bringen*, wie es Luises Wunsch gewesen war, daran wollte sie noch gar nicht denken. Sie wollte einfach nur Spargel schälen und eine Suppe ansetzen. Aber selbst bei dieser Praktikantenarbeit hatte sie versagt und sich vor ihrer Mutter schrecklich blamiert.

Gleich nachdem sie die Küche betreten hatte und gesehen hatte, wie sich Jette mit ihren tollen Messern an den Fischen zu schaffen machte, hatte sie gespürt, wie ihr die Panik den Rücken hochkroch. Erst war es nur eine diffuse Unruhe gewesen, von der sie noch hoffte, sie wegatmen zu können. Doch schnell war klar gewesen, dass die Angst sich zu einer gewaltigen Welle auftürmte, gegen die sie nicht ankam. Seit Omas Tod und der ganzen Aufregung hier waren die Attacken wieder schlimmer geworden. Den eigenen Körper nicht mehr unter Kontrolle zu haben, war eines der schlimmsten und bedrohlichsten Gefühle, die Isa je erlebt hat. Ihre Ärztin in London hatte ihr nach dem Zusammenbruch zur Beruhigung Diazepam verschrieben. Doch als Isa die Nebenwirkungen gelesen hatte, zu denen auch gehörte, dass das Zeug schnell abhängig machen konnte, hatte sie die Packung umgehend in den Müll geworfen.

Sie rupfte ein paar Grashalme aus der Erde und spürte, wie ihr die Tränen kamen. «Siehst du, Oma, ich bin hiergeblieben, um dein verrücktes Testament zu erfüllen», flüsterte sie. «Aber ich kriege das einfach nicht auf die Reihe.» Sie wischte sich mit dem Handrücken über die Augen, wühlte aus ihrer Hosentasche ein Taschentuch hervor und schnäuzte sich resolut. «Ich habe die Kocherei an den Nagel gehängt. Das konntest du natürlich nicht wissen, weil ich dir das ja nicht erzählt habe. Aber jetzt weißt du's. Nicht böse sein … Mit Jette klappt's, wie du siehst, überhaupt nicht, aber das war auch klar. Ich halte es mit ihr einfach keine zehn Minuten in einem Raum aus. Heute habe ich ihr sogar an den Kopf geworfen, dass sie für mich längst gestorben ist. Das war vielleicht ein bisschen hart … Aber sie macht mich einfach so furchtbar wütend und aggressiv. Du hast früher immer gesagt, wenn man traurig ist oder schlechte Laune hat, soll man einfach an etwas Schönes denken, und dann *löpt sich allens torecht*. Und das hat Tim gestern auch gesagt. Aber wenn Jette um mich herum ist, macht mich das einfach nur krank, und ich kann an nichts Schönes denken.»

Plötzlich hörte Isa Schritte auf dem Friedhof. Sie drehte sich um und sah, wie Meta und Tim mit einem älteren Herrn auf sie zukamen. Meta ging in der Mitte, die beiden anderen hatten sie untergehakt.

«Hallo, Isa», rief sie schon von weitem. «Was machst du denn hier? Du musst doch an den Herd.»

Isa hob zaghaft eine Hand zum Gruß und suchte Tims Blick. Kaum sichtbar schüttelte sie den Kopf. Tim nickte kurz, woraus Isa schloss, dass er verstanden hatte.

«Mein lieber Scholli», sagte Meta, als sie direkt vor Isa stand. «Wie siehst du denn aus? Du bist ja total blass und hängst da wie ein Schluck Wasser in der Kurve.»

Isa räusperte sich, stand auf und klopfte sich den Hintern ab, der sich ziemlich nass anfühlte und sicher auch schmutzig war. «Ich hab nicht so gut geschlafen», log sie und versuchte zu lächeln.

Der ältere Herr, der sie mit seinen unzähligen Falten im Gesicht an eine uralte Schildkröte erinnerte, streckte ihr die Hand entgegen. «Mein herzliches Beileid. Ich bin Johan Nielsen und war ein großer Bewunderer deiner Großmutter.»

«Hallo», sagte Isa.

An der Art, wie er das S aussprach, und an der Tatsache, dass er Isa gleich duzte, erkannte sie sofort, dass er Däne war, und folglich *der* Johan aus Apenrade sein musste, von dem Meta ihr neulich erzählt hatte.

Nach einem kurzen Händedruck trat er noch einen Schritt näher ans Grab. «Luise hat mir mit ihrem Essen mal das Leben gerettet», sagte er und blickte versonnen auf den Erdhügel.

Isa biss sich auf die Lippen und blinzelte ein paar Tränen weg.

«Meta hat mich angerufen und mir erzählt, dass du und deine Mutter ab heute im Seestern kocht?» Nun wandte Johan sich wieder Isa zu. «Das hätte Luise sicher sehr glücklich gemacht. Sie war sehr stolz auf euch.» Dann lächelte er verschmitzt. «Aber Achtung, die Latte hängt hoch. Gute Köche schaffen es, mit ihrem Essen Erinnerungen zu wecken. Das können nicht viele. Deine Großmutter beherrschte diese Kunst.»

«Ich weiß», sagte Isa leise und vergrub ihre Hände in den Hosentaschen.

«So, und nu seh zu, dass du rüberkommst. Oder soll deine Mutter alles alleine machen?» Meta guckte Isa streng an. «Den Bürgermeister hab ich auch schon wieder vorm Seestern rumlungern sehen. Aber was der im Schilde führt, krieg ich auch noch raus! Komm, Johan, nun haben wir Luise besucht, und nun lass uns beide man noch 'n büschen durchs Dorf butschern, ehe es zum Essen geht. Hier auf dem Friedhof werde ich vor Trauer noch ganz rammdösig.»

«Ich mach mich gleich auf den Weg», sagte Isa und guckte Tim hilfesuchend an. «Ich will nur noch einen kurzen Moment bei Oma bleiben.»

Tim löste sich von Meta. «Ich komm dann gleich zusammen mit Isa rüber», sagte er und wartete, bis Meta und Johan abgezogen waren. «Man muss kein Hellseher sein, um zu erraten, dass es drüben nicht gut gelaufen ist.» Er lotste Isa auf eine Bank wenige Meter vom Grab entfernt.

Isa seufzte. «Ich hatte eine schlimme Attacke, habe es nicht mal geschafft, den Spargel zu schälen.»

«Und jetzt?» Tim sah sie mit gerunzelter Stirn an.

Isa zuckte müde mit den Schultern. «Jetzt habe ich zumindest erfahren, dass Jette über das, was in London passiert ist, längst Bescheid weiß. Du hast es ihr doch nicht erzählt, oder?»

«Quatsch! Aber du kannst ja mal deinen Namen bei Google eingeben …»

«Oh. Na, das war ja klar.» Jetzt blickte Isa ihn direkt an. «Stell dir vor: Jette ist heimlich in meinem Restaurant gewesen und hat mein Essen probiert.» Ihr Herzschlag beschleunigte sich. Es war wirklich schon verwirrend genug, ihre Mutter nach so vielen Jahren wiederzusehen. Aber was sie vorhin in der Küche erfahren hatte, war noch viel verwirrender.

«Und?»

«Was und?»

«Ja, was sagt sie?»

«Sie sagt, sie ist nach London gereist, weil ich nie auf ihre Briefe reagiert habe.»

«Ich meinte eigentlich das Essen, aber …» Er stockte. «Sie hat dir Briefe geschrieben?»

«Ja, und Postkarten.»

«Aber Isa, das zeigt doch, dass sie sich sehr wohl für dich interessiert hat. Wieso hast du denn nie geantwortet?»

«Weil … weil ich nicht wollte, dass sie mein Leben durcheinanderbringt. In London hatte ich mir Stück für Stück etwas aufgebaut, ich hatte alles unter Kontrolle, und das sollte auch so bleiben.»

Einen Moment lang schwiegen beide. Isa richtete den Blick nach oben und blinzelte in die Sonne. Ihr fiel auf, dass es gar nicht kalt war. Die Sonne gewann allmählich an Kraft. Schließlich sagte sie mit leiser Stimme. «Sie ist übrigens begeistert von meinem Essen.»

«Hey, wenn das kein Kompliment ist!»

Isa genoss die warmen Sonnenstrahlen auf ihrem Gesicht. Sie schlug die Beine übereinander und horchte in sich hinein. Wenn sie in den letzten Jahre an ihre Mutter gedacht hatte – und sie zwang sich, so gut wie nie an sie zu denken –, dann war da immer nur ein Gefühl gewesen: Wut. Aber nun spürte sie auf einmal, dass das Brennen in ihrem Bauch nicht mehr so stark war und stattdessen ein anderes, ein neues Gefühl in ihr aufwallte: eine Art Kribbeln, das ihr eine Gänsehaut bescherte, eine Mischung aus Vorfreude und Sehnen. Aber das konnte doch gar nicht sein …

«Lass uns rübergehen», sagte Tim und riss Isa aus ihren Gedanken.

«Gleich, es tut gerade so gut, hier zu sitzen und einfach ein bisschen zu dösen.» Isa war ein Stück nach unten gerutscht, hatte ihren Hinterkopf auf der Banklehne abgelegt und sprach mit geschlossenen Augen weiter. «Und weißt du, was noch guttut?»

«Na?»

«Hier einen Freund zu haben.» Sie setzte sich wieder gerade hin und lächelte Tim zaghaft an. «Gut, dass du da bist», sagte sie und stupste ihm mit dem Ellenbogen in die Seite.

Tim lächelte zurück. In seinem Blick lag etwas Verschwörerisches. «Alles wird gut», sagte er und strich ihr eine Haarsträhne aus dem Gesicht. Dann stand er zackig auf und zog Isa hoch. «Komm schon, ich gucke, ob ich Jette zur Hand gehen kann, und du ruhst dich am besten erst einmal aus.»

Auf dem Weg zurück zum Seestern ließ Isa ihren Blick schweifen. Zu ihrer Überraschung stellte sie fest, dass die Knospen an Bäumen und Sträuchern über Nacht aufgeploppt waren und sich nun die ersten Blätter ihren Weg in die Freiheit bahnten. Und in der Ferne sah sie, dass sich die Rapsfelder in eine zartgelbe Fläche verwandelt hatten. Wann hatte sie das zum letzten Mal beobachtet? In London bekam sie vom Wechsel der Jahreszeiten kaum etwas mit. Entweder waren die Bäume voller Blätter und alles blühte oder eben nicht. Aber das Dazwischen, dieses langsame Werden, in dem so viel Hoffnung lag, das gab es in der Stadt nicht. Vielleicht, dachte Isa, hatte ihr vor lauter Arbeit dafür aber auch einfach der Blick gefehlt.

Plötzlich spürte sie, wie ihr Herz ganz weit wurde. Am liebsten hätte sie nach Tims Hand gegriffen und wäre mit ihm losgerannt, Hand in Hand durch Nordernby, so wie früher, als sie Kinder waren, als sich das Leben leicht und frei anfühlte und als Isa noch dachte, dass es ewig so weitergehen würde.

18.

Wo die Liebe den Tisch deckt,
schmeckt das Essen am besten.

FRANZÖSISCHES SPRICHWORT

KOPENHAGEN

Als Isa und Tim beim Seestern ankamen, parkten davor bereits zwei Autos. Eines mit dänischem Kennzeichen, das sicher Johan gehörte, und eines mit Münchner Nummernschild.

«Guck mal, dass es hier heute frischen Steinbutt gibt, hat sich bis nach Bayern rumgesprochen», witzelte Tim.

Isa lachte. «Ich glaube eher, dass es ein Mietwagen ist», sagte sie. Auch ihrer hatte ein Münchner Kennzeichen gehabt, genau wie der von Jette, die ihn allerdings inzwischen wieder abgegeben hatte.

Isa rüttelte an der verschlossenen Eingangstür. Sie hatte gehofft, dass sie bereits offen war, um nicht hintenherum durch die Küche zu müssen, wo sie garantiert Jette über den Weg laufen würde. Denn auch wenn das Brennen in ihrem Bauch ein wenig nachgelassen hatte und in ihr sogar ein Anflug von schlechtem Gewissen rumorte, ihre Mutter auf der ganzen Arbeit sitzenzulassen, wollte sie jetzt erst einmal allein sein. Da sie allerdings keinen Schlüssel dabeihatte, blieb ihr keine Wahl.

Tim hatte wohl gemerkt, was sie gerade umtrieb, und nickte ihr aufmunternd zu. «Komm schon, ich bin ja bei dir.»

Als sie um die Ecke gebogen waren, stutzte Isa. Im Biergarten stand ein Mann, der sich suchend umsah.

Plötzlich wusste sie, zu wem der Mietwagen gehörte. Und für einen kurzen Moment war sie froh, nicht nach Tims Hand gegriffen zu haben. «Henry?!» Der Mann drehte sich um. Als er Isa erblickte, strahlte er übers ganze Gesicht.

«Was machst du denn hier?», fragte sie irritiert. Sie zögerte. Aber schließlich lief sie auf ihn zu, schlang die Arme um seinen Hals und genoss es, den vertrauten Duft ihres Verlobten einzuatmen. Die beiden hielten sich ganz fest, und für einen kurzen Moment hatte Isa das Gefühl, mitten in London zu sein.

«Ich hatte Termine in Deutschland und wollte dich überraschen.» Er ging einen halben Schritt zurück und musterte Isa. «Außerdem habe ich mir Sorgen gemacht. Geht es dir gut? Du siehst irgendwie mitgenommen aus.»

«Geht so», sagte sie. «Aber jetzt bist du ja da.» Henry sah gut aus, fand sie, in dem weißen Hemd und dem Tweedjackett. «Stell dir vor, meine Mutter ist tatsächlich gekommen.»

«Ähm, ich geh dann schon mal rein», rief Tim, der einige Meter entfernt von den beiden stehen geblieben war.

«Warte.» Isa wurde ein wenig warm im Gesicht. Sie nahm Henrys Hand und zog ihn in Tims Richtung. «Tim, das ist Henry, mein ... Verlobter. Henry, das ist Tim, mein ... ein alter Freund.»

«Sehr angenehm», sagte Henry und streckte Tim die Hand entgegen.

«Moin, ja, freut mich auch.» Die beiden Männer schüttelten sich die Hände, und Isa musste bei dem Anblick daran denken, wie gern sie Henry ihrer Großmutter vorgestellt hätte. Dass er hier nun ausgerechnet mit Tim zusammentraf, fühlte sich ein wenig komisch an.

Die Tür zur Küche war nur angelehnt. Durch die Scheibe sah Isa Wiebke, die am Küchentisch saß und Kartoffeln schälte. Jetzt war sie also für sie eingesprungen ... Jette stand genau wie vorhin an der Arbeitsfläche neben dem Herd. Nur dass jetzt ein kleiner, blonder Junge neben ihr auf einem Hocker stand und neugierig die Plattfische beäugte.

«Fühlst du die Steine?», hörte Isa ihre Mutter fragen. «Die können wir auf keinen Fall mitessen.» Jettes Stimme klang warm und weich.

Der Junge kicherte. «Bäh, Steine ...»

Isa betrat die Küche. Tim und Henry folgten ihr. Sie räusperte sich. «Morgen, Wiebke.» Ehe ihre Freundin etwas sagen konnte, war Onno schon vom Hocker gesprungen und rannte auf Tim zu.

Er beugte sich runter und nahm den Jungen auf den Arm. «Moin, Onno, mein Freund.»

Wiebke lächelte. «Guten Morgen, zusammen.»

Auch Jette blickte jetzt auf, ließ das Messer sinken und begrüßte die drei ebenfalls mit einem freundlichen Hallo.

Isa spürte, wie ihre Mutter sie ansah. Aber sie ignorierte den Blick und stellte stattdessen ihren Freund vor. «Das ist Henry, mein Verlobter aus London.» Sie zeigte auf Wiebke. «Das ist meine Schulfreundin Wiebke, und das …» Sie zögerte einen Moment. «Das ist meine Mutter, Jette Petersen.»

«Oh, nice to meet you …», begann Jette gleich, auf Englisch loszureden.

Henry winkte allerdings ab und stellte lächelnd klar, dass sie Deutsch mit ihm sprechen könne. «Meine Mutter ist Deutsche. Ich habe bis zur zehnten Klasse in Düsseldorf gelebt.»

Wiebke stand auf und ging auf Henry zu. «Das ist ja schön, dass du vorbeigekommen bist.» Sie streckte ihm die Hand entgegen, dann zog sie sie kurzentschlossen wieder zurück. «Ach … komm her.» Sie drückte ihn kurz, anschließend nahm sie Isa in den Arm und raunte ihr ins Ohr: «Flott, dein Weinkenner.» Als sie die Umarmung wieder gelockert hatte, zeigte sie auf den Jungen, der sich auf Tims Arm sehr wohlzufühlen schien. «Und das hier ist Onno. Mein Mann Frank und unser anderer Sohn Fiete sind zu Hause und puzzeln.»

«Hallo, Onno», sagte Isa und zwinkerte dem Kleinen zu. Innerlich musste sie schmunzeln. Der Junge war seinem Vater wie aus dem Gesicht geschnitten. «Was macht ihr eigentlich hier?», fragte sie an Wiebke gerichtet.

«Wir wollten dich besuchen, damit ich Onno endlich meine alte Freundin vorstellen kann, mit der ich schon im Kindergarten war.»

«Tada!», sagte Isa und lächelte den Kleinen an.

«Henry, wie lange bleiben Sie?», fragte nun Jette.

«Wollen wir uns nicht duzen?» Henry ging auf Jette

zu. «Immerhin werden Isa und ich in wenigen Monaten heiraten.»

«Ah, dann hast du Isa diesen schönen Ring geschenkt, den ich schon seit Tagen an ihrer Hand bewundere. Na, da gratuliere ich euch aber.»

Henry nickte, und ein wenig unbeholfen nahmen sich die beiden in den Arm.

«Zurück zu deiner Frage, wie lange ich bleibe …» Er lehnte sich mit dem Rücken gegen die Arbeitszeile. «Also, ich komme gerade aus Frankfurt, wo ich mich gestern mit einigen Winzern getroffen habe, ich bin Sommelier. Nachts bin ich dann noch bis Hamburg gefahren, da habe ich übernachtet. Und nun bin ich auf dem Weg nach Kopenhagen, morgen Nachmittag muss ich dort sein. Stellt euch vor, ich werde einen Riesling verkosten, dessen Trauben in Norwegen, genauer gesagt in Kristiansand am 58. Breitengrad, gewachsen sind.» Er fuhr sich durchs Haar und schüttelte den Kopf. «Unglaublich, oder?»

«Das klingt spannend», sagte Jette und klang ehrlich interessiert.

«Aber auch spooky», sagte Tim und setzte Onno auf den Boden, der gleich wieder zu Jette lief. «Aber ich schätze», fügte er hinzu, «der Klimawandel macht's möglich.»

«Ja, es ist beides», sagte Henry. «Vieles verändert sich im Weinanbau. Spanien verliert durch Hitze und Trockenheit immer mehr Anbauflächen, dafür gedeihen jetzt in Südengland Trauben für feinsten Sekt, und deutsche Winzer in Rheinhessen hatten seit Ende der achtziger Jahre wegen der höheren Temperaturen so gut wie keine schlechten Jahrgänge mehr.»

Jette nickte und schien regelrecht an seinen Lippen zu hängen. Während Onno sich an ihre Beine kuschelte, machte sich in Isas Herz ein dumpfes Gefühl breit. Sie fand es irgendwie merkwürdig, dieses Kind so vertraut mit ihrer Mutter zu sehen.

«Wirklich spannend, Henry», sagte Jette, «aber ich muss kurz unterbrechen.» Sie zeigte auf den Herd. «Ich kriege das Ding einfach nicht in Gang, und in einer Stunde öffnen wir. Kennt sich zufällig jemand mit dieser Antiquität aus?»

«Ich mach das schon.» Isa ging zum Herd, holte mit dem rechten Bein ordentlich aus und trat mit Wucht gegen das gute Stück, genauso wie Meta es vor einigen Tagen vorgemacht hatte.

Jette guckte ein wenig misstrauisch.

Doch Isa drehte am Regler für das vordere kleine Kochfeld, und es zündete sofort. «Voilà», sagte sie und verspürte durchaus Genugtuung darüber, dass sie diesmal etwas besser konnte als ihre Mutter.

Allgemeines Lachen erfüllte die Küche.

«Isa, könntest du mit den Kartoffeln weitermachen?», fragte Wiebke. «Wir müssen los, vielleicht kommen wir aber später noch einmal wieder.»

«Ich … ähm …» Isa wusste nicht, was sie antworten sollte. Bisher hatte sie ihrer Freundin nichts von ihrer Kochkrise, geschweige denn von ihrer Restaurantpleite erzählt. Sie fühlte aber sofort, dass ihr fürs Kartoffelschälen die Kraft fehlte.

«Ich übernehm die Kartoffeln», kam Tim ihr zu Hilfe. «Du willst doch bestimmt erst einmal Zeit mit Henry verbringen.»

«Danke, Tim», sagten Isa und Jette wie aus einem Mund.

Überrascht und ein wenig unsicher lächelten sie einander an.

In Isas Zimmer ließ Henry sich aufs Bett fallen. «Hier bist du also aufgewachsen.» Er sah sich um. «Gemütlich, euer Seestern.»

Isa setzte sich auf die Bettkante, zog ihre Schuhe aus und kuschelte sich in Henrys Armbeuge.

«Und ganz schön ruhig hier.» Henrys Stimme klang ein wenig spöttisch.

«Ja, das ist es», sagte Isa, und in diesem Moment fiel ihr auf, dass sie das Rauschen der Stadt noch nicht eine Sekunde lang vermisst hatte.

Henry stützte sich auf einen Ellenbogen. «So, nun erzähl aber erst mal: Wie geht es dir?»

Isa atmete tief durch. «Es ist alles ziemlich chaotisch. Seit meine Mutter hier ist, ist das Zittern wieder schlimmer geworden. Diese Frau tut mir einfach nicht gut, das hat sie noch nie getan. Ich wollte heute eigentlich mit ihr zusammen den Seestern schmeißen, hab es auch versucht, aber ich krieg das nicht hin.» Jetzt richtete Isa sich auf. «Und weißt du, was sie mir vorhin gebeichtet hat?»

«Erzähl!»

«Sie ist heimlich im *Luises's* gewesen und hat meine Arbeit begutachtet – das ist doch krank!»

Henry blickte Isa an und streichelte ihr sanft über die Wange. «Komm mit mir nach Kopenhagen. Dann bist du deine komische Familie los, und wir machen uns ein paar schöne Tage. Danach fliegen wir von dort aus zusammen nach Hause. In unserer Wohnung ist es so leer ohne dich.» Er küsste ihre Stirn. «Was willst du noch hier, wenn du sowieso nicht kochen kannst? Du quälst dich doch nur.»

Dass sie zusammen mit Tim sehr wohl in der Lage gewesen war, ein anständiges Gericht hinzukriegen, und dabei sogar Spaß gehabt hatte, behielt Isa für sich. Bei dem Gedanken an gestern Abend huschte ein Lächeln über ihr Gesicht. Dennoch musste sie zugeben, die Vorstellung, hier alles hinter sich zu lassen, mit Henry durch Kopenhagen zu bummeln und dann endlich nach London zurückzukehren, hatte etwas sehr Verlockendes.

«Das klingt wirklich toll», sagte Isa und atmete tief durch. «Aber die Sache hier ist komplizierter. Oma hat uns einen Haufen Schulden hinterlassen. Wenn wir jetzt nicht Gas geben, gehört der Seestern bald der Bank. Außerdem wird Meta mir bestimmt nicht sagen, wer mein Vater ist, wenn ich morgen abreise.»

«Aber Darling, wie willst du denn Gas geben? Dafür fehlt dir ja wohl gerade echt die Kraft.»

Isa zuckte mit den Schultern. «Es ist doch Omas letzter Wunsch.»

«Schon, aber schließlich heiraten wir bald, und die Einladungen sind noch nicht mal fertig. Ich brauch dich zu Hause.» Henry lächelte. «Als Hochzeitsgeschenk wird Meta dir sicher verraten, wer dein Vater ist, wenn du sie lieb bittest, oder deine Mutter erzählt es dir endlich.»

«Meine Mutter? Wohl kaum.»

«Warum nicht? Lass sie uns doch einfach einladen. Auf mich hat sie eben gar nicht so einen üblen Eindruck gemacht.»

19.

Der Mensch lebt nicht vom Brot allein.
Nach einer Weile
braucht er einen Drink.

WOODY ALLEN

PLÜSCHAPPEL

Ihr Kind war also verlobt. Jette wusste selbst nicht, warum sie diese Neuigkeit so überraschte. Immerhin hatte der Ring für sich gesprochen. Wahrscheinlich dachte sie, für Isa wären Beziehungen ähnlich kompliziert wie für sie. Wenigstens schien Henry ein guter Typ zu sein, und Isa wirkte an seiner Seite schon wieder etwas erholt. Ihr Tritt gegen den Herd hatte es jedenfalls in sich gehabt.

«So, die Kartoffeln wären so weit.» Tim riss Jette aus ihren Gedanken. «Was soll's denn als Nachspeise geben?»

«Ich dachte an *Mädchenröte*, dafür hätten wir zumindest alles im Haus. Wir werden sie allerdings nicht mehr stundenlang kalt stellen können, aber ich denke, es geht trotzdem.» Jette probierte die Spargelsuppe und gab noch etwas Zitronenabrieb hinzu. «Wo bleibt eigentlich Momme?» Sie sah aus dem Küchenfenster über der

Arbeitsfläche. «Wir können doch nicht auch noch den Service machen, und Isa können wir das wohl schlecht zumuten.»

Sie holte zwei große Schüsseln und fing an, die Eier für den Nachtisch zu trennen. Tim hatte sich neben sie gestellt und sah ihr dabei zu.

«Was denkst du über Isas Kochkrise?», fragte er.

Jette hielt einen Moment inne und blickte ihn an. «Sie hat dir alles erzählt?»

Er nickte.

«Ich denke, sie wird wieder. Wir Petersen-Frauen sind zäh. Und wir haben die Kocherei im Blut, das hat Luise jedenfalls immer gesagt.» Jette wusste, dass ihre Mutter damit recht hatte. Und wenn Isa nur ein bisschen nach Jette kam, dann konnten ihr auch der größte Stress, die bittersten Enttäuschungen, die schlimmste Einsamkeit und selbst so ein unberechenbares Zittern die Lust am Kochen niemals ganz austreiben. Für Jette hatte es in den dunkelsten Stunden, wenn die Sehnsucht nach ihrem Kind und die ewigen Selbstvorwürfe kaum noch auszuhalten waren, nie einen verlässlicheren Trost gegeben als das Kochen. Beim Gemüseschnibbeln, Fleischvorbereiten, Fischeschuppen, beim Abschmecken und Würzen hatte sie sich ihrer Tochter, hin und wieder sogar ihrer Mutter, aber vor allem sich selbst stets ganz nahe gefühlt.

Sie gab Gelatine in einen Topf mit etwas Wasser. Ihr Blick fiel auf die Küchenuhr. In einer halben Stunde würden sie öffnen. «Tim, wärst du so nett, mal zu gucken, wo Momme ist?»

«Klar, mach ich.»

Tim war gerade hinten raus, als Jette vorne in der Gaststube Schritte hörte. Einen Augenblick später steckte Momme seinen Kopf in die Küche.

«Moin, alles klar?» Er sah sich um. «Wo ist denn Isa?»

«Sie müsste oben sein. Ihr Verlobter ist überraschend hier aufgetaucht.»

«Guck an.» Momme legte seinen Schlüsselbund auf den Küchentisch. Für einen Moment blieb Jettes Blick daran hängen, und sie lächelte still in sich hinein. Er hatte ihn also immer noch, den kleinen Eiffelturm, den sie ihm damals geschenkt hatte, als sie nach Frankreich gegangen war, um eine *richtige Köchin* zu werden. So hatte sie sich immer ausgedrückt, wenn alle um sie herum meinten, sie sei doch schon Köchin und könne genauso gut hierbleiben.

«Ich hab Tim gerade losgeschickt, um dich zu suchen», sagte sie und schüttelte die Erinnerungen ab.

«Nu bin ich ja da. Ich geh mal 'n frisches Bierfass anschließen.» Beim Rausgehen drehte Momme sich noch einmal um. «Schön, dass hier wieder Leben in der Bude ist.»

Jette nickte lächelnd.

Als sie kurz darauf die Schalen mit der *Mädchenröte* kalt gestellt hatte, nahm sie sich ihren Becher mit dem kalten Kaffee vom Morgen, ging in den Garten und setzte sich unter den Apfelbaum. Sie wollte kurz durchatmen, bevor der Trubel losging. Wobei sie gar nicht sicher war, ob überhaupt viele Gäste kommen wurden. Sie hoffte, dass sich wenigstens Isa und Henry blicken ließen. In seiner Nähe wirkte Isa weicher, nicht so schroff und abweisend, und vielleicht könnten sich Mutter und Tochter ja doch noch näherkommen. Jette hatte solche Angst, dass der Schmerz nie weniger werden würde, dass er sie begleiten würde bis zum Schluss. Und die Sorge schien durchaus berechtigt. Immerhin hatte Isa ihr vorhin klargemacht, dass sie längst keine Mutter mehr hatte. Seitdem war Jettes Angst noch größer geworden. Dabei konnte sie ihre Tochter sogar verstehen. Schließlich war auch ihre eigene Mutter für sie lange vor deren eigentlichen Tod gestorben. Zweimal nur hatten sie sich gesehen, seit Isa ausgezogen war, und ein paarmal telefoniert. Es gab eben Dinge, die einfach unverzeihlich waren.

Jette ließ ihren Blick schweifen. Die Natur kam langsam wieder zu sich. Sie hörte Vögel zwitschern, schloss die Augen und lehnte den Kopf gegen den Baumstamm. Es tat gut, die Nordernbyer Frühlingssonne auf der Haut zu spüren. Wie lange war das her? In ihrem Kopf tauchten Bilder auf aus einer längst vergangenen Zeit. Sie versuchte gegen sie anzukämpfen – und genoss sie gleichzeitig so sehr. Sie sah sich als junges Mädchen, wie sie barfuß durch den Garten streifte. Alles stand in voller Blüte, aus der Küche hörte sie, wie ihre Mutter fröhlich vor sich hin pfiff. Und dann tauchte da noch ein Bild auf: Ein junger Mann in verwaschenen Jeans, noch keine 18, kam lächelnd auf sie zu. Er hob sie hoch, und sie drehten sich, schwindelig vor Glück. Als Jette hörte, wie ihre Mutter sie rief, küssten sich die beiden still und hastig, und Jette war kichernd in die Küche geeilt.

«Jette …?»

Sie blinzelte. Die Bilder in ihrem Kopf verblassten. Tim stand vor ihr und warf einen Schatten auf ihr Gesicht. Sie fühlte sich ein wenig benommen, so als wäre sie gerade aus einem Traum erwacht.

«Momme ist jetzt da», sagte er.

«Ja, ja, ich weiß, danke.»

«Meta und Johan sind auch da, und ich soll dir ausrichten, dass die beiden schrecklichen Hunger haben.»

Jette rappelte sich hoch und guckte Tim fragend an: «Wer ist Johan?»

«Ein Freund von Meta und Luise, und ein großer Fan von Luises Küche.» Er grinste.

«Oha, da muss ich mich wohl anstrengen», sagte Jette lächelnd und verspürte tatsächlich ein Kribbeln in der Magengegend.

In der Küche wurden die beiden schon von Momme erwartet, der die ersten Bestellungen an die Schiene neben dem Herd gepinnt hatte: *2x Steinbutt mit Suppe, 3x Schinken ohne Vorspeise.*

Es war schon nach halb drei, als die letzten Gäste gegangen waren und Jette von innen die Eingangstür abschloss. Sie war zufrieden, alles war völlig problemlos gelaufen. Und das, obwohl Jette vergeblich auf Isas Anwesenheit in der Küche gewartet hatte. Der Seestern war zwar nicht aus allen Nähten geplatzt, aber es waren immer mindestens drei Tische besetzt gewesen. Inge war mit ihrem Mann gekommen, der Pastor und auch einige andere Nordernbyer, die Jette noch von früher kannte. Die anderen Gäste mussten Sonntagsausflügler gewesen sein, die von der Tafel an der Straße angelockt worden waren. Der Bürgermeister hatte sich zu Jettes Erleichterung dagegen nicht noch einmal blickenlassen.

Der Steinbutt war bereits gegen 13 Uhr ausverkauft gewesen, aber zum Glück hatten sie noch jede Menge geräucherten Schinken, der den Leuten ebenfalls hervorragend zum Spargel geschmeckt hatte. Und erst die *Mädchenröte*!

Nun saßen in der Gaststube nur noch Meta und Johan selig lächelnd und mit geröteten Wangen. Sie hatten das Treiben im Seestern sichtlich genossen. Mit einigen Gästen hatten sie ein wenig geschnackt und sich ansonsten nicht vom Fleck bewegt.

Momme stand hinterm Tresen und spülte Gläser. Jette holte sich eine Cola und setzte sich zu den beiden älteren Herrschaften. «Hat's euch gefallen?»

«Sehr», sagte Johan, der Jette schon direkt nach dem Essen ein großes Kompliment für ihre Kochkunst gemacht hatte. «Und deiner Mutter hätte es ganz sicher auch gefallen.»

Meta nickte bei Johans Worten und tätschelte Jettes Hand. «Hast du gut gemacht, meine Jette. Nur schade, dass Isa nicht geholfen hat.»

Jette zuckte mit den Schultern. Sie hatte Meta gegenüber schon kurz erwähnt, dass Isas Verlobter angereist war und sie deshalb nicht mit am Herd stand. «Das sind doch junge Leute», erwiderte sie und zwinkerte Meta vielsagend zu. «Die wollen jetzt erst einmal für sich sein.» Sie würde einen Teufel tun und Meta erzählen, was wirklich mit Isa los war. Das musste sie schon selbst tun, und wenn sie das nicht wollte, auch gut.

«Heute Abend ist der Seestern wie immer sonntags geschlossen», sagte Meta, und ihre Stimme klang nun ein wenig streng. «Aber morgen muss Isa mit ran.» Sie drehte sich Richtung Tresen. «Wie ist denn der Umsatz, Momme?»

«Frag nicht», sagte er, ohne den Blick von dem Glas zu wenden, das er gerade polierte. «Die Einnahmen decken gerade mal die Kosten. Aber wenigstens machen wir so keine neuen Schulden.»

Meta schüttelte den Kopf, und Jette fiel auf, dass sie auf einmal sehr traurig aussah.

Jetzt kam auch Tim aus der Küche. Er ging an den Tresen und bat Momme um ein Bier. Jette war froh, dass er da war. Sie hätte die letzten Stunden wahrscheinlich auch allein gewuppt, aber so war es doch wesentlich entspannter gewesen.

«Sonst noch jemand was?», fragte Momme in die Runde. «Vielleicht einen Verteiler? Und du, Muddi, auf den Schreck einen Kirschlikör?»

Meta nickte stumm.

«Ich nehme einen Gammel Dansk», sagte Johan und grinste übers ganze Gesicht, «einen alten Dänen, so was wie mich.»

Jette musste lachen. «Du bist doch noch ganz flott unterwegs.» Sie klopfte ihm freundschaftlich auf die Schulter «Ich hab noch nie verstanden, warum der Kräuterschnaps so heißt.»

«Ich glaube», sagte Johan, «weil er gesund ist und man bei regelmäßigem Verzehr uralt wird.»

Nun setzten sich auch Momme und Tim zu den dreien.

«Also», sagte Johan und erhob das kleine Glas mit dem dunklen Magenbitter, «auf die Gesundheit!»

Sie stießen an und tranken, als plötzlich Isa und Henry in der Gaststube standen.

«Hi», sagte Isa ein wenig zurückhaltend. «Gibt es etwas zu feiern?»

Jette wurde einfach nicht schlau aus ihrer Tochter. War sie gekommen, weil sie ein schlechtes Gewissen hatte? Oder hatte Henry vielleicht darauf gedrängt, weil er zu Besuch war und alle besser kennenlernen wollte?

«Wir feiern das Leben», sagte Johan, «mit gutem Essen und guten Getränken, so wie Luise es auch immer getan hat.»

Henry schien begeistert zu sein. «Oho», rief er, «dazu würde ich sehr gern etwas beisteuern ...» Er trat an den Tisch. «Wir kennen uns noch nicht. Ich bin Isas Verlobter, Henry Winter.» Er schüttelte Meta, Momme und Johan die Hand. «Ich habe beruflich mit Wein zu tun und habe in meinem Wagen ein paar großartige Tropfen, sie müssten kalt genug sein. Ich hole sie schnell.»

Jette schob noch zwei Stühle an den Tisch und deutete Isa, sich zu setzen. «Möchtest du was essen? Ein kleiner Rest Spargel ist noch da.»

Sofort sprang Tim auf. «Ich hole alles und stelle es in die Mitte, ganz unkompliziert, dann kann sich jeder bedienen.» Er brachte eine große Suppenterrine, mehrere Löffel sowie ein Brett mit Schinken, auf dem auch noch eine Handvoll Kartoffeln und einige Stangen Spargel lagen.

«Danke», sagte Isa und setzte sich.

«Sieht nett aus, dein Verlobter», sagte Meta. «Trotzdem wirst du die nächsten Tage deiner Mutter zur Hand gehen, klar, mein Fräulein?!»

Während Isa brav nickte, beäugte Jette ihre Tochter

unauffällig und fragte sich, was wohl gerade in ihrem Kopf vorgehen mochte.

«Wir haben viel vor, wenn wir Luises Schulden bezahlen wollen», stellte Meta klar.

Isa schnitt sich ein Stück Spargel ab. «Mmmh, mein erster in diesem Jahr», sagte sie kauend, und Jette hatte das Gefühl, ihre Tochter wollte nur von einem unliebsamen Thema ablenken.

Beladen mit zwei Kartons, kam Henry zurück. Er sah sich kurz um, dann ging er hinter den Tresen und legte ein paar Flaschen in den Kühlschrank. Zwei weitere, die jeweils in einer Kühlmanschette steckten, brachte er mit an den Tisch. Anschließend holte er sieben Weingläser, öffnete die Flaschen und schenkte ein.

«Wir starten mit einem Sauvignon blanc. Ein guter Begleiter zum Spargel und erst recht zum Schinken. Nehmt ein Stück und dann einen Schluck Wein.»

«Ich trink nur Bier», erklärte Momme trocken, aber niemand schien Notiz davon zu nehmen. Bis auf ihn machten es alle Henry nach.

«Lecker», sagte Johan.

Auch Tim und Jette nickten anerkennend.

«Büschen sauer», fand Meta und verzog das Gesicht.

«Okay …», sagte Henry. «Dann probier den.» Er kippte den Rest aus Metas Glas in die inzwischen leere Suppenterrine und goss ihr von dem anderen Wein etwas ein.

Jette sah in Henrys Augen die Begeisterung für das, was er da tat. Das gefiel ihr, und sie fand ihren Eindruck von vorhin bestätigt, dass Isa mit ihm wirklich einen guten Mann an der Seite hatte.

«So, nimm einen Schluck, lass ihn einen Moment lang im Mund kreisen und dann sag mir, was du schmeckst.»

Alle guckten Meta erwartungsvoll an, der die Sache Spaß zu machen schien. Sie prostete Richtung Decke, trank und wirkte dabei sehr konzentriert.

«Mach es nicht so spannend», stichelte Jette.

Aber Meta ließ sich noch einen Moment Zeit. Dann sagte sie: «Plüschappel.»

«Wie bitte?» Henry sah Isa fragend an, die das plattdeutsche Wort für ihn übersetzte: «Pfirsich.»

«Sach ich doch.» Meta grinste. «Der schmeckt mir besser als der Erste.»

«Das ist eine Scheurebe, eine Art beschleunigter Riesling», erklärte Henry. «Körperreich, sehr saftig, da ist Leben drin.» Inzwischen hatte auch er sich etwas davon eingeschenkt und gekostet. «Herrlich. Die Scheurebe erfährt gerade eine Renaissance, und wenn ihr mich fragt, völlig zu Recht!»

Es wurde ein lustiger Nachmittag. Henry fachsimpelte erst mit Jette und Tim über Wein, anschließend mit Momme über Bier. Denn natürlich ließ Momme es sich nicht nehmen, Henry und Johan einige Gläser Wikingerbräu einzuschenken. Er war extra nach Hause gelaufen, um aus seiner Scheune eine Kiste rüberzuholen. Im Seestern gab es normalerweise Flensburger vom Fass. Henry war begeistert von dem Craft Beer aus Nordernby, und er und Momme hatten noch lange die Köpfe zusammengesteckt.

Meta hatte Johan zwischenzeitlich das Versprechen abgenommen, das Auto stehen zu lassen und bei ihr und Momme im Gästezimmer zu übernachten. «Wir sind doch alle ganz schön dun», hatte sie mehrmals gesagt und gekichert.

Nur Isa schien nicht sonderlich in Feierlaune zu sein. Sie war ziemlich schweigsam, trank kaum Alkohol, und Jette wurde das Gefühl nicht los, dass ihr etwas auf der Seele lag. Und so war es tatsächlich auch. Denn als alle mal einen Moment still waren, räusperte sie sich und ergriff das Wort. «Ich muss euch etwas sagen.»

«Was denn, mein Süßen?», fragte Meta und plierte Isa lächelnd an. Und auch die anderen guckten gespannt.

Sie druckste herum. «Ich … habe entschieden, morgen mit Henry abzureisen.»

Stille.

Jette fühlte sich mit einem Schlag nüchtern und spürte, wie sich eine verzweifelte Unruhe in ihrem Körper ausbreitete.

«Was ist denn das für eine Schnapsidee?», fragte Meta energisch und wirkte nun ebenfalls wieder völlig klar. «Das geht doch gar nicht.»

«Wieso nicht?», mischte sich Henry ein.

«Das weiß Isa ganz genau», sagte Meta, ohne ihren Blick von Isa zu lassen. «Oder hast du Luises Testament vergessen? Ihr sollt hier zusammen kochen.»

«Nein, das habe ich nicht vergessen», sagte Isa mit leiser Stimme. «Aber genau das ist das Problem.»

Henry legte seine Hand auf Isas. «Wisst ihr, Isa hat –»

«Lass mal», fiel sie ihm ins Wort. «Ich möchte es selbst erzählen.» Sie atmete tief durch. «Also, um es kurz zu machen: Ich habe aufgehört zu kochen … ich kann es einfach nicht mehr.»

Für einen Moment herrschte erneut Totenstille.

«Tünkram!», platzte es dann aus Meta heraus. «Du bist schließlich eine Petersen.»

Jette wollte nicht, dass ihre Tochter abreiste, und trotzdem hatte sie das Gefühl, ihr zur Seite springen zu müssen. «Was soll das denn heißen, Meta? Dürfen Petersen-Frauen etwa keine Schwächen zeigen und keine Gefühle? Müssen wir immer fröhlich sein und voller Leidenschaft kochen und darin unsere Glückseligkeit finden?»

Momme guckte sie erschrocken an. Solch klare Worte hatte er offensichtlich nicht erwartet.

«Ich musste mein Restaurant in London schließen», fuhr Isa fort, «weil ich … also … ich bin nicht ganz gesund. Ich hatte einen Nervenzusammenbruch. Und seitdem habe ich immer wieder Panikattacken. Nicht mal hier schaffe ich es, zur Ruhe zu kommen. Ich kann Omas Letzten Willen also gar nicht erfüllen.»

«Und nu?», fragte Meta, die inzwischen ganz blass geworden war und wirklich verzweifelt aussah. «Da ist doch noch was, worüber ich nach den vier Wochen mit dir sprechen wollte.» Sie guckte Isa eindringlich an.

Jette runzelte die Stirn und fragte sich, was die beiden wohl zu besprechen hatten.

«Gerade ist nichts mehr wichtig», sagte Isa und hielt Metas Blick stand. Dann wandte sie sich Jette zu. «Lass uns den Seestern verkaufen. Ich weiß, dass Oma mit dem Bürgermeister nicht konnte, aber er würde für den alten Dorfkrug sofort viel Geld bezahlen. Bestimmt können wir den Preis sogar noch nach oben drücken, und Geld können wir doch beide gut gebrauchen.»

Jette war sprachlos. Dass Isa hier wirklich alles hinschmeißen würde, damit hatte sie nicht gerechnet. Was sollte sie also tun? Trotz aller Schwierigkeiten zwischen ihnen beiden war sie noch nicht bereit aufzugeben. Sie wollte mehr Zeit mit ihrer Tochter. Sie wollte eine zweite Chance.

Nachdenklich stand Jette auf, ging an den Tresen und schenkte sich ein Glas Wasser ein.

«Isa, ich bin doch auch noch da», warf Tim ein. «Luise hat mich gebeten, euch zu helfen, und das tue ich auch! Und glaub mir, das hat nichts mit dem Bulli zu tun ...» Er grinste und gab sein Bestes, um Isa aufzumuntern.

«Bulli?», fragte Henry.

Isa machte eine wegwerfende Handbewegung. «Erklär ich dir später.»

«Isalein ...» Metas Stimme klang nun milder. «Denk doch nur an Oma. Sie hatte so eine Leidenschaft für das Leben, und die gleiche Leidenschaft steckt auch in dir. Das hast du nur vergessen. Hol sie wieder raus. Ich versprech dir, es lohnt sich.»

Jette wusste nicht genau, warum, aber Metas Worte rührten sie. Sie schluckte schwer.

«Ich weiß ja, Meta», sagte Isa, «für dich und Oma löst sich jedes noch so große Problem mit einem anständigen Essen und einem Kirschlikör in Luft auf. Aber so einfach ist das diesmal nicht. Ich würde wirklich gern versuchen, Omas Schulden zu bezahlen ... ich habe ihr doch so viel zu verdanken.» Isa flüsterte nun und kämpfte mit den Tränen. «Aber ich kann nicht, mir fehlt einfach die Kraft.»

Momme haute mit der flachen Hand auf den Tisch, dass die Gläser klirrten. «Weißt du was, mein Fräulein ...»

Isa zuckte zusammen und guckte ihn erschrocken an.

«Weißt du, was der Unterschied zwischen dir und uns ist?» Ohne eine Antwort abzuwarten, redete er weiter. «Wir ziehen nicht gleich den Schwanz ein, wenn's mal schwierig wird.»

Henry rutschte unruhig auf seinem Stuhl hin und her und wollte offensichtlich etwas sagen, um Isa beizustehen. Doch Momme war noch nicht fertig. Sein Blick, in dem eben noch etwas Herausforderndes gelegen hatte, war nun weicher. «Mensch, Mädchen! Die Isa, die ich kannte, hatte keinen Schiss. Die hatte Mumm, die ist auf Bäume geklettert und in kaltes Wasser gesprungen, und zwar mit Anlauf. Die hätte sich von sun bisschen Nervenflattern niemals einen Schrecken einjagen lassen. Aber nun bist du Isa-Bangbüx, oder was? Das kann doch nicht angehen!»

«Die Isa, die du kanntest, gibt es nicht mehr», erwiderte sie tonlos.

Meta drehte sich Richtung Tresen. «Jette, nun sach doch auch mal was!»

Jette atmete tief durch. Sie hatte schreckliches Mitleid mit ihrer Tochter, wie sie so dasaß und alle auf sie einredeten. Sie dachte an früher, an die alten Nordernbyer Männer, die scheinbar nichts beeindrucken konnte. Die nicht so schnell die Flinte ins Korn warfen. Und genau das wollte Jette jetzt auch nicht. Sie nahm sich deshalb vor, jegliches Mitgefühl beiseitezuschieben.

Entschlossen stieß sie sich vom Tresen ab, ging zurück an den Tisch und nahm wieder Platz. Sie spürte, wie Isa sie erwartungsvoll ansah.

Jette machte den Rücken ganz gerade, legte ihre

Hände auf den Tisch und faltete sie. «Isa ...» Sie räusperte sich. «Es ist nicht leicht, aber Aufgeben kommt nicht in Frage. Ich bin noch nicht so weit. Ich bin viel durch die Welt gereist, vielleicht zu viel. Und deshalb will ich die nächsten Wochen auf jeden Fall hierbleiben. Ich muss Luises Tod auch erst einmal verkraften und ein bisschen ... runterkommen.»

«Was soll das heißen?», fragte Isa.

Jette zögerte. «Ich werde einem Verkauf zurzeit nicht zustimmen.»

«Gott sei Dank.» Meta schnaufte erleichtert und blickte gen Zimmerdecke. «Luise, mach dir keine Sorgen, der Bürgermeister kriegt den Seestern nicht.»

«Komm, Isa», sagte Henry, «reg dich nicht auf. Wir reisen morgen ab, und dann sehen wir weiter.» Er legte ihr seine Hand auf den Arm, die sie gleich wieder abschüttelte und dabei ihre Mutter nicht aus den Augen ließ.

«Das ist mal wieder typisch», fauchte Isa. «Du machst nur das, was dir gefällt. Was andere wollen, hat dich doch noch nie interessiert!»

«Isa ...» Jette wollte ihre aufgebrachte Tochter beruhigen. Doch die ließ sich nicht unterbrechen.

«Aber ich möchte einfach nur weg», rief sie. «Und ich brauche dringend Geld, weil ich mich für mein Restaurant verschuldet habe. Was ist denn daran so schwer zu verstehen? Wenn du noch hierbleiben willst, bitte, du kannst ja zu Meta ziehen, aber hör auf, mir Steine in den Weg zu legen!»

«Ich will dir keine Steine in den Weg legen.» Jettes Stimme zitterte. «Ich –»

«Dann lass es einfach und sei ausnahmsweise mal keine einzige Enttäuschung!» Für einen Augenblick durchdrang Isas Lautstärke die Gaststube. Dann war alles still.

Alle schwiegen betreten. Nur Isas flacher Atem war zu hören.

Jette spürte, wie ihr die Tränen kamen. Sie musste hier raus. Noch eine Ladung Vorwürfe würde sie nicht aushalten. Sie schob den Stuhl geräuschvoll zurück, stand auf und eilte Richtung Treppe. Hinter ihr hörte sie Schritte. Ohne sich umzudrehen, rannte sie hoch bis in ihr Zimmer.

«Diesmal haust du nicht einfach ab!», rief Isa, die hinter Jette ins Zimmer drängte. «Diesmal musst du mit mir reden! Und tu nicht so, als ob dich meine Bedürfnisse nichts angehen! Ich weiß ja, Mitgefühl und Empathie … auch mal an andere zu denken, sich um sie zu kümmern, so wie Oma es ihr Leben lang getan hat, all das geht dir vollkommen ab! Aber weißt du was?» Isa machte einen Schritt auf sie zu, und zum ersten Mal fiel Jette auf, dass sie beide gleich groß waren. «Damit könntest du genau jetzt mal anfangen!»

Isa schnaufte. Sie hatte rote Flecken am Hals und Schweißperlen auf der Nase.

Jette hätte sie gern in den Arm genommen, ihr über den Kopf gestreichelt und ihr gesagt, dass sie den Seestern natürlich verkaufen könnten, wenn das nur nicht zur Folge hätte, dass sich ihre Wege wieder trennten und sie sich womöglich nie wiedersehen würden. Stattdessen aber schwieg sie und drehte sich zum Fenster, weil sie Isas flehenden und erschöpften Blick nicht aushielt.

«Dein Schweigen ist einfach zum Kotzen!»

Ein krachendes Geräusch ließ Jette zusammenzucken. Sie drehte sich um. Der Hocker neben dem Bett war umgefallen. Ihre Tochter musste dagegengetreten haben. Dabei war auch Jettes offene Bauchtasche zu Boden gefallen. Das alte Foto, ihr Schlüsselbund und einige Münzen lagen verstreut auf dem Teppich.

Als Jette sah, wie Isa erst ungläubig auf den Fußboden starrte, dann langsam in die Hocke ging und nach dem vergilbten Foto griff, beschleunigte sich ihr Herzschlag. Isa legte den Kopf schief, sie schien nicht zu begreifen …

Zögerlich hockte Jette sich neben sie.

Isa hielt ihr stumm das abgegriffene Foto hin, das Isa als Baby zeigte, und sah sie fragend an.

Jette nahm es und hielt es fest mit einer Zärtlichkeit, als müsste sie es beschützen. Ihre Augen füllten sich mit Tränen. «Das trage ich seit fast 30 Jahren mit mir herum», flüsterte sie.

«Warum …?» Auch Isas Stimme war kaum hörbar, und über ihre Wangen rannen Tränen.

«Weil die Dinge manchmal anders sind, als sie scheinen.»

20.

Nach einem guten Essen ist man bereit,
jedem zu verzeihen,
selbst den eigenen Verwandten.

OSCAR WILDE

FROONSLÜÜD

Ein erschöpftes Schweigen hatte sich über Jettes Zimmer gelegt. Isa war speiübel. Sie fühlte, wie der Schwindel, den sie die ganze Zeit in Schach gehalten hatte, nun in ihr hochkroch. *Einatmen. Ausatmen.*

Das Foto lag inzwischen wieder vor ihnen auf dem Teppich wie ein Beweisstück. Wenn Isa nur wüsste, wofür? Es sah ziemlich mitgenommen aus, die Ränder wellten sich nach oben, ein paar Knicke gingen quer durchs Bild. Aber nicht nur der Zahn der Zeit hatte sich daran zu schaffen gemacht, da war auch noch etwas anderes, etwas, das Isa einfach nicht verstand.

Sie kannte das Foto, das sie auf dem Arm ihrer Oma zeigte. Das gleiche hatte unversehrt und hübsch gerahmt immer auf Luises Kommode gestanden, so selbstverständlich, dass Isa es jahrzehntelang kaum wahrgenommen hatte. Erst nach der Beerdigung war es ihr wieder aufgefallen, und da hatte sie es eingesteckt, um es mit nach London zu nehmen.

Bei dieser Aufnahme hier allerdings fehlte Luise, jemand hatte ihren Kopf und ihren Oberköper abgerissen, nur eine Hand war noch zu sehen. Der Anblick wühlte Isa auf, machte sie wütend und traurig.

Was hatte das zu bedeuten? Warum hatte Jette diesen Abzug stets mit sich herumgetragen und Isas geliebte Oma einfach abgetrennt, so als gehöre sie nicht auf dieses Bild?

Jette hockte neben ihr auf dem Teppich und weinte wie ein Kind: die Augen zusammengekniffen, den Mund halb geöffnet, und der ganze Körper bebte. «Sie hat dich einfach behalten», wiederholte sie immer wieder unter Schluchzen, «… einfach behalten!»

Isa sah auf einmal so viel Schmerz in der Haltung ihrer Mutter. Was war hier los? Ihr Herz raste. Jettes Worte entfalteten langsam ihre ungeheure Wirkung. In Isas Kopf drehte sich alles, und sie fiel immer weiter hinab in diesen dunklen Abgrund, dem sie doch längst entkommen zu sein glaubte. Alles war klar gewesen, hatte seine Ordnung gehabt, und das seit Jahren: Ihre Mutter hatte sie verlassen. Sie war die Böse. So hatte Isa es sich nicht einfach nur zurechtgelegt, so war es!

Sie schloss für einen Moment die Augen.

Weil die Dinge manchmal anders sind, als sie scheinen.

Seit Jette diesen Satz gesagt hatte, hallte er unaufhaltsam durch Isas Kopf. Sie war sich so sicher, ihn schon einmal gehört zu haben. Wenn sie nur wüsste, von wem und wann? Sie massierte sich die Schläfen und versuchte ruhig zu atmen, doch es gelang ihr einfach nicht, sich zu konzentrieren.

Plötzlich stand Meta in der Tür. Isa hatte sie nicht kommen hören, aber nun wusste sie es wieder. *Weil die Dinge manchmal anders sind, als sie scheinen.* Es war nach der Testamentseröffnung gewesen, als Meta sie dazu bringen wollte, hierzubleiben. Isa hatte bei ihren Worten wohl aufgehorcht, sie dann aber doch schnell wieder vergessen.

Sie blickte zu ihr hoch und sah, dass nun auch Meta auf das Foto neben der offenen Tasche starrte, und Isa meinte, in ihrem Blick eine leise Traurigkeit zu sehen.

«Helft mir mal», sagte Meta stöhnend. «Ich will mich zu euch setzen.»

Jette rieb sich kurz mit beiden Händen übers Gesicht und atmete laut aus, dann erhob sie sich und richtete den umgefallenen Hocker wieder auf. «Setz dich hier drauf», sagte sie mit brüchiger Stimme.

«Nee, ich komm zu euch auf den Fußboden.»

Isa streckte ihr einen Arm entgegen, sodass Meta sich festhalten konnte. Jette stützte sie auf der anderen Seite, und langsam und ein wenig schwerfällig landete Meta schließlich auch auf dem Teppich. Und nun saßen sie zu dritt da, Schulter an Schulter, Meta in der Mitte, angelehnt an die Wand mit der weißen Raufasertapete, die Beine ausgestreckt, jede erschöpft auf ihre Weise wie nach einer Schlacht, in der es keine Sieger gab.

Isa hörte Metas Atem. Er klang schwer und angestrengt. Und plötzlich war da noch ein anderer Satz, der nun in ihrem Kopf widerhallte und sie nicht mehr losließ. Ihre Mutter hatte ihn heute Morgen in der Küche gesagt: *Du weißt doch gar nicht, was damals passiert ist.*

Sollte sie aussprechen, was sie ahnte – und was sie sich selbst kaum eingestand?

Aber Meta kam ihr zuvor. «Ich glaube, es ist Zeit für die Wahrheit», sagte sie und drehte den Kopf nach rechts in Jettes Richtung.

Isa war sich nicht sicher, ob sie *die Wahrheit* hören wollte, und doch hielt sie es nicht aus, sie *nicht* zu kennen. Sie blickte geradeaus und ermahnte sich innerlich zur Ruhe. Ihre Augen suchten einen Punkt an der gegenüberliegenden Wand, den sie fixieren konnte. Als sie ihn gefunden hatten, entspannte sie sich wenigstens ein bisschen und wartete auf *Jettes Wahrheit*.

«Isa, ist alles in Ordnung?» Das war allerdings nicht Jettes Stimme. Isa atmete tief durch, ließ von ihrem Punkt ab und entdeckte Henry, der gerade ins Zimmer getreten war.

«Raus!», blaffte Meta ihn an. «Hier ist nur Zutritt für Froonslüüd.»

«Zutritt nur für Frauen», übersetzte Isa mit matter Stimme, ohne dass Henry danach gefragt hatte, und schob noch hinterher, dass alles okay sei und er sie noch einen Moment allein lassen sollte.

Henry zögerte. «Aber, Isa …»

«Raus!», riefen jetzt alle drei Frauen im Chor. Die ungewohnte Einigkeit fand Isa einen Moment lang befremdlich.

Als sie wieder allein waren, räusperte Jette sich. «Ich weiß gar nicht, wo ich anfangen soll.»

«Vielleicht bei meiner Geburt», sagte Isa und war selbst erstaunt darüber, dass sie auf einmal das Wort ergriff. «Oma hat immer erzählt, dass du drei Tage und drei

Nächte nicht geschlafen hast und mich nur angelächelt hast.»

«Echt?» Jette schien überrascht.

«Stimmt das also nicht?» Isa fühlte ein Stechen in ihrer Brust.

«Und ob das stimmt», sagte Meta. «Du warst aber auch 'ne süße Maus mit deinen riesigen blauen Kulleraugen.» Sie griff nach dem Foto und blickte es versonnen an. «Und immer hast du alle angelacht.»

«Ich war so unfassbar verliebt in dich», flüsterte Jette, und es war nicht zu überhören, dass sie erneut mit den Tränen kämpfte.

Aus dem Augenwinkel sah Isa, dass Meta Jettes Hand hielt. Und dann spürte sie, wie Meta mit der anderen auch nach ihrer griff.

So saßen sie eine ganze Weile da, Jette erzählte mal lauter, mal leiser. Mal mit einem Lächeln auf den Lippen, mal in sich gekehrt und traurig. Als sie davon sprach, dass Luise ihr jedes Mal mit ungewohnter Härte und Unnachgiebigkeit das Kind verweigert hatte, wenn sie es endgültig mitnehmen wollte, versagte ihre Stimme. Stockend berichtete sie von den vielen Streitereien und endlosen Diskussionen. «Dabei hatten wir abgemacht, dass ich dich hole, wenn ich in Frankreich alles vorbereitet hätte», sagte sie schließlich.

Isa saugte die Worte auf wie eine Verdurstende, aber sie konnte die Bedeutung gar nicht so schnell erfassen.

Draußen war es bereits dunkel, als Jette von einem besonders schönen Ausflug mit Isa an die Ostsee und unzähligen Arschbomben, Pommes und Flutschfingern bis zum Abwinken erzählte. Alle mussten lachen. Selbst

Isa, obwohl sie sich nicht erinnern konnte. Oder besser gesagt, sie erinnerte sich anders. Vor ihrem inneren Auge tauchte bei Arschbomben und Strandtagen immer nur Oma auf, nicht Jette. Hatte sie es wirklich vergessen? Oder nur umgedeutet und die Wahrheit verdrängt? *Manchmal sind die Dinge anders, als sie scheinen.*

Auch andere Bilder gewannen plötzlich in ihrem Kopf an Schärfe, Bilder, die sie weggeschlossen hatte und an die nicht mal ihre Therapeutin rangekommen war: Isa war fünf oder sechs gewesen, hatte schon geschlafen, als sie von lauten Stimmen geweckt wurde. Sie kannte diese Stimmen, deshalb fürchtete sie sich nicht. Sie schlich die Treppe hinunter, machte aber auf der Hälfte halt und setzte sich auf eine Stufe. Die Küchentür stand offen. Oma hantierte am Geschirrspüler und redete dabei auf ihre Mutter ein, die zusammengesunken am Küchentisch saß und weinte. Der Anblick hatte Isa damals sehr traurig gemacht, sie war aufgesprungen und in die Küche gelaufen, um ihre Mutter zu trösten. «Warum weinst du?», fragte sie immer wieder. Aber Mama antwortete nicht, sondern lief stattdessen in den Garten. Oma hatte Isa dann in den Arm genommen, ihr übers Haar gestreichelt und gesagt, dass Mama traurig war, weil sie morgen wieder abreisen musste.

Isa schloss die Augen und schüttelte kurz den Kopf, so hoffte sie die Bilder zu vertreiben. Dann drückte sie Metas Hand ein wenig fester, um sich zu vergewissern, dass all das gerade wirklich passierte und sie nicht träumte.

Sie öffnete die Augen, fixierte wieder ihren Punkt an der Wand und atmete tief durch. Konnte all das wirklich wahr sein? Hatte Luise der eigenen Tochter nicht zugetraut, ein Kind großzuziehen?

«Das heißt, du wolltest gar nicht ohne mich leben?», flüsterte Isa, ohne ihren Fixpunkt aus den Augen zu verlieren.

«Keine Sekunde», sagte Jette mit überraschend fester Stimme. «Ich war nur einfach nicht stark genug, hatte nichts, was ich Luise entgegensetzen konnte. Und das werfe ich mir bis heute vor.» Sie schwieg einen Moment, dann fuhr sie fort: «Ich bin irgendwann ganz bewusst seltener gekommen, aber nicht, weil mir meine Karriere wichtiger war. Durch die Arbeit hoffte ich allerdings, den Schmerz abschütteln zu können. Das war sicher egoistisch, und es war der größte Fehler meines Lebens. Aber es schien mir die einzige Möglichkeit, zu überleben.»

Meta räusperte sich verstohlen. Und Isa wusste auch, ohne sie anzublicken, dass sie weinte.

«Aber wieso hast du nie etwas gesagt?», fragte Isa.

Jette zögerte einen Moment. «Ich hatte es immer wieder vor, wollte dir meine Seite der Geschichte erzählen. Aber ich wollte zwischen dir und Luise auch nichts kaputt machen, sie war doch der wichtigste Mensch in deinem Leben. Und als du älter und schließlich erwachsen warst, kam ich nicht mehr an dich heran.» Sie machte eine Pause. «Aber bei meinem Besuch im letzten Jahr in deinem Restaurant … An diesem einen Tag, da fühlte ich mich dir für einen kurzen Moment ganz nah. Und von da an habe ich noch mehr als sonst gehofft, dass wir eine zweite Chance bekämen.»

Isa spürte wieder dieses Kribbeln wie heute Morgen

auf dem Friedhof. Sie ließ Metas Hand los und reichte ihre Hand nun Jette. Die legte ihre hinein. Sie war wärmer und weicher, als Isa es erwartet hatte.

Ihre Hände ruhten nun in Metas Schoß, die ihre wiederum auf die von Isa und Jette legte. So saßen sie eine Weile schweigend da, bis Isa die Stille durchbrach. Eine Frage brannte ihr noch unter den Nägeln.

«Wieso bist du nach meiner Geburt nicht einfach hiergeblieben?»

«Ich habe es versucht», sagte Jette und lachte bitter. «Aber schon nach einer Woche flogen im Seestern so dermaßen die Fetzen. Wir waren uns beim Kochen einfach nicht einig gewesen.» Sie machte eine Pause. «Außerdem war ich gerade dabei, mir in Frankreich etwas aufzubauen, wollte noch so viel lernen und entdecken. Ich hätte das nur alles gern mit dir zusammen gemacht!»

Bei Jettes Worten fühlte Isa gleich wieder das altbekannte Brennen im Bauch. Doch diesmal hielt sie es im Zaum. Sie hatte dieses Gefühl so über. Wie konnte sie ihrer Mutter verdenken, die eigenen Träume leben zu wollen, sie selbst hatte es ja auch getan und dabei ihre Oma in Nordernby und die alten Freunde vor den Kopf gestoßen.

«Als du in die Schule kamst», fuhr Jette fort, «hatte ich schon resigniert und zugestimmt, dass Luise deine Vormundschaft übernahm. Das hat euer Leben hier leichter gemacht.»

«Luise ist ihre olle Sturheit zum Verhängnis geworden», sagte Meta mit brüchiger Stimme. «Sie hatte gehofft, wenn du bei ihr bliebest, dass dann auch Jette irgendwann zurückkommen würde, um zu bleiben.

231

Stattdessen hat sie euch beide verloren.» Meta räusperte sich und fuhr dann fort: «Sie war so glücklich mit Klein Isa. Aber auch wenn du da warst, Jette, hat sie immer zu mir gesagt: ‹Ich wünschte, ich könnte die Zeit anhalten.› Aber das konnte selbst Luise Petersen nicht. Hätte sie ihren Gasthof nicht gehabt, wäre aus ihr eine ganz schön einsame Frau geworden. Ich habe ihr oft ins Gewissen geredet, habe immer gesagt, dass ein Kind zu seiner Mutter gehört, aber ihr wisst ja, wie sie war.»

«Deshalb also das Testament …», sagte Isa gedankenverloren. «Sie hatte eingesehen, dass sie einen Fehler gemacht hat.»

«Das hat sie.» Meta kicherte jetzt beinahe. «Und sie hat bei einem Schnaps geschworen, sich aus dem Grab zu erheben, wenn ihr nicht hierbleibt und euch vertragt. Apropos …» Sie fingerte in der Tasche ihrer Stickjacke herum. «Sun Schiet, ich hab meinen Flachmann vergessen. Ob wohl noch was von diesem Plüschappel-Wein da ist?»

«Ich seh nach», sagte Jette und ließ langsam Isas Hand los. Sie rappelte sich auf. In der Tür blieb sie kurz stehen. «Ich habe dich vermisst», sagte sie, ohne sich umzudrehen.

Der Punkt an der Wand verschwamm vor Isas Augen. «Ich habe dich auch vermisst, Mama.»

21.

Jede Frau ist für gutes Essen anfällig.

GIACOMO CASANOVA

FAMILIE

Als Isa in dieser Nacht ins Bett ging, schlief Henry schon. Sie starrte in die Dunkelheit und fühlte sich, als wäre sie von einer langen Reise nach Hause gekommen: Alles war vertraut und doch irgendwie neu. Ihr Kopf brummte vor lauter Eindrücken, die erst einmal verarbeitet werden mussten, außerdem fühlte sie sich wahnsinnig erschöpft und gleichzeitig hellwach.

Sie versuchte sich zu entspannen, dabei horchte sie in sich hinein und spürte, dass sich in ihrem Bauch doch wieder diese altbekannte Wut breitmachte. Aber diesmal richtete sie sich nicht gegen Jette, sondern gegen Oma. Isa fühlte sich von ihr betrogen, beraubt um einen großen Teil ihres Lebens. Wie wäre es gewesen, eine richtige Mutter zu haben? Was wäre dann wohl aus ihr geworden?

Plötzlich waren da so viele Lügen, so viele Geheimnisse. So viele Fragen, auf die es keine Antworten gab.

Sie hatte noch eine ganze Weile mit Jette und Meta

zusammengesessen und auf dem Fußboden Wein getrunken und Schinken gegessen. Viel geredet hatten sie nicht mehr. Jede von ihnen schien ihren Gedanken nachzuhängen. Nur Meta durchbrach hin und wieder die Stille, erzählte von früher und davon, wie stolz Luise immer auf ihre Deerns gewesen war. Als der Wein schließlich ausgetrunken war, hatte sie gesagt: «So, nun ist alles gesagt, nun versucht, zu verstehen und zu verzeihen und mit der Vergangenheit euren Frieden zu machen.»

Für Isa allerdings war noch nicht alles gesagt. Doch für den Moment hatte sie beschlossen, sollte es genug sein, und sie verkniff sich die Frage nach ihrem Vater.

Henrys Handywecker riss Isa aus einem unruhigen Schlaf. Neben sich spürte sie ihren Verlobten, der sie dicht an sich zog und ihr ein «Guten Morgen» ins Ohr flüsterte.

«Wart ihr gestern noch lange wach?», fragte er.

Isa grummelte nur vor sich hin.

Er gab ihr einen Kuss und stand voller Elan auf. «Wir müssen in einer Stunde starten. Mein Termin beginnt um 14 Uhr.» Er kramte in seiner Reisetasche und zog ein frisches Hemd heraus. «Hast du denn mit deiner Mutter noch alles wegen des Verkaufs regeln können?»

«Eher weniger.» Isa gähnte und spürte von der Scheurebe einen leichten Druck im Kopf. «Jette kann sich hier gern noch ein paar schöne Tage machen, aber wir werden am Ende sowieso verkaufen müssen.»

Henry schaute auf. «So? Gestern klang das aber noch ganz anders, da konnte es dir gar nicht schnell genug gehen.»

Isa zuckte mit den Schultern. Sie war definitiv zu müde, um ihm zu erzählen, was sie in Jettes Zimmer alles erfahren hatte. Außerdem musste sie all das erst einmal selbst verdauen, und genau deshalb würde sie auch wie geplant mit Henry abreisen. In Kopenhagen könnte sie endlich mal wieder zur Ruhe kommen und hätte genügend Abstand zu alldem hier.

«Vielleicht war mein Vorschlag, sie zur Hochzeit einzuladen, doch ein wenig voreilig.» Henry wühlte erneut in seiner Tasche herum. «Ich meine, ihr kennt euch doch gar nicht, und sie ist ja auch wirklich ziemlich komisch. So wie eigentlich alle hier.»

«Was soll das heißen?» Isa richtete sich auf und fühlte sich mit einem Schlag hellwach. Irgendwie hatte sie das Bedürfnis, die Nordernbyer zu verteidigen.

«Was?» Henry stand in Boxershorts vor ihr, hielt in einer Hand Zahnbürste und Rasierer und in der anderen das frische Hemd.

«Dass hier alle komisch sind?»

«Das meine ich doch gar nicht böse, aber ich war doch gestern dabei, als du versucht hast, mit deiner Mutter ein sachliches Gespräch über den Verkauf zu führen, das war ja gar nicht möglich. Und dass sie dir nie erzählt hat, wer dein Vater ist, das ist ja auch irgendwie verrückt. Und dann diese Alte mit ihrem Plüschappel und den Frauenlüüd.»

«*Diese Alte*, wie du sie nennst, heißt Meta, und sie bedeutet mir ziemlich viel.» Dass Isa mit ihr erst vor wenigen Tagen die Geister beschworen hatte, behielt sie lieber für sich.

«Wie auch immer. Wenn du mich fragst, Tim und

Momme sind in Ordnung. Aber Jette und Meta ...» Er tippte sich mit dem Finger an die Stirn. «Auf ihre Weise sind sie ja durchaus liebenswert, aber auch echt ein bisschen schräg.» Er lächelte und zuckte mit den Schultern. «Ich geh jetzt duschen.»

«Ach, und bei dir zu Hause sind alle normal, ja?», rief Isa ihm mit pieksigem Unterton hinterher. Sie verdrehte die Augen. Dann stand sie auf, ging ans Fenster und öffnete die Vorhänge. Auch heute war der Himmel blitzblank, und Isa hatte das Gefühl, dass die umliegenden Rapsfelder über Nacht noch einen Hauch gelber geworden waren. Wie oft hatte sie hier gestanden und in den Garten geblickt ... Sie atmete tief durch. Ob es nun das letzte Mal war? Sicher würde der Verkauf, an wen auch immer, in den nächsten Wochen über die Bühne gehen. Jette würde schließlich auch nicht ewig hierbleiben wollen. Genau wie Isa hatte sie ein eigenes Leben, fernab von Nordernby. Isa blieb noch einen Augenblick am Fenster stehen und war froh, kurz allein zu sein. Dann wischte sie sich über die Augen und ging zurück zum Bett. Sie setzte sich und sah sich um. Sie würde das hier jetzt hinter sich lassen, und trotz der Wehmut wusste sie, dass ihre Entscheidung, mit Henry abzureisen, richtig war. Ihre Mutter aber wollte sie auf jeden Fall wiedersehen, das spürte sie ganz deutlich. Sie wollte Jette kennenlernen, mehr über sie und ihr Leben erfahren. Das aber könnten sie auch in London tun, denn natürlich würde sie Jette, nach allem, was nun ans Licht gekommen war, zu ihrer Hochzeit einladen. Da konnte Henry sie zehnmal *komisch* finden.

Isa holte ihre kleine Tasche aus dem Schrank, packte

ihre paar Klamotten ein, Omas Strickjacke und die Lederkladde. Sie nahm das Foto vom Nachttisch und betrachtete es. Oma sah so glücklich aus mit ihr auf dem Arm.

Aber wie merkwürdig es doch war – bis gestern hatte Isa geglaubt, niemanden auf dieser Welt besser zu kennen als ihre Oma, und nun musste sie feststellen, dass sie so vieles nicht von ihr gewusst hat. Und dass Oma sich nicht immer richtig verhalten hatte.

Trotzdem stieg mit einem Mal in Isa ein Gedanke auf, nein, es war eher ein Gefühl, ein Gefühl der Dankbarkeit, das nun ihren Körper durchströmte und das die Wut auf ihre Oma trotz allem ganz klein werden ließ. Niemand konnte sagen, wie ihr Leben verlaufen wäre, wenn sie bei Jette aufgewachsen wäre. Vielleicht wäre sie unter die Räder gekommen, weil ihre Mutter kaum Zeit gehabt hätte. Sicher wäre sie wohl viel seltener kopfüber in die Schlei gesprungen, hätte nicht mit Momme, Tim und Wiebke Pfeile geschnitzt wie richtige Indianer und wäre nicht Nordernbyer Meisterin im Steineflitschen geworden. Ganze sieben Mal war ihr Stein beim Kinderfest 1999 übers Wasser gehüpft. Das hatte nicht mal Tim geschafft.

Sie strich über das Foto. So wie es war, war es gut gewesen. Niemals hatte es Isa an irgendetwas gefehlt, schon gar nicht an Liebe.

«Willst du auch schnell duschen?» Henry stand mit nassem Haar und frisch rasiert wieder im Zimmer.

Isa nickte und beschloss, die kleine Verstimmung von eben zu vergessen. Sie legte das Foto in ihre Tasche und schnappte sich das bunt gestreifte Kleid, das sie sich vorgestern gekauft hatte.

«Ich trage schon mal die Taschen ins Auto und besorge nebenan beim Bäcker etwas zu essen.»

«Alles klar.» Isa war froh über Henrys Geschäftigkeit.

Nach der Dusche klopfte Isa bei Jette. Keine Antwort. Vorsichtig öffnete sie die Tür einen Spalt und sah, dass Jette noch im Bett lag und schlief. Isa beschloss, einen kurzen Brief zu schreiben mit ihrer Handynummer.

Zurück in ihrem Zimmer kritzelte sie schnell ein paar Worte auf einen Zettel, lief dann mit ihrem schmalen Gepäck runter und legte ihn auf den Küchentisch.

Vor dem Seestern hielt sie Ausschau nach Henry.

Mit zwei Coffee-to-go und einer Tüte Brötchen unterm Arm geklemmt, eilte er gerade über die Straße. «Hübsch siehst du aus», sagte er und gab Isa einen Kuss. «Bist du so weit?»

Während Henry alles im Wagen verstaute, trat Isa ein wenig unschlüssig auf der Stelle herum. «Eigentlich ja, aber ich würde mich gern noch verabschieden. Jette schläft allerdings noch, und ich denke, Meta auch.»

«Aber *ich* bin wach.» Das war Tim.

Isa drehte sich zu ihm um. «Ach, wie schön …!» Ihr Herz hüpfte vor Freude, sich nun wenigstens von ihrem alten Freund verabschieden zu können.

«Ich muss gleich ins Büro», erklärte er, «und bin auch noch schnell Brötchen holen.» Er blickte zu Henry. «Moin. Gut bei uns in Nordernby geschlafen?»

«Wie ein Stein.» Henry ging ums Auto herum und streckte Tim die Hand entgegen. «Mach's gut, es war schön, dich kennengelernt zu haben. Wir sehen uns im September bei unserer Hochzeit, okay?»

Plötzlich waren Stimmen von der Straße zu hören.

«Was ist denn hier los?», rief Meta schon von weitem. Eingerahmt von Momme und Johan kam sie mit ihrem Rollator die Dorfstraße herunter. «Du willst wirklich abreisen?»

Isa musste lachen, als sie die verschlafene Truppe sah. «Der frühe Vogel fängt den Wurm, oder was?»

«Also, ehrlich gesagt, der frühe Vogel kann mich mal! Ich sag nur: senile Bettflucht.» Tatsächlich klang Momme noch ziemlich müde. «Ich bin nur hier, weil Johan loswill und ich versprochen habe, nach seinem Öl zu sehen.»

Von dem Abschiedskomitee angelockt, kam nun auch Jette aus dem Seestern geeilt. «Fahrt ihr jetzt?» Sie klang aufgeregt, guckte Isa aber gleichzeitig ein wenig unsicher an. Sie trug Omas geblümten Frottee-Bademantel, was Isa komischerweise völlig normal fand.

«Ja, aber ich habe dir meine Nummer aufgeschrieben», sagte sie und machte einen Schritt auf Jette zu.

Nach kurzem Zögern nahmen sich die beiden in den Arm, und Isa fragte sich, wie lange das her war. Ihre Mutter roch genau wie früher nach Patchouli und etwas Zitrone. Isa musste daran denken, wie sie als Kind bei jedem Abschied den Duft gierig eingesogen hatte, und auch an den Schmerz musste sie in diesem Moment denken, der sie dabei jedes Mal durchströmte. Dazu mischte sich nun der Lavendel-Duft von Omas Bademantel. Was für eine seltsame Mischung.

«Ich muss das jetzt alles erst einmal verdauen», sagte Isa. «Kopenhagen wird mir guttun.»

«Aber du kommst doch wieder?», fragte Meta.

Isa drehte sich zu ihr um und nahm auch sie fest in den Arm. «Nein, von dort fliegen wir nach Hause.»

«Nach Hause, nach Hause», ereiferte sich Meta. In ihrem Blick lag etwas Verzweifeltes. «Hier ist doch auch dein Zuhause.»

Isa ging nicht darauf ein, umarmte stattdessen Johan und anschließend Momme. «Ich bin keine Bangbüx», sagte sie und lächelte ihn an. «Aber ich muss jetzt erst mal mein Leben in London wieder auf die Reihe kriegen. Und dann –»

«Wir müssen», drängelte Henry.

Isa nahm noch schnell Tim in den Arm. «Grüß Wiebke und Frank und die Jungs. Aber nicht Swantje.» Sie grinste und zwinkerte ihm zu.

Henry hatte einen Arm um Isa gelegt. «Ihr Lieben», sagte er weltmännisch. «Danke für eure Gastfreundschaft. Ich schick euch zum Probieren ein, zwei Flaschen von dem norwegischen Riesling.»

Isa guckte noch mal von einem zum anderen und hob zögerlich die Hand. «Macht's gut.» Alles schien anders als noch vor ein paar Tagen, und sie spürte, wie sich beim Anblick der kleinen Truppe in ihrem Bauch ein warmes, wohliges Gefühl ausbreitete, eines, wie sie es schon sehr lange nicht mehr gespürt hatte – und trotzdem war irgendetwas merkwürdig.

Henrys Arm auf ihrer Schulter fühlte sich auf einmal seltsam schwer an. Sie schüttelte ihn ab und wollte gerade einsteigen, als sie plötzlich wusste, was so merkwürdig war: Sie wollte gar nicht weg! Zum ersten Mal seit der Beerdigung wollte Isa wirklich hier sein bei ihrer *komischen* Familie. Das fühlte sie gerade ganz deutlich.

Wobei zur Familie für sie auch die gehörten, mit denen sie nicht blutsverwandt war.

«Henry, ich … Ich hab hier doch noch etwas zu erledigen», sagte sie kurzentschlossen und holte rasch ihre Tasche aus dem Kofferraum. Es war verrückt, aber wenn sie etwas über ihren Vater erfahren wollte, dann war das jetzt die ideale Gelegenheit, das spürte sie.

«Fahr vorsichtig und viel Erfolg in Dänemark!» Sie stellte sich auf die Zehenspitzen und gab ihm einen Kuss.

«Aber Isa, ich dachte …»

«Ich ja auch …» Sie schob Henry regelrecht auf den Fahrersitz. «Aber nun ist es eben anders. Wir sehen uns in London.»

Sie wollte die Tür zuschlagen, doch Henry hielt dagegen. «Ich verstehe dich nicht, wir hatten doch alles besprochen!»

«Ich weiß, aber … ich kann nicht anders. Hier gibt es noch so viel zu regeln.»

Er startete den Motor und schloss kopfschüttelnd die Fahrertür. Dann fuhr er mit versteinerter Miene vom Hof.

Die anderen guckten ihm schweigend hinterher. Nur Meta schien es nicht die Sprache verschlagen zu haben. «Dann können wir jetzt ja frühstücken», sagte sie und strahlte Isa an.

22.

*Das Essen soll zuerst
das Auge erfreuen und
dann den Magen.*

JOHANN WOLFGANG V. GOETHE

CAESAR

Jette dachte, dass sich in Isas Gesichtsausdruck, in ihrer ganzen Haltung etwas verändert hatte. Das Misstrauen, das die ganze Zeit über in ihrem Blick gelegen hatte, war fast verschwunden. Sie lachte mehr, und sie hatte einen Glanz in den Augen, den Jette seit Kindertagen nicht mehr bei ihr gesehen hatte. Ihr kam es vor, als wäre ihre Tochter von einer zentnerschweren Last befreit.

Ihr selbst ging es genauso. Nach dem Aufwachen hatte sie für einen Moment befürchtet, alles nur geträumt zu haben: der Abend auf dem Teppichboden, die Berührungen ihrer Hände, das vorsichtige Auf-einander-Zugehen. Aber seit Isa sie umarmt hatte, war Jette erleichtert, weil sie jetzt wusste, dass es kein Traum gewesen war.

«Was ist jetzt?», fragte Meta erneut in die Runde. «Frühstück?»

«Später», sagte Jette. «Es ist so ein schöner Morgen, ich will erst einmal an die Schlei. Auf dem Rückweg bringe ich dann gern Brötchen mit.» Sie legte den Kopf schief und lächelte Isa an. «Kommst du mit?»

«Was ist denn das für 'ne neue Harmonie?» Momme, der sich gerade darangemacht hatte, das Öl in Johans Auto zu kontrollieren, zog die letzte Silbe ganz lang. «Sacht bloß, ihr beiden habt euch vertragen?»

«Ist das nicht schön!» Meta hatte sich inzwischen auf ihren Rollator gesetzt und kiekste vergnügt. «Nehmt ihr mich mit? Ich brauch 'n büschen Bewegung. Von dem ollen Fußboden gestern tun mir die Knochen ganz schön weh.»

«Was denn für 'n Fußboden, Muddi?», fragte Momme. «Ich komm irgendwie nicht mehr mit.»

«Ist nicht wichtig», sagte Jette und tauschte mit Meta und Isa vielsagende Blicke. Die letzte Nacht hatte die drei zusammengeschweißt. Nun waren sie Komplizinnen, die ein Geheimnis teilten. Jette mochte das Gefühl.

«Ich muss los», rief Tim und winkte in die Runde. «Ich komme später noch mal vorbei.»

«Ich will mich ebenfalls verabschieden.» Johan bedankte sich bei Momme und gab Meta einen Handkuss. Er stellte klar, dass er ebenfalls bald wiederkommen würde, und Jette meinte dabei in Metas Augen ein ungewohntes Leuchten zu sehen.

Als auch er abgefahren war, wollte Momme sich noch mal aufs Ohr hauen. «Ich habe heute Abend ein Bier-Tasting, da muss ich fit sein.»

«Wie spannend», sagte Jette und meinte es genauso, wie sie es sagte. «Hier im Seestern?»

«Nee, in Schleswig. Kannst ja mitkommen, wenn du willst.»

«Warum nicht?» Sie hatte wirklich Lust, etwas zu unternehmen. Vielleicht könnte Tim einspringen und Isa in der Küche zur Hand gehen. Ihm schien die Arbeit Spaß zu machen, und ohnehin schien er sich im Seestern sehr wohlzufühlen.

Meta hatte sich hinter ihrem Rollator in Stellung gebracht. «Nun lass uns mal los zum Wasser», sagte sie. «Sonst dauert es noch länger, bis wir endlich was in unsere Mägen kriegen.»

Jette sah, wie Isa sie amüsiert musterte. «Willst du dir vielleicht noch schnell was anderes anziehen?»

Jette blickte an sich herunter. «Nö! Das ist genau das richtige Outfit für einen Morgenspaziergang.»

Als sie sich gerade auf den Weg machen wollten, hielt ein weißer Kastenwagen vorm Seestern. Ein rosa Schweinekopf-Logo prangte an der Tür. *Landschlachterei Thies* stand – ebenfalls in Rosa – im Halbkreis darüber. Der Fahrer, ein gutbeleibter Mann um die 60, stieg aus und guckte ein wenig schüchtern. «Moin zusammen.»

«Moin, Bruno», sagte Meta. «Hat Tim bei dir was für 'n Seestern bestellt?»

«Nee, ich …» Unbeholfen hielt er Meta einen Umschlag hin. «Ich hab hier noch 'ne Rechnung für den Seestern.»

Jette machte einen Schritt auf ihn zu und reichte ihm die Hand. «Moin, ich bin Jette Petersen, die Tochter von Luise Petersen.» Was für eine ungewohnte Rolle, dachte sie. «Worum geht es denn?»

«Oh. Mein Beileid.» Er schüttelte Jette die Hand. «Luise hatte bei mir zehn Kilo Lammkeule bestellt, und die

Rechnung ist noch offen. Ich hab aus Anstand bis heute gewartet, aber so langsam bräuchte ich mein Geld.»

Jette nahm den Umschlag und überflog das Schreiben. «Natürlich, warten Sie.» Sie lief ins Haus und kam mit ein paar Scheinen zurück.

Der Schlachter zählte nach. «Besten Dank auch und nichts für ungut.» Dann stieg er schnell in seinen Wagen und fuhr wieder ab.

Meta schnaufte. «Isalein, es ist wirklich schön, dass du hiergeblieben bist. Aber wir müssen schnellstens zusehen, dass Geld in die Kasse des Seesterns kommt.» Sie hatte sich wieder auf ihren Rollator gesetzt und sah ganz schön bedröppelt aus. «Luises Finanzen machen mir echt Bauchschmerzen. Geht ihr man allein zum Wasser. Ich warte hier und koch schon mal Kaffee.»

Jette und Isa gingen die Dorfstraße ein Stück hinauf, dann links über die Gemeindekoppel ans Ufer der Schlei. Jette hatte es immer geliebt, morgens direkt aus dem Bett hierherzukommen. Die Stimmung war dann besonders friedlich.

Heute aber lag fast etwas Magisches in der Luft. Und das nicht nur, weil sie sich mit ihrer Tochter in ungewohnter Zweisamkeit befand. Es wehte überhaupt kein Wind, das Wasser war vollkommen ruhig, die Sonnenstrahlen tanzten auf der Oberfläche wie kleine Sterne, und über den Wiesen lag noch etwas Nebel. Früher war sie manchmal mit Isa hierhergekommen. Dann spielten sie *Ich sehe was, was du nicht siehst* oder *Fischer, Fischer, wie tief ist das Wasser?*. Wie lange war das her …

Wirklich begreifen konnte sie immer noch nicht, was

gestern passiert war. Das Foto, das sie damals von ihrer Mutter und Isa geknipst hatte, noch völlig ahnungslos, wie sich die Dinge entwickeln würden, hatte alles ans Licht gebracht. Endlich. Von dem Konflikt mit Luise zu erzählen war dann viel leichter gewesen, als sie es sich je hätte vorstellen können. Die Worte waren nur so aus ihr herausgeflossen, und mit ihnen auch so viel alte Wut und Trauer.

Isa war näher ans Ufer gegangen, und Jette sah, wie sie sich nach einem Stein bückte, ihn lächelnd begutachtete und ihn dann übers Wasser hüpfen ließ. Und in diesem Moment konnte Jette sich plötzlich vorstellen, ihrer Mutter eines Tages vielleicht sogar verzeihen zu können.

«Wow», rief sie, «das konnte ich nie!» Sie erinnerte sich, wie sie es als Kind immer wieder versucht hatte, ihre Steine aber sofort auf den Grund sanken.

«Soll ich es dir zeigen?», fragte Isa.

«Gern.»

Gemeinsam suchten sie nach glatten, flachen Steinen, und Isa zeigte Jette die richtige Wurftechnik.

«Momme hat es mir beigebracht.» Isa guckte konzentriert auf die Schlei, machte einen Ausfallschritt, und schon hüpfte der Stein fünfmal übers Wasser. «Er war sehr geduldig, und irgendwann hatte ich den Bogen raus.»

Momme und geduldig, dachte Jette, das kam nicht oft vor. Dabei hatte er einen ganz weichen Kern, aber den hielt er meistens hinter seiner rauen Schale gut versteckt.

Nach etlichen missglückten Versuchen gab Jette das Steinewerfen auf.

«Meta hat übrigens recht», sagte sie und wechselte das Thema. «Es ist schön, dass du hiergeblieben bist.»

Isa warf noch einen Stein und sah ihm hinterher. Dann drehte sie sich um, und die beiden gingen weiter.

«Seit gestern ist alles anders», sagte sie nach einer Weile. «Ich bin jetzt irgendwie ganz gerne hier.»

«Willkommen im Club!» Jette nickte wissend. «Ich hatte so eine Angst, hierher zurückzukehren, aber jetzt bin ich froh, dass ich es getan habe.»

«All die Jahre war ich so sehr damit beschäftigt, dich zu verachten», sagte Isa, ohne Jette dabei anzusehen, «dass ich mich nie gefragt habe, wie es dir eigentlich ging.» Sie kickte ein Steinchen weg. «Aber du wirktest bei deinen Besuchen auch nie traurig, so als würde dir etwas fehlen, eher immer gut gelaunt, fast ein bisschen drüber.»

Jette lachte bitter auf. «Ich hab die Rolle der egozentrischen Mutter lange geübt, irgendwann beherrschte ich sie perfekt.»

«Bei mir kommen auf einmal so viele Erinnerungen und Bilder hoch», sagte Isa. «Dinge, von denen ich gar nicht mehr wusste, dass ich sie erlebt habe.»

Jette sah sie fragend an.

«Gestern beim Einschlafen fiel mir zum Beispiel wieder ein, dass du immer *Der kleine Wassermann* dabeihattest, wenn du kamst.»

Jette lächelte. Sie konnte sich gut daran erinnern, wie die beiden in Isas Bett gelegen und sie ihr daraus vorgelesen hatte. «Du hast das Buch geliebt.»

«Nach dem Lesen hast du mir dann immer *helle Träume* gewünscht, genau wie es die Wassermann-Mutter in der Geschichte tat.»

Sie gingen weiter in Richtung des alten Stegs, der seit Generationen als Badestelle für Nordernbyer Kinder diente. Hier war es lange flach, ideal zum Schwimmenlernen.

«Und sonst, wie geht es dir nach diesem aufwühlenden Abend?», fragte Jette. Es war ungewohnt, wie leicht ihr diese Frage über die Lippen ging. Gestern noch um diese Zeit hatten sie sich in der Küche belauert, und Jette hatte sich kaum getraut, ihre Tochter auch nur anzugucken, geschweige denn sie anzusprechen. Und jetzt gingen sie spazieren, redeten und lachten miteinander.

Isa pustete die Backen auf und blies dann langsam die Luft heraus. «Gut … Es geht mir gut.» Sie machte eine Pause, ehe sie weitersprach. «All die Jahre wollte ich immer bloß eines wissen: Warum bist du weggegangen? War es am Ende vielleicht meine Schuld?» Seufzend blieb sie stehen und guckte Jette an. In ihren Augen schimmerten Tränen. «Jetzt weiß ich, dass ich nicht schuld bin», flüsterte sie. «Das ist gut.»

Jette nahm ihre Tochter in den Arm. Erst ganz sachte, aber als sie merkte, dass Isas Körper sich entspannte, streichelte sie ihr über den Rücken und wog sie sanft hin und her. Eine Weile standen sie einfach nur da und hielten sich ganz fest – bis Isas Magen auf einmal laut knurrte.

Lachend beschlossen sie, den Rückweg anzutreten.

Jette atmete die klare Luft ein und fragte sich, wann sie sich das letzte Mal so lebendig gefühlt hatte.

«Wie lebst du eigentlich in New York?», fragte Isa, als könne sie Gedanken lesen.

Jette erzählte von ihrer Wohnung in Brooklyn, von

ihrer Versuchsküche, von ihren Reisen. «Ich denke, die Welt zu sehen ist für uns Köchinnen extrem wichtig und inspirierend. Wir sollten wissen, wie ein Fisch in Japan zerlegt wird, wie man in Frankreich eine Soße, etwa eine Espagnole, vorbereitet oder was eine peruanische Marinade ausmacht. Und dann, in unserer eigenen Küche ...» Sie machte eine Pause und sah Isa an. «... erschaffen wir aus all diesen Erfahrungen etwas vollkommen Neues.» Sie lächelte. «Und wer weiß, vielleicht reisen wir ja demnächst mal gemeinsam, zum Beispiel nach Italien. Isst du immer noch so gern Pasta wie früher?»

«Ich *liebe* Pasta», sagte Isa euphorisch. «Das ist wirklich das Einzige, was ich immer im Haus hab. Allerdings habe ich schon lange keine gute mehr selbst gemacht.» Die Heiterkeit war aus ihrer Stimme verschwunden.

Jette wollte etwas Aufmunterndes sagen, aber sie fürchtete, damit eine unsichtbare Grenze zu überschreiten. Irgendwann später würde sie Isa ihre Hilfe anbieten. «Henry ist übrigens echt ein netter Kerl. Ich hoffe, er steht dir auch in schwierigen Zeiten bei.»

Isa nickte und guckte zu ihrer Mutter. «Hast du eigentlich jemanden?»

Die Frage kam für Jette überraschend. «Ich? Nein, ich ... ich hab irgendwie kein Händchen für Männer, außerdem bin ich gern unabhängig.» Sie hoffte wirklich sehr, dass Isa das Gespräch jetzt nicht auf ihren Vater lenken würde, denn Jette hatte nicht vor, über ihn zu sprechen. Natürlich konnte sie sich vorstellen, dass ihrer Tochter diese Frage unter den Nägeln brannte, aber es würde alles nur unnötig kompliziert machen. Jette war froh, als Bäcker Hansen in Sicht kam und sie eine große Tüte Brötchen kauften.

Auf dem Weg zum Hintereingang vom Seestern kam plötzlich ein Rauhaardackel wild kläffend auf sie zugerannt, so als müsste er sein Revier verteidigen. Jette und Isa blieben erschrocken stehen.

«Aus, Caesar!», brüllte eine Männerstimme.

Der Hund gehorchte und lief in Richtung Hintertür, aus der jetzt der Bürgermeister hinauslugte.

«Vor dem hat man auch nirgends seine Ruhe», raunte Jette.

Isa nickte. «Ich habe ihn doch erst gestern hier gesehen. Was wollte er eigentlich?», fragte sie flüsternd.

«Er wollte über den Seestern verhandeln, ich hab ihn aber gleich wieder rausgeschmissen.»

Schon trat Diedrichsen auf sie zu. «Das ist ja schön, euch so einträchtig zu sehen, meine Damen. Das wirkte gestern noch ganz anders. Kommt mal rein.» Er machte eine einladende Handbewegung. «Es gibt einiges zu besprechen.»

«Was tust du in unserer Küche?», wollte Jette wissen und machte keinerlei Anstalten, ihm zu folgen.

Er ging ein paar Schritte auf sie zu, guckte sie von oben bis unten an und lächelte süffisant. «Du warst schon immer ein bisschen anders als alle anderen hier, aber mit dem, was du da anhast, schießt du wohl echt den Vogel ab. Kein Wunder, dass Caesar sich erschrocken hat.» Er lachte kehlig.

«Von einem Hund mit so stolzem Namen hätte ich ein bisschen mehr Mut erwartet», konterte Jette.

Diedrichsen wurde wieder ernst. «Habt ihr euch mein Angebot überlegt?»

«So weit sind wir noch nicht», sagte Jette. «Luise ist erst ein paar Tage unter der Erde. Nun lass uns erst einmal alles in Ruhe ordnen.»

«Da gibt's wohl nicht mehr viel zu ordnen. Drinnen wartet Ole Boysen, Leiter der Kreditabteilung bei der Sparkasse. Er will euch sprechen.»

Am Küchentisch hockte Meta mit versteinerter Miene. Neben ihr saß ein junger, schlaksiger Typ im Anzug, der lächelnd aufsprang, als die beiden Frauen mit dem Bürgermeister die Küche betraten.

«Ich hab versucht, sie wieder rauszuscheuchen», sagte Meta genervt. «Aber sie wollten unbedingt auf euch warten.»

«Alles gut», sagte Isa, strich ihr über die Schultern und zog sich einen Stuhl heran. Auch Jette und Diedrichsen setzten sich an den Tisch.

«So, Ole, nun erzähl den Damen doch mal, wie ernst die Lage ist.» Der Bürgermeister lehnte sich zurück, verschränkte die Arme vor der Brust und grinste.

Jette konnte Diedrichsens selbstzufriedene Visage nur schwer ertragen. Isa schien es genauso zu gehen, zwischen ihren Augen hatte sich eine Falte gebildet.

«Was ist das hier eigentlich für ein Geklüngel?!», ereiferte sich Jette. «Herr Boysen, können Sie mir erklären, warum Hauke Diedrichsen hier überhaupt anwesend ist? Was hat er mit unseren Finanzen zu tun?»

Der junge Sparkassen-Typ räusperte sich und kondolierte den Frauen erst einmal. «Das ist schon in Ordnung. Schließlich ist er der Bürgermeister und hat, wie Sie wissen, ein sehr großes Interesse daran, den Seestern zu retten.» Dann holte er Unterlagen aus seiner Aktentasche und begann darin zu blättern. Jette und Isa tauschten genervte Blicke aus.

«Wir kennen den Ernst der Lage», sagte Isa schnell. «Meine Oma schuldet Ihnen 60 000 Euro.»

«Durch Zinsen und Säumniszuschläge ist sogar noch ein bisschen was dazugekommen», sagte Boysen in ruhigem Ton. «Die Kredite wurden schon eine ganze Weile nicht mehr bedient. Wir haben viel Geduld gezeigt und lange beide Augen zugedrückt, aber nun sehen wir uns gezwungen, zu handeln, und haben beim Amtsgericht einen Antrag auf Zwangsversteigerung gestellt.»

Bei dem Wort Zwangsversteigerung sah Jette, wie Meta zusammenzuckte und blass um die Nase wurde.

«Und das ist nur eine Formalie», fuhr Boysen fort. «Sie können davon ausgehen, dass dem Antrag in wenigen Wochen stattgegeben wird.»

Er legte die Unterlagen auf den Küchentisch, beugte sich vor und sah Jette, Isa und Meta abwechselnd eindringlich an. «Hauke Diedrichsen hat Ihnen bereits ein sehr großzügiges Angebot gemacht. Ich kann Ihnen nur raten, es anzunehmen. Erfahrungsgemäß erhalten Sie bei einer Versteigerung nur einen Bruchteil des Wertes.»

Jette hatte plötzlich ein komisches Gefühl im Bauch. Gestern hatte sie sich nur gegen Isas Wunsch, den Seestern zu verkaufen, gestemmt, um sie zum Bleiben zu bewegen. Ansonsten stand sie der Sache relativ emotionslos gegenüber. Nun aber spürte sie, dass sich in ihr etwas verändert hatte. Ihr Blick schweifte durch den

Raum, blieb an dem alten Herd hängen, daneben an der Wand lehnte die Klapptafel, und darüber auf der Fensterbank standen die Gläser mit dem Apfelmus, den Jette vor zwei Tagen genauso eingekocht hatte, wie sie es von Luise gelernt hatte. Fast sah es so aus, als sei ihre Mutter nur kurz in der Speisekammer oder im Garten und würde gleich wieder lächelnd zur Tür reinkommen.

Jette konnte den Seestern, der trotz allem ihr Zuhause war, unmöglich Hauke Diedrichsen überlassen.

Nun beugte sich auch der Bürgermeister vor. Seine goldene Brille rutschte ihm dabei auf die Nasenspitze, und er schob sie wieder hoch. Dann streckte er Jette und Isa seine Hände entgegen. «Kommt, schlagt ein, und ihr seid alle Sorgen los.»

«Noch gehört der Seestern uns», sagte Jette, stand auf und hielt den Herren die Hintertür auf. «Und wir haben hier jede Menge zu tun. Auf Wiedersehen.»

«Mensch, Jette ...» Diedrichsen erhob sich schwerfällig.

Aber Jette deutete mit dem Kopf nach draußen. «Tschüs, Hauke», sagte sie genervt.

Nachdem die beiden zusammen mit Caesar, der vor der Tür gewartet hatte, abgezogen waren, deckten Jette und Isa schnell den Frühstückstisch.

«Von dem lassen wir uns nicht den Appetit verderben», erklärte Jette aufmunternd in Metas Richtung. Doch die alte Freundin ihrer Mutter saß zusammengesunken am Tisch und wirkte noch kleiner als sonst.

«Wo kriegen wir bloß genug Gäste her, um die ollen Schulden zurückzuzahlen?» Ihre Stimme klang matt.

Jette und Isa tauschten besorgte Blicke aus. «Das wird schon», sagte Isa. «Tim und Momme fällt bestimmt was ein, die kennen hier doch alle.»

«Heute wird es jedenfalls ruhig bleiben.» Meta griff lustlos nach einem Brötchen. «Der Gesangsverein hat zwar um halb sechs Probe, aber die trinken meistens nur was.»

«Wir sollten trotzdem die Vorräte durchsehen», sagte Jette. «Ich ruf gleich mal Tim an und frage, wo der nächste Großmarkt ist.» Dann blickte sie ihre Tochter an. «Und wir beide nehmen uns die Speisekarte vor. Wir sollten sie verkleinern und vielleicht auch ein wenig verfeinern.»

«Keine Experimente!», sagte Meta kauend.

«Natürlich nicht …» Isa verdrehte die Augen.

«Kannst du deiner Mutter denn überhaupt zur Hand gehen?»

Isa zuckte mit den Schultern. «Gestern ging es mir so schlecht, dass ich nicht einmal in der Lage war, den Spargel zu schälen. Aber …» Sie hielt für einen Moment inne.

Meta trank einen Schluck Kaffee. «Was, aber?», fragte sie und tätschelte Isa aufmunternd die Wange.

«Also, ich hatte hier auch schon einen guten Tag.» Ein Lächeln huschte über ihr Gesicht. «Samstag, als ich mit Tim einkaufen war und wir dann bei ihm gekocht haben, hatte ich meine Nerven im Griff.»

Meta lachte und klopfte sich auf die Schenkel. «Ich wusste es!»

«Was?», fragte Isa und guckte ein wenig irritiert.

«Er hat dich wieder am Haken», sagte Meta.

Jette verstand nicht ganz, worum es ging, stellte aber erleichtert fest, dass Meta wieder ein bisschen Farbe im Gesicht hatte.

«Kein Wunder», sagte Meta vergnügt. «Er ist ja auch ein Schmucker. Soll ich dir vielleicht mal die Karten legen?»

Isa schüttelte sichtlich genervt den Kopf.

Langsam dämmerte es Jette. «Sag bloß, ihr wart mal ein Paar?»

«Quatsch!», empörte sich Isa. «Ich weiß auch nicht, warum Meta so aufdreht. Tim und ich sind Freunde und waren es auch immer. Und Meta», Isa hielt ihre rechte Hand mit dem Ring in die Luft, «falls du's vergessen haben solltest: Ich bin verlobt.»

«Ja, ja.» Meta lächelte in sich hinein und biss in ihr Marmeladenbrötchen.

Jette dachte daran, wie sich Geschichten manchmal wiederholten, und sie wurde das Gefühl nicht los, Luise könnte mit ihrem Testament noch mehr im Sinn gehabt haben als nur die Versöhnung von Mutter und Tochter.

23.

Ich bin beim Kochen
vom Komplizierten zum Einfachen
gegangen. Das ist wahre Kunst.

JOHANNA MAIER

HERINGE

Isa saß am Küchentisch und blätterte ein wenig lustlos durch die Speisekarte. Ihre Mutter war gerade hochgegangen, um zu duschen, und auch Meta war los, sie wollte auf den Friedhof und Luise von der letzten Nacht erzählen. «Dass ihre Deerns nicht mehr wie Feuer und Wasser sind, wird sie ordentlich freuen», hatte Meta kichernd gesagt und sich auf den Weg gemacht.

Ach Meta, dachte Isa und schüttelte innerlich amüsiert den Kopf. Dass sie allen Ernstes glaubte, zwischen ihr und Tim wäre mehr als Freundschaft, fand sie irgendwie lustig. Wie kam sie bloß darauf? Schließlich hatten sie niemandem von der einen gemeinsamen Nacht erzählt, geschweige denn von Isas Wunsch, dass Tim nach dem Abi mit ihr nach London ziehen würde. Außerdem war das eine Ewigkeit her. Wie auch immer.

Sie blätterte weiter durch die Karte. Jette hatte recht,

das waren viel zu viele Gerichte. In ihrem Restaurant in London hatte sie lediglich drei Menüs angeboten, die wöchentlich wechselten, vier Vorspeisen und vier Hauptgerichte. Bei Luise konnten die Gäste allein bei den Hauptgerichten zwischen neun Möglichkeiten wählen.

«Also?» Jette stand auf einmal wieder in der Küche. Ihr Haar war noch nass, den Bademantel hatte sie gegen Jeans und T-Shirt getauscht. «Hast du schon Ideen, was wir anbieten wollen?»

So also fühlte es sich an, eine Mutter zu haben, die man nicht komplett verachtete, dachte Isa. Sie musste sich erst noch daran gewöhnen, bei Jettes Anblick nicht automatisch in die alte, ablehnende Haltung zu verfallen.

Sie hatte tatsächlich Ideen für ein paar Gerichte. Dafür mussten sie sich aber beeilen … Sie stand auf und überlegte, ob der Schuppen hinten im Garten wohl offen war.

«Komm, Mama …» Huch! Isa stutzte. *Mama*, das Wort war ihr einfach so rausgerutscht. Aus dem Augenwinkel sah sie, wie Jette lächelte.

«Was hast du vor», fragte ihre Mutter, ohne das gerade Gehörte zu kommentieren.

«Lass uns nachsehen, ob im Schuppen noch die alten Fahrräder stehen und der Hänger.» Isa spürte wieder dieses Kribbeln im Bauch wie neulich auf dem Wochenmarkt mit Tim. Was für ein belebendes Gefühl.

Kurz darauf hatten sie die Reifen an den Rädern aufgepumpt und an Isas den ganz schön in die Jahre gekommenen Holzanhänger befestigt.

«Wo geht es denn eigentlich hin?», fragte Jette, als sie gerade an der Kirche vorbeiradelten.

«Nach Missunde.» Isa genoss die Sonne auf ihrer Haut. Als sie in den Missunder Weg einbogen, legte sie den Kopf in den Nacken, so wie sie es früher immer getan hatte, und lugte in den Himmel. Wenn ab Frühsommer die Knicks und Bäume links und rechts vom Weg voller Laub waren, hatte man das Gefühl, durch einen grünen Blättertunnel zu fahren. Auf einmal fühlte sich alles ganz leicht an, und Isa hätte vor Glück beinahe ein paar Tränchen verdrückt. Sie hatte allerdings schon heute Morgen an der Schlei beschlossen, dass es mit der Heulerei nun auch mal gut war. Sie wollte nach vorn blicken und endlich wieder anfangen zu leben.

Vor der Schleifähre bogen sie rechts ab. Sie waren nicht zu spät. Isa erspähte noch einen Fischer. Sie drehte sich zu ihrer Mutter um. «Es gibt frische Heringe.»

«Genial. Wie lange habe ich die nicht mehr gegessen?!» Jette lachte übers ganze Gesicht und schien genau wie Isa mit der Heringssaison schöne Kindheitserinnerungen zu verbinden.

Es war immer ein Spektakel gewesen, wenn die ersten Schwärme je nach Wetter ab März oder April zum Laichen in die Schlei kamen. Und mit ihnen die Vorfreude auf die länger werdenden Tage. Hier am Anleger, da, wo die Schlei ganz schmal war, verkauften die Fischer ihre Ware direkt von ihren kleinen Booten aus, und die Leute zogen eimerweise mit den frischen Fischen ab. Manchmal hatte Momme Isa und Wiebke auch mit zum Angeln genommen, denn so einen Fang wie in der Heringszeit machte man das ganze Jahr nicht. Bei Oma gab's die Fische gebraten, danach musste man allerdings tagelang lüften. Außerdem legte Luise sie in Sauer ein, und als Momme und Meta noch einen eigenen Räucherofen besaßen, wurden auch immer welche geräuchert. Danach hießen sie dann nicht mehr Heringe, sondern Bücklinge. Momme hatte Isa erklärt, dass das an der Verbeugung lag, die der Fisch machte, wenn die Hitze des Feuers seine Rückengräte bog.

Sie kauften gleich 50 Stück, ausgenommen und ohne Kopf. Als sie alles im Hänger verstaut hatten, zusammen mit ein wenig Eis, das ihnen der Fischer mitgegeben hatte, schoben sie die Räder am Ufer entlang.

«Luise wäre sehr zufrieden mit uns. Regionaler und saisonaler geht es ja wohl nicht», sagte Isa.

«Stimmt», erwiderte Jette. «Lass uns gleich welche einlegen, dann halten sie sich. Außerdem können wir heute gebratene Heringe als Kleinigkeit anbieten mit Baguette und Aioli oder eine Kräutervinaigrette, zum Beispiel eine argentinische Chimichurri. Als Hauptgericht gibt's Heringe natürlich klassisch mit Bratkartoffeln.»

Isa verspürte bei Jettes Erzählungen schon wieder Hunger, und plötzlich kam ihr eine Idee. «Kennst du den Naschikönig?»

«Wen?» Ihre Mutter prustete los.

«Komm, ich zeig dir sein Schloss.»

Knapp 15 Minuten später liefen Jette an dem Kiosk die Augen über, und die beiden ließen sich von Seiner Hoheit allerhand Schmackhaftes empfehlen. Mit ihren Naschitüten machten sie schließlich am Wesebyer Schleiufer eine kleine Pause.

«Wir sollten langsam überlegen, was wir mit dem See-stern machen», sagte Isa und steckte sich ein Prosecco-bärchen in den Mund.

Jette kniff die Augen zusammen und blickte gen Him-mel. «Wir werden verkaufen müssen. Das Geld können wir niemals so schnell auftreiben.»

«Und selbst wenn», sagte Isa. «Was sollten wir mit dem Seestern anfangen?»

Jette zuckte mit den Schultern. «Sicher gibt es noch andere Interessenten als Diedrichsen. Vielleicht ja auch welche, die Lust haben, den Dorfkrug weiterzuführen. Wir sollten eine Anzeige schalten. Ich mach nachher mal ein paar Fotos und setze was ins Internet.»

«Ich glaube allerdings nicht, dass es so leicht ist, Ga-stronomen zu finden», sagte Isa. «Momme hat erzählt, er und Oma haben im letzten Jahr kein Personal gefunden. Den Job wollen offensichtlich nicht mehr viele machen.»

«So oder so», sagte Jette und blinzelte in die Sonne. «Lass uns das Thema vertagen. Ich war so lange nicht mehr zu Hau–» Sie zögerte einen Moment, ehe sie wei-tersprach: «Ich genieße es hier gerade echt unheimlich. Außerdem sollten wir allein schon Meta zuliebe so tun, als würden wir um den alten Dorfkrug kämpfen. Hast du gesehen, wie fertig sie das Thema macht? Und dieser Boysen von der Sparkasse wird sich bestimmt bald wie-der melden.»

Isa nickte. «Es ist nur so, ich kann das alles nicht ewig hinauszögern. Henry hat mir einen ganzen Stapel Brie-fe von meiner Bank in London mitgebracht. Die sind ziemlich nervös, seit mein Restaurant dicht ist und ich am Gourmet-Himmel nicht mehr zu den aufstrebenden

Lichtern gehöre.» Dieses ganze Finanzthema stresste Isa, aber wenigstens heute wollte sie sich davon nicht die Laune verderben lassen.

Wenig später radelten sie zurück nach Nordernby. Da Meta gesagt hatte, dass es montags eher ruhig blieb, kauften sie bei Inge nur schnell Kartoffeln, Zutaten für eine Aioli und für einen Tomatensalat mit viel glatter Petersilie, der Isas Idee gewesen war, und bei Bäcker Hansen ein paar Baguettes.

«Meinst du, du kommst heute Abend ohne mich zurecht?», fragte Jette, als sie zurück im Seestern waren. «Ich würde Momme wirklich wahnsinnig gern nach Schleswig zu seinem Biertasting begleiten. Dass der jetzt in Craft Beer macht, finde ich echt doll.»

«Wenn Tim mir hilft, bestimmt.» Isa fühlte sich eigentlich recht stabil. Heute würde es ohnehin nur zwei Gerichte geben: gebratene Heringe und Bauernfrühstück. Die Fische, die Jette einlegen wollte, mussten erst einmal ziehen. Und mehr gab die Speisekammer beim besten Willen nicht her. Aber war sie stark genug?

Isa atmete tief durch. Sie wollte es jetzt sofort wissen und bat ihre Mutter darum, ihr eines ihrer Messer zu leihen. «Ich versuche mich schon mal an der Aioli.» Sie stellte die Zutaten bereit und prüfte, ob auch alle in etwa die gleiche Temperatur hatten. Denn das war die einzige wirkliche Schwierigkeit: Versuchte man das Öl mit kalten Eiern aus dem Kühlschrank zu mischen, hatte man keine Chance, dann blieb die Mayonnaise flüssig.

Während Jette erst die Fische wusch und danach anfing, die Marinade aus Zwiebeln, hellem Essig, Pfefferkörnern, Lorbeerblättern, Zucker und etwas Salz vorzubereiten, pellte Isa mit dem Messer ihrer Mutter den Knoblauch. Die Arbeit ging ihr überraschend gut von der Hand, und sie hatte das Gefühl, dass seit gestern auf ganz vielen Ebenen ein Heilungsprozess in Gang gekommen war. Vielleicht hatten ihre Therapeutinnen ja wirklich nicht ohne Grund immer wieder auf dem Mutter-Thema rumgeritten. Und vielleicht hätte sie sich dem längst stellen müssen, vielleicht wäre ihr dann einiges erspart geblieben.

Ein fröhliches Moin riss sie aus ihren Gedanken. Tim war gekommen und begutachtete lächelnd die Heringe. «Da esse ich später gern mit.»

«Von wegen essen, du musst sie braten», sagte Isa. «Jette hat nämlich ein Date mit Momme, und allein schaffe ich es nicht.»

«Ich hab doch kein Date», sagte Jette kichernd, und Isa dachte in dem Moment, nicht nur bei ihr war etwas in Gang gekommen, auch ihre Mutter wirkte seit gestern verändert.

«Wer hat ein Date?» Momme lugte durch die Küchentür.

«Du», entgegnete Tim.

«Guck an.» Momme grinste und setzte sich an den Küchentisch. «Wer ist denn die Glückliche?»

«Nun beruhigt euch mal alle», sagte Jette mit gespielter Strenge. «Ich wollte gern mit zu deinem Biertasting.»

«Jo, mach das. In einer Stunde müssen wir los.»

Unter der Küchendecke hingen dicke Rauchschwaden. Tim hatte gerade nach und nach 20 Fische in Butterschmalz gebraten, sie in längliche Formen gelegt und mit der Essig-Marinade übergossen. Jette und Momme waren inzwischen fröhlich vom Hof gefahren, und Isa hatte ganz ohne Zittern eine hervorragende Aioli gezaubert. Nun machte sie sich an den Salat und war gespannt, ob ihre mediterrane Kreation bei den Damen vom Gesangsverein ankam.

«Was ist gestern eigentlich in Jettes Zimmer passiert?», wollte Tim auf einmal wissen. «Ihr seid da ja gar nicht mehr rausgekommen, und heute wirkt ihr beide wie verwandelt.»

«Oh Gott, ich weiß gar nicht, wo ich anfangen soll», sagte Isa, legte das Messer ab und bemühte sich, so geordnet, wie es irgend ging, alles zu erzählen, was sie von Jette und auch Meta erfahren hatte.

Tim hatte aufgehört, die Fische zu übergießen, und guckte Isa mit großen Augen an. «Das gibt's ja gar nicht. Das ist ja …»

«Na, hier ist ja 'ne Luft!» Diedrichsen stand plötzlich in der Küche. Auch sein Sohn Gunnar war diesmal mit von der Partie. Da die Tür zum Garten offen stand und Isa und Tim so in ihr Gespräch vertieft waren, hatten sie die beiden nicht kommen hören.

Isa verdrehte innerlich die Augen. «Es ist noch geschlossen», sagte sie bissig.

Tim grüßte Vater und Sohn mit einem kurzen Kopfnicken und trug dann die eingelegten Heringe in die Speisekammer.

«Ich hab gesehen, dass deine Mutter abgerauscht ist. Dann können wir beide uns ja jetzt mal in Ruhe unterhalten.»

«Ich wüsste nicht, worüber», entgegnete Isa.

«Wir machen es kurz», sagte der Bürgermeister. «Gunnar, würdest du mal bitte …»

Der Junior hatte eine Aktentasche dabei, aus der er ein iPad zog. Er strich ein paarmal über den Bildschirm, dann räusperte er sich und begann vorzulesen: «… total überfordert, scheint Isabel Petersen für den Stress der gehobenen Gastronomie einfach nicht gemacht zu sein. Das Ende des *Luise's* ist zwar bedauerlich, aber ein Verlust, den die Londoner Feinschmecker rasch verwinden werden …» Gunnar blickte auf und sah Isa direkt in die Augen. «Mein Englisch ist nicht mehr das frischeste, aber ich denke, ich habe alles richtig übersetzt.» Er grinste und steckte das iPad zurück in die Tasche.

Isa wurde heiß. «Ja, und?»

«Läuft bei dir wohl doch nicht alles so toll, wie du neulich bei Luises Beerdigung behauptet hast.» Gunnar grinste immer noch.

Sein Vater pflichtete ihm bei: «Man muss wirklich kein Wirtschaftsweiser sein, um sich vorstellen zu können, dass dir finanziell das Wasser bis zum Hals steht», sagte der Bürgermeister und lächelte süffisant. «Aber keine Sorge, Isabel, ich bin ja da.»

Isa wollte gerade etwas erwidern, als Diedrichsen beschwichtigend die Hand hob. «Lass mich ausreden. Wenn du nun ganz flott deine Mutter dazu bringst, den Seestern an mich zu verkaufen, übernehme ich Luises Schulden bei der Bank. Und für dich, liebe Isabel, ist auch noch ein hübsches Extra-Sümmchen drin. Na, was sagst du?»

Dazu konnte sie gerade gar nichts sagen. Dafür übernahm Tim das Reden. «Sag mal, steht der Seestern auf einer Ölquelle, oder warum bist du so heiß auf den alten Kasten?»

Diedrichsen und sein Junior wandten sich mit geschwellter Brust zu ihm um. «Ach weißt du, Tim», sagte Diedrichsen, «unser Dorfkrug ist schließlich ein Stück Kulturgeschichte. Wäre doch jammerschade, wenn er in die falschen Hände käme.»

24.

UDO

Auf der Heimfahrt von Schleswig ging Jette ein Satz nicht aus dem Kopf, den sie mal irgendwo gelesen hatte: *Wir entdecken die Welt nur ein Mal im Leben während unserer Kindheit und unserer Jugend. Der Rest ist Erinnerung.* Sie wusste nicht, ob das stimmte, aber sie wusste, dass sie all das, was sie hier früher erlebt hatte, nicht missen wollte.

In den letzten Tagen waren ihr so viele Dinge wieder eingefallen: Luises Einschlafgeschichten von sprechenden Quitten und singenden Äpfeln, die ersten Partys als Teenager auf dem Dachboden über dem Laden von Inges Eltern, Momme, der mit seinen viel zu langen Armen ein wenig ungelenk auf der Gitarre *Knockin' On Heaven's Door* spielte, der Frühling, in dem sie beschlossen hatte, nach Frankreich zu gehen und das Leben vor ihr lag wie ein Versprechen.

Sie beobachtete Momme aus dem Augenwinkel, wie er schweigsam geradeaus auf die Straße guckte. Bestimmt war er mit seinen Gedanken noch beim Biertasting, mit dessen Verlauf er mehr als zufrieden sein konnte. Gleich zwei Restaurantbesitzer hatten zugesagt, das Wikingerbräu in ihr Getränke-Angebot aufzunehmen.

Momme war immer ein richtiger Freund gewesen, auf den man sich verlassen konnte, fast wie ein Bruder. Immer ein bisschen rüpelig, aber mit einem riesengroßen Herz. Und jetzt schien er einen ziemlich feinen Gaumen entwickelt zu haben. Es hatte Jette beeindruckt, wie er die letzten Stunden einem bunt gemischten Haufen von Bier-Interessierten etwas über die unterschiedlichen Geschmacksnuancen von Gerste und Malz in der Bierherstellung erzählt hatte, von der Reinheit des Brauwassers und davon, wie die Gärung und Lagerung des Wikingerbräus nach alten Verfahren in liegenden Tanks stattfände.

«In der Gaststube brennt noch Licht.» Momme parkte vorm Seestern und riss Jette aus ihren Gedanken.

Sie schnallte sich ab, beugte sich vor und lugte durch die Windschutzscheibe. «Stimmt, komm doch noch mit rein, Tim ist bestimmt auch noch da.»

Bereits auf der Hinfahrt hatte sie Momme erzählt, was es mit der *neuen Harmonie* auf sich hatte, über die er sich am Morgen gewundert hatte. Obwohl er in den letzten Jahrzehnten mit Luise fast tagtäglich zusammen gewesen war, traf auch ihn die Wahrheit vollkommen überraschend, und er stellte die gleiche Frage wie Isa: «Warum hast du denn nie was gesagt?» Jette hatte nur mit den Schultern gezuckt und war froh gewesen, als sie in Schleswig angekommen waren. Sie wollte das Thema mit Momme nicht vertiefen.

In der Gaststube roch es nach gebratenem Fisch. Bis auf Isa und Tim war niemand mehr da. Die beiden saßen an dem Tisch vorm Tresen und tranken Wein.

«Na, das riecht hier ja, als hättet ihr ganz schön Stress gehabt», sagte Jette und setzte sich, während Momme hinter den Tresen ging und zwei Bier zapfte.

«Nee», sagte Isa, «so schlimm war es nicht. Die Damen vom Gesangsverein wollten aber doch nicht nur etwas trinken, sie haben nach der Probe noch zusammen gegessen.» Isa lächelte und erhob ihr Glas, das sie ganz ruhig hielt. «Kein Tatter, ich konnte Tim sogar mit den Beilagen helfen und servieren.»

In der Erleichterung, die Jette in den Augen ihrer Tochter sah, lag etwas Kindliches. Wie wäre es nur all die Jahre gewesen? Wie wäre es bloß gewesen, dieses andere Leben, das ihr zugestanden hätte und um das Luise sie betrogen hatte? Doch trotz aller Wut wäre sie mit ihrer Mutter so gern anders auseinandergegangen. Sie zwang sich zu einem Lächeln. «Das ist großartig, Isa!»

«Bierchen, Jette?» Ohne die Antwort abzuwarten, stellte Momme ihr eines vor die Nase und setzte sich. «Tja», sagte er, trank einen Schluck und wischte sich anschließend den Schaum von der Oberlippe. «Zwölfmal gebratenen Hering macht uns aber auch nicht reich. Wie wäre es mit Bingo oder so was wie *Bauer sucht Frau* oder Speed Dating oder wie das neudeutsch heißt?»

Die anderen guckten Momme fragend an. «Wie, *Bingo*?», wollte Tim wissen.

«Na, an dem normalen Restaurantbetrieb verdienen wir nichts, und Reservierungen für Hochzeiten oder so gibt's auch keine. Vielleicht müssen wir einfach in neue Richtungen denken.»

Jette und Isa wechselten einen kurzen, skeptischen Blick.

«Klar», sagte Isa, «aber ob Bingo-Abende und Bälle für einsame Herzen das richtige Konzept sind?»

«Ich denke, wir sollten schon versuchen, mit unserer Kochkunst den Laden zu füllen», sagte Jette. «Könnten wir nicht ein bisschen Werbung machen, vielleicht berichtet ja der *Schleikurier* über die neue Frauen-Power im Seestern, was meinst du, Tim?»

«Klar, warum nicht, darum kann ich mich kümmern. Und was haltet ihr von einer großen Tanz-in-den-Mai-Party? Solche Feste hat Luise doch geliebt.»

Jette fühlte, wie plötzlich eine große Traurigkeit in ihr aufstieg. Sie fühlte sich schrecklich einsam. Was wusste sie eigentlich von ihrer Mutter?

Isa schien den Stimmungswechsel bemerkt zu haben. «Alles in Ordnung?», fragte sie.

«Wie … wie war meine Mutter in den letzten Jahren denn so?» Jette blickte in die Runde. «Welche Erinnerungen habt ihr an sie?»

Die anderen schienen ein wenig überrascht von Jettes Fragen. Die Stille, die sich nun über die Gaststube legte, wurde nur von gelegentlichen Trinkgeräuschen unterbrochen.

Schließlich beendete Momme das Schweigen: «Sie war eigentlich immer fröhlich. Selbst wenn ihr die Knie und der Rücken weh taten und ihr schon bei der kleinsten

Anstrengung die Puste wegblieb, meckerte sie nie oder verfiel in Selbstmitleid.»

«Das stimmt», pflichtete Tim ihm bei. «Es konnte ihr noch so schlechtgehen, erst kümmerte sie sich um die anderen. Um mich, als meine Mutter gestorben war, um bedürftige Gäste wie Johan. Sie war glücklich, wenn es die anderen waren, wenn es in Nordernby allen gutging.»

Jettes Augen füllten sich mit Tränen. Fast kam es ihr so vor, als sprächen die beiden von einer anderen Frau, als wären ihre Luise und die, die Jette kannte, unterschiedliche Personen. Und gleichzeitig auch nicht, auch sie kannte diese Frau. Und genau diese liebende Mutter, die Jette bis zu dem Tag, an dem sie mit Isa abreisen wollte, erlebt hatte, vermisste sie so sehr.

Jette legte den Kopf in den Nacken und dachte an die Weihnachtsfeste ihrer Kindheit und daran, dass alles dann so schön geschmückt und so gemütlich war, dass sie vor lauter Glück Bauchweh bekam. Sie dachte an die Faschingskostüme, die Luise ihr genäht hatte, und an ihre warmen Hände, mit denen sie Jette die Tränen aus dem Gesicht gewischt hatte, als sie wegen eines Jungen aus Eckernförde ihren ersten Liebeskummer hatte. Was würde sie dafür geben, diese Hände noch einmal auf ihrer Haut zu spüren!

Nach einer Weile atmete sie tief durch, dann sah sie Isa an, die von Mommes und Tims Worten ebenfalls gerührt schien. «Ihre Fröhlichkeit war schon etwas ganz Besonderes», sagte Isa. «Genau wie ihre Art, auf das Leben zu blicken: *Löpt sik allens torecht*, hat sie immer gesagt.»

Alle schienen sich an den Ausspruch zu erinnern und lächelten vor sich hin.

«Mir ist auch noch was eingefallen», sagte Isa und legte ihre Hand auf Jettes. «Bei unseren letzten Telefonaten hat sie mich öfter Jette genannt.»

Jette stutzte. «Wirklich?»

«Oma war aber nicht tüdelig, stimmt doch, Momme?» Der nickte.

«Das zeigt also», fuhr Isa fort, «wie viel sie in den letzten Monaten an dich gedacht hat. Sie … sie hat sich wahrscheinlich nichts mehr gewünscht, als dich noch mal zu sehen, aber sie war eben zu stolz und zu stur, das einfach zu sagen.»

Wieder schwiegen alle, hingen ihren Gedanken nach.

In Jette keimte die Hoffnung, dass ihre Mutter sie trotz allem geliebt hatte.

Plötzlich stand Momme auf. Er ging hinter den Tresen, zog eine Kassette aus dem kleinen Stapel, der sich im Regal neben den Schnapsgläsern türmte, und legte sie in den altmodischen Kassettenrecorder ein. Wenige Sekunden später ertönte *Aber bitte mit Sahne* aus dem Gerät.

Momme machte die Musik ein wenig lauter, drehte sich um, und seine hellblauen Augen blitzten. «Auch das war Luise!», rief er gegen die Stimme von Udo Jürgens an.

Er ging zurück an den Tisch, stellte sich vor Jette und streckte ihr seine Hand entgegen. «Darf ich bitten?»

Sie überlegte nicht lange. Der Stimmungswechsel tat gut.

An diesem Abend tanzten alle vier noch lange durch die Gaststube, und Jette fühlte sich so leicht und so frei wie lange nicht.

25.

Es gibt niemanden,
der nicht isst und trinkt,
aber nur wenige,
die den Geschmack zu schätzen wissen.

KONFUZIUS

VATER

Isa hielt an, streckte die Arme in die Höhe und rang nach Luft. Sie hatte schreckliches Seitenstechen und musste nun erst einmal eine Pause am Steg einlegen. Das mit dem Joggen war an diesem Morgen vielleicht doch nicht so eine gute Idee gewesen.

Obwohl es gestern spät geworden war, war sie früh aufgewacht, wenn auch nicht ganz freiwillig. Henry hat sie aus dem Schlaf geklingelt. Er wollte von dem norwegischen Riesling berichten und wissen, wie lange Isa denn noch vorhatte, in Nordernby zu bleiben, wobei er schon wieder den Namen ihres Heimatortes vergessen hatte. «Wohl schon noch ein paar Wochen», hatte sie geantwortet. «Schließlich hatte Oma sich vier von uns gewünscht.» Ob es so lange werden würde, wusste sie nicht. Aber sie wollte die Zeit nutzen und auf jeden Fall versuchen, etwas über ihren Vater herauszubekommen, jetzt, wo es so gut lief mit ihrer Mutter. Und um ihre Finanzmisere in den Griff zu bekommen, wollten sie und Jette zusehen, dass sie den Seestern gut verkauft bekämen. Henry war über die Verzögerung ganz und gar nicht *amused* gewesen. Ihm gefiel es nicht, nun wieder allein in London zu sein. Außerdem machte er ihr erneut Druck wegen der Hochzeit, er wollte, dass Isa ihm bei den Vorbereitungen half. Sie konnte ihn ja verstehen, wünschte sich aber auch Verständnis für ihre Situation, schließlich hatte er mit eigenen Augen bei seinem Besuch gesehen, wie kompliziert die Dinge hier waren. Isa war heute Morgen nicht in der Stimmung gewesen, sich Vorwürfe machen zu lassen, schon gar nicht um diese Uhrzeit, und hatte das Gespräch unter einem Vorwand beendet. Danach dachte sie sich, wenn sie nun sowieso wach war, konnte sie auch aufstehen. Und nicht nur das, sie hatte auf einmal Lust auf Frühsport. Zielstrebig war sie zum Schrank gegangen, und tatsächlich: Hinten in der Ecke standen immer noch ihre alten Joggingschuhe.

Sie war Richtung Schlei gelaufen und hatte bei jedem Schritt gespürt, wie eingerostet sie war. Trotzdem rannte sie tapfer weiter. Die ganze Zeit über musste sie an den zurückliegenden Abend denken. Es hatte alles super geklappt und mit Tim in der Küche sogar richtig Spaß gemacht. Und dass die Damen vom Gesangsverein ihren Tomatensalat mit gerösteten Brotwürfeln, Petersilie und einem leichten Zitronendressing, das hervorragend zum Fisch passte, der klassischen Hausmanns-Variante mit Bratkartoffeln vorgezogen hatten, freute sie sehr. Aber vor allem hatte sie unterwegs die ganze Zeit an die letzten Telefonate mit Oma denken müssen, und daran, dass Luise, ohne es zu merken, Isa ein paarmal Jette genannt hatte. Isa hatte gestutzt, und es hatte sie auch wütend gemacht, ausgerechnet mit dem Namen ihrer verhassten Mutter angesprochen zu werden, aber sie hatte dem Ganzen auch nicht zu viel Bedeutung beimessen wollen und es schnell vergessen oder, besser gesagt, verdrängt. Nun war klar, was damals mit Oma los gewesen war. In Gedanken war sie längst mit ihrem Testament zugange, hoffte auf Versöhnung und wohl auch auf Vergebung. Als Isa diese Versprecher gestern wieder eingefallen waren und sie Jette davon erzählt hatte, war die plötzlich wie ausgewechselt. Es schien sie zu trösten und ihr viel zu bedeuten. Sie lachte und tanzte und war in allerbester Feierlaune. Das waren sie alle gewesen. Tim und Momme hatten abwechselnd den DJ gegeben und Omas geliebtes Udo-Repertoire rauf und runter gespielt. Bei *Liebe ohne Leiden* musste Isa an Wiebkes und Franks Hochzeit denken. Einige Schulfreunde und Nachbarn hatten den Text verteilt, und die gesamte Festgesellschaft hatte das Lied dann für die beiden gesungen. Damals hatte Isa das kitschig gefunden und sich auch ein bisschen fremdgeschämt. Aber gestern hatte sie es zusammen mit ihrer Mutter gegrölt, und dabei war ihr zum ersten Mal aufgefallen, wie schön der Text eigentlich war. Bei *Siebzehn Jahr, blondes Haar* hatte Tim sie dann in seinen Arm gezogen, und in guter alter Knotentanzmanier hatten sie sich durch die Gaststube gedreht. Isa hatte es genossen und sich dabei gefühlt, als wäre sie in eine andere Zeit zurückgeworfen worden.

Beim Gedanken daran lächelte sie. Das Seitenstechen

hatte sich allmählich verzogen, und Isa trabte langsam weiter. Um sie herum leuchteten die Rapsfelder, und sie spürte, wie ihr Herz ganz weit wurde. Ihre Beine allerdings fühlten sich an wie Blei. Vielleicht hatte sie gestern einfach zu viel getanzt. Sie konnte sich nicht daran erinnern, wann sie zum letzten Mal so ausgelassen gewesen war.

Plötzlich überkam sie ein Niesanfall, und sie blieb erneut stehen. In ihrem Rachen und in ihrer Nase spürte sie schon seit Tagen ein unangenehmes Kribbeln. Alle möglichen Pollen schienen in der Luft unterwegs zu sein. Früher hatte ihr das nichts ausgemacht, aber in den letzten Jahren fing sie auf einmal an, unter leichtem Heuschnupfen zu leiden. Deshalb beschloss sie, langsam zurückzulaufen. Es reichte mit dem Frühsport.

Schon im Garten wehte ihr der Duft von frischem Kaffee entgegen. Die Hintertür stand einen Spalt offen. Isa sah, wie ihre Mutter am Küchentisch saß, Kaffee trank und in der Speisekarte blätterte. Es war schon merkwürdig, dass ihr Anblick hier in der Küche in Isas Magengegend nichts mehr zum Brennen brachte. Noch vor ein paar Tagen hätte sie alles dafür gegeben, wenn ihre Mutter nur schnell wieder verschwunden wäre. Und nun freute sie sich darauf, mit ihr einen Kaffee zu trinken. Das Leben steckte manchmal wirklich voller Überraschungen.

«Guten Morgen», sagte Isa.

Jette blickte auf. «Moin! Du bist aber früh unterwegs.»

«Ich dachte, ich laufe ein bisschen, aber ich bin ganz schön schlapp von unserem Getanze gestern.» Sie ließ sich auf die Eckbank plumpsen.

Jette lächelte, stand auf und holte eine Tasse aus dem Schrank. «Das war wirklich ein schöner Abend mit euch. Heute Morgen hatte ich gleich nach dem Aufwachen wieder einen Ohrwurm. *Mit 66 Jahren …*» Jette begann die Melodie lächelnd vor sich hin zu summen. Sie setzte sich wieder und schenkte Isa Kaffee ein.

«Bist du eigentlich böse auf Oma?» Isa hatte diese Frage schon gestern Abend stellen wollen. Aber sie wollte nicht riskieren, die gute Laune ihrer Mutter durch ihre Neugier kaputt zu machen. «Ich meine, dein Leben hätte ja ganz anders verlaufen können … mit mir, also, wenn wir zusammengelebt hätten.»

Jette umfasste ihre Tasse mit beiden Händen. «Es gab Zeiten, da habe ich sie gehasst.» Sie trank einen Schluck, dann stellte sie die Tasse wieder ab und sah Isa an. «Ich weiß, das ist ein großes Wort, aber ich habe sie wirklich gehasst.»

«So wie ich dich», sagte Isa leise.

«So wie du mich», wiederholte Jette. Dann schwiegen beide einen Moment. «Diese Überheblichkeit in Luises Blick und in ihrem Ton», fuhr Jette fort, «mit dem sie mir jedes Mal erklärte, dass ein Kind ein richtiges Zuhause brauchte und dass selbstverständlich nur sie in der Lage wäre, dir das zu bieten, hat mich unfassbar wütend gemacht.» Sie trank noch einen Schluck. «Was ist mit dir?», fragte sie schließlich.

«Das weiß ich auch noch nicht so genau.» Nun kribbelte es wieder in ihrer Nase, und sie nieste dreimal ordentlich.

«Gesundheit.»

«Heuschnupfen.» Isa riss sich ein Stück Küchenkrepp

von der Rolle ab, die vor ihr auf dem Tisch stand, und schnäuzte sich. «Ich finde es einfach erstaunlich, wie wenig ich offensichtlich von ihr wusste und dass ich von der Wahrheit nicht das Geringste geahnt habe.» Isa starrte ins Leere.

«Was wissen wir schon über die anderen», sagte Jette, «wir kennen uns doch selbst kaum.»

Isa nickte. «Wahrscheinlich hast du recht. Im Moment vermisse ich sie einfach nur.»

«Ich auch», flüsterte Jette.

Isa fühlte sich in diesem Augenblick ihrer Mutter, aber auch ihrer Oma sehr nah. «Ich wollte eigentlich duschen, aber das kann warten. Lass uns auf den Friedhof gehen und sie besuchen.»

Sie hatten sich noch einmal ihre Tassen vollgeschenkt und sie mit rübergenommen. Auf dem Friedhof saßen sie nun schweigsam auf der Bank, die nur wenige Schritte entfernt von Omas Grab stand, tranken Kaffee und hingen ihren Gedanken nach. Vögel zwitscherten, und die Luft duftete süßlich nach Frühlingsblühern und Raps. Jette hatte schon mehrmals mit geschlossenen Augen vor sich hin gemurmelt, das sei einfach die allerschönste Jahreszeit.

«Wir sollten später mit Momme und Tim eine Lagebesprechung abhalten», schlug sie jetzt vor. «Vielleicht holen wir auch Meta dazu, damit sie sieht, dass was passiert?»

«Gute Idee», sagte Isa. «Ich habe mir überlegt, bei dem Wetter könnten wir anfangen, die Tische draußen herzurichten, und vielleicht sollten wir die nächsten Wochen durchgehend geöffnet haben, wir könnten nachmittags zwei, drei Kuchen anbieten.»

Jette öffnete die Augen und schaute sie ein wenig erstaunt an, sagte aber nichts.

Isa spürte den Blick. «Ja, es geht mir richtig gut. Ich weiß selbst nicht, woran es liegt. Vielleicht an der Frühlingssonne oder an unserem spontanen Tanzabend oder daran, dass ich nicht mehr die ganze Zeit damit beschäftigt bin, dich doof zu finden.» Sie musste schmunzeln. Und dachte, dass es vielleicht auch ein kleines bisschen an Tim lag. Den Gedanken behielt sie aber lieber für sich, und eigentlich verbot sie sich ihn auch. Sie hatte weiß Gott nicht vor, sich da in irgendetwas hineinzusteigern, schließlich war sie glücklich mit Henry. Aber Tim hatte es einfach immer noch drauf, die dunklen Mächte von ihr fernzuhalten.

Schnell wischte Isa den Gedanken beiseite. «Ich finde, wir sollten uns von Omas Speisekarte verabschieden», fuhr sie fort. «Wir bieten einfach wechselnd ein paar Tagesgerichte an.»

«Aber keine Experimente», äffte Jette Meta nach und guckte streng.

«Auf keinen Fall!» Isa grinste. «Alles wie immer, nur ein bisschen flotter. Wie wäre es mit Spargel-Ravioli, Matjestatar und Steak vom Galloway-Rind?»

«Damit holst du aber keinen Stern.» Jettes Ton klang beiläufig. Sie hatte die Augen wieder geschlossen und hielt ihre Nase in die Sonne.

Trotzdem stutzte Isa und spürte ein Stechen in der Brust. Was sollte der Kommentar? Sie war froh, dass sie endlich wieder einen Löffel halten konnte, ohne in

Panik zu geraten, und dachte gar nicht daran, für Ruhm und Ehre zu kochen, schon gar nicht hier in der Provinz. «Findest du das witzig!?», fragte sie schroff und starrte Jette an.

Jette blinzelte. Sie schien überrascht über Isas Reaktion. «Sorry, das habe ich nur so dahergesagt, war vielleicht ein bisschen unüberlegt.»

«Denkst du wirklich, Sterne interessieren mich noch?»

«Nein … wahrscheinlich nicht.» Jette setzte sich gerade hin, wandte sich Isa zu und legte ihr eine Hand auf den Arm. «Ich wollte nicht unsensibel sein, bitte entschuldige.»

Jettes Bemerkung hatte gleich einen ganzen Schwall blöder Erinnerungen und Gefühle zurückgeholt, auf die Isa überhaupt keine Lust mehr hatte. In ihrer Nase kribbelte es. Sie nieste mehrmals und stand auf.

«Alles okay?», fragte Jette.

«Geht so», sagte Isa. «Ich brauche unbedingt etwas gegen meinen Heuschnupfen. Kommst du mit zurück?»

«Ich würde gern noch einen Augenblick bleiben.»

«Gut, dann bis später.»

Im Seestern suchte Isa überall nach dem Bulli-Schlüssel, um schnell in irgendeine Apotheke nach Fleckeby oder Eckernförde zu düsen. Hauptsache, sie musste nicht in die von Swantje.

Auf dem Rückweg vom Friedhof hatte sie sich nur noch kurz über ihre Mutter und deren Spruch geärgert, dann aber beschlossen, die Sache ad acta zu legen, schließlich hatte Jette sich ja entschuldigt.

Wo war nur der Schlüssel? Sie hatte nun wirklich überall gesucht, konnte ihn aber nirgends finden. Zurück in der Küche überlegte sie, ob Tim ihn vielleicht hatte, als Wiebke plötzlich in der Tür stand.

«Moin! Na, du siehst ja sportlich aus!» Sie trat ein und drückte Isa einmal ganz fest. «Ich müsste ja auch was tun, aber ich schaff das im Moment einfach nicht.»

«Ich hab auch nur 'ne kleine Runde gedreht», sagte Isa ein wenig abwesend und sah sich weiter suchend um.

«Alles klar?», fragte Wiebke.

«Ich such den Autoschlüssel, ich brauche unbedingt etwas aus der Apotheke.»

«Wieso, da kannst du doch zu Fuß hingehen.»

Isa griff nach ihrem Portemonnaie, das auf dem Küchentisch lag. «Ehrlich gesagt, wollte ich eigentlich raus aus Nordernby, weil ich keine Lust habe, Swantje zu treffen, aber ist ja auch egal.»

«Ich begleite dich, außerdem ist sie gar nicht so schlimm.» Dann strahlte Wiebke übers ganze Gesicht. «Ich hab heute meinen freien Tag, die Jungs sind im Kindergarten, und ich verbringe bei bestem Frühlingswetter Zeit mit meiner alten Freundin, wie schön ist das denn bitte?!»

Draußen hakte sie Isa unter und bombardierte sie mit Fragen: Wo Henry sei, wollte sie wissen, wie lange sie noch vorhatte zu bleiben, und was denn nun mit dem Seestern passieren würde. Isa wurde kurz ein wenig schwindelig von Wiebkes Wissensdurst, sie versuchte aber brav alle Fragen zu beantworten. Und als Wiebke dann das Thema auf Jette lenkte, erzählte Isa ihrer Freundin in Kurzform, was sie vor zwei Tagen erfahren hatte.

Wiebke blieb abrupt stehen. «Das gibt's doch gar

nicht!?» Sie guckte Isa mit großen Augen an. «Das ... das ändert ja alles.»

«Stimmt, und ich muss sagen, ich versteh mich mit meiner Mutter inzwischen richtig gut.»

Wiebke fiel Isa um den Hals. «Das freut mich so für euch!»

Sie wechselten die Straßenseite und erreichten die Apotheke. Als sie die Tür öffneten, ertönte dieselbe Klingel, die Isa noch aus Kindertagen kannte. Auch drinnen hatte sich nichts verändert. Genau wie früher roch es nach einer Mischung aus Hustenbonbons und Seife. Sie waren die einzigen Kunden.

Isas Turnschuhe quietschten auf dem grauen Linoleumboden, als sie Richtung Verkaufstresen ging. Aus dem hinteren Bereich wurden Schritte lauter, und Swantje erschien im weißen Kittel zwischen den hohen Schränken mit den vielen Schubladen. Sie sah gut aus, fand Isa, fast freundlich.

«Ach, Frau von Welt, was verschafft mir die Ehre?» Ihr zickiger Unterton dämpfte allerdings sofort den positiven Eindruck, den Isa eben noch hatte.

«Moin, Swantje», begrüßte Wiebke sie fröhlich.

«Ich brauche etwas gegen Heuschnupfen», sagte Isa.

«Soso», sagte Swantje und guckte Isa ungewöhnlich lange an.

«Ist irgendwas?» Isa fasste sich an die Wange. «Habe ich was im Gesicht?»

Wiebke sah zu ihr rüber. «Nö, wie kommst du denn darauf?»

«Ich guck nur, mit wem du Ähnlichkeit hast», sagte Swantje und verschwand nach hinten.

Isa und Wiebke tauschten fragende Blicke.

Als sie nach wenigen Sekunden wiederkam, legte sie eine Packung Tabletten und ein Nasenspray vor Isa auf den Tresen.

«Was sollte denn das mit der Ähnlichkeit?», wollte Isa wissen.

«Weißt du, Isa, das Internet in Nordernby ist vielleicht ein bisschen langsamer, aber der Tratsch verbreitet sich hier immer noch ziemlich schnell.» Swantje lächelte und ließ eine Augenbraue in die Höhe wandern.

«Ich verstehe nicht, wovon du redest.» Isa bemühte sich, freundlich zu bleiben.

«Erstens», fuhr Swantje fort, «ich hab Gunnar getroffen. Er hat mir auf seinem Tablet ein paar sehr interessante Artikel über dich gezeigt.»

«Ach, wirklich», sagte Wiebke ehrlich begeistert, «die würde ich auch gern lesen.»

Isa wurde heiß. Swantje war eben doch die gleiche blöde Kuh wie früher. Schnell deutete Isa auf die Arzneien. «Was bekommst du?»

Doch Swantje ließ sich nicht beirren und redete weiter über das, was sie in den britischen Zeitungen gelesen hatte. «Ist doch nicht alles so toll in Notting Hill, was? Musstest dein Restaurant ja schon vor Monaten schließen, weil du einen Nervenzusammenbruch hattest. Brauchst du vielleicht noch ein paar andere Mittel als nur die gegen Heuschnupfen?» Sie sah Isa herausfordernd an.

Isa spürte, wie Wiebke sie von der Seite fassungslos anstarrte. Unruhig trat sie auf der Stelle und wiederholte ihre Frage von eben: «Was schulde ich dir?»

«Deine Pleite in London ist längst nicht die einzige Neuigkeit, die ich in letzter Zeit erfahren habe», fuhr Swantje fort und beugte sich über den Tresen näher zu Isa. «Zweitens: Herzlichen Glückwunsch zum Brüderchen.»

Jetzt verstand Isa gar nichts mehr, und allmählich wurde ihr die Sache wirklich zu dumm. «Ich würde gern bezahlen.»

Swantje flüsterte jetzt: «Ich habe zufällig gehört, wie der Bürgermeister so einem Typen, den ich nicht kannte, erzählt hat ...» Sie hielt einen Moment inne. «Stell dir vor, er hat ihm erzählt, dass er dein Vater ist.»

Isa fiel die Kinnlade runter. Was redete Swantje denn da?

«Kurz vor seiner Hochzeit, und damit kurz bevor dein Brüderchen Gunnar entstanden ist, haben er und deine Mutter ...»

Isa reichte es. Eilig zog sie 20 Euro aus ihrem Portemonnaie, knallte sie auf den Tresen, nahm ihre Sachen und ging.

«Swantje, was soll der Quatsch?!», sagte Wiebke im Rausgehen und folgte Isa.

Isa eilte über die Straße. Ihr Herz raste, sie wollte bloß weg von hier. Nur wohin? Zurück zum Seestern, danach stand ihr gerade nicht der Sinn. Sie entschied sich, rechts entlangzugehen, Richtung Wald.

«Warte!» Wiebke hatte Mühe, mit ihr Schritt zu halten. «Jetzt bleib doch mal stehen.»

Isa drosselte ihr Tempo ein wenig.

«Wo willst du denn hin?»

«Ich weiß nicht ... ich muss erst einmal nachdenken.» In Isas Kopf rauschte es. Nun wusste ausgerechnet

Swantje darüber Bescheid, dass sie in London kläglich gescheitert war, dann würde es bald das ganze Dorf wissen. Aber viel schlimmer war die andere Sache. Was war das bitte für eine Geschichte mit Jette und Diedrichsen?

«Wovon hat Swantje überhaupt gesprochen?», hakte Wiebke nach. «Was ist mit deinem Restaurant? Und was meint sie damit, du hattest einen Nervenzusammenbruch?»

Isa schwieg und marschierte weiter. Sie waren inzwischen an Tims Haus vorbei und bogen nun in einen Feldweg ein.

«Jetzt bleib doch mal stehen!», rief Wiebke mit energischer Stimme.

Widerwillig stoppte Isa und drehte sich zu ihr um. «Ja, es stimmt, ich hab's in London nicht gepackt.»

«Aber wieso verheimlichst du das denn und tust so, als wärst du total erfolgreich? Wir sind doch Freundinnen, das waren wir zumindest mal!» Wiebkes Blick war ungewohnt finster.

Isa zuckte mit den Schultern.

«Weißt du, was dein Problem ist, Isa? Du hast irgendwann angefangen, dich für etwas Besseres zu halten. Aber das bist du nicht. Wir hier lügen unsere Freunde jedenfalls nicht an.» Ihr Blick wurde sanfter. «Schon als du nach London gegangen bist, hast du versucht, mir etwas vorzumachen. Oder hast du wirklich geglaubt, ich habe nicht gemerkt, wie sehr du Nordernby vermisst? Als du erzählt hast, dass du morgens ins Schwimmbad gehst, wusste ich, da stimmt was nicht, du hast Schwimmbäder immer gehasst.»

Isa erinnerte sich gut. Wiebke war während ihrer

Telefonate immer so gut gelaunt und so voller Energie gewesen, da hatte sie mithalten wollen. Sie konnte ihr einfach nicht erzählen, wie mies sie sich fühlte, ohne Freunde … und ohne Tim.

«Aber eine Isabel Petersen zeigt ja keine Schwäche.» Wiebke redete sich jetzt in Rage. «Warum bist du bloß so hart zu dir selbst? Wem wolltest du damals etwas beweisen?»

«Ich … ich musste es *mir* beweisen», sagte Isa kleinlaut. «Ich musste mir beweisen, dass ich genauso gut und stark und unabhängig war wie meine Mutter. Aber das war ich nicht. Und das ist jetzt auch gar nicht mehr wichtig.» Sie machte einen Schritt auf Wiebke zu. «Ich wollte dich nicht belügen, ehrlich. Aber bei Omas Beerdigung konnte ich einfach nicht die Wahrheit sagen, ich war noch nicht so weit. Es tut mir leid.»

Wiebke schnaufte. «Was ist mit Meta und Tim? Wissen die inzwischen Bescheid?»

«Ja.»

«Gut, denn belogen zu werden, hat hier niemand verdient, schon gar nicht Meta.» Plötzlich erhellte sich Wiebkes Miene. «Dann kannst du ja wirklich den Seestern übernehmen, so wie Luise es sich gewünscht hat!»

«Ganz sicher nicht», sagte Isa. «Mein Leben spielt sich auch ohne Restaurant in London ab.»

«Verstehe ich ja, dass du zu Henry willst. Aber –»

«Mensch, Wiebke.» Isa fuhr ihr harsch ins Wort. «Das ist doch jetzt alles gar nicht das Thema! Viel wichtiger ist doch, wieso der Bürgermeister auf die abstruse Idee kommt, er sei mein Vater. Das kann doch gar nicht sein!» Isa wurde schlecht. Oder etwa doch?

26.

Wenn ich erregt bin, gibt es nur ein Mittel,
mich völlig zu beruhigen: Essen.

OSCAR WILDE

POLLEN

Wiebke hatte sich wieder bei Isa untergehakt. «Nie im Leben hatte Jette was mit Diedrichsen», ereiferte sie sich.

Die beiden schlenderten den Feldweg entlang, und Isa dachte darüber nach, wie lange sie schon bei der Frage nach ihrem Vater auf eine Antwort wartete und wie quälend die Ungewissheit immer gewesen war. Aber nun, da sie eine vermeintliche Antwort bekommen hatte, hätte sie gern darauf verzichtet. Diese Antwort fühlte sich einfach furchtbar falsch an und ließ Isas Illusionen, die sie sich im Laufe der Jahre über ihren Vater gemacht hatte, zerplatzen wie eine Seifenblase. Da wollte sie lieber weiter von einem französischen Koch träumen, statt sich auch nur ansatzweise vorzustellen, der Nordernbyer Bürgermeister, übergewichtig und von eher schlichtem Gemüt, sei ihr Erzeuger.

Isa schüttelte sich kurz. «Hoffentlich behält die blöde Swantje das Gerücht für sich und kommt nicht auf die Idee, es im Dorf herumzuerzählen.»

«Ich versteh auch gar nicht, wieso sie gerade so biestig war», sagte Wiebke. «So kenne ich sie gar nicht.»

«Komm, denk mal nach, so war sie doch schon immer zu mir. Sie konnte es einfach nicht verknusen, dass Tim und ich beste Freunde waren.» Isa nieste ein paarmal, dann fingerte sie das Nasenspray aus der Packung und pumpte die Lösung einmal kräftig in jedes Nasenloch. «Nur weil sie jetzt deine Doppelkopf-Freundin ist, kannst du das doch nicht vergessen haben.»

«Aber das ist doch alles Lichtjahre her.»

«Tim hat mir erzählt, dass ihr Mann abgehauen ist. Vielleicht lässt sie ihren Frust nun an mir aus. Wie auch immer, ich muss rausfinden, ob zwischen meiner Mutter und dem Bürgermeister was gelaufen ist. Und wenn ja, wann. Ich meine, sie war doch eigentlich in Frankreich, als sie schwanger wurde.»

Als Isa und Wiebke kurze Zeit später die Küche vom Seestern betraten, roch es nach Bratkartoffeln, und aus der Gaststube drang Gelächter und Besteckgeklapper.

Isa steckte den Kopf durch die Tür. An einem der größeren Tische saßen Jette, Momme, Tim, Meta und eine Frau, die sie nicht kannte. Alle fünf aßen eingelegte Heringe und unterhielten sich angeregt.

«Isa, da bist du ja.» Jette hatte sie als Erste entdeckt. «Moin, Wiebke. Kommt setzt euch zu uns. Habt ihr Hunger? Besteck und Teller stehen hier.»

«Gern», sagte Wiebke. Und auch Isa spürte auf einmal,

wie leer ihr Magen war. Kurzerhand setzten sie sich zu den anderen.

Isa hätte Jette gerne sofort befragt. Oder wenigstens Tim gern kurz zur Seite genommen und ihm von Swantjes ungeheuerlicher Behauptung erzählt, aber damit musste sie wohl noch ein wenig warten. Auf keinen Fall wollte sie das Thema vor versammelter Mannschaft ansprechen.

«Darf ich vorstellen?», fragte Jette und deutete auf die Frau neben sich, auf deren dunklen hochgesteckten Haaren eine goldene Sonnenbrille thronte. «Das ist Connie Reimer vom *Schleikurier*.»

«Freut mich», sagte Isa und schüttelte ihr die Hand. Sie versuchte sich zu beruhigen und sich nicht anmerken zu lassen, dass sie mit ihren Gedanken ganz woanders war.

«Schön, Sie auch noch kennenzulernen. Ich werde gleich morgen einen schönen Artikel über euch bringen. Eure Frauenpower hier ist echt 'ne tolle Geschichte.» Die Journalistin lachte Isa an. «Und diese Heringe sind Weltklasse!»

Jette strahlte. «Ich hab vorhin mit Meta, Momme und Tim schon mal ein bisschen was geplant», sagte sie. «Morgen, und das wird Connie in ihrem Artikel ankündigen, machen wir ein Fischbuffet.»

Isa fand die Idee gut, wunderte sich aber über den spontanen Termin. «Mitten in der Woche so etwas Großes, macht das Sinn?»

«Wir haben das im letzten Jahr öfter gemacht», sagte Tim. «Das lief immer gut. Nach dem Motto: Abendbrot im Seestern. Da kamen viele direkt nach der Arbeit oder nach dem Sport.»

«Wir müssen ja nicht riesengroß auftischen», fügte Jette hinzu. «Ein paar Matjes-Variationen, bisschen was Geräuchertes, dazu gutes Brot.»

«Toll», sagte die Journalistin, und Meta nickte zufrieden.

«Und dass wir planen, in den nächsten Wochen durchgehend geöffnet zu haben, und nachmittags Kuchen anbieten wollen, kannst du auch gern schreiben», sagte Jette.

Isa versuchte, interessiert zu gucken, was ihr aber nur halbherzig gelang. Innerlich platzte sie beinahe, so sehr beschäftigten sie Swantjes Worte. Sobald sie allein waren, würde Isa ihre Mutter darauf ansprechen, schließlich hatte sie ein Recht auf die Wahrheit.

«Wollen wir drei gleich im Garten einen Kaffee trinken?», fragte Jette, an Isa und Connie gerichtet, «dann können wir in Ruhe über den Artikel sprechen und Ihre Fragen beantworten.»

«Sehr gern», sagte die Journalistin. «Ich mache anschließend auch noch ein paar Fotos von euch, am besten in der Küche und vorm Eingang.»

Isa registrierte, wie Tim aufstand. «Ich muss los», sagte er. «Hab noch Termine.»

«Ich bring dich raus!» Sie stand hastig auf. «Ich … Äh, dann können wir noch schnell den Einkauf für morgen planen. Kommst du auch mit, Wiebke?» Isa guckte ihre Freundin, die gerade noch mal Nachschlag nehmen wollte, eindringlich an.

«Äh … klar.»

Vorm Seestern erzählte Isa Tim haarklein, was Swantje alles vom Stapel gelassen hatte.

«Aber das mit Diedrichsen glaubst du ja wohl nicht, oder?», hakte Tim nach.

«Keine Ahnung, was ich glauben soll und was nicht.»

«Ich hab Isa auch schon gesagt, dass ich Jette so einen Fehltritt nicht zutraue», sagte Wiebke.

«Habt ihr eure alte Feindschaft also immer noch nicht beigelegt …» Tim schüttelte grinsend den Kopf.

«Ich hab damit nicht angefangen», sagte Isa. «Swantje war doch schon bei Omas Beerdigung total fies zu mir!»

Tim deutete mit dem Kinn die Straße runter. «Da kommt dein *Papi*. Kannst ihm gleich sagen, dass du Bescheid weißt.»

«Bist du verrückt!», zischte Isa. «Halt bloß den Mund!»

Isa und Wiebke waren Tims Blick gefolgt und sahen wie der Bürgermeister direkt auf sie zusteuerte. In den Händen hielt er einen DIN-A4-Umschlag.

«Das ist bestimmt der Vaterschaftstest», flüsterte Tim und zwinkerte Isa zu.

Isa wurde heiß und kalt. «Das ist nicht witzig!», giftete sie, ohne Diedrichsen aus den Augen zu lassen.

«Moin zusammen!», rief er und wedelte mit dem Umschlag. «Isabel, ich habe eine wichtige Nachricht für dich und deine Mutter.»

«Siehst du», raunte Tim ihr zu.

Isa boxte ihm unauffällig mit dem Ellenbogen in die Seite. Wiebke kicherte und erntete ebenfalls einen bösen Blick von Isa.

«Es geht um die Zwangsversteigerung», erklärte der Bürgermeister ein wenig kurzatmig. «Der Termin ist bereits in zehn Tagen. Hier.» Er hielt Isa den Umschlag hin, zog ihn aber sofort wieder zurück. Stattdessen klemmte er ihn unter den Arm und wühlte hektisch in den Taschen seines Jacketts. Schließlich zog er aus einer ein Taschentuch hervor und hielt es sich eilig vor die Nase. Dann nieste er mehrmals, schnäuzte sich und schimpfte über die *scheiß Pollen*!

Isa erstarrte. Dann fing sie Wiebkes Blick auf und schloss, dass diese gerade das Gleiche dachte wie sie: Hatte sie die Allergie womöglich von ihm geerbt?

Diedrichsen stopfte das Taschentuch weg. «Also, hier sind die Unterlagen vom Amtsgericht und von der Sparkasse.»

Zögerlich griff Isa nach dem Umschlag.

«Ihr könnt auch gleich an mich verkaufen», stellte er erneut klar. «Dann sparen wir uns den Aufwand.»

«Wer sagt denn, dass wir das Geld für die Schulden nicht auftreiben?» Isa spürte plötzlich ungewohnten Kampfgeist in sich aufsteigen und war weniger denn je bereit, den Seestern dem Bürgermeister zu überlassen. Den Gedanken an das dringend benötigte Geld, das ihr der Verkauf bringen würde, schob sie erst einmal beiseite.

«Und wovon träumst du nachts?» Der Bürgermeister lachte kehlig. «Wie wollt ihr das denn in so kurzer Zeit schaffen? Und wenn ihr denkt, die Sparkasse gibt sich mit einer Anzahlung zufrieden, habt ihr euch geschnitten. Die wollen alles oder nichts!»

«Morgen starten die Damen erst einmal mit einem schönen Fisch-Abend», mischte sich Tim ein. «Komm doch zum Essen vorbei.»

Isa warf Tim einen eisigen Blick zu.

«Soso, Fisch», der Bürgermeister kratzte sich am Kinn.

«Ist ja nicht jedermanns Sache.» Dann wandte er sich zum Gehen. «Ich muss. Grüß deine Mutter, Isabel. Und denk daran, mein Angebot von neulich steht noch.»

Als er außer Hörweite war, konnte Wiebke nicht länger an sich halten. «Oh Gott, Isa, er hat auch Heuschnupfen!»

«Hör bloß auf.» Isa fühlte sich hundeelend.

«Na und?» Tim guckte fragend zwischen ihnen hin und her.

«Na, Isa hat doch auch Heuschnupfen», sagte Wiebke.

Tim sah die beiden immer noch entgeistert an. Dann veränderte sich sein Gesichtsausdruck mit einem Mal, und er begann zu lachen. «Und jetzt meint ihr, das ist der Beweis dafür, dass Diedrichsen Isas Vater ist? Mädels, die halbe Welt hat Heuschnupfen, das beweist nun wirklich gar nichts!» Kopfschüttelnd ging er zu seinem Auto und stieg ein. «Isa, wir schnacken noch mal», rief er. «Ich besorge euch für morgen gern den besten Matjes und alles, was ihr sonst noch braucht. Tschüs!»

Erst als er weg war, fiel Isa ein, dass sie ihn nach dem Bulli-Schlüssel hatte fragen wollen.

Nachdem sich auch Wiebke verabschiedet hatte, war Isa schnell unter die Dusche gesprungen und hatte anschließend zusammen mit ihrer Mutter der Journalistin Rede und Antwort gestanden. Die ganze Zeit über hatte sie allerdings darauf hingefiebert, endlich mit Jette die Vater-Frage zu klären. Doch nach dem Interview drängte Jette zum Aufbruch. Sie war mit Inge verabredet, und Isa hatte ihrer Mutter gerade noch zwischen Tür und Angel von der anstehenden Zwangsversteigerung erzählen können, dann hatte sich Jette auch schon aufgemacht.

«Inge und ich wollen schnell nach Eckernförde», hatte sie Isa beim Rausgehen zugerufen und gekichert: «Ich kann meine Jeans nicht mehr sehen, brauche mal was Frisches. Bis später!»

Später allerdings war sie dann in einem hübschen grünen Kleid und ihrer Jeansjacke zu Momme ins Auto gestiegen, um für den Abend einzukaufen. Momme hatte vorgeschlagen, Steak und Burger auf dem Grill zuzubereiten. Dazu sollte es Rosmarinkartoffeln und Salat geben. Außerdem wollte Jette Isas Idee mit den Spargel-Ravioli umsetzen.

Etwas überrumpelt hatte Isa sich einen Eimer mit Wasser und Spüli gefüllt, einen Schwamm geschnappt und war nun dabei, im Biergarten Tische und Stühle abzuseifen.

Die ideale Beschäftigung, um nachzudenken, wie sie fand. Denn inzwischen hatte sie, was das Thema anging, irgendwie der Mut verlassen. Was, wenn der Bürgermeister tatsächlich ihr Vater war? So etwas dachte man sich schließlich nicht mal eben aus. Vielleicht hatte er Isa ja deshalb angeboten, nicht nur den Seestern zu kaufen, sondern auch Omas Schulden zu übernehmen, plus, wie er es genannt hatte, ein hübsches Extrasümmchen obendrauf zu legen. Vielleicht hegte er familiäre Gefühle für sie und Jette, und das war seine Art, sie zu zeigen?

Isa wollte über all das gar nicht wirklich nachdenken. Ihr brummte der Schädel.

Als sie die Gartenmöbel von der winterlichen Moosschicht befreit und auch die beiden Strandkörbe aus der geschützten Ecke neben der Regentonne in die Sonne gezogen und Spinnweben und Dreck entfernt hatte, wusste sie nichts mehr mit sich anzufangen. Rastlos schlenderte sie durch den Garten, roch an den zartrosafarbenen Apfelblüten, die in den letzten Tagen aufgeploppt waren, trampelte ein paar Maulwurfshügel platt, rollte für später schon mal den Grill aus dem Schuppen und bemühte sich vor allem, nicht mehr über Diedrichsen nachzudenken. Doch egal, womit sie sich auch abzulenken versuchte, es gelang ihr einfach nicht, die Angelegenheit aus ihrem Kopf zu drängen.

Plötzlich hatte Isa eine Idee. Sie ließ alles stehen und liegen und lief die Treppe hinauf zu den Wohnräumen. Vielleicht würde sie in den persönlichen Sachen ihrer Mutter etwas finden, irgendwelche Hinweise oder Spuren, die darauf hindeuten könnten, wer ihr Vater war. In Jettes Zimmer brauchte sie nicht lange zu suchen, außer dem Foto von sich als Baby war nichts zu finden. Und Dinge von früher gab es hier nicht mehr. Denn Luise hatte das Zimmer schon vor einer Ewigkeit ausgeräumt und zum Gäste- bzw. Notfallzimmer umfunktioniert. Aber so schnell wollte sie nicht aufgeben.

Kurz darauf stand Isa vor dem Schlafzimmer ihrer Oma, in das sie seit deren Tod erst einmal einen kurzen Blick geworfen hatte. Für mehr hatten Mut und Kraft nicht gereicht. Die Tür war angelehnt. Sie atmete tief durch und schob sie langsam auf. Alles sah genauso aus wie am Tag nach der Beerdigung. Auch Jette schien dieses Zimmer zu meiden.

Isas Blick blieb an dem Sideboard unter dem Fenster hängen. Darin standen einige Kartons, von denen sie wusste, dass sie voller loser Fotos waren. Daneben stapelten sich ein paar Alben.

Zögerlich betrat Isa das Zimmer und setzte sich im Schneidersitz auf die Holzdielen vor das Sideboard. Sie zog einen Karton heraus. Obenauf lagen Schwarz-Weiß-Aufnahmen von Omas Eltern. Sie wühlte ein wenig darin herum, fand aber nichts Interessantes. Ebenso wenig im nächsten. Dann zog sie ein rotes Album heraus. Als sie es aufschlug, lächelte ihr Jette als Kind entgegen. Isa blätterte weiter, sah ihre Mutter als Teenager mit Inge.

Sie konnte sich nicht erinnern, diese Bilder jemals gesehen zu haben. Nun fiel auch ihr die Ähnlichkeit zwischen ihr und Jette auf, die Inge schon bei Omas Beerdigung angesprochen hatte.

Im nächsten Album entdeckte sie Momme, noch keine 20 und mit deutlich mehr Haaren als heute. Auf einem anderen Foto saßen Jette, Inge, Momme und … Isa kniff die Augen zusammen … und Hauke Diedrichsen – noch wesentlich schlanker und ohne Brille – um ein Lagerfeuer an der Schlei herum. Wer das Foto wohl gemacht hatte? War er vielleicht so etwas wie Jettes Jugendliebe gewesen? Konnte das wirklich sein?

«Was machst du denn hier?»

Isa fuhr herum. Ihre Mutter stand plötzlich in der Tür. «Mein Gott, hast du mich erschreckt.»

Jette kam näher und guckte Isa über die Schulter. «Oh nein!» Sie kicherte. «Wie wir da aussahen … Das ist so lange her, das ist schon gar nicht mehr wahr.»

Isa stand auf und blickte ihrer Mutter fest in die Augen. Jetzt oder nie. Sie beschloss, aufs Ganze zu gehen. «Kann es sein, dass Diedrichsen mein Vater ist?»

Auf einmal verschwand Jettes Lächeln. Sie wurde blass und schluckte trocken. «Hat er das behauptet?»

«Ja … äh, nein.» Isa wusste nicht, was sie antworten sollte. Sie wollte nichts von der doofen Swantje erzählen. «Also, nicht direkt …»

«Das hätte er wohl gern», sagte Jette und machte auf dem Absatz kehrt und eilte die Treppe hinunter.

Isa folgte ihr. «Also ist er's nicht? Aber wer ist es dann?», fragte sie mit schriller Stimme. «Oder ist er es nur nicht, weil du nicht willst, dass er es ist? Oder weißt du womöglich selbst nicht, wer mein Vater ist?»

Sie war außer sich. Es konnte doch nicht sein, dass ihre Mutter, eine erwachsene Frau, auch jetzt noch vor diesen Fragen davonlief! Aber Jette antwortete nicht.

«Findest du nicht, ich habe endlich ein Recht darauf, es zu erfahren?»

Jette begann geschäftig die Einkäufe in die Speisekammer zu räumen.

«Mama, bitte!» In Isas Bauch machte sich wieder Wut breit. Erst der Spruch heute auf dem Friedhof und jetzt das altbekannte Schweigen. Vielleicht war die Rolle der egozentrischen Mutter doch nicht nur gespielt. Vielleicht hatte ihre Mutter ihr in den letzten Tagen etwas vorgemacht. Jette hatte ja vorhin selbst gesagt: *Was wissen wir schon über die anderen.*

Isa fühlte sich hilflos, am liebsten hätte sie gegen das Schweigen angebrüllt. Und das tat sie dann auch.

«Jetzt rede endlich mit mir!» Sie marschierte zu Jette in die Speisekammer, knallte die offene Kühlschranktür vor deren Nase zu, sodass ihre Mutter ein Stück zurückweichen musste, und funkelte sie aufgebracht an: «Ich werde seinen Namen sowieso bald erfahren.»

Isa bereute sofort, was sie da gesagt hatte, schließlich

hatte sie Meta versprochen, ihrer Mutter nichts davon zu erzählen.

Zwischen Jettes Augen hatte sich eine Falte gebildet. Sie legte den Kopf schief und starrte Isa an. «Wie meinst du das?»

«Du kannst schweigen bis sonst wohin!» Isas Stimme bebte. Jetzt musste es raus, sie konnte nicht anders. «Meta hat versprochen, mir alles zu erzählen, sobald ich die Bedingungen in Omas Testament erfüllt habe.»

Jette öffnete den Mund, sagte aber nichts. Stattdessen ging sie in die Küche, legte das Fleischpaket, das sie noch in den Händen hielt, auf die Arbeitsfläche und ging weiter Richtung Garten, ohne sich noch einmal umzudrehen.

27.

SCHNAPPSCHÜSSE

Der Seestern sah aus, als ob er schlief. Nirgends brannte mehr Licht. Jette stand vor dem Gebäude und betrachtete den alten Dorfkrug, über dem ein fast voller Mond hing und die Sterne hoffnungsvoll schimmerten.

Richtig idyllisch, ihr Zuhause, dachte sie bitter. Aber was sollte das wohl für ein Zuhause sein, in dem man sie nie einfach sein ließ, wie sie war? Wieso meinte jeder hier, über ihr Leben bestimmen zu können? Luise, die ihr stets klargemacht hatte, sie sei nicht in der Lage, ein Kind großzuziehen. Dann die späte Reue und der Wunsch nach Versöhnung, den sie brav erfüllte … Es war ja auch ihr größter Wunsch gewesen. Aber nun auch noch Meta, die sich hinter Jettes Rücken in ihr Leben und in ihre Geheimnisse einmischte. Woher wollte sie die Wahrheit überhaupt kennen? Und Isa? War

Jette ihr wirklich eine Antwort schuldig? Warum konnte ihre Tochter nicht akzeptieren, dass sie über das Thema nicht sprechen wollte, weil es für sie so einfacher war? Interessierte sich hier auch nur irgendjemand dafür, was sie wollte und was sie für richtig hielt?

Den ganzen Abend und die halbe Nacht hatte sie bei Inge gesessen, ihr von Haukes Behauptung erzählt und von dem erneuten Streit mit ihrer Tochter, ausgerechnet jetzt, wo doch eigentlich alles gut war zwischen ihnen. Sie tranken abwechselnd Rotwein und Pfefferminztee so wie früher und guckten Fotos von damals an, von dem Sommer, in dem Jette beschlossen hatte, wegzugehen. Auch von dem großen Abschiedsfest hatte Inge noch ein paar Schnappschüsse mit der alten Clique: Jette, Arm in Arm mit ihr und Momme, und Hauke mit seiner neuen Freundin, die er dann ja auch geheiratet hat. Damals war er noch nicht so ein Ekel gewesen. Auf einem anderen Bild hielten Inge und Momme lachend die kleinen Schlüsselanhänger in Form des Eiffelturms in die Kamera, die Jette ihnen geschenkt hatte. Und wieder eine andere Aufnahme zeigte Jette gut acht Monate später auf dem Steg unten an der Schlei. Es war ein kalter Tag gewesen. Sie trug eine Latzhose, in der ihr Bauch gerade noch Platz hatte, und lächelte in die Kamera, gespannt, wie das Leben mit ihrem Kind wohl werden würde. Sie hatte sich so sehr eine Tochter gewünscht, mit blonden Locken so wie sie und der gleichen Lust am Reisen und am Kochen.

Irgendwo bellte ein Hund. Jette griff in die Taschen ihrer Jeansjacke, kein Schlüssel. Hinten lag sicher wie immer einer im Blumentopf. Sie schlich zur Hintertür und fühlte sich dabei wie ein Eindringling. Ihr wurde das Familiending allmählich zu kompliziert. Sie brauchte eine Pause. Sie würde nur noch schnell ihre Sachen packen und dann das Weite suchen. Sie hatte keine Lust auf Fragen und auf Vorwürfe. Wenn sie ihrer Mutter nach den letzten wirklich schönen Tagen noch etwas vorwarf, dann, dass diese Schuld daran trug, dass Jette sich heimatlos fühlte und ihr Herz erst Ruhe gab, wenn es unterwegs war, ganz für sich allein. Sie brauchte eben niemanden zum Glücklichsein. Eine Folge des Sich-vertrieben-Fühlens. Sie konnte das auch gar nicht, bleiben, sich einlassen, Konflikte aushalten und Probleme lösen. Wenn sie es bei ihrer Mutter probiert hatte, redete sie gegen eine Wand. Und nun mit Isa? Jette hatte es einfach nie gelernt.

Leise schloss sie auf und schlich nach oben. Im Haus war alles ruhig. In ihrem Zimmer stopfte sie rasch ihre paar Klamotten in den Rucksack, nahm das vergilbte Foto vom Hocker, ihr Handy, die Schlüssel und die Bauchtasche. Sie wusste nicht genau, wohin die Reise gehen würde. Aber sie wusste, auf ihren inneren Kompass war Verlass. Er würde ihr den Weg schon zeigen.

28.

Die Gastronomie ist die Kunst,
mit Nahrung Glück zu erschaffen.

THEODORE ZELDIN

ABENDBROT

Isa ...? Iiisaaa ...?»

Sie blinzelte, streckte sich und brauchte einen Moment, um zu begreifen, dass sie gemeint war. Tim stand vor ihrem Bett und grinste sie an.

«Was machst du denn hier?»

«Ich versuche, dich zu wecken, wir haben heute noch einiges vor.»

Schlaftrunken setzte Isa sich auf, gähnte und rieb sich müde die Augen. «Ich hab vielleicht wirr geträumt.» Sie nahm das Wasserglas vom Nachttisch und trank ein paar Schlucke. «Ich saß in einer Höhle, dadrin war es kalt und feucht und düster. Gunnar sprang die ganze Zeit vor mir herum und hielt mir sein iPad vor die Nase. Ich konnte aber nicht erkennen, was er mir zeigen wollte. Neben mir tanzten Swantje und der Bürgermeister zu *Liebe ohne Leiden*, und Jette und Meta beschworen die Geister und fragten sie immer wieder, wer mein Vater ist.»

«Und wo war ich?», fragte Tim.

«Keine Ahnung.» Isa sah ihn erschöpft an. Er wirkte frisch und fröhlich, und das, obwohl er gestern nach einem langen Tag in der Redaktion ihr hier in der Küche noch kräftig geholfen hatte.

Nachdem Jette einfach nicht wiederaufgetaucht war und die Gaststube mit einer lustigen Frauenrunde, dem Nordernbyer Skatclub, zwei Familien und einer sechsköpfigen Touri-Gruppe aus der Nähe von Aachen immer voller geworden war, hatte Isa eine Panikwelle überkommen. Gott sei Dank war Tim genau im richtigen Moment zur Stelle gewesen.

Isa gähnte erneut. «Du warst wahrscheinlich in deiner schönen Küche und hast Grauburgunder getrunken, statt mir Gunnar vom Hals zu halten.» Sie lächelte. «Wie bist du hier eigentlich reingekommen?»

«Ich weiß doch, wo der Schlüssel liegt, das weiß wohl jeder in Nordernby.»

«Hast du Jette gesehen, ist sie schon wach?»

Tim schüttelte den Kopf. «Alles ruhig im Haus.»

Inzwischen tat es Isa irgendwie leid, dass sie ihre Mutter gestern so unter Druck gesetzt hatte und sie so blöd auseinandergegangen waren. Wo Jette wohl den Abend verbracht hatte?

Wie auch immer, Isa nahm sich auf jeden Fall vor, sich gleich bei ihr zu entschuldigen. Wenn sie etwas über ihren Vater erfahren wollte, durfte sie nicht so forsch auf ihre Mutter zugehen, das war ihr inzwischen klargeworden. Isa hatte sie gar nicht nach Hause kommen hören. Aber das war auch kein Wunder, so müde, wie sie gestern nach getaner Arbeit gewesen war.

Nachdem Tim dazugekommen war, lief aber eigentlich alles gut. Isa hatte die Ravioli mit Ricotta, geriebenem Parmesan und grünem Spargel gefüllt und mehrere Bleche Rosmarinkartoffeln vorbereitet. Tim hatte sich am Grill um das Fleisch gekümmert, und Momme hatte wie immer den Service gemacht. Zum ersten Mal seit ihrem Zusammenbruch hatte Isa das Gefühl gehabt, richtig konzentriert bei der Sache gewesen zu sein. Sie war allerdings immer noch ziemlich langsam gewesen und hatte gar nicht erst versuchen müssen, mehrere Dinge gleichzeitig zu machen so wie früher. Von ihrer gewohnten Routine war sie nach wie vor meilenweit entfernt.

Das tat dem Abend aber keinen Abbruch. Die Gäste waren voll des Lobes gewesen, und Isa begann sich allmählich zu erinnern, wie schön und wohltuend es war, einfach für seine Gäste zu kochen statt für Sterne und aufgeblasene Kritiker.

«Hier …» Tim kramte in seiner Umhängetasche und zog den *Schleikurier* heraus. «Connies Artikel ist schön geworden, und die Ankündigung fürs Fischbuffet trägt schon Früchte.» Er reichte Isa die Zeitung. «Eben als ich reinkam, klingelte bereits das Telefon, und ich habe die erste Reservierung für sechs Personen angenommen.»

«Wow!» Isa verspürte eine leichte Nervosität in sich aufsteigen. Obwohl mit Jette, Tim und Momme ja eigentlich wenig schiefgehen konnte.

«Ich würde sagen, ich besorge jetzt alles Fischige, und du und Jette, ihr kümmert euch um den Rest», sagte Tim. «Ich nehm mein Auto, dann habt ihr den Bulli.» Er legte die Schlüssel auf Isas Nachttisch. «Ich hatte sie neulich aus Versehen eingesteckt.»

Isa nickte. «Was denkst du, für wie viele Gäste sollen wir planen?»

«Die letzten Male kamen so um die 50. Aber diesmal kommt die Ankündigung ja sehr spät. Keine Ahnung … Wird schon werden. Also, bis später.» Tim zwinkerte ihr zu, und Isa musste zugeben, dass sie sich auf *später* freute.

Beim Blick aus dem Fenster bekam ihre Vorfreude allerdings einen leichten Dämpfer. Dicke graue Wolken hingen am Himmel. Sicher würde es bald regnen, und dann würde der Sommergarten ins Wasser fallen.

Noch im Nachthemd schlüpfte sie rasch in ihre Turnschuhe, schnappte sich die Zeitung und lief hinunter. Als sie in den Garten ging, tröpfelte es bereits, und nacheinander zog sie die beiden Strandkörbe zurück unter den Dachvorsprung. Anschließend kochte sie Kaffee und blätterte durch den *Schleikurier*. Der Artikel über sie und Jette nahm eine halbe Seite ein. Unter dem Titel *Tradition trifft Moderne: Frischer Wind im Nordernbyer Seestern* hatte Connie, mit der die Frauen inzwischen per Du waren, über den *Generationswechsel* in dem *Traditionsgasthof* einen wirklich tollen Artikel geschrieben, den Isa sofort ihrer Mutter zeigen wollte. Sie goss für Jette Kaffee in einen Becher und klemmte sich die Zeitung unter den Arm. Beides würde ihre Mutter hoffentlich versöhnlich stimmen.

Isa klopfte an Jettes Zimmer. Als niemand reagierte, öffnete sie die Tür einen Spalt und lugte hinein. Huch!? Verwundert schob Isa sie weiter auf und trat ein. Auf dem unbenutzten Bett lag Omas Bademantel, der Hocker neben dem Bett war leer. Isa wurde unruhig und riss die Schranktür auf. Die Bügel hingen einsam auf der Stange, der Rucksack war auch weg. Von ihrer Mutter fehlte jede Spur.

Nachdenklich zog sie sich an und ging anschließend zurück in die Küche. Sie trat an die Spüle und guckte durch das kleine Fenster in den Garten. Der Regen war stärker geworden. Die Apfelblüten hingen müde im Wind, und selbst das gelbe Rapsfeld hinter der Gemeindekoppel sah bei diesem Wetter traurig aus.

Wieso hatte Jette das nur getan? Klar, sie hatte keine Lust auf das Vater-Thema. Aber deshalb einfach ohne ein Wort abzureisen? Das war doch irgendwie total übertrieben für eine erwachsene Frau. Wo war sie überhaupt hin? Sie hatte ja nicht mal ein Auto, und der Schlüssel für den Bulli war bis eben bei Tim gewesen.

Aber am meisten quälte Isa die Tatsache, dass auf ihre Mutter offensichtlich doch kein Verlass war. Bei diesem Gedanken spürte sie das wohlbekannte Brennen in ihrem Bauch. Wie konnte Jette sie einfach im Stich lassen? Nach den letzten schönen Tagen wollte Isa so gern etwas anderes glauben.

Sie sah auf ihr Handy neben der Spüle. Jettes Nummer hatte sie inzwischen eingespeichert. Isa versuchte sie zu erreichen, jedoch ohne Erfolg. Ihr Blick blieb an dem Seifenspender hängen, der vor ihr auf der kleinen Fensterbank über dem Spülbecken stand – vielmehr an ihrem Verlobungsring daneben. Überrascht guckte sie auf ihre rechte Hand. Jetzt erst bemerkte sie sein Fehlen.

Stimmt, sie hatte ihn gestern abgenommen, als sie den Teig für die Ravioli kneten wollte, und dann musste sie ihn da vergessen haben. Sie legte ihn vor sich auf die Arbeitsfläche und schob ihn mit dem Zeigefinger hin und her. Eigentlich könnte sie jetzt auch ihre Sachen packen und abreisen, nach Hause zu Henry, anfangen, ihr Leben neu zu ordnen und die Hochzeit vorzubereiten. Alleine, ohne Jette wollte und konnte sie den Seestern sowieso nicht führen oder verkaufen. Ohnehin hatten sie nicht mehr lange bis zur Zwangsversteigerung.

Isa seufzte. Es tat ihr zwar für Meta leid, die so sehr an dem Dorfkrug hing, aber vielleicht war es jetzt mal wieder an der Zeit, an sich zu denken. Sie nahm den Ring zwischen Daumen und Zeigefinger, hielt ihn vor ihr Auge, kniff das andere zu und guckte durch den Stein hindurch in den Garten. Sie schämte sich fast ein bisschen, dass sie ihn gar nicht vermisst hatte.

Plötzlich sah sie Tim auf sich zukommen. Sie legte das Schmuckstück zurück auf die Fensterbank und entschied, dass die Hochzeitsvorbereitungen schon nicht weglaufen würden.

Tim hatte jede Menge Fisch besorgt, und zwei Stunden später trugen Isa und er auch die übrigen Zutaten und Beilagen in die Küche. Isa hatte ihm natürlich sofort erzählt, dass Jette nicht mehr da war, und natürlich sah auch er den Grund dafür in dem Vater-Streit. Aber er hatte Isa einen Spiegel ihres eigenen Verhaltens vorgehalten.

«Du kannst aber auch nicht lockerlassen. Wieso hast du bloß so gebohrt?», hatte er gefragt, als die beiden zum Mittwochsmarkt nach Eckernförde unterwegs waren, um die Sachen zu besorgen, um die sich Isa eigentlich zusammen mit Jette kümmern wollte.

«Also, entschuldige mal, bei dem Thema hätte ja wohl niemand lockergelassen», hatte Isa geantwortet und die Arme vor der Brust verschränkt. «Oder willst du mir erzählen, du würdest nicht wissen wollen, wer dein Vater ist?»

Es war ein eher schweigsamer Einkauf geworden. Und Isa war froh gewesen, dass Tim nicht weiter insistiert hatte, ihr aber dennoch beistand. Sie wusste wirklich, was sie an ihm hatte.

Zurück im Seestern war der Anrufbeantworter voll mit Reservierungen, und Isa begann sofort, das Suppengemüse für den Fischfond zu schnibbeln und die Karkassen zu waschen, während Tim sich um den Matjes nach Hausfrauenart kümmerte. Außerdem sollte es Matjestatar geben, Räucherfisch, Krabben auf Rührei, eingelegte Heringe, diverse Sorten Ziegenkäse und luftgetrockneten Schinken. Die Idee vom *Abendbrot zwischen den Meeren*, wie Connie es in ihrem Artikel genannt hatte, gefiel Isa immer besser. Sie musste an die ersten Gespräche hier mit Meta denken und daran, wie abfällig sie da noch über Omas Art zu kochen und das ganze Thema Hausmannskost geredet hatte. Abfällig und überheblich, denn schließlich war sie mit ihrer «großen» Kochkunst und dem ganzen Druck, der dadurch auf ihr lastete, komplett gescheitert.

Isa schielte auf ihr Handy. Immer noch kein Zeichen von ihrer Mutter.

«Moin!» Momme war in die Küche gekommen und riss Isa aus ihren Gedanken. «Tim, was machst du denn schon hier, ist Jette nicht da?»

«Sie ist abgereist», sagte Isa und bemühte sich um

einen möglichst nüchternen Ton, während sie die Fischgräten zusammen mit dem Suppengemüse in einen großen Topf gab, um daraus den Fond zu kochen.

«Wie bidde, wieso das denn?»

Sie warf Tim schnell einen ernsten Blick zu und schüttelte leicht den Kopf. Sie wollte nicht mehr über das Vater-Thema sprechen.

«Aber ihr habt euch doch so gut verstanden, oder nicht?», hakte Momme nach.

«Das stimmt», sagte Isa und kümmerte sich weiter geschäftig um den Fischfond. «Ich weiß auch nichts Genaues. Heute Morgen war sie plötzlich weg.»

«Hmm, büschen merkwürdig …» Für einen Moment sah Momme sehr nachdenklich aus, fast traurig. «Nu, nützt ja nix», sagte er dann und fragte nach der Abendplanung.

Um Punkt 18 Uhr betraten Meta und Johan als Erste den Saal. Johan wollte sich diesen *köstlichen Abend*, wie er es nannte, auf keinen Fall entgehen lassen und hatte sich extra wieder auf den Weg nach Nordernby gemacht.

Isa hatte soeben einen großen Pott Fischsuppe auf die Warmhalteplatte gestellt und kontrollierte jetzt, ob am Buffet, das sie vor der Bühne aufgebaut hatten, alles okay war. Dann begrüßte sie die beiden. Sie freute sich ehrlich über Johans Besuch.

Natürlich fragte auch Meta sofort nach Jette, und als Isa ihr erzählte, dass sie ohne Angabe von Gründen abgereist sei, brauchte Meta erst einmal einen Kirschlikör.

Isa setzte sich einen Augenblick zu ihr, tätschelte ihre Hand und versuchte sie zu beruhigen und sich selbst irgendwie auch. «Ich bin ja noch ein bisschen da, und Tim hilft mir, wann immer er kann.» Dass der Termin für die Zwangsversteigerung inzwischen feststand, behielt sie allerdings für sich. Sie wollte Meta diesen Abend, der wirklich besonders schön zu werden versprach, nicht verderben und setzte ein fröhliches Gesicht auf.

Zusammen mit Momme hatte sie den Saal eingedeckt und zur Feier des Tages auf den guten Weingläsern bestanden, was Momme zwar überflüssig fand, aber schließlich hatte er sich gefügt. In dem kleinen Raum neben der Bühne hatte Isa silberne Kerzenleuchter gefunden, die sich nun wunderbar auf den Tischen machten. Und auf die Fensterbänke hatte sie kleine Weckgläser mit Teelichtern verteilt.

Früher vor Hochzeiten oder großen Dorffesten hatte sie Oma oft geholfen, alles so schön herzurichten, dann hatte sie Besteck poliert, Servietten gefaltet – sie konnte sogar den Schwan – und im Garten Lampions aufgehängt.

Guck mal, Oma, ich kann's noch, dachte sie und richtete ihren Blick unauffällig gen Saaldecke.

Dass nun ausgerechnet an diesem Abend, der so ganz in Luises Sinne stattfand, Jette nicht dabei war, machte Isa traurig. Sie und ihre Mutter hier als richtiges Petersen-Team, so wie es im *Schleikurier* angekündigt worden war, das wär's gewesen.

Nach und nach füllte sich der Saal. Momme kümmerte sich um die Getränke, und Tim und sie achteten darauf, dass es auf dem Buffet stets Nachschlag gab. Wiebke und Frank waren mit den Kindern gekommen, auch Inge und ihr Mann nahmen Platz. Inge raunte Isa kurz zu, dass Jette gestern Abend noch bei ihr gewesen war. Aber sie wusste auch nicht, wohin es Isas Mutter verschlagen hatte.

Der Pastor kam und trank diesmal nicht nur, sondern langte auch am Buffet gut zu, wie Isa beobachtete. Besonders das Matjestatar und der geräucherte Aal hatten es ihm angetan. Auch aus den Nachbardörfern, aus Eckernförde und sogar aus Flensburg zog es die Leute an diesem Abend in den Seestern.

«Das ist so schön wie früher», sagte Meta immer wieder mit glänzenden Augen, und Johan nickte lächelnd.

Alle schienen ausgelassen und vergnügt. Und Isa war fast ein wenig überrascht darüber, wie viel Freude ihr die Rolle der Gastgeberin in den letzten Stunden gemacht hatte. Sie war sehr zufrieden mit dem Verlauf des Abends, fast ein bisschen stolz.

Nur Tim schien irgendwie abwesend zu sein. Er guckte ständig auf sein Handy, tigerte hin und her, und Isa fragte sich, auf wessen Nachricht er so gespannt wartete. Ob er vielleicht doch eine Freundin hatte?

Als sich der Saal anfing zu lichten und das Buffet allmählich leergeputzt war, zog Tim Isa in die Küche.

«Ich muss mit dir reden», sagte er und guckte dabei so ernst, wie sie ihn lang nicht mehr gesehen hatte. «Ich bin seit Tagen mit einem befreundeten Architekten in Kontakt. Außerdem mit dem Marketingchef vom Tourismusverband *Ostseefjord Schlei*, den ich gut kenne und der immer darüber informiert ist, was hier in der Gegend gerade so geplant ist.»

Isa blickte Tim fragend an.

«Mir hat es einfach keine Ruhe gelassen, dass Diedrichsen so scharf auf den Seestern ist, deshalb versuche ich schon seit einiger Zeit herauszukriegen, was er eigentlich vorhat.»

«Und?», fragte Isa gespannt. Sie war überrascht, aber auch gerührt von Tims Einsatz.

«Erinnerst du dich an sein Gesabbel von neulich: *Der Seestern ist doch ein Stück Kulturgeschichte …*» Tim äffte mit geschwollener Brust den Bürgermeister nach, worüber Isa lachen musste.

«Von wegen. Er plant, aus dem Seestern ein Hotel zu machen, mit Golfplatz auf der Gemeindekoppel und dem umliegenden Land. Alles oberste Liga: Schleiblick, Gourmettempel und jede Menge Schnickschnack.» Er deutete mit dem Kopf auf sein Handy. «Erst habe ich das nur vermutet, weil es immer wieder komische Gerüchte gab, aber gerade haben mir meine beiden Bekannten unabhängig voneinander alles bestätigt.»

Isa starrte Tim an. «Deshalb hat er von dem Hotel in Cornwall erzählt. Erinnerst du dich?»

«Klar. Ob er dein Vater ist oder nicht, weiß ich nicht. Ich weiß aber inzwischen, wem gegenüber er es behauptet hat – und wohl auch, warum.»

Isas Herz raste.

«Die Sache mit dem Hotel scheint nicht schnell genug voranzugehen. Diedrichsen hatte nämlich offensichtlich schon zu Luises Lebzeiten Investoren klargemacht, mit dem Versprechen, Baubeginn sei bereits im vergangenen September. Tja, aber Luise wollte nicht verkaufen, und Jette und du wollt es bisher auch nicht. Jetzt werden die ersten Geldgeber unruhig, und Diedrichsen erzählt, allerdings hinter vorgehaltener Hand, dass er dein Vater ist und er deine Zustimmung zum Verkauf quasi in der Tasche hat.»

«Hat er aber nicht.»

«Genau. Und deshalb muss er irgendwas gemauschelt haben, und zwar nicht nur mit der Sparkasse, sondern auch mit dem Amtsgericht. Dass ein Antrag auf Zwangsversteigerung so schnell geprüft wird und sofort ein Termin feststeht, ist mehr als ungewöhnlich. Normalerweise dauert das Monate, oft sogar über ein Jahr.» Er fasste Isa am Arm. «Mit irgendwelchen Behauptungen in Richtung Bestechung sollten wir uns allerdings zurückhalten. Wir können schließlich nichts beweisen.»

«Dann werden Metas Befürchtungen tatsächlich wahr, und Nordernby hat bald keinen Dorfkrug mehr», sagte Isa nachdenklich und sank auf einen Stuhl. Jetzt, da durch Diedrichsens Pläne der Abschied vom Seestern konkret wurde, traf sie die Sache mehr, als sie es sich je hätte vorstellen können.

Isa wurde plötzlich kalt, ihr Herz zog sich zusammen, und es fühlte sich an, als würde sie ihre Oma in diesem Moment noch einmal verlieren.

29.

*Wenn ihr gegessen und getrunken habt,
seid ihr wie neugeboren;
seid stärker, mutiger,
geschickter zu eurem Geschäft.*

JOHANN WOLFGANG V. GOETHE

SEUTE DEERN

Am nächsten Morgen hatte ein frischer Ostwind alle grauen Wolken weggepustet. Nach einer unruhigen Nacht war Isa früh aufgestanden, hatte sich einen der Strandkörbe in die aufgehende Sonne gezogen und sich mit einer Wolldecke darin eingekuschelt.

Nachdem sie gestern mit Tim und Momme alles aufgeräumt hatte und schließlich auch die beiden gegangen waren, war sie noch ein wenig bei Kerzenschein im Saal sitzen geblieben und hatte ihren Gedanken nachgehangen. Den Seestern zu verkaufen, war eine Sache, dass es ihn aber schon bald gar nicht mehr geben sollte, eine andere. Tim und sie hatten beschlossen, die Neuigkeiten erst einmal für sich zu behalten. Für Isa war der Abend trotzdem gelaufen. Sie war kaum noch bei der Sache gewesen und ertappte sich immer wieder dabei, wie sie im Saal unauffällig gegen die Balken klopfte, so als müsste sie dem alten Landgasthof Mut machen und sich selbst vergewissern, dass er noch da war. Als sie vor dem Einschlafen Henry angerufen hatte, um ihm von den Hotelplänen zu erzählen, war der überraschenderweise begeistert gewesen. «Wow, bei der Lage halte ich das für eine erfolgversprechende Idee. Eine echte Chance für Not… Na…, also für euer Dorf.» Isa hatte schnell genug von dem Gespräch gehabt und es beendet.

Sie schloss die Augen. Im Strandkorb war sie angenehm geschützt. Trotzdem zog sie die Decke ein wenig höher und überlegte, wie es jetzt weitergehen sollte? Meta sprach immer nur davon, Geld in die Kasse zu spülen, so wie durch das Fischbuffet. Nur wie sollte das gehen ohne Jette? Was wollte Jette eigentlich? Und sie, was wollte sie überhaupt?

Isa wusste es nicht. Das Einzige, was sie wusste, war, dass sie sich gerade schrecklich einsam fühlte. Ihr Kinn begann zu zittern, der Druck hinter ihren Augen verstärkte sich, und dann konnte sie die Tränen nicht länger zurückhalten. Enttäuschung und Erschöpfung machten sich breit. Isa weinte bitterlich. Sie weinte um Oma, um den Seestern, auch um ihr Restaurant in London und darüber, dass Henry sich den Namen Nordernby einfach nicht merken konnte. Sie weinte darüber, dass ihre Mutter sie wie immer alleingelassen hatte, und auch darüber, dass sie selbst so eine schlechte Freundin gewesen war und sich all die Jahre nicht bei Wiebke gemeldet hatte. Sie weinte auch um Tim und um das verpasste Leben mit ihm in London. Aber die Vorstellung, dass der Bürgermeister ihr Vater war, gab ihr endgültig den Rest.

Plötzlich verdunkelte sich die Sonne. Jemand hatte sich vor den Strandkorb gestellt. Isa legte den Kopf in den Nacken und blinzelte.

«Heuschnupfen?» Tim reichte ihr ein Taschentuch.

Isa musste lachen, griff nach dem Taschentuch und putzte sich die Nase.

«Darf ich?» Er zeigte auf den Platz neben ihr.

Sie nickte, und er setzte sich, legte einen Arm um sie und zog sie dicht an sich heran.

Erschöpft ließ Isa ihren Kopf auf seine Schulter sinken, schloss die Augen und genoss seinen frischen, immer noch vertrauten Duft.

«Weißt du, was das Allerschlimmste ist?», fragte sie nach einer Weile. Sie spürte, dass Tim den Kopf schüttelte. «Heute Morgen konnte ich mich nicht mehr an Omas Lachen erinnern.» Ihre Stimme wurde wieder brüchig. «Sosehr ich mich auch anstrengte, ich konnte es einfach nicht hören.»

Tim zog sie noch ein wenig fester an sich heran. «Mach mal die Augen zu.» Isa gehorchte. «Und nun sag mir, was du siehst, wenn du an Luise denkst.»

Isa musste nicht lange überlegen. «Ich sehe, wie sie mich anlächelt und wie ihre Augen fröhlich blitzen.»

«Und, wie fühlt sich das an?», wollte Tim wissen.

Ein Lächeln huschte über Isas Gesicht. «Richtig gut, ich fühle mich ihr ganz nahe.»

«Und so wird es garantiert auch immer bleiben. Vielleicht verblassen Erinnerungen, aber das Gefühl, das bleibt.» Er streichelte ihre Schulter, und für einen Moment saßen sie schweigend nebeneinander. «Ich muss jetzt in die Redaktion, aber am frühen Nachmittag hole ich dich ab. Ich gehe davon aus, dass du den Laden heute nicht schon mittags öffnen willst?»

Jetzt spürte Isa wieder die bleierne Müdigkeit. «Ich würde das allein gar nicht schaffen.»

«Okay, ich habe eine Überraschung für dich.» Dann stand er auf, legte den Kopf schief und lächelte Isa an. «Bis nachher.»

Gegen Mittag raffte sich Isa endlich auf, zu duschen. Sie hätte da eigentlich längst die Einkäufe für den Seestern erledigt haben müssen, aber ihr fehlte die Kraft. So gern sie kämpfen wollte für den Seestern, so wenig fühlte sie sich an diesem Tag dazu in der Lage. Also hängte sie das Schild *Heute geschlossen* ins Fenster und hoffte, dass Meta es ihr nicht übelnehmen würde und potenzielle Gäste es an einem anderen Tag versuchten.

Um zwei kam Tim. Er hatte einen Rucksack dabei und sah sie aufmunternd an. «Lass uns mit dem Bulli fahren», schlug er vor.

«Wohin denn?», hakte Isa nach.

«Das wirst du schon sehen.» Er setzte sich eine Sonnenbrille auf. «Ich fahre!»

Isa beobachtete ihn aus dem Augenwinkel. Er sah schon ein bisschen nach Sommer aus. Sein Haar glänzte im Sonnenlicht, und seine Haut war leicht gebräunt.

Sie fuhren durch Fleckeby, und als Tim rechts in den Louisenlunderweg abbog, bekam Isa eine Ahnung davon, was er vorhatte. Die Fahrt ging holpernd weiter durch den Wald, bis links von ihnen die Schlei schimmerte und sie schließlich auf einem sandigen Parkplatz anhielten.

Isa spürte ein Kribbeln in ihrem Bauch. Eilig stieg sie aus und sah sich um. Der Segelclub hatte sich überhaupt nicht verändert. Das Vereinshaus, die Bänke davor, die Liegeplätze für die Segel- und Motorboote, die im Wasser schaukelten und glucksten – alles genau wie früher.

«Wollte mal gucken, ob du noch seefest bist.» Tim grinste.

Isa sah ihn mit großen Augen an. Seit 12 Jahren hatte sie keinen Fuß mehr auf ein Segelboot gesetzt. Aber was sollte schon schiefgehen? Tim wusste, was er tat. Und Wasser war schließlich ihr Element.

«Womit machen wir denn den Törn?», wollte Isa wissen.

«Na, wie immer. Mit der *Seuten Deern*.»

«Die hast du noch?»

«Klar!»

Tim und Isa hatten zusammen mit Wiebke und Frank als Kinder hier in den großen Ferien einen Segelkurs gemacht, und seitdem hatten alle vier Blut geleckt. Erst sind sie Optis gesegelt, dann Jollen und später auch größere Boote. Aber auf Tims Holzjolle hatte es immer am meisten Spaß gemacht.

Im Clubhaus zogen sie Ölzeug an und holten sich Schwimmwesten. Tim reichte Isa außerdem noch seinen Norwegerpulli. «Zieh den lieber drunter, der Ostwind auf der Großen Breite pustet ganz schön.»

Es waren zwei bis drei Windstärken. Tim saß an der Pinne. Und Isa ließ beim Kreuzen gegen den Wind die Schot locker und holte sie nach der Wende wieder dicht. Sie waren ein eingespieltes Team. Wie früher.

Um die Schräglage auszugleichen, saßen sie oft dicht

nebeneinander. Die *Seute Deern* glitt durchs Wasser, und Isa genoss den Wind und die Wellen und war froh, hier draußen den schweren Vormittag hinter sich lassen zu können.

Nach einer Weile tauschten sie die Plätze, Isa übernahm die Pinne, und als sie nach knapp zwei Stunden zurücksegelten, ließen sie sich vom achterlichen Wind gemütlich nach Hause treiben und mussten kaum noch etwas tun.

Isa legte den Kopf in den Nacken. Der strahlend blaue Himmel wölbte sich fast schon sommerlich über der Schlei.

«Ist das schön, auf dem Wasser zu sein», sagte sie und blinzelte in die Sonne. «Da erscheinen die Probleme an Land doch gleich viel kleiner.»

«Soll ich dir nachher im Seestern helfen?», fragte Tim.

Isa schnaufte. «Der bleibt heute geschlossen. Ich hatte vorhin einfach keine Kraft, mich um irgendetwas zu kümmern.»

«Immer noch kein Zeichen von Jette?»

Isa schüttelte den Kopf.

«Schick ihr doch eine Nachricht», schlug Tim vor. «Ich denke, sie sollte wissen, was Diedrichsen mit dem Seestern vorhat.» Nach einer kurzen Pause sprach er weiter: «Wenn ich Geld hätte, würde ich sofort Luises Schulden bezahlen und ihn euch abkaufen. Aber für mein Magazin habe ich sogar eine Hypothek auf mein Haus aufnehmen müssen.»

«Was würdest du denn mit dem Seestern anfangen?», fragte Isa verwundert.

«Ich würde mit *Butter bei die Fische* gern expandieren.

Ich könnte mir vorstellen, unsere Artikel ins echte Leben zu holen, zum Beispiel, indem wir Kochkurse anbieten oder den regionalen Produzenten Möglichkeiten für Verköstigungen geben. Ich würde gern Events mit unterschiedlichen Köchen ausrichten, und natürlich sollen die Nordernbyer auch weiterhin im Seestern Hochzeiten und Konfirmationen feiern können.»

Isa war beeindruckt. «Kein schlechtes Konzept. Allemal besser als ein Hotel mit Golfplatz … Apropos», sagte sie, «ich hab noch mal nachgedacht. Kann Diedrichsen das mit dem Hotel überhaupt so einfach machen? Ich meine, der Seestern steht doch unter Denkmalschutz.»

«Was das angeht, ist wohl alles in trockenen Tüchern. Mein Architekten-Freund hat mir erzählt, dass die Fassade erhalten bleiben soll und mit Anbauten gearbeitet wird.»

«Aber wieso weiß von dem Projekt niemand», wunderte sich Isa. «So etwas kann doch nicht geheim bleiben, oder?»

«Das habe ich mich auch gefragt.» Tim schob seine Sonnenbrille auf den Kopf. «Der Gemeinderat muss auf jeden Fall Bescheid gewusst haben, er hat längst sein Okay gegeben. Allerdings ist davon komischerweise nichts nach außen gedrungen. Ich kann mir also nur vorstellen, dass Diedrichsen alle zum Schweigen verdonnert hat, zur Not mit Geld.»

Dieser Kerl durfte nie und nimmer ihr Erzeuger sein, dachte Isa angewidert.

«Bei seinem letzten großen Projekt, einer Ferienhaussiedlung an der Flensburger Förde, gab es wohl auch einige Ungereimtheiten. In die Richtung haben jedenfalls einige Kollegen vom *Flensburger Abendblatt* recherchiert. Aber am Ende hat er alles durchgekriegt.»

Neben der Wehmut, die Isa in dem Moment für den Seestern spürte, war da noch ein anderes Gefühl. Ein Gefühl, das mit Tim zu tun hatte, und sie stellte die Frage, die seit 12 Jahren überfällig war: «Warum bist du damals nicht nach London gekommen?»

Isa vermied es, Tim anzusehen, spürte aber, dass ihn die Frage überraschte. Ohne eine Antwort abzuwarten, sprach sie weiter: «Ich habe in meinem Leben bestimmt tausendmal an unseren letzten Kuss, an die letzte Umarmung vor meiner Abreise gedacht und mir immer wieder die Frage gestellt, ob du da schon wusstest, dass du gar nicht nachkommen würdest.»

Tim blickte gen Horizont. «Was ich wusste, war, dass ich noch nie einen Menschen so sehr geliebt habe, wie ich dich geliebt habe. Aber ich wusste auch, dass du in London einen Plan hattest. Ich nicht. Ich stand beruflich total am Anfang, und überhaupt hatte ich keine wirkliche Idee, was ich mit meinem Leben anfangen wollte. Das wäre nicht gutgegangen. Unsere unterschiedlichen Lebenssituationen hätten uns auseinandergetrieben.»

Isa spürte einen Stich im Herzen. «Wir hätten es schaffen können», sagte sie leise.

Er sah sie an und schüttelte den Kopf. «Isa, überleg doch mal, du warst zielstrebig, ehrgeizig und hast jede Sekunde deiner Zeit in deine Ausbildung gesteckt. Ich hingegen hätte bei null starten müssen. Welche Zukunft hätte ich denn in London gehabt? Das wäre nicht gutgegangen. Irgendwann hätte jeder von uns angefangen, dem anderen Vorwürfe zu machen und an dessen Lebensstil herumzumeckern.»

Sie sah Tim einen Moment lang an, sie wusste, dass er recht hatte. Und dennoch … Dann legte sie wie heute Morgen ihren Kopf auf seine Schulter und genoss die Nähe.

Als sie wieder festen Boden unter den Füßen hatten, die Ölsachen und Schwimmwesten zurückgebracht hatten und vor dem Bulli standen, zögerte Isa kurz, dann nahm sie Tim in den Arm.

Sie trug immer noch seinen viel zu großen Pulli. «Danke für deine offenen Worte», sagte sie, ließ ihn los und krempelte die Ärmel ein paarmal um. «Jetzt geht's mir besser. Und weißt du, was wir jetzt machen?» Sie lächelte Tim an. «Jetzt gehen wir den Seestern retten!»

30.

Geselliges Vergnügen,
munteres Gespräch muss einem
Festmahl die Würze geben.

WILLIAM SHAKESPEARE

SEESTERN

Im Bulli lag Isas Handy. Sie schnappte es sich und rief Connie Reimer an, mit der Bitte, noch für den kommenden Tag im *Schleikurier* eine weitere Bekanntmachung zu veröffentlichen. Isa hatte Glück, bis Redaktionsschluss waren es noch zwei Stunden, und so erzählte sie der Journalistin kurz von Diedrichsens Plänen und dass sie dazu morgen um 18 Uhr alle Interessierten zu einer Info-Veranstaltung in den Seestern einladen wollte. Connie versprach auch vorbeizukommen, um anschließend darüber zu berichten.

Während Tim den Bulli Richtung Nordernby lenkte, schrieb Isa ihrer Mutter eine Nachricht.

Wo immer du bist, bitte melde dich.
Ich habe Neuigkeiten. Isa

Prompt piepte ihr Handy.

Ich auch, J.

«Meine Mutter hat auch Neuigkeiten», sagte Isa überrascht und blickte rüber zu Tim. Sie versuchte sofort,
Jette anzurufen, doch sie erreichte wieder nur die Mailbox. Enttäuscht legte sie auf.

Am Seestern angekommen, lud Isa Tim zum Essen
ein. «Es ist noch Fischsuppe da, und dabei können wir
unseren Rettungsplan schmieden.»

«Ich frag mich schon die ganze Zeit, was du vorhast»,
sagte Tim.

Isa lachte auf. «Das weiß ich auch noch nicht so genau. Erst einmal werde ich morgen allen erzählen, was
los ist, und dann wird uns schon was einfallen.»

Als sie um die Ecke in den Garten bogen, blieb Isa
fast das Herz stehen. Im Strandkorb saß eine sehr blas-
se Meta mit geschlossenen Augen und halb geöffnetem
Mund, und Isa war sich nicht sicher, ob sie atmete.

Tim war noch vor ihr am Strandkorb und nahm Metas
Hand. In dem Moment öffnete sie die Augen.

«Gott sei Dank!», sagte Isa und kniete sich vor sie.

«Was guckt ihr denn so verdattert?», fragte Omas alte
Freundin und wirkte leicht verschlafen. «Ach, ihr dach-
tet, ich wäre … Nee. Keine Sorge, so schnell stirbt man
nicht. Wo kommt ihr überhaupt her? Ihr müsstet doch
längst in der Küche stehen.»

«Ich mach uns mal die Suppe warm», sagte Tim und
verschwand im Seestern.

«Heute ist ausnahmsweise Ruhetag», erklärte Isa. Als

sie sah, dass Meta sich gerade darüber aufregen wollte, kam sie ihr zuvor und setzte an, um ihr von Diedrichsens Plänen zu berichten. Auch wenn ihr klar war, dass das, was sie ihr nun mitzuteilen hatte, Meta nur noch mehr aufregen würde. Aber Isa fand, dass sie die Wahrheit wissen musste.

Sie erzählte ihr in ruhigen Worten alles, was sie gestern von Tim in Sachen Hotel erfahren hatte. Metas Augen wurden immer größer.

Tim, der wohl ahnte, welches Thema die beiden am Wickel hatten, servierte ihnen zwei Kirschliköre in den Strandkorb. «Hier kommt was für 'n Kreislauf», sagte er und stellte die Gläser jeweils links und rechts auf die kleinen Klappbretter.

«Ich bin vollkommen sprachlos», sagte Meta und kippte den Schnaps.

Den anderen genehmigte sich Isa. «Morgen wird es hier eine Versammlung geben, die in der Zeitung angekündigt wird», versuchte sie Meta zu beruhigen. «Außerdem hänge ich bei Inge im Laden eine Einladung auf, an der Bushaltestelle und beim Naschikönig, damit alle Bescheid wissen. Und ich glaube, Jette kommt auch bald zurück.» Dann nahm Isa Metas Hände und guckte ihr fest in die Augen. «Ich verspreche dir, Meta, der Seestern bleibt in Nordernby!»

Am nächsten Abend war der Saal tatsächlich knallvoll. Momme, der von Isa und Tim inzwischen auch über alles informiert war, hatte sämtliche Tische an den Rand geschoben und so viele Stühle wie möglich aufgestellt. Trotzdem fanden nicht alle Platz.

Isa stand mit dem Mikro in der Hand auf der kleinen Bühne, an die sie zugegebenermaßen vom letzten Mal nicht so gute Erinnerungen hatte. Wenigstens war sie diesmal stocknüchtern. Meta und Tim saßen in der ersten Reihe. Auch Johan war gekommen und setzte sich zu den beiden. Direkt daneben hatte Swantje Platz genommen, die Isa allerdings zu ignorieren versuchte. Ganz am Rand entdeckte sie Wiebke, Frank und Inge.

Isa klopfte gegen das Mikro. «Kann man mich hören?» Prompt verstummte das Gemurmel im Saal. «Schön, dass ihr alle gekommen seid.» Isa war ein wenig nervös und bemühte sich, ruhig zu atmen. «Ich komme am besten gleich zur Sache. Wie ihr heute im *Schleikurier* lesen konntet, soll der Seestern bald zu einem Hotel erweitert werden, und hinten auf der Gemeindekoppel soll es statt Wildblumen einen Golfplatz geben …»

Buhrufe ertönten.

«Das ist mein Stichwort!» Diedrichsen hatte soeben den Saal betreten und marschierte nun zusammen mit Gunnar und einigen Anzugträgern Richtung Bühne. Er riss Isa das Mikro aus der Hand, ein schrilles Pfeifen ertönte. «So», schnaufte er.

Isa stand fassungslos daneben und kochte vor Wut. «Was soll das? Ich rede jetzt.»

«Später, mein Deern!», stellte der Bürgermeister forsch klar. «Ich muss doch erst einmal erklären, worum es hier wirklich geht.» Er räusperte sich. «Meine Damen und Herren, liebe Nordernbyer, ich habe die große Ehre, euch heute etwas ganz Besonderes vorzustellen …»

Gunnar hatte inzwischen einen Laptop mit Mini-Beamer aufgebaut, und an der Wand erschien das Bild eines modernen Kastenbaus, der vom alten Seestern nicht mehr viel erkennen ließ. Unter dem Gebäude erschien in großen goldenen Lettern der Schriftzug *Nordernby 2.0.*

«Das, liebe Freundinnen und Freunde», erläuterte Diedrichsen, «das ist Schlei-Urlaub der Extraklasse.»

«Wir wollen überhaupt kein Hotel in Nordernby», rief jemand aus der Menge.

«Genau! Der Teufel scheißt immer auf den größten Haufen!» Ein Mann war aufgesprungen und fuchtelte mit den Armen. «Du machst ein dickes Geschäft, und wir können sehen, wo wir bleiben?! Was ist denn mit den Fremdenzimmern, die viele von uns vermieten und die ein wichtiges Zubrot sind? Und die kleine Pension unten an der Au? Die kann dann dichtmachen, oder wie stellst du dir das vor?»

Isa griff wieder nach dem Mikro, aber der Bürgermeister umklammerte es mit aller Kraft und schob sie zur Seite.

Als Momme ihr zu Hilfe eilte, hob Diedrichsen beschwichtigend die Hand. «Lasst mich doch bitte die Fragen beantworten.»

Isa nickte Momme kurz zu, und der trat einen Schritt zurück.

Die Menge redete durcheinander, Diedrichsen musste sich erst wieder Gehör verschaffen. «Ruhe, Ruhe bitte … Ich kann eure Sorgen ja verstehen, aber ich versichere euch, sie sind völlig unbegründet. Die Leute, die sich bei euch einmieten, sind ein ganz anderes Klientel als die Nordernby-2.0-Gäste.»

«Dann wimmelt es hier bald nur noch von Warmduschern, oder was?», bölkte Momme. «Nee, danke!»

Jetzt mischte sich Swantje ein und stand auf. «Das kann doch auch eine Riesenchance sein. Ich freu mich jedenfalls über jeden, der bei mir Kopfschmerztabletten und für die müden Golferknochen Sportsalbe kauft.»

«Danke, Swantje, du hast es begriffen.» Diedrichsen nickte ihr anerkennend zu. «Immer dieses Klein-Klein. Fangt doch mal an, groß zu denken! Unsere schöne Schlei ist beliebter denn je. Jedes Jahr kommen mehr Gäste. Und mehr Gäste bedeuten mehr Einnahmen. Jeder ist seines Glückes Schmied, und jetzt habt ihr die Möglichkeit, greift zu. Nordernby 2.0 wird die ganze Gegend aufwerten. Das Geld liegt auf der Straße, ihr müsst nur zugreifen.» Er ließ seinen Blick über die Menge schweifen. «Da geht was. Für jeden von euch!»

«Für dich geht hier allerdings erst einmal gar nichts mehr, Hauke!», rief eine feste Frauenstimme vom anderen Ende des Saals. Es war Jette. Sie stand in der Tür und funkelte Diedrichsen angriffslustig an.

Super Timing, dachte Isa, und dabei fiel ihr auf, dass sie sich noch nie so gefreut hatte, ihre Mutter zu sehen. Als Jette vor knapp zwei Wochen plötzlich hier in diesem Saal aufgetaucht war, hatte sie ihr gegenüber noch ganz andere Gefühle gehabt.

«Noch gehört der Seestern Isa und mir», rief Jette, «und du kannst jetzt gehen!»

«Aber Jette», schimpfte der Bürgermeister, «nun lass mich doch Rede und Antwort stehen.»

«Raus!», riefen Isa und Jette wie aus einem Mund.

«Was mischt ihr euch überhaupt ein?», donnerte Diedrichsen unbeirrt weiter. «Ihr habt doch mit Nordernby und dem Leben hier gar nichts mehr am Hut!»

«Jetzt verschwinde endlich», sagte Jette, die inzwischen auf die Bühne geklettert war, «oder ich rufe die Polizei!»

Beleidigt vor sich hin schimpfend, zog der Bürgermeister mit seiner Entourage ab.

Isa lächelte ihre Mutter an, dann räusperte sie sich und wandte sich wieder dem Saal zu. «Auch unabhängig von Diedrichsens abstrusen Plänen ist der Seestern in Gefahr.» Sie blickte zu Tim, der ihr aufmunternd zunickte. «Luise hat leider eine Menge Schulden hinterlassen, und die Bank will schon übernächste Woche ihr Geld.» Aus dem Augenwinkel sah Isa, dass Meta erschrocken den Kopf schüttelte und hilfesuchend nach Johans Hand griff. «Geld, das Jette und ich nicht haben.»

«Ich helf euch!» In einer der vorderen Reihen war Omas alter Hausarzt aufgestanden. «Luise hat uns allen so viel gegeben, da möchte ich gern etwas zurückgeben. Wie viel braucht ihr denn?»

Isa schluckte, dann erklärte sie: «60 000, eher noch etwas mehr.»

«Oha», sagte Doktor Mannsfeld. «So viel hab ich nicht. Aber wenn vielleicht noch andere etwas beisteuern …» Er sah sich um.

Nun war auch Johan aufgestanden. «Luise hatte die Gabe, den Moment anzuhalten», sagte der Däne mit ruhiger Stimme, «und mit ihrem Essen jedem Gast genau das zu schenken, wonach er sich gerade sehnte. Ich gebe auch gern etwas.»

Im Saal war es einen Moment mucksmäuschenstill. Alle schienen ihren Erinnerungen an Luise nachzuhängen. Als Nächstes stand Inge auf.

«Ihr Essen war besser als jede Medizin», sagte sie mit brüchiger Stimme. «Sie fehlt einfach.» Mit einer ausladenden Handbewegung wies sie in den Saal. «Hier haben meine Eltern und auch schon meine Großeltern gefeiert. Hier habe ich meinen jetzigen Mann zum ersten Mal geküsst, und hier haben wir im letzten Jahr auf der Hochzeit unserer Tochter die ganze Nacht getanzt. Es gibt so viele Erinnerungen. Der Seestern muss bleiben! Ich gebe auch etwas!»

«Ich auch!», stellte der Pastor klar. «Luise war doch unsere gute Seele. Sie hat hier alles zusammengehalten.»

«Wir spenden auch», sagte nun der Löschmeister der Freiwilligen Feuerwehr.

Auch der Obmann vom Fußballverein schloss sich an, genau wie der Präsident des Jagdvereins. Jetzt begann es, im Saal unruhig zu werden. Immer mehr Nordernbyer und Freunde vom Seestern standen auf und scharten sich um Momme. Der hatte sich inzwischen seinen Kellnerblock geschnappt, ging durch die Reihen und notierte die Spender.

Isa und Jette standen sprachlos und mit Tränen in den Augen Arm in Arm auf der Bühne. Mit so einer überwältigenden Reaktion hatten sie nicht gerechnet.

Meta prostete mit ihrem Flachmann gen Saaldecke, Johan lächelte still, und Tim beantwortete Connie ein paar Fragen.

Nur Swantje saß blass und regungslos auf ihrem Stuhl und starrte vor sich hin. Isa fragte sich, was wohl mit ihr los war, und versuchte, sich mit Wiebke über Blicke zu verständigen. Doch ihre Freundin unterhielt sich so angeregt mit Inge, dass sie Isas Bemühungen nicht wahrnahm. Schließlich sprang Isa über ihren Schatten, sagte ihrer Mutter, dass sie gleich zurückkäme, und ging zu Swantje.

Sie zog sich einen Stuhl heran und setzte sich. Jetzt sah sie, dass in Swantjes Augen Tränen schimmerten. «Ist alles in Ordnung?»

Sie blickte Isa an, und die war sich in dem Moment sicher, ihre Erzfeindin noch nie so traurig und verzweifelt gesehen zu haben.

Swantje zeigte auf den Fußboden. «Hier, genau hier, hat er mir vor zwei Jahren, sieben Monaten und 13 Tagen den Antrag gemacht. Ich war so glücklich. Unsere Hochzeit haben wir auch hier gefeiert, das war der schönste Tag in meinem ganzen Leben. Und nun ...» Swantje schlug die Hände vors Gesicht, ihr Körper bebte.

Isa wollte ihre Hand auf Swantjes Arm legen, traute sich dann aber nicht und zog sie zurück.

Swantje schnäuzte sich und atmete tief durch. «Nun ist er mit so einer 25-jährigen Ische aus Kappeln zusammen.» Sie schluchzte laut auf.

Jetzt traute Isa sich doch und strich Swantje über den Arm. «Das tut mir sehr leid», sagte sie und meinte es genauso, wie sie es sagte.

Swantje nickte, zog aber ihren Arm weg. «Mir tut auch einiges leid. Ich war nicht immer nett zu dir. Ich hab dich so beneidet und auch bewundert. Du warst bei allen beliebt und dabei so ein Freigeist, und du hattest immer so schöne schlanke Beine.» Wieder fing sie an zu schluchzen.

Isa musste lachen. «Mensch, Swantje, guck dich doch

mal an. Du siehst so was von blendend und durchtrainiert aus.»

Sie schluckte. «Das ist harte Arbeit, viermal die Woche Fitnessstudio!» Dann stahl sich ein leises Lächeln auf ihr Gesicht. «Auf jeden Fall werde ich auch was für den Seestern spenden.»

«Danke», sagte Isa. «Das ist wirklich nett. Und weißt du was, jetzt hole ich dir und Meta einen Kirschlikör, und dann entspannst du dich ein bisschen. Ach, und sei froh, dass du deinen Typen los bist. Wer so eine starke und tolle Frau wie dich gegen eine 25-Jährige eintauscht, hat dich auch nicht verdient!» Swantje zuckte lächelnd mit den Schultern.

Isa war froh, über ihren Schatten gesprungen zu sein, auch wenn sie immer noch nicht glauben konnte, dass sie gerade Swantje Heide getröstet hatte.

Wenig später servierte sie die Schnäpse und suchte anschließend Jette, die sich unter die Leute gemischt hatte. Sie fand sie mit Tim und Connie bei Momme am Tresen.

«Wir sollten ein Spendenkonto einrichten», schlug Tim vor.

«Aber bitte nicht bei der örtlichen Sparkasse», sagte Isa trocken.

«Lass die Leute erst einmal auf mein Geschäftskonto überweisen», meinte Momme. «Das dauert sonst alles zu lange, morgen ist Samstag.» Im Flur und auf dem Tresen hatte er bereits Wahlurnen aufgestellt, in die jeder, der wollte, auch Bargeld stecken konnte.

«Gut», sagte Connie, «dann gib mir deine Bankdaten. Ich veröffentliche sie morgen in meinem Artikel, in dem ich noch mal einen schönen Aufruf starten werde. Ich habe wahnsinnig emotionale O-Töne und auch Fotos. Als hier nach und nach alle aufgestanden sind, das war wirklich Gänsehaut pur.»

Jette zog Isa ein wenig zur Seite. «Es tut mir leid, dass ich einfach abgehauen bin und dich hier mit allem alleingelassen haben.» Sie atmete tief durch. «Ich musste einfach mal raus und über ein paar Dinge in Ruhe nachdenken.»

«Ich bin froh, dass du zurückgekommen bist», sagte Isa mit fester Stimme. Dann lag auch ihr eine Entschuldigung auf dem Herzen. «Dass ich dich neulich mit dem Vater-Ding so genervt habe. Tut mir leid!»

«Ist schon gut», erwiderte Jette und strich ihrer Tochter über die Wange.

«Also, meine Neuigkeiten, nämlich Diedrichsens Hotel-Pläne, kennst du jetzt.» Auffordernd sah sie ihre Mutter an. «Was sind denn deine?»

31.

Der Mensch lebt nicht, um zu essen,
sondern um gut zu essen.

JEAN ANTHELME BRILLAT-SAVARIN

WAHRHEIT

Jette hatte ihre Tochter noch einen Moment vertröstet und war in die Küche gegangen. Sie musste kurz allein sein. Es hatte sie wirklich sehr bewegt, zu realisieren, was Luise den Nordernbyern bedeutet hat. Sie öffnete die Tür zum Garten. Die Sonne war noch nicht untergegangen. Fast hatte sie vergessen, wie lange es hier oben an der Schlei hell war und wie gut das tat. Und erst im Juni zu Mittsommer … Wo sie dann wohl sein würde? Und was dann mit dem Seestern war?

Nach dem Streit mit Isa, vor drei Tagen, hatte sie eigentlich vorgehabt, nach Hamburg zu fahren – wenn es sein musste, sogar mit dem Taxi – und dort in den nächsten Flieger nach New York zu steigen. Doch schon kurz hinter Eckernförde hatte sich ihr innerer Kompass gemeldet und klar signalisiert, dass die Nadel immer noch stur nach Norden zeigte. Also bat sie den Fahrer umzudrehen und sie im Hotel *Meerblick* abzusetzen. Am nächsten Morgen, als sie bei trübem Wetter den Strand entlangstapfte, hatte sie dann beschlossen, dass es Zeit für die Wahrheit war. Einer Wahrheit, vor der sie eigentlich wieder einmal weglaufen wollte. Vorher aber hatte sie noch etwas anderes zu erledigen.

Jette schloss die Gartentür, nahm sich ein Glas aus dem Regal und ging zum Waschbecken. Ihr Blick blieb an Isas Ring hängen, der auf der Fensterbank über der Spüle lag. Hatte ihre Tochter vielleicht doch genauso ein unruhiges Herz wie sie?

«Ach, hier bist du.» Momme lugte durch die Tür. «Muddi und Johan haben Hunger. Ich weiß bei dem Trubel gerade nicht, wo Isa ist. Sie hat aber einen großen Pott Hühnersuppe mit Grießklümp vorbereitet. Sobald es sich drüben lichtet, könnten wir dann alle zusammen essen.»

«Ist gut, ich kümmere mich darum.»

Eine halbe Stunde später trug Jette eine große Suppenterrine in den Saal. Tim und Isa hatten einen Tisch eingedeckt, und Wiebke, die noch geblieben war, zündete Kerzen an und verteilte Wein.

«Endlich sitzen wir mal wieder alle zusammen, das ist richtig gemütlich», sagte Meta und erhob ihr Glas. «Auf den Seestern.»

Auch die anderen erhoben ihr Weinglas, bis auf Momme, der mit Bier auf den Dorfkrug anstieß.

«Jetzt können wir nur beten, dass wir das Geld bis übernächste Woche zusammenkriegen», sagte Johan.

«Das stimmt.» Jette ließ sich die Teller reichen und füllte allen auf. «Und das Projekt in Nordernby ist erst der Anfang, Diedrichsen plant noch jede Menge weitere Hotels an der Schlei.»

Alle sahen Jette fragend an.

«Woher weißt du das?», wollte Isa wissen.

«Ich war in seinem Büro, da habe ich die Pläne gesehen.» Sie legte die Suppenkelle auf einen kleinen Teller und machte anschließend den Deckel auf die Terrine.

«Was hattest du denn in seinem Büro verloren?», fragte Meta ein wenig spitz.

Jette wusste, dass jetzt Zeit für die Wahrheit war. «Diedrichsen erzählt überall herum, dass er Isas Vater sei. Deshalb war ich die letzten Tage in Eckernförde, ich wollte ihn zur Rede stellen.»

«Das hättest du auch hier machen können», warf Meta ein. Und dann fragte sie herausfordernd: «Ist er denn nicht Isas Vater?»

Jette lachte auf. «Ach, dir hat er es also auch erzählt, und das wolltest du dann einfach so an Isa weitertratschen?»

«Ich wollte nichts weitertratschen!», empörte sich Meta und warf Isa einen fragenden Blick zu. «Ich wollte lediglich dafür sorgen, dass Isa hierbleibt.»

«Sie hat mich erpresst!» Isa lächelte kurz und zwinkerte Meta zu.

«Du wolltest ja gleich nach der Beerdigung wieder abreisen.» Metas Stimme wurde brüchig. «Das … das konnte ich unmöglich zulassen. Ihr solltet euch doch aussprechen, das hatte ich Luise versprochen.»

Es rührte Jette, wie sehr Meta sich für die Petersen-Frauen ins Zeug legte.

«Im Übrigen», fuhr Meta mit nun wieder fester Stimme fort, «zu mir hat Diedrichsen nichts von der Vaterschaft gesagt, aber zu Luise.»

«Oma wusste Bescheid?» Isa guckte Meta mit großen Augen an.

Sie nickte. «Seit Monaten versuchte er, ihr den Seestern abzuschnacken. Nun wissen wir ja auch, warum. Irgendwann hat er dann gesagt, sie solle sich einen Ruck geben, es bliebe doch sowieso alles in der Familie. Da ist Luise wütend geworden und hat ihm eine Flasche Kirschlikör über den Kopf gegossen.»

Wiebke kicherte.

«Aber ist er denn nun mein Vater?», fragte Isa angespannt.

Jette schwieg einen Moment. Dann legte sie ihren Löffel beiseite, den sie die ganze Zeit festgehalten hatte, obwohl sie gar nicht zum Essen kam. «Er geht jedenfalls davon aus.»

«Das heißt, ihr wart echt ein Paar?» Das Entsetzen, das in Isas Stimme mitschwang, war nicht zu überhören.

Jette spürte, auch ohne Momme anzusehen, dass er sie nicht aus den Augen ließ. Sie fuhr fort: «Gestern in seinem Büro klärte er mich darüber auf, dass wir beide die Nacht nach meinem Abschiedsfest zusammen verbracht hätten. Er meinte, er müsste meinen Erinnerungen auf die Sprünge helfen, weil ich an jenem Abend ein bisschen dun gewesen war. Als ich dann ein paar Monate später schwanger aus Frankreich zurückgekehrt bin, habe er eben nachgerechnet.»

Momme stand auf und zapfte sich ein frisches Bier.

«Und?», fragte Isa.

«Was, und?» Jette trank einen Schluck Wein.

«Ja, habt ihr die Nacht zusammen verbracht, oder nicht? Du hast das gerade so komisch ausgedrückt.»

«Natürlich nicht!» Jette grinste und sah die unmittelbare Erleichterung im Gesicht ihrer Tochter. «Luise hat ihn in mein Bett gelegt, weil er zu besoffen war, um nach Hause zu gehen, und am nächsten Morgen konnte er sich an rein gar nichts mehr erinnern. Da hat er sich seine eigene Wahrheit zusammengereimt. Ich habe allerdings in jener Nacht gar nicht in meinem Bett geschlafen.»

«Wo hast du denn geschlafen», fragte Meta.

«Muddi!» Momme verkniff sich ein Grinsen.

Jette atmete kurz durch und nahm dann all ihren Mut zusammen. «Bei Momme», sagte sie und lächelte keck.

Jetzt gingen die überraschten Blicke aller zwischen Momme und Jette hin und her. Wiebke kam aus dem Staunen gar nicht mehr heraus.

Meta holte den Flachmann aus ihrer Handtasche. «Guck an», sagte sie und nahm einen kräftigen Schluck. «Hab ich gar nix von mitgekriegt.»

Nur Isa schien ein wenig auf der Leitung zu stehen. «Wer ist denn nun mein Vater?», fragte sie irritiert. «Ich weiß ja, du willst nicht darüber reden, aber du kannst dir gar nicht vorstellen, wie das ist, mit diesem großen Fragezeichen leben zu müssen, sich nicht ganz zu fühlen …» Sie plapperte einfach weiter, ohne zu merken, dass alle sie anstarrten. «Immer fehlt ein Teil, nie weiß ich, woher ich meine Augen habe, meinen Heuschnupfen, mein –»

Tim legte seine Hand auf ihre. «Isa …»

Plötzlich haute Momme mit der flachen Hand auf den

Tisch. «Ich war mir ja nie ganz sicher», sagte er. «Aber irgendwann habe ich es mir gedacht und gehofft, dass es wahr ist. Guckt euch doch mal Isas wunderschöne Augen an ...» Er lächelte sie an. «Die hast du eindeutig von mir.» Sein Grinsen wurde breiter. «Du kannst Papi zu mir sagen.»

Jetzt fiel auch bei Isa der Groschen, und sie guckte ihre Mutter ein wenig ungläubig an.

Jette legte den Kopf schief und stützte ihn auf eine Hand. «Ich war sehr verliebt in deinen Vater. Über ein Jahr waren wir ein Paar gewesen. Vor unseren Müttern hielten wir die Beziehung aber geheim. Das hätte alles nur unnötig kompliziert gemacht, da waren wir uns einig gewesen.» Und für Jette wäre alles noch komplizierter geworden, wenn sie ihm die Wahrheit gesagt hätte, instinktiv aber hatte sie immer gespürt, dass er es ahnte.

«Das ... kommt jetzt ein bisschen ... überraschend», sagte Isa.

«Wieso?», fragte Momme in gespieltem Protest. «Ich hab dich doch quasi großgezogen.» Er grinste. «Und das war richtig schön.»

«Und ich bin wohl gerade Oma geworden», sagte Meta und kicherte.

«Stimmt!» Nun musste auch Isa lachen. Jette sah, wie sich ihre Anspannung löste. «So weit habe ich noch gar nicht gedacht», fuhr Isa fort. «Ich hab wieder eine Oma, wie toll ist das denn?!» Sie stand auf und nahm erst Meta in den Arm und dann Momme.

Wiebke schloss sich mit Tränen in den Augen an und beglückwünschte alle mit einem festen Drücker.

«Da wir das nun geklärt haben», sagte Tim und stand

auf, «mach ich noch mal schnell die Suppe warm. Die ist nämlich inzwischen eiskalt geworden.»

Nach dem Essen lehnte sich Jette mit einem Glas Wein in der Hand zurück und beobachtete ihre *Familie*. Sie war überrascht, wie leicht es gewesen war, alles zu erzählen, und wie gut es sich anfühlte. Isa und sie hatten sich ausgesprochen, und nun saß ihre Tochter mit geröteten Wangen zwischen Momme und Meta und schwelgte mit ihnen in Kindheitserinnerungen. Sie war zwischendurch sogar hochgelaufen, um Fotoalben zu holen. Tim hatte Udo aufgelegt, woraufhin Johan prompt Wiebke zum Tanzen aufforderte, und nun schoben sich die beiden vergnügt durch den Saal.

Jette lächelte in sich hinein. Es war wirklich schön, mal nicht unterwegs zu sein.

Die Uhr zeigte schon nach eins, als sich alle weinselig und mit mehr oder weniger Schlagseite auf den Heimweg machten. Meta hakte sich kichernd bei Johan unter, der die nächsten Tage in Nordernby bleiben wollte und bei Meta auf der Gästecouch schlafen durfte.

Jette und Isa räumten noch die Gläser in den Geschirrspüler und setzten sich mit einem letzten Getränk und einer dicken Decke unter den Apfelbaum.

«Es ist verrückt, was hier in den letzten Tagen und Wochen alles passiert ist», sagte Isa.

«Allerdings.» Jette lehnte ihren Kopf gegen den Stamm. «Und? Wie fühlt es sich denn nun an, einen Vater wie Momme zu haben?»

«Gar nicht so schlecht. Momme ist zwar kein französischer Koch, aber trotzdem ganz okay.»

«Französischer Koch?»

«Ach, ist nicht so wichtig.» Isa gähnte.

«Falls du übrigens in London einen Job suchst, eine Bekannte braucht 'ne Küchenchefin. Sie hat ein kleines Restaurant, feines Essen, aber nichts Überkandideltes und kein Sterne-Druck.»

«Hmm, ob ich das schon wieder kann?»

«Überleg's dir in Ruhe.»

«Mach ich, danke. Aber erst einmal müssen wir jetzt das Geld für den Seestern zusammenbekommen. Und weißt du, was wir dann mit ihm machen sollten?»

Jette schüttelte den Kopf.

«Wir verpachten ihn an Tim», erklärte Isa. «Dann ist er wenigstens in guten Händen. Kaufen kann er ihn nicht, dafür fehlt ihm die Kohle. Aber er hat ein paar richtig gute Ideen.»

«Ach ja? Was will Tim denn mit einem Gasthof?»

Isa erzählte von seinem Konzept, und Jette hörte aufmerksam zu.

«Spannend. Ich werde morgen mal ausführlicher mit ihm darüber sprechen.» Jette spürte die Müdigkeit in allen Knochen. «Aber jetzt lass uns schlafen gehen. Dir fallen ja schon die Augen zu. Ach, und falls du deinen Ring vermisst, er liegt auf der Fensterbank über der Spüle.»

Isa stand auf und schlang umständlich die Decke um sich. «Da liegt er im Moment ganz gut.»

32.

Das Kochen ist ein wenig wie Kino.
Was zählt, ist das Gefühl.

ANNE-SOPHIE PIC

KASSENSTURZ

Die nächsten Tage war im Seestern ordentlich was los. Die Zeitungsartikel lockten viele Gäste an, darunter auch einige, die den Seestern bis dahin gar nicht kannten, aber neugierig geworden waren. Vor dem Gasthof und im ganzen Dorf hatten die Nordernbyer Schilder aufgestellt mit Aufschriften wie: KEIN HOTEL IN NORDERNBY, DORFKRUG BLEIBT DORFKRUG oder SEESTERN FOR FUTURE, worüber sich der Bürgermeister auf seinen morgendlichen Gassirunden mit Caesar wahnsinnig ärgerte und missmutig vor sich hin schimpfte.

Jeder im Dorf versuchte weiterhin zu helfen und Geld aufzutreiben. Die Landfrauen verkauften vor dem Gasthof selbstgemachte Marmeladen, Chutneys und Kuchen, Wiebke bot Entschleunigungswanderungen an der Schlei mit anschließender Stärkung im Seestern an, und Isa und Tim hatten einen Facebook- und einen Instagram-Account für den Dorfkrug eingerichtet, über die auch Spenden reinkamen. Die Begeisterung für den See- stern und die Anteilnahme an seinem möglichen Schick- sal sprach sich rum, sogar das NDR-Fernsehen schickte ein Team vorbei, und Jette und Momme gaben ein Inter- view, in dem sie von dem besonderen Geist des alten Dorfkrugs schwärmten.

In der Gaststube hatte Momme ein großes Foto von Luise aufgehängt, und Isa, Jette, Meta und Johan wur- den nicht müde, den Gästen, die Luise Petersen nicht gekannt hatten, von ihr und ihrer liebevollen Art, die Menschen zu *betüddeln*, zu erzählen. Viele zückten dar- aufhin gerührt ihre Portemonnaies und ließen den einen oder anderen Schein in der Wahlurne verschwin- den. All diejenigen, die sie gekannt hatten, schwelgten in Erinnerungen, erzählten sich Anekdoten und stießen mal versonnen, mal fröhlich lachend auf sie an.

In der Küche gaben Mutter und Tochter noch mal alles. Sie kochten pötteweise Nordernbyer Fischsuppe, schälten Spargel und Kartoffeln, kneteten, dünsteten, backten und brieten, was das Zeug hielt. Denn jeder Gast sollte nach ihrem Essen den Seestern ein wenig glück- licher verlassen, als er ihn betreten hatte.

Trotz des Stresses kam Isa allmählich wieder in den Flow, und sie hoffte, ihre Kochkrise endgültig überwun- den zu haben. Wenn sie konzentriert vor sich hin ar- beitete, Fische schuppte oder Teller anrichtete, musste sie oft an Luises Worte denken: *Kochen ist Liebe*. In den letzten Jahren hatte sie immer gedacht, sie müsste beim Kochen alles unter Kontrolle haben, dürfte nichts dem Zufall überlassen, das brächte nur Chaos. Dabei war das

Gegenteil der Fall: Über den Verstand kochte man sich
nicht in die Herzen seiner Gäste. Kochen und Gastlich-
keit hatten viel mit Nostalgie zu tun, es ging darum,
mit Aromen zu berühren, Erinnerungen zu wecken und
den Gästen so Geborgenheit zu schenken – das hatte sie
in den letzten Wochen von Inge und Johan und all den
anderen hier gelernt. In London war es ihr immer nur
um Anerkennung gegangen. Spaß am Kochen hatte sie
schon lange nicht mehr gehabt, aber das hatte sie sich
nie eingestanden. Sie war so versessen darauf gewesen,
ein erfolgreiches Leben zu führen, dass Isa sich nie gefragt hatte, ob ein erfolgreiches Leben auch ein gutes
war.

Nun dachte sie immer öfter an das Restaurant, von
dem ihre Mutter erzählt hatte. Sie wäre dann angestellt,
hätte weniger Verantwortung und würde mit ihrem
Gehalt in kleinen Schritten ihre Schulden begleichen
können. Vielleicht wäre das der richtige Weg für einen
Neuanfang. Henry spielte bei ihren Überlegungen und
Planungen mittlerweile keine Rolle mehr. Als sie ihn
kürzlich anrief, musste sie während des Gesprächs auf
einmal weinen. Er versuchte sie zu trösten, sprach davon, dass es ja normal sei, nach dem Tod eines gelieb-
ten Menschen immer wieder von der Trauer überrollt
zu werden, und man seine Gefühle einfach rauslassen
sollte … Aber das war es nicht. Und irgendwann unterbrach Isa ihn und sagte unter Schluchzen: «Ich weine
nicht nur wegen meiner Oma. Ich weine auch, weil ich
dich so gern heiraten möchte. Ich kann mich immer auf
dich verlassen, und du bist so charmant und lustig, und
du weißt so tolle Sachen über Wein. Aber ich … ich kann

dich nicht heiraten, weil ich ... weil ich dich einfach nicht liebe.» Die Zweifel plagten sie schon lange. Und nun waren mit all den Tränen diese Worte einfach so aus ihr herausgeflossen. Sie hatte sie gar nicht sagen wollen, aber sie konnte nichts dagegen tun. Henry reagierte enttäuscht, aber letztlich musste er sogar zugeben, dass ihn Isas Beichte nicht wirklich überraschte. Und Isa war ihm dankbar dafür, dass er so gut damit umging.

Die Erleichterung, die sie seitdem verspürte, hatte ihr gezeigt, dass die Trennung die richtige Entscheidung war.

Spätabends, wenn die Seestern-Truppe nach einem langen Tag noch auf ein Glas zusammensaß und einer von ihnen die Spenden und Tageseinnahmen zählte, musste Isa, wenn sie Momme und Meta so beobachtete, manchmal schmunzeln. Sie konnte das alles immer noch nicht richtig glauben. Aber so oder so, jetzt waren sie auf jeden Fall ein richtiger Familienbetrieb.

Momme schien das Vatersein gut zu bekommen. Seine typisch norddeutsche Ruppigkeit war einer ungewohnten Fröhlichkeit und Offenheit gewichen. Er tänzelte beim Servieren beinahe um die Tische herum, pfiff beim Bierzapfen und lächelte, wenn er die Schlieren von den Gläsern polierte. Seine gute Laune hatte aber möglicherweise auch noch andere Gründe. Einmal, als Jette müde und mit geröteten Wangen nach einem stressigen Tag in der Küche die Gaststube betrat, raunte er Isa zu: «Weißt du, was ihr Petersen-Frauen gemeinsam habt?» Ohne den Blick von Jette abzuwenden, sprach er weiter: «Wenn ihr einen Raum betretet, beginnt er zu leuchten.»

Und dann war er plötzlich da, der Tag der Wahrheit, und alle wussten, dass die Sache wahnsinnig knapp werden würde. Wegen der Großspende von Dr. Mannsfeld hatten sie bereits am ersten Tag 15 000 Euro eingenommen. Nach dem vierten Tag hatte sich der Betrag verdoppelt. Ab dann ging die Sache allerdings schleppender voran, sodass Jette zwischenzeitlich schon mit Ole Boysen von der Kreditabteilung telefoniert hatte, um zu fragen, ob man nicht doch noch mal über den Termin oder den Betrag reden könnte. Doch Boysen blieb unerbittlich. Bis elf Uhr gab er ihnen am Tag der Zwangsversteigerung Zeit. «Wenn bis dahin nicht 68 753 Euro und 78 Cent bei uns eingegangen sind, kommen wir um 15 Uhr und eröffnen die Versteigerung.»

Am Tag der Entscheidung herrschte prächtigstes Frühlingswetter. Es war 10 Uhr, und Isa saß vor Tims Laptop im Biergarten und checkte, ob über die Social-Media-Kanäle noch letzte Summen eingegangen waren. Währenddessen zählte Tim die Beträge nach, die gestern die Landfrauen und ein paar Vereine vorbeigebracht hatten, und Jette redete im Strandkorb beruhigend auf Meta ein, der die Anspannung deutlich zugesetzt hatte. Johan schritt nervös im Garten auf und ab. Er könne jetzt unmöglich stillsitzen, hatte er erklärt.

Nur Momme war weit und breit nicht zu sehen.

«Wo ist er bloß?», fragte Meta immer wieder.

«Keine Ahnung», sagte Jette. «Das ist doch jetzt auch egal, er kann sowieso nichts tun. Wir müssen abwarten, was die Endabrechnung ergibt.»

Beide Frauen lugten aus dem Strandkorb und sahen in Isas Richtung. «Und?», rief Meta.

«Moment.» Isa klickte eine Excel-Tabelle auf und gab die neuen Zahlen ein. Es dauerte nur einen Wimpernschlag. Dann sah sie den Endbetrag, zeigte ihn Tim und wusste einfach nicht, was sie machen sollte.

«Also, was ist nun?», fragte Meta erneut.

Isa und Tim blickten einander an. Er legte seine Hand auf ihre, dann stand sie langsam auf, ging Richtung Strandkorb und vergrub ihre Hände in den Hosentaschen. Ihr Kinn zitterte.

Meta schützte ihre Augen mit der Hand vor der Sonne und guckte Isa prüfend an. «Oh, nee!», sagte sie schließlich tonlos und ließ sich von Jette in den Arm nehmen.

Isa konnte nichts sagen, sie konnte nicht mal irgendetwas fühlen, außer einem riesengroßen Schmerz. Tim und Johan traten zu ihr und nahmen sie in den Arm. Zu dritt standen sie eine Weile ganz ruhig da, bis Isa sich aus der Umarmung wand und vor die anderen hinstellte. Mit rudernden Armbewegungen fing sie an zu reden. «Es gibt bestimmt noch eine Lösung, wir müssen nur zusammen überlegen. Vielleicht kann ich ein paar reiche Londoner um Geld bitten, oder … oder Meta, könntest du nicht schnell die Geister um Rat fragen? Ich könnte mich auch an die Tür vom Seestern ketten, sodass keiner reinkommt!»

«Das würde ich mal schön bleibenlassen, mein Fräulein, geht ja auch die Tür von kaputt.» Momme stand plötzlich hinter ihr. Sein Aufzug war gewöhnungsbedürftig: Er trug einen Anzug und hatte eine Aktentasche bei sich.

Isa fuhr herum. «Hast du vielleicht eine bessere Idee?»

«Wie viel brauchen wir noch?»

«Gut 20 000.»

Momme grinste verschlagen. «Ruf Boysen an, wir haben das Geld!»

33.

*Eine gute Küche ist
das Fundament allen Glücks.*

AUGUSTE ESCOFFIER

MAITANZ

Isa stand da wie angewurzelt, Jette wollte Momme gar nicht mehr loslassen, und Meta hielt ihren Flachmann in der Hand, vergaß vor lauter Aufregung aber das Trinken. Tim und Johan hatten sich unter den Apfelbaum gesetzt. Die beiden brauchten nach der Anspannung erst einmal Ruhe.

«Wie bist du nur auf die Idee gekommen?», fragte Meta.

«Als Vater konnte ich doch nicht seelenruhig danebenstehen und mit ansehen, wie meine Tochter und meine … also Isas Mutter um ihr Erbe gebracht werden.»

«Guck an», sagte Meta und trank nun doch einen Schluck Likör.

Isa war zutiefst gerührt und hatte ihre Schockstarre nun so weit überwunden, dass sie ihre Mutter beiseiteschob und Momme mit Anlauf in die Arme sprang. «Das wollte ich immer schon mal machen», sagte sie und gab

ihm einen dicken Schmatzer auf die Wange. «Danke ...
Papi! Du bist echt der Beste!»

Momme lächelte und kratzte sich verlegen über die
Bartstoppeln. «Nu is ja auch mal gut.»

Isa konnte es wirklich nicht fassen, wie sich diese ver-
worrene Situation in Wohlgefallen aufgelöst hat. Und
am allerschönsten fand sie, dass Diedrichsen, dieses
Ekel, einen Denkzettel verpasst bekam. Hatte er wohl
doch ein bisschen zu großkotzig gedacht.

«Steht dir übrigens gut, der Anzug», sagte Jette, und
die beiden anderen Damen stimmten ihr zu, auch wenn
es ziemlich ungewohnt war, Momme mal nicht in Klotzen, Karohemd und Lederweste zu sehen.

«Ich dachte, für so einen Termin kann ich mich ruhig
mal in Schapptüch werfen.»

Alle hatten an Mommes Lippen geklebt, als er in seinem Sonntagsdress und mit einer Aktentasche unterm
Arm im Garten stand und erzählte, dass ihm seine Bank
gerade einen üppigen Kredit gewährt hatte. «Das mit
meinem Wikingerbräu läuft so gut, da war es für die
Banker gar kein Thema, mir kein Geld zu geben. Ich hab
denen dann noch ein paar neue Konzepte vorgelegt, wie
ich das ganze Geschäft in Zukunft weiterentwickeln will,
und schon war die Sache erledigt. Von meiner Idee, im
kommenden Herbst ein Weihnachtsbier auf den Markt
zu bringen, waren sie besonders angetan.»

«Cool», sagte Tim begeistert. «Darüber werde ich auf
jeden Fall berichten.»

Ein merkwürdiges Gefühl durchströmte Isa jetzt. Sie
war ... glücklich und stolz. Stolz auf ihren Vater und auch
auf ihre Mutter. Auf ihre ganze *komische* Familie. Was hat-

te Meta kurz nach Isas Ankunft zu ihr gesagt: *Jede Familie hat ihre Geheimnisse.* In ihrer war nun hoffentlich alles ans Licht gekommen. Isas Bedarf an Geheimnissen, falschen Vätern, schweigenden Müttern und sturen Großmüttern war jedenfalls fürs Erste gedeckt.

«Wisst ihr was», sagte Momme und riss Isa aus ihren Gedanken. «Auf unseren Erfolg gebe ich einen aus! Morgen tanzen wir hier mit allen Nordernbyern in den Mai.»

«Au ja», sagte Meta. «Das hätte Luise gefallen.»

Die Nachricht, dass der Seestern gerettet und der Bürgermeister mit seinen überambitionierten Hotelplänen gescheitert war, verbreitete sich in der gesamten Gegend wie ein Lauffeuer. Genau wie die von der großen Tanz-in-den-Mai-Party.

Am nächsten Tag fingen Isa und Jette mittags an, das große Buffet vorzubereiten. Sie waren nach den letzten intensiven Tagen ein eingespieltes Team in der Küche geworden, und Isa hegte die kindliche Hoffnung, Luise möge das von oben sehen.

«Denkst du, wir haben Omas Testament erfüllt?», fragte sie.

«Oh ja», sagte Jette und versetzte dem Herd mal wieder einen ordentlichen Tritt. «Sie wäre sehr zufrieden mit uns. Schließlich haben wir nicht nur zusammen gekocht, sondern nebenbei auch noch den Seestern gerettet.» Sie drehte sich zu Isa, die gerade angefangen hatte, Kartoffeln zu schälen. «Also? Was wollen wir jetzt mit ihm machen? Will Tim den Seestern immer noch pachten?»

«Glaub schon, da könnte Momme ja auch mit seinem Bier mitmischen.»

«Was ist mit mir?» Momme und Meta waren in die Küche gekommen und wollten sich nützlich machen, was bei Meta wie immer so aussah, dass sie sich an den Küchentisch setzte und um einen Kaffee bat.

«Tim hat Interesse am Seestern», erklärte Jette, «und wir dachten, vielleicht tut ihr euch zusammen.»

«Der Seestern in Männerhand?» Meta schüttelte den Kopf. «Was sind das denn für neue Moden, die Burschen brauchen in der Küche doch immer so viel Lob.»

«Stimmt.» Isa lachte. «Das hat Oma auch immer gesagt.»

«Also, das halte ich für ein Gerücht.» Momme verschränkte die Arme vor der Brust.

«Isa muss ja zu ihrem Verlobten», sagte Meta, «aber du, Jette, könntest doch hierbleiben und den Seestern führen.»

Isa stutzte kurz. Sie hatte bisher niemandem erzählt, dass sie sich von Henry getrennt hatte.

«Und was soll ich hier?», fragte Jette. «Etwa die Männer loben?»

«Tünkram! Anständig kochen sollst du.»

Jette schüttelte den Kopf. «Ich glaube, das hier ist auf Dauer nichts für mich.»

Als sie das sagte, wirkte sie ein wenig unsicher und nachdenklich. Isa wusste, dass sie es genoss, hier mal etwas Ruhe in ihr Leben zu bringen und nicht ständig durch die Welt zu gondeln.

Auch Momme schien darüber im Bilde zu sein. Er fasste Jette an den Schultern und guckte ihr fest in die Augen. «Wovor hast du eigentlich Angst? Davor anzukommen, endlich mal nicht weiterziehen zu müssen? Davor, glücklich zu sein? Oder hast du Angst, alles wieder zu verlieren, so wie du Isa damals verloren hast?» Er strich ihr über die Wange. «Ich bin für dich da. Und das bleibe ich auch.»

In Jettes Augen schimmerten Tränen. Sie stellte sich auf Zehenspitzen und schlang ihre Arme um Mommes Hals.

Meta und Isa räusperten sich. Isa überlegte gerade, Meta unterzuhaken und die beiden allein zu lassen, als Jette die Umarmung löste und lächelnd in die Runde blickte.

«Wisst ihr was, ich glaube, ich bleib wirklich noch ein bisschen. Inge hat mir heute Morgen erzählt, dass im Herbst Bürgermeisterwahlen sind. Da könnte ich mich doch aufstellen lassen.» Sie hob ihre geballte Faust in die Luft. «Wenn der Seestern von Männern geführt wird, dann ist das Dorf auch reif für eine Frau an der Spitze!»

«Na, schlimmer als mit Diedrichsen kann's ja nicht werden», sagte Meta trocken.

Zwei Stunden später hängten Isa, Tim und Wiebke im Biergarten Lampions und bunte Lichterketten auf und verteilten Kerzen auf den Tischen. Ein stabiles Hochdruckgebiet hatte sich über der Schlei festgesetzt und sorgte auch heute für strahlenden Sonnenschein in Nordernby.

Trotz des guten Wetters war Isa ein wenig melancholisch. Ihr Abschied lag in der Luft. Auch Wiebke spürte das und drückte ihre Freundin noch öfter als sonst. «Einfach so», sagte sie jedes Mal, doch schließlich wurde sie konkret: «Wann fliegst du zurück zu Henry?»

Isa zögerte einen Moment, ehe sie antwortete. «Wir

sind nicht mehr zusammen», sagte sie knapp und sah aus dem Augenwinkel, dass Tim sie überrascht ansah.

«Oh, das tut mir leid», sagte Wiebke.

«Das muss es nicht, alles okay.» Isa kratzte Wachs von einem der Tische. «Ich denke, ich werde übermorgen nach Hause fliegen. Ich muss anfangen, mein Leben zu sortieren und meine Finanzen in den Griff zu kriegen. Einen neuen Job als Köchin hab ich schon so gut wie.»

«Moin, Frau von Welt …» Swantje stand auf einmal im Biergarten. Ihre Stimme hatte nicht den zickigen Unterton wie sonst. «Wie geht's deinem Heuschnupfen?»

«Oh, viel besser, danke. Die Tabletten wirken.»

Wiebke und Tim guckten ein wenig irritiert zwischen Isa und Swantje hin und her. Zumal Isa bei dem ganzen Trubel noch gar keine Gelegenheit gehabt hatte, ihnen von der kleinen Aussprache zu erzählen.

«Kann ich euch helfen?», fragte Swantje.

«Klar», sagte Isa und zeigte auf einen Karton mit Fackeln. «Die kannst du im Garten aufstellen.»

Um 19 Uhr füllte sich der Seestern. Alle waren stolz, zum Erhalt des alten Gasthofs etwas beigetragen zu haben, und deshalb in allerbester Feierlaune. «Auf den Seestern!» war wohl der meistbenutzte Trinkspruch des Abends.

Isa und Jette erklommen gleich zu Beginn die Bühne, um sich bei allen zu bedanken. «Wir waren beide so lange nicht hier», sagte Jette, «dass wir gar nicht mehr wussten, was für ein besonderer Ort Nordernby ist …»

Isa griff nach dem Mikro und fügte hinzu: «… und was für besondere Menschen hier leben!»

Die Gäste grölten und klatschten, und Isa wurde wieder von einer leichten Melancholie-Welle erwischt. Doch die laute Musik und die Arbeit lenkten sie ab. Jette und sie hatten alle Hände voll zu tun mit dem Buffet: Nachlegen, die Wärmeplatten kontrollieren, und ab 22 Uhr tauschten sie das herzhafte Essen gegen verschiedene Süßspeisen. Zum Spülen und auch im Service hatten sie sich Unterstützung geholt. Trotzdem sah die Küche um kurz vor Mitternacht aus wie ein Schlachtfeld. Jette hatte inzwischen den Posten gewechselt und half Momme beim Bierzapfen. Tim und Wiebke räumten Gläser ab, und Frank kümmerte sich um die Musik.

Isa beschloss, später klar Schiff zu machen, erst einmal brauchte sie eine Pause. Mit einem Glas Wein bahnte sie sich einen Weg durch die tanzende Menge, die gerade zu *Mambo No. 5* kräftig abging. Draußen im Biergarten saßen die Raucher, und auch Meta und Johan hatten sich hierher zurückgezogen. Isa winkte ihnen zu und ging weiter durch den Garten zu einem der Strandkörbe. Sie wollte einen Augenblick für sich sein.

Sie trank einen Schluck, lehnte den Kopf zurück und blickte in die Sterne. Dann schloss sie die Augen. Sie musste gar nichts tun, all die Bilder und Erinnerungen an die letzten Wochen kamen von allein. Sie sah sich in der Kirche mit dem Sarg und den ersten Blick von Tim, nach ihrem Flachköpper im Matsch. Sie sah sich im Küstennebel auf der Bühne, sah wie sie die Lederkladde in den Müll warf und später wieder rausholte, wie sie in der Küche zitterte, Tim sie rettete und alle zusammen die Geister beschworen. Sie erinnerte sich genau an den Moment, als ihre Mutter plötzlich aufgetaucht war, an all die Wut und all den Schmerz. Sie sah Henry und den Plüschappel, den doofen Diedrichsen und das Foto ohne Oma, das alles ins Rollen brachte. Sie sah ihre Familie, all die Menschen, die ihr mehr bedeuteten, als sie jemals geahnt hatte. Sie sah sich in Tims Küche den Steinbutt filetieren. Und vielleicht war das der Moment gewesen, in dem sie zum ersten Mal gespürt hatte, dass sie in ihr altes Leben nicht zurückwollte.

Plötzlich hatte sich etwas verändert.

Auch mit geschlossenen Augen spürte Isa, dass Tim sich neben sie gesetzt hatte. Sie griff nach seiner warmen Hand und lächelte still in sich hinein.

«Ich musste weggehen, um wiederzukommen.» Ihre Worte waren nur mehr ein Flüstern, so als hätte sie Angst, durch ihre Stimme den Zauber zu brechen.

«Ich weiß», flüsterte Tim zurück und legte den Arm um sie.

Eine tiefe Zufriedenheit durchströmte Isa.

Als sie im Morgengrauen aufwachte, war im Seestern Ruhe eingekehrt. Tim schlief neben ihr im Strandkorb. Sie holte eine Decke und hatte sich seinen dicken Pulli übergezogen, der seit dem Segeltörn immer noch bei ihr war. Sie blickte zum Mond, der nun ganz rund war und dessen Licht allmählich verblasste. Die Sterne gaben kurz vor Sonnenaufgang noch einmal alles, denn die ersten Vögel begannen bereits zu singen.

So kann es bleiben, dachte Isa.

REZEPTE

Nordernbyer Fischsuppe

Für 4 Personen benötigt man ca. 1½ kg Fischfilet. Sehr gut eignen sich Filets vom Dorsch oder Butt oder anderen weißfleischigen Fischen. Am besten lässt man sich den Fisch am Kutter oder im Laden filetieren und die Grätenreste einpacken. Daraus wird der Fond gekocht.

FÜR DEN FOND

1 kg Fischgräten	1 EL Olivenöl
2 Stangen Staudensellerie	250 ml Weißwein
1 Stange Lauch	½ unbehandelte Zitrone
3 Möhren	2–3 Zweige Thymian
1 Fenchelknolle	2 Lorbeerblätter
3 Schalotten	3–4 Gewürznelken
2 Knoblauchzehen	2 EL Meersalz
1 EL Pfefferkörner	

Die Gräten gründlich abspülen. Es sollte kein Fleisch mehr daran kleben. Gemüse waschen, putzen und in grobe Stücke schneiden. Schalotten und Knoblauch schälen. Schalotten grob hacken. Die Pfefferkörner im Mörser grob zerstoßen.

Das Gemüse und die Schalotten in einem großen Topf (etwa 4 l) 1–2 Minuten in Öl anschwitzen. Gräten dazugeben und kurz mitdünsten. Mit Wein ablöschen. Anschließend mit Wasser aufgießen, der Topf sollte zu ¾ gefüllt sein. Kräuter, Salz, Pfeffer und Zitrone dazugeben und das Ganze bei niedriger Hitze 2–3 Stunden kochen lassen, immer wieder umrühren und den aufsteigenden Schaum gelegentlich abschöpfen.

Zum Schluss den Fond durch ein Spitzsieb gießen, die Rückstände mit einem Kochlöffel in das Sieb drücken, damit möglichst viel Essenz in den Fond gelangt. Will man eine klare Suppe, sollte man sie anschließend noch durch ein Küchentuch passieren.

Im Kühlschrank lässt der Fond sich 2 Tage aufbewahren, man kann ihn auch einfrieren.

FÜR DIE EINLAGE

1 ½ kg Filets	1 Bund glatte Petersilie
2–3 Möhren	1 Zitrone
½-1 Fenchelknolle	1 EL Öl
1 Stange Lauch	Salz, Pfeffer

Gemüse klein schneiden, Petersilie hacken, Zitrone pressen. Das Gemüse in Öl andünsten, mit Fischfond auffüllen, ggfs. mit Wasser verdünnen. Filets dazugeben, einige Minuten köcheln lassen, bis der Fisch gar ist, ohne dass er zerfällt. Mit Salz, Pfeffer und Zitronensaft abschmecken, Petersilie dazugeben. Für die Einlage eignen sich auch Krabben oder Scampi. Während der Muschel-Saison (September–Februar) passen ebenfalls Miesmuscheln. Einfach in der Suppe mitgaren lassen, bis sie sich öffnen. Muscheln, die nach dem Garen noch geschlossen sind, aussortieren.

Mit Baguette (in Nordernby heißt das Meterbrot) und Aioli servieren. Dazu passt ein Grauburgunder, z. B. vom Weingut Kruger-Rumpf von der Nahe.

Matjestatar

Das Wort Matjes leitet sich vom niederländischen Meisje (Mädchen) ab und meint so viel wie Jungfernhering. Denn Matjes wird aus jungen, noch nicht geschlechtsreifen Heringen gemacht. Nach dem Fang werden Köpfe und Innereien bis auf die Bauchspeicheldrüse entfernt. Anschließend werden sie eine Woche lang in Salzlake eingelegt. Enzyme in der Bauchspeicheldrüse verwandeln den Fisch zusammen mit dem Salz in einen zarten Matjes und geben ihm seinen typischen Geschmack.

FÜR CA. 4 PERSONEN

5 Matjes	2 Frühlingszwiebeln
¼ Salatgurke, ungeschält	1 Bund Dill
½ Fleischtomate	Pfeffer

Matjes und das Gemüse in Würfel schneiden. Von den Tomaten nur das äußere, feste Fleisch verwenden. Zutaten auf einzelne Schälchen verteilen und erst kurz vor dem Servieren vermischen. Zum Schluss mit weißem Pfeffer abschmecken, auf mit Butter bestrichenes Schwarzbrot geben, gehackten Dill darüberstreuen und servieren. Gut geeignet als Vorspeise oder für ein kleines Abendbrot.

Kotelett vom Angler Sattelschwein mit gebratenem Spargel

Die Schlei trennt die beiden Halbinseln Angeln und Schwansen voneinander. Angeln liegt zwischen der Flensburger Förde im Norden und der Schlei im Süden. Seit den dreißiger Jahren ist dort das Angler Sattelschwein heimisch, eine Kreuzung aus dem hiesigen Hausschwein und der damals importierten englischen Rasse Wessex-Saddleback. Das mächtige Tier mit dem charakteristischen schwarzen Kopf und Hinterteil und dem langen weißen Rücken, dem Sattel – daher der Name –, bringt bis zu 350 kg auf die Waage. Zahlreiche Biolandwirte in der Gegend züchten es inzwischen wieder wegen der guten Fleischqualität. Es schrumpft beim Braten nicht in der Pfanne und hat ein herzhaftes, nussiges Aroma.

FÜR 4 PERSONEN

4 Koteletts

Einige Zweige Rosmarin

Olivenöl

Grobes Meersalz

Bunte Pfefferkörner

FÜR DEN SPARGEL

1 kg Spargel (es eignet sich sowohl weißer wie auch grüner, man kann auch mischen)

Knoblauch

1 EL Öl

1 TL Butter

Etwas Zucker oder Honig

Etwas Zitronensaft

Salz

Pfeffer

Das Fleisch ungewürzt in einer heißen Pfanne von allen Seiten kurz scharf anbraten. Anschließend aus der Pfanne nehmen und bei 160 Grad Umluft in einer feuerfesten Form mit Rosmarinzweigen im Ofen langsam garen, 10–15 Minuten. Zum Schluss mit Meersalz und etwas Pfeffer würzen.

Weißen Spargel schälen, holzige Enden entfernen, grünen am unteren Drittel schälen, in Stücke schneiden. In Olivenöl und Butter mit Knoblauch anbraten, bis er gar, aber noch bissfest ist. Mit Salz, Pfeffer, Zitronensaft, Honig (oder Zucker) abschmecken.

Luises Apfelbrötchen

500 g Mehl

125 g Zucker

1 Pk. Backpulver

3 Eier

1 Tasse Milch

1 EL Öl

5 Äpfel (am besten säuerliche Sorten,
Holsteiner Cox oder Elstar)

Zucker & Zimt

Mehl in eine Schüssel geben, mit Zucker, Backpulver, Eiern, Milch und Öl verrühren. Die kleingeschnittenen Äpfel mit Zitrone beträufeln, Zucker und Zimt darüber streuen und vermischen. Äpfel unter den Teig heben. Mit bemehlten Händen Brötchen formen. Die Brötchen können auch in Muffinformen gebacken werden. Je nach Geschmack können die Brötchen vor dem Backen mit Zucker und Zimt bestreut werden.

Im auf 200 Grad vorgeheizten Ofen ca. 15–20 Minuten backen. Unbedingt warm essen. Sehr gut schmecken sie mit Süßrahmbutter.

Mädchenröte

FÜR 6 PERSONEN

5 Eiweiß

200 g Zucker

¼ l ungesüßter roter Johannisbeersaft

8 Blatt rote Gelatine

Gelatine mit 5 EL Wasser 5 Minuten in einem Topf einweichen, anschließend ¼ des Saftes dazugeben und erwärmen (nicht kochen), bis sich die Gelatine aufgelöst hat. Abkühlen lassen. Eiweiß in einer Rührschüssel mit 4 EL kaltem Wasser steif schlagen. Weiterschlagen und den Zucker langsam einrieseln lassen. Den restlichen Saft während des Schlagens nach und nach einfließen lassen. Dann die aufgelöste Gelatine nach und nach dazugeben und dabei immer weiterschlagen. Mousse in eine Glasschüssel oder in Gläser füllen und circa 3 Stunden in den Kühlschrank stellen. Dazu passt Vanillesoße.

Ein gutes Essen
bringt gute Leute zusammen.

SOKRATES

DANKE

Ein riesengroßes Dankeschön geht an meine Lektorin Ditta Friedrich von Rowohlt, die von Anfang an die Nordernbyer Truppe in ihr Herz geschlossen hatte. Danke für dein Vertrauen und für deine Geduld! Beides war in stressigen Zeiten sehr wohltuend. Ebenso möchte ich mich bei Eva Sterzelmaier sowie dem gesamten Rowohlt-Team bedanken.

Außerdem danke ich meiner ehemaligen Agentin Lisbeth Körbelin für ihren großartigen Einsatz sowie Antje Hartmann und allen anderen von der Literarischen Agentur Kossack.

Um einen Roman zu schreiben, braucht man vor allem eines: Zeit. Dass ich die hatte, dafür möchte ich mich von ganzem Herzen bei meinem Mann Jens bedanken, der an vielen, vielen Wochenenden praktisch alleinerziehend war. Was wäre ich ohne dich und den Rest der Bande.

Ein weiterer Dank gilt meiner Familie für ihren Zuspruch und meinem Bruder Momme dafür, dass ich seinen wunderbaren Namen leihen durfte.

Danke auch an meine Mädels, den Ecktowngirls, besonders an mein Binchen für ihre Durchhalteparolen und das Ingwerwasser. Was für ein Geschenk, dass wir uns haben.

Und an meine Ottensener Schnapsdrosseln: Ihr seid die Besten! Danke, Nadine, für den Plüschappel.

Danke, mein Knaro. Bald haben wir die 40 Jahre voll. Life ist und bleibt magic!

Und danke, liebste Silke, dass ich bei dir immer Milch leihen darf und meine Kinder bei dir ein zweites Zuhause haben.

Mein Dank geht auch an den Hamburger Writers Room. Das Tastaturgeklapper der anderen Autorinnen und Autoren wirkte in den richtigen Momenten sehr motivierend.